DAVID BRIN

Das Uplift-Universum 2

Fremder der Fünf Galaxien

Buch

Seitdem ein fremdes Raumschiff am Himmel über Jijo erschien und in der Nähe des großen Heiligtums landete, leben die Siedler in der Angst, daß sie ausgelöscht werden sollen, weil sie sich dem Verbot der Galaktischen Institute widersetzt haben.

»Fremder der Fünf Galaxien« setzt die kühne und visionäre Saga aus dem Uplift-Universum voller Weisheit, Leidenschaft und Dramatik fort. Vor den Augen des Lesers wird ein stürmisches Porträt von Menschen und Aliens entfaltet, die sich im Überlebenskampf verbrüdern, um die Wahrheit über ihre mystische Herkunft zu entdecken. Sie suchen die Antwort auf das größte Rätsel aller Zeiten: die Frage nach dem Ursprung der Intelligenz in den unermeßlichen Weiten des Kosmos.

»Ein großes episches Abenteuer, das einen von der ersten bis zur letzten Seite nicht mehr losläßt.« *Publishers Weekly*

Autor

David Brin, geboren 1950 in Glendale, Kalifornien, ist promovierter Astrophysiker, war als Ingenieur und Berater für die amerikanische Luft- und Raumfahrtbehörde (NASA) tätig und lehrte als Professor für Physik. Für seinen Roman »Sternenflut« erhielt er den Hugo, den Nebula und den Locus Award. Heute widmet er sich in Südkalifornien dem Schreiben hochgerühmter Science-fiction-Romane.

Bereits erschienen:

David Brin: Das Uplift-Universum 1 – Sternenriff (24759)
David Brin: Das Uplift-Universum 2 – Fremder der Fünf Galaxien (24760)
David Brin: Das Uplift-Universum 3 – Das Ufer der Unendlichkeit (24761)
David Brin: Das Uplift-Universum 4 – Die Botschaft der Delphine (24803)
Weitere Bücher sind in Vorbereitung.

David Brin

FREMDER DER FÜNF GALAXIEN

Das Uplift-Universum 2

Aus dem Amerikanischen
von Marcel Bieger

GOLDMANN

Die amerikanische Originalausgabe erschien 1995
unter dem Titel »Brightness Reef« (Chapters 17–28)
bei Bantam Books, New York

Umwelthinweis:
Alle bedruckten Materialien dieses Taschenbuches
sind chlorfrei und umweltschonend.
Das Papier enthält Recycling-Anteile.

Der Goldmann Verlag
ist ein Unternehmen der Verlagsgruppe Bertelsmann

Deutsche Erstveröffentlichung 11/97

Umschlaggestaltung: Design Team München
Umschlagfoto: Thomas Herbrich
Satz: deutsch-türkischer fotosatz, Berlin
Druck: Elsnerdruck, Berlin
Verlagsnummer: 24760
Redaktion: Cornelia Köhler
V. B. · Herstellung: Peter Papenbrok
Printed in Germany
ISBN 3-442-24760-8

3 5 7 9 10 8 6 4 2

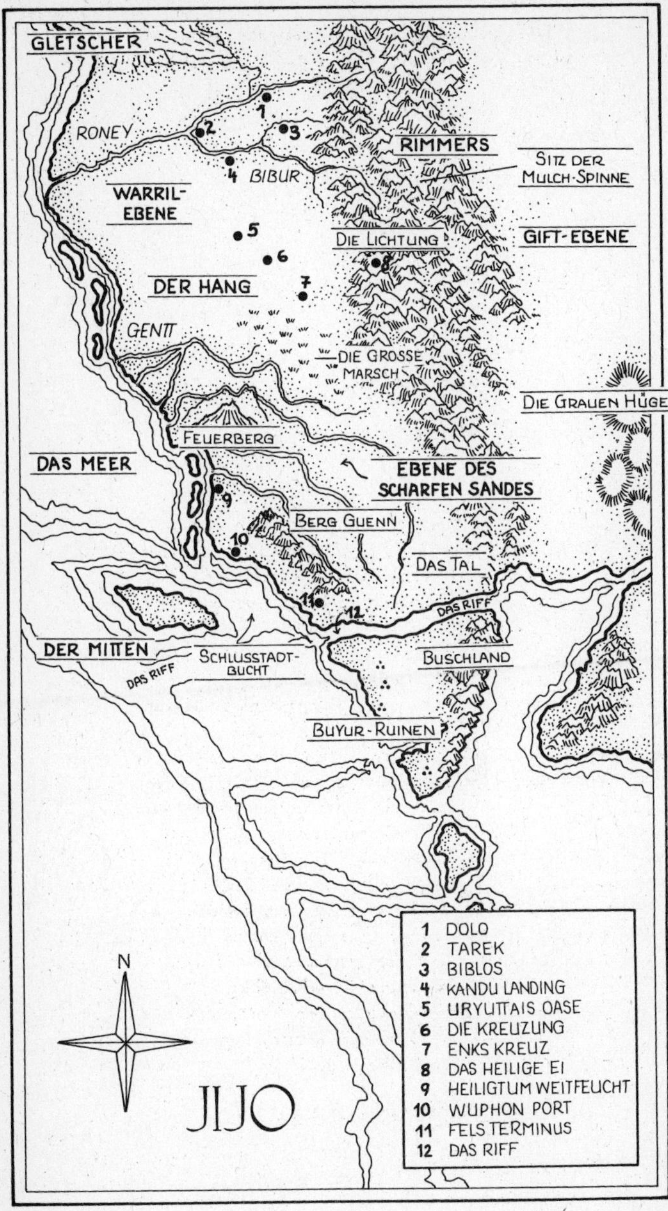
GLETSCHER
RONEY
BIBUR
RIMMERS
SITZ DER MULCH-SPINNE
WARRIL-EBENE
DIE LICHTUNG
GIFT-EBENE
DER HANG
GENTT
DIE GROSSE MARSCH
DIE GRAUEN HÜGEL
FEUERBERG
DAS MEER
EBENE DES SCHARFEN SANDES
BERG GUENN
DAS TAL
DAS RIFF
BUSCHLAND
DER MITTEN
SCHLUSSTADT-BUCHT
DAS RIFF
BUYUR-RUINEN
1 DOLO
2 TAREK
3 BIBLOS
4 KANDU LANDING
5 URYUTTAIS OASE
6 DIE KREUZUNG
7 ENKS KREUZ
8 DAS HEILIGE EI
9 HEILIGTUM WEITFEUCHT
10 WUPHON PORT
11 FELS TERMINUS
12 DAS RIFF
N
JIJO

I.

DAS BUCH VOM MEER

*Sollte es dir gelingen,
dem Pfad der Erlösung zu folgen –
an dessen Ende du wiederum adoptiert wirst
und einen zweiten Schub erhältst, du also deine
zweite Chance bekommst, so bedeutet das keineswegs das
Ende deiner Mühen und der Suche.*

*Zuerst mußt du, Volk, dich als geeigneter Klient erweisen
und offen und gehorsam sein gegenüber
den neuen Patronen, die dich erlöst haben.*

*Später wirst du einen höheren Status erlangen
und eigenen Klienten den Schub verleihen
und großzügig weitergeben an sie
die Segnungen, die du empfangen hast.*

*Doch zu seiner Zeit beginnt zu glimmen ein Licht am
Horizont des Lebens deiner Spezies
und deutet dir andere Reiche an,
die die Müden und sich als würdig Erwiesenen anlocken.*

*Von diesem heißt es,
es sei ein Wegzeichen.
Einige nennen es die Verlockung,
andere die Verführung.*

Zeitalter um Zeitalter entrücken die Alten
und suchen die Pfade,
die sich den Jüngeren noch nicht zeigen.
Sie verschwinden aus unserer Mitte,
sobald sie gefunden diese Pfade.
Bei den einen heißt das Transzendenz,
bei den anderen Tod.

Die Schriftrolle des Schicksals

Alvins Geschichte

Eins hat mich bei den alten Geschichten von der Erde immer besonders interessiert, ganz gleich, ob sie nun in Englik oder in einer der anderen irdischen Sprachen, die ich gelernt habe, erzählt werden: nämlich das Problem, die Spannung aufrechtzuerhalten.

Manche von den Autoren aus dem zwanzigsten und einundzwanzigsten Jahrhundert hatten das wirklich sagenhaft drauf. Es gab Zeiten, da bin ich drei Nächte hintereinander aufgeblieben, um irgendeine Geschichte von Conrad oder Cunin zu Ende zu lesen.

Was mich schon seit langem beschäftigt, genauer gesagt, seit der Zeit, als ich mir klar darüber wurde, daß ich Schriftsteller werden will, ist das Problem, wie diese Oldies das mit der Spannung hinbekommen haben.

Nehmen wir nun einmal dieses Garn hier, an dem ich nun schon seit einiger Zeit spinne, wann immer ich die Chance erhalte, mich mit meinem Notizbuch auf diesem harten Brett auszustrecken. Das Buch ist an den Rändern schon ganz zerfleddert, weil ich es überallhin mitnehme, um ständig in der Lage zu sein, meine unbeholfenen, hoonmäßigen Buchstaben mit dem an einem Ende zerkauten Bleistift niederkritzeln zu können. – Also, von Anfang an habe ich diese Geschichte in der ersten Person geschrieben, als würde ich ein Tagebuch führen. Nur habe ich den einen oder anderen von den superscharfen Tricks und Kniffen einfließen lassen, die sich mir von der reichlichen Lektüre in all den Jahren eingeprägt haben.

Warum nun alles in der ersten Person? Nun, nach Andersons *Gutes Schreiben leichtgemacht* ist es von großem Vorteil, der Geschichte eine »Stimme« zu verleihen, weil man dem Leser so viel einfacher einen soliden und annehmbaren Blickpunkt geben kann; Schwierigkeiten gibt es damit nur, wenn das Buch in die Traeki-Sprache übersetzt werden sollte, weil die verständlicherweise mit einem Ich-Erzähler nicht viel anfangen können.

Aber es taucht bei dieser Vorgehensweise noch ein Problem auf: Ob es sich nun um eine erfundene Geschichte oder einen echten Erlebnisbericht handelt, der Leser weiß immer schon von Anfang an, daß der Held das Abenteuer überlebt hat!

Wenn dieses Buch endlich vorliegt und gekauft oder ausgeliehen werden kann (hoffentlich erhalte ich vorher noch die Chance, den Text noch einmal zu überarbeiten, dann jemanden zu finden, der die grammatikalischen Fehler verbessert, und schließlich genügend Geld aufzubringen, um das Werk drucken zu lassen), weißt du, werter Leser, daß ich, Alvin Hph-wayuo aus Wuphon Port, Sohn des Muphauwq und der Yowg-wayuo, der unerschrockene Abenteurer und fabelhafte Forscher, heil aus dem Schlamassel wieder herausfinden werde, das ich jetzt niederschreiben will – insofern ich mal ein Gehirn, ein Auge und eine Hand freihabe.

Ich habe nächtelang nachgesonnen. Dabei kam mir die Idee, es mit einer anderen Sprache zu versuchen. Im Galaktik Sieben gibt es einen Versuchskasus, aber der funktioniert im Präteritum nicht so richtig. Und die Quanten-Unsicherheits-Deklination im Buyur-Dialekt, Galaktik Drei … nein, das ist zu abwegig. Außerdem, für welche Leserschaft sollte ich in Galaktik Drei schreiben? Huck ist die einzige, die diese Sprache lesen kann, und von ihr für meinen Roman gelobt zu werden ist in etwa das gleiche, wie von seiner Schwester einen Kuß zu erhalten.

Kehren wir zu den Geschehnissen zurück: Die Wasser des Riffs schäumten und brodelten an der Stelle, an der ich die Erzählung eben verlassen hatte. Der beilartige Schatten des Felsens Terminus legte sich über den Teil des Ozeans, an dem das abgetrennte Kabel und der abgerissene Schlauch immer noch tanzten und das sonst so ruhige Wasser zerteilten. Sie waren eben erst durch eine Katastrophe freigesetzt worden und tobten sich nun mit ungezügelter Kraft aus.

Nur zu leicht konnte man sich vorstellen, was aus der *Wuphons Traum* geworden war, unserem kleinen Schiff, mit dem wir die unbekannten Tiefen erkunden wollten. Die Phantasie stellte sich gegen meinen Willen ein und zeigte mir Bilder von dem hölzernen Rumpf, dessen Räder sich nutzlos drehten und dessen dicke Glasnase geborsten war. Es trudelte in die schwarze Leere hinab und zog seine abgetrennte Leine wie einen Schwanz hinter sich her. Und mit ihm stürzte Ziz, der kleine Traeki-Halbstapel, hinab in die ewige Verdammnis.

Und damit nicht genug! Wir alle hatten noch gut in Erinnerung, wie der kleine Huphu, unser Noor-Maskottchen, von dem um sich schlagenden Ladenbaum in die Luft geschleudert worden war. Schreiend und sich überschlagend war er von uns fortgesegelt und endlich im blauen Wasser des Riffs verschwunden. Hucks Namenspatron hätte dazu gesagt: »War kein bißchen 'n schöner Anblick. Nee, wirklich nich'!«

Lange Zeit standen wir alle nur da und starrten hinab. Ich meine, was hätten wir schon tun können? Selbst die Demonstranten und Protestierer aus Whupon Port und dem Tal schwiegen. Wenn es den einen oder anderen von ihnen jetzt jucken mochte, uns zuzurufen: »Ich hab's euch Häretikern ja gleich gesagt!«, so hielt er sich damit tunlichst zurück.

Wir zogen uns vom Rand zurück. Wer hätte schon etwas davon gehabt, in ein samtglattes Grab zu spähen.

»Das Kabel und den Schlauch einfahren«, befahl Urdonnol, und wenig später drehten sich die Trommeln in die entgegengesetzte Richtung, um das zurückzuholen, was, von den größten Hoffnungen begleitet, vor wenigen Duras herabgelassen worden war.

Der Hoon gab wieder wie vorhin die Tiefe an, nur wurden diesmal die Werte stetig kleiner, und in der dröhnenden Baßstimme schwang keine Begeisterung mit.

Bei zweieinhalb Faden kam das abgerissene Ende des Kabels aus dem Wasser. Es tropfte wie aus einem verletzt herabhängenden Traeki-Tentakel. Die Männer an den Winden verdoppelten ihre Anstrengungen, weil sie endlich feststellen wollten, was geschehen war.

»Sssäureverbrennungen!« rief Ur-ronn schockiert, als das Ende über den Rand rutschte. »Sssabotage!« zischte sie wütend.

Urdonnol schien nicht zu voreiligen Schlußfolgerungen zu neigen, schwang ihren schmalen Schädel aber vor und zurück, um den Blick zwischen dem Kabelende und der Menge der Protestler auf dem Fels hin und her wandern zu lassen. Die Demonstranten schwiegen immer noch und starrten betroffen auf unser Unglück. An Urdonnols Verdacht konnte kein Zweifel bestehen.

»Haut ab! Verschwindet von hier!« schrie Huck die Gaffer an und rollte rasch auf sie zu. Ihre Räder schleuderten Steine und Kies hoch. Erst kurz bevor sie die Demonstranten erreichte, bog sie scharf zur Seite ab. Die Menschen und die Hoon wichen vor ihr zurück. Keiner von ihnen wollte sich über die Zehen fahren lassen. Sogar die roten Qheuen zogen ihre scherenbewehrten, gepanzerten Beine ein und eilten ein paar Meter zurück, ehe ihnen einfiel, daß ein g'Kek-Mädchen für sie keine große Bedrohung darstellte. Dann liefen sie mit klickenden Scheren und zischenden Beinmündern wieder an ihre alten Plätze zurück.

Schere und ich eilten unserer Freundin zu Hilfe. Die Geschichte sah so aus, als würde sie gleich ein schlimmes Ende für Huck nehmen. Aber im nächsten Moment folgten uns schon ein paar graue Qheuen und ursische Schmiedinnen (allesamt zentnerschwere Stuten) mit Knüppeln, um der Forderung des g'Kek-Mädchens den nötigen Nachdruck zu verleihen.

Die Protestierer berechneten kurz das deutlich veränderte Kräfteverhältnis, ließen uns stehen und zogen sich rasch in ihr Lager zurück.

»Mistkerle!« rief eine wieder mutig gewordene Huck ihnen hinterher. »Eklige, stinkige Mörder!«

Nun ja, vor Gericht wäre sie damit kaum durchgekommen, dachte ich, immer noch unter Schock stehend. Weder Huphu noch Ziz waren im rechtlichen Sinne Bürger der Gemeinschaften. Nicht einmal Mitglieder ehrenhalber wie die Glaver. Auch galten Noor und Halbstapel nicht als bedrohte Spezies. Deswegen konnte man hier schlecht von Mord reden.

Aber es kam einer solchen Tat doch schon recht nahe, sagte ich mir. Ich ballte die Hände zu Fäusten und spürte, wie mein Rücken sich unter dem Ansturm von Kampfhormonen anspannte. Wut stellt sich bei einem Hoon nur langsam ein, doch wenn sie erst einmal entfacht ist, kann man dieses Lodern kaum wieder löschen.

Wenn ich heute daran zurückdenke, wie ich mich in jenem Moment gefühlt habe, erfüllt mich das mit Verwirrung und Betroffenheit. Aber die Weisen sagen, daß das, was man empfindet, nicht so schlimm ist, nur das, was man derart angespornt tut.

Keiner von uns wußte, was er jetzt sagen sollte. Wir standen nur eine Weile herum und machten lange Gesichter. Lediglich Urdonnol und Ur-ronn stritten darüber, welche Nachricht man Uriel schicken solle.

Dann riß uns ein schriller Pfiff aus unserer Starre. Wir drehten uns um und sahen Schere, die ganz dicht und tapfer am Rand stand, aus drei Beinmündern Luft ausstieß und uns mit den Scheren der beiden anderen heftig zuwinkte.

»Seht doch-och-och!« stotterte er atemlos. »Huck, Alvin, kommt her-her-her!«

Meine g'Kek-Freundin behauptete später, sie habe gleich gewußt, was Schere gesehen hatte. Nun, im Rückblick gesehen, war das natürlich auch offensichtlich, aber in jenem Moment hatte ich keine Ahnung, was den Qheuen so in Aufregung versetzt haben mochte.

Als ich dann am Rand anlangte, konnte ich nur fassungslos auf das starren, was da aus dem Bauch des Riffs auftauchte.

Unser Boot! Unsere wunderschöne *Wuphons Traum* schaukelte im hellen Sonnenlicht ganz friedlich auf den trägen Wellen. Und obendrauf hockte ein kleines schwarzes Wesen, das vom Kopf bis zur Schwanzspitze durchnäßt war und ein Bild des Jammers bot. Man mußte nicht über die guten Augen eines g'Kek verfügen, um zu erkennen, daß unser Maskottchen noch erstaunter darüber war als wir, mit dem Leben davongekommen zu sein.

Nun vernahmen wir auch ein halb klägliches, halb empörtes Jaulen.

»Wie um allesss in der Welt ...«, begann Urdonnol.

»Aber natürlisss!« rief Ur-ronn gleich. »Der Ballassst hat sssisss gelössst!«

Ich blinzelte mehrmals.

»Ach so, ja, der Ballast. Hrrrm ... Ohne ihn ist die *Traum* natürlich viel leichter und treibt nach oben. Aber es war doch keine Mannschaft an Bord, die an den richtigen Hebeln gezogen hat ... Es sei denn ...«

»Es sei denn, Ziz hat das getan!« beendete Huck meinen Satz.

»Nicht ausreichende/unzureichende Erklärung«, wandte Urdonnol in Galaktik Zwei ein. »Gegen acht abgerissen/abgetrennten Trossen aus schwerem/nach unten drückendem Metall, welches lagert auf Tauchapparat, kommt kleine Luftblase in Bootsinnern nicht an ...«

»Hrrrm, ich glaube, ich weiß, was dieses Wunder möglich gemacht hat ...« Ich schirmte die Augen mit beiden Händen gegen das Sonnenlicht ab. »Huck, was ist denn das da, das unser Boot umgibt?«

Unsere geräderte Freundin rollte bis an den Rand und richtete zwei Augenstiele nach unten, dann noch einen dritten, um ganz sicherzugehen. »Sieht aus wie ein Ballon oder so was, Alvin. Ein Wulst, der sich wie ein Rettungsring um die *Traum* gelegt hat ... Das ist Ziz!«

Das entsprach meiner Wahrnehmung. Ein Traeki-Wulst hatte

sich zu einem Gebilde aufgeblasen, das uns in unseren kühnsten Träumen nicht in den Sinn gekommen wäre.

Wir alle drehten uns zu Tyug um, den Mischmeister des Berges Guenn. Der Vollstapel-Traeki erbebte und sonderte eine bunte Wolke ab, die so roch, als hätte sie in ihm für viel Druck gesorgt.

»Eine Vorsichtsmaßnahme. Wir haben sie nach einer Beratung mit Meisterin Uriel an erwogen. Eine Art Schutz gegen unbekannte und unvorhergesehene Ereignisse oder Kräfte. Wir sind froh, einen solchen Erfolg gevlennt zu haben. Unsere Ringe und die dort unten erwarten ein angenehmes Weitergehen. Schon bald werden wir sie im Rückblick als angenehm empfinden.«

»Mit anderen Worten«, übersetzte uns Schere diese Ausführungen, »steht nicht länger wie eine Herde tagblinder Glaver herum! Laßt uns lieber die beiden heraufholen-olen-olen!«

II.

DAS BUCH VOM HANG

Legenden

Es heißt, frühere Generationen hätten die Schriftrollen ziemlich anders interpretiert, als wir das heute in unseren modernen Gemeinschaften tun.
Zweifelsohne hat jede neue Immigrantenwelle dem Hang eine weitere Glaubenskrise beschert, aus dem der Glauben dann verwandelt und anders strukturiert hervorging.
Anfangs war jedes neuangekommene Volk im Vorteil, brachte es doch Werkzeuge und Geräte von den Göttern der Fünf Galaxien mit und gewann so Überlegenheit über die anderen. Diese Überlegenheit behielten sie unterschiedlich lange, die einen nur für wenige Monate, andere für über acht Jahre.
Auf diese Weise konnte sich jede neue Rasse eine sichere Basis für ihre Nachkömmlinge schaffen. Die Menschen errichteten sie in Biblos, die Hoon auf der Insel Hawph und die g'Kek auf dem Dooden-Mesa.
Doch jedes dieser Völker war sich auch seiner Handicaps bewußt: eine relativ kleine Population und völlige Unkenntnis darüber, wie man sich auf einer unbekannten Welt einrichten und ein vergleichsweise primitives Dasein fristen sollte.
Selbst die mächtigen grauen Königinnen gelangten ziemlich rasch zu dem Schluß, gewisse Prinzipien anerkennen zu müssen, wollten sie nicht den Zorn des vereinten Rests über sich bringen.
Der Exil-Rat setzte bestimmte Pflichten fest. Diese betrafen die Geburtenkontrolle, das Tarnungsgebot, die Erhaltung Jijos und die Abfallentsorgung. Diese fundamentalen Gesetze haben bis zum heutigen Tag Bestand.

Darüber vergißt man leicht, daß andere Angelegenheiten nur nach blutigen Kämpfen geregelt werden konnten.
Zum Beispiel der erbitterte Widerstand gegen die Wiedereinführung der Metallverarbeitung durch die ursischen Schmiede. Dieser basierte nur teilweise auf den Qheuen, die das Monopol für die Werkzeugherstellung nicht aus den Scheren geben wollten. Dagegen richtete sich auch, vor allem in den Reihen der Hoon und der Traeki, der feste Glaube, daß jede Neuerung ein Sakrileg darstelle. Noch bis in unsere Zeit gibt es auf dem Hang einige, die nichts anfassen, was aus ungeschmiedetem Buyur-Stahl hergestellt ist. Und erst recht dulden sie keinen solchen Gegenstand in ihrem Heim oder Dorf. Daran konnte auch die wiederholte Versicherung der Weisen nichts ändern, daß es sich dabei um temporäre Güter handele, deren Gebrauch nicht den Gesetzen zuwiderliefen.
Ein anderer unausrottbarer Glaube findet sich bei den Puritanern, die Bücher grundsätzlich ablehnen. Gegen das Papier selbst haben sie eigentlich nichts, weil es rasch zerfällt und immerhin dazu genutzt werden kann, Kopien von den Schriftrollen herzustellen. Aber diese Bürger, obgleich eine Minderheit, leisten immer noch Widerstand gegen die Bibliothek von Biblos, die sie eine eitle Nichtigkeit nennen und der sie vorwerfen, ein Hindernis für uns darzustellen, weil unser einziges Heil im gesegneten Vergessen liege.
In den Jahren, als sich die Menschen gerade erst auf Jijo anzusiedeln begannen, wurden solche Widerstände vor allem von den Urs und den Hoon mit Gewalt ausgetragen, bis die Schmiedinnen dahinterkamen, daß sich ein hübsches Sümmchen mit dem Gießen von Lettern verdienen ließ. Von der Zeit an hat die Liebe zu Büchern ihren unaufhaltsamen Siegeszug durch die Reihen der Gemeinschaften angetreten.
Seltsamerweise hat gerade die letzte Glaubenskrise die geringste Auswirkung auf unsere heutige Gesellschaft gehabt. Wenn uns nicht schriftliche Unterlagen zur Verfügung stünden, würde es in der jetzigen Zeit kaum noch jemand für möglich halten, daß vor nur hundert Jahren viele auf dem Hang das gerade aufgetauchte Heilige Ei fürchteten und verwünschten. Tatsächlich gab es damals die lautstark vertretene Forderung, die Sprenger-Zunft solle das Gebilde in die Luft

jagen! Der Stein-der-singt müsse vernichtet werden, riefen sie, weil es sonst unseren Aufenthaltsort verraten könne oder, noch weit schlimmer, die Sechs davon abhalten würde, dem Pfad der Glaver zu folgen und Vergessen zu finden.
»Was nicht in den Schriftrollen erwähnt ist, kann auch nicht heilig sein!« lautete ihr Hauptargument.
Seit undenklichen Zeiten ist dies stets die Schlußfolgerung von Fundamentalisten jeder Couleur gewesen. – Dennoch muß zugegeben werden, und heute ist das ja ungefährlicher als vor einem Jahrhundert, daß sich in den Schriftrollen nicht einmal ein entfernter Hinweis auf etwas wie das Ei findet.

Rety

Hier war es dunkel und feucht, und man bekam eine Gänsehaut.

Rety gefiel es in der Höhle überhaupt nicht.

Wahrscheinlich lag es an der staubigen, abgestandenen Luft, daß ihr Herz viel schneller pochte. Vielleicht auch an den vielen Kratzern an den Beinen, die sie sich beim Abstieg in diese unterirdische Grotte zugezogen hatte. Nur eine schmale Felsspalte, die von Bambus zugewachsen war, führte hierher.

Möglicherweise lag es auch an den von überall herandriftenden Schatten, daß ihr der kalte Angstschweiß ausbrach. Jedesmal, wenn Rety rasch mit ihrer ausgeborgten Laterne herumfuhr, vergingen die Schatten zu kalten und toten Felsklumpen. Aber in ihrem Hinterkopf hielt sich beharrlich eine Stimme: *Bis jetzt waren es tatsächlich immer Felsen. Doch wer weiß, ob das Ungeheuer nicht nur mit dir spielt und direkt hinter der nächsten Biegung lauert?*

Sie biß die Zähne zusammen und weigerte sich, dieser Stimme länger zuzuhören. Jeder, der sie Feigling nannte, war ein verdammter Lügner!

Schleicht sich ein Feigling des Nachts an dunkle Orte? Oder tut er Dinge, die ihm verboten worden sind, und das nicht von irgendwem, sondern von den fettärschigen Weisen der Sechs?

Etwas regte sich in dem Beutel, den sie am Gürtel trug. Rety griff unter die fellbesetzte Klappe und streichelte den unruhigen Hengst. »Fürchte dich nicht, Yee. Das hier ist doch bloß ein großes Loch im Boden.«

Ein schmaler Kopf und ein langer, sehniger Hals schoben sich aus der Tasche. Die drei Augen glitzerten im sanften Laternenlicht.

»Yee kein Angst«, protestierte das dünne Stimmchen. »Dunkel

gut! Auf Ebene, klein Urs-Mann lieb Versteckloch, bis find warm Frau.«

»Okay, ist ja schon gut, ich wollte dir nicht ...«

»Yee helf nervös Frau!«

»Wen nennst du nervös, kleiner Mann?«

Doch dann besann sich Rety eines Besseren. Vielleicht sollte sie Yee das Gefühl geben, gebraucht zu werden, wenn ihm das half, seine eigenen Ängste unter Kontrolle zu halten.

»Au! Nicht so fest!« rief der Hengst, als Rety ihn herausnehmen wollte. Das Echo seiner Schreie hallte durch die schwarzen Gänge.

Sie ließ ihn rasch los und streichelte seine Mähne. »Tut mir leid. Hör zu, ich glaube, wir sind bald da. Also wollen wir nicht mehr soviel reden, klar?«

»Okay. Yee halt Klappe. Frau aber auch.«

Rety preßte die Lippen zusammen. Doch ihr Zorn verflog rasch und löste sich in lautem Lachen auf. Wer je behauptet hatte, Urs-Hengste seien nicht schlagfertig, war noch nie ihrem Yee begegnet. Der kleine Mann hatte in letzter Zeit sogar seinen Akzent geändert und äffte seitdem Retys Sprechweise nach.

Sie hob die Laterne und suchte sich ihren Weg durch das Höhlenlabyrinth. Merkwürdige Mineralformationen, die das Licht von tausend glitzernden Facetten widerspiegelten, zeigten sich im Fels. Unter anderen Umständen wäre das sicher ein bezaubernder Anblick gewesen. Aber Rety hatte jetzt keine Zeit dafür. Schließlich mußte sie einen Gegenstand bergen. Etwas, das einmal für kurze Zeit ihr ganz allein gehört hatte.

Das ist nämlich meine Fahrkarte, um aus diesem Dreckloch hier wegzukommen!

Ihre Fußabdrücke schienen die ersten zu sein, die hier je hinterlassen worden waren – was nicht übermäßig verwundern konnte, weil nur die Qheuen, einige Menschen und ein paar wenige Urs ein Faible für Höhlenforschung hatten. Außerdem war die Soonerin klein genug, um an vielen Stellen durchzukommen.

Mit etwas Glück würde dieser Tunnel in der großen Höhle enden, die Lester Cambel, wie sie aus eigener Beobachtung wußte, einige Male betreten hatte. Um den frustrierten Männern und Frauen aus dem Weg zu gehen, die von ihr verlangten, sie über die Berge zu führen, war sie häufiger dem obersten menschlichen Weisen hinterhergeschlichen.

Nachdem sie festgestellt hatte, wo Lester seine Abende verbrachte, schickte sie Yee los, um das Unterholz ringsherum zu durchforsten. Dabei war er auf diesen Seitenspalt gestoßen, und von da an war Rety nicht mehr auf den bewachten Haupteingang angewiesen.

Überhaupt erwies sich der kleine Bursche als sehr nützlich, und zur großen Überraschung der Soonerin war das Leben als Ehefrau gar nicht so schlecht, sobald man sich erst einmal daran gewöhnt hatte.

Wieder mußte sie sich durch eine Spalte zwängen. Manchmal ging es nicht anders weiter, als zur Seite auszuweichen oder durch einen Felskamin zu schlüpfen, und dann beschwerte sich der Hengst häufig, weil er eingequetscht wurde. Jenseits des gelben Lichtscheins hörte sie Wasser, das unendlich langsam unheimliche Gebilde aus Jijos unterirdischen Mineralien formte, in schwarze Tümpel tropfen.

Mit jedem Schritt zog sich ihre Brust enger zusammen, und sie mußte oft genug gegen ihre eigene Phantasie ankämpfen, in der sie sich zerrissen am Boden liegend oder im Magen einer gewaltigen Bestie sah. Der steinerne Schoß, durch den sie sich bewegte, schien sich ständig zusammenzuziehen, alle Ausgänge zu verschließen und sie zu Staub zermahlen zu wollen.

Bald endete der Gang vor einer sich windenden horizontalen Röhre, dic selbst für sie zu eng schien. So schickte sie Yee voraus, ehe sie, die Laterne vor sich her schiebend, den Einstieg wagte.

Seine Hufe klapperten über den körnigen Kalkstein, und wenig später hörte sie sein vertrautes Flüstern.

»Ist gut! Loch auf, nur noch Stück weit. Mach schnell, Frau, komm!«

Das fand sie so unverschämt, daß sie am liebsten laut geschnaubt hätte. Aber rechtzeitig fiel ihr ein, daß das wohl keine so gute Idee wäre, wo doch ihre Wangen, ihre Nase und ihr Mund ständig über Steinstaub schabten.

Als sie ihren Körper verdrehte, um durch die nächste Windung zu kommen, war sie sich plötzlich absolut sicher, daß die Wände sich auf sie zubewegten.

Dann erinnerte sie sich zu allem Überfluß auch noch daran, was Dwers Bruder über diese Gegend gesagt hatte, als er sie zur Lichtung und vorbei an dampfenden Schwefellöchern führte. Er nannte die Region das Land der Erdbeben, und das schien ihm auch noch gut zu gefallen.

Sie versuchte, sich zu drehen, als ihr Hüftknochen gegen einen vorstehenden Stein stieß.

Ich sitze fest!

Die Vorstellung, hier ewig steckenbleiben zu müssen, löste ein wimmerndes Stöhnen aus ihrer Brust. Sie trat um sich und schlug sich so oft das Knie an, bis es richtig weh tat. Die Welt schien sie tatsächlich verschlingen zu wollen.

Dann knallte sie mit der Stirn gegen einen Stein, und alles verschwamm vor ihren Augen. Die Laterne klapperte in ihren Fingern, und die Kerze darin drohte umzukippen.

»Ruhe, Frau! Halt! Bleib!«

Die Worte prallten von ihr ab. Stur wehrte sie sich weiter gegen den kalten Fels, stöhnte, schob, ächzte und stieß … bis …

… etwas in ihr einrastete. Von einem Moment auf den anderen resignierte sie, erschlaffte und überließ es dem Berg, das mit ihr anzustellen, was auch immer er beabsichtigte.

Und das Wunder geschah. Nur wenige Augenblicke später zogen sich die Wände von ihr zurück. Oder hatte sie am Ende selbst diese Illusion erzeugt?

»Besser nun? Gut. Gut. Schieb jetzt links Bein ... Nein, links ich sag. Gut. Halt jetzt. Okay, roll andere Seit. Gut macht das Frau. Gut!«

Seine helle, leise Stimme war die Rettungsleine, an der sie sich während der nächsten Duras festhielt, die ihr wie eine Ewigkeit vorkamen. Dann ließ die steinerne Umklammerung endlich nach, und unvermittelt rutschte sie eine Sandbank hinunter in eine gleitende, fast flüssige Freiheit, die ihr das Gefühl vermittelte, neu geboren zu werden.

Als sie den Kopf hob, sah sie den Hengst. Er hielt die Laterne mit beiden Armen.

»Brav gut Frau. Kein Frau je so wie Yees toll Frau!«

Sie konnte das Lachen nicht länger zurückhalten. Es platzte einfach aus ihr heraus, und obwohl sie sich beide Hände vor den Mund hielt, hallte es laut von allen Wänden wider. Aufgesplittert von den Stalaktiten kehrte es als hundertfach gebrochenes Echo ihrer Freude darüber zurück, noch am Leben zu sein.

Der Weise betrachtete nachdenklich ihren Vogel.

Er warf immer wieder einen Blick darauf, notierte sich dann etwas auf einem Block und fing dann auch noch an, mit einem metallischen Gegenstand in den mechanischen Eingeweiden herumzustochern.

Rety kochte. Dieser goldgrüne Apparat gehörte ihr! Nur ihr! Sie war ihm von den Marschen im Süden bis in die Rimmers gefolgt, hatte ihn vor einer zerstörungslüsternen Mulch-Spinne gerettet und ihn durch Schweiß, Plackerei und die Kraft ihrer Träume schließlich für sich gewonnen. Jetzt war es ja wohl ihr Recht zu bestimmen, wer ihn untersuchen durfte und wer nicht – wenn denn überhaupt.

Aber davon einmal ganz abgesehen, was konnte sich ein halbwilder menschlicher Schamane schon durch den Einsatz von Glaslinsen und anderem Zeugs groß erhoffen? Mit den Werkzeugen, die er da neben sich ausgebreitet hatte, hätte er vielleicht die alte Rety beeindrucken können – aber die hatte ja auch Dwers Bogen für eine Art Weltwunder gehalten.

Das alles hatte sich nach ihrer Begegnung mit Besh, Rann und den anderen Sternenmenschen gründlich geändert. Heute wußte sie, daß Lester Cambel, trotz all seines Getues, genauso ein Blödmann war wie Jass, Bom und all die anderen Idioten in den Grauen Hügeln. Stumpfsinnige Prahlhänse, einer wie der andere! Grobiane! Dumme Klötze, die sich immer solche Dinge nahmen, die ihnen nicht gehörten.

Im hellen Schein einer Öllampe, die er vor einigen Spiegeln aufgebaut hatte, blätterte der Weise in einem Buch. Die Seiten krachten, als habe schon lange niemand mehr den Band aufgeschlagen.

Die Soonerin hockte in einer Spalte hoch oben in der felsigen Höhlenwand und war zu weit entfernt, um erkennen zu können, um was für ein Buch es sich da handelte. Doch selbst wenn sie näher herangekommen wäre, hätte ihr das nicht viel genutzt, denn sie konnte sowieso nicht lesen.

Auf den meisten Seiten waren Zeichnungen zu sehen, die von vielen einander überschneidenden Linien durchzogen wurden. Nichts davon ähnelte einem Vogel, und schon gar nicht ihrem.

Jetzt bist du an der Reihe, Yee, ich baue auf dich, dachte sie.

Rety ging ein ziemliches Risiko ein. Der Hengst hatte ihr zwar versichert, daß er das erledigen konnte, aber wenn er sich nun auf dem Weg zum anderen Ende der Höhle verirrte? Oder unterwegs seinen Text vergaß? Rety wußte, daß es ihr sehr nahe gehen würde, wenn der kleine Kerl verletzt würde.

Cambels Assistent erhob sich und verließ die Grotte. Vielleicht hatte der Weise ihn auf einen Botengang geschickt, oder er war nur müde und wollte sich zur Nacht zurückziehen. Wie dem auch sei, sein Verschwinden kam ihr äußerst gelegen.

Jetzt bist du an der Reihe, Yee.

Nachdem sie sich so lange durch enge Tunnel gewunden und dabei ständig in der Furcht gelebt hatte, die kleine Kerze in ihrer Laterne könne ausgehen, schmerzte sie das grelle Licht aus der Lampe des Weisen jetzt in den Augen. Nach einigem Zögern hatte sie ihre Kerze ausgeblasen, bevor sie die letzten paar Meter durch den Kamin zurückgelegt hatte, damit der Schein sie nicht verraten konnte.

Jetzt bedauerte sie ihre Entscheidung.

Wenn ich nun dazu gezwungen bin, auf dem Weg zurückzumüssen, den ich gekommen bin?

Die Vorstellung, noch einmal durch den engen Gang zu müssen, war ihr zutiefst zuwider. Doch wenn man sie entdeckte und hinter ihr hersein würde, wäre das ihr letzter Ausweg.

Zu blöd, daß sie die Kerze nicht mehr anzünden konnte.

Vielleicht hätte ich mir doch einmal ansehen sollen, wie man diese Streichhölzer handhabt, mit denen die Hangleute so angeben.

Als Dwer zum ersten Mal ein solches Holz zum Brennen gebracht hatte, hatte das in Rety so viel Ehrfurcht ausgelöst, daß sie gar nicht mitbekommen hatte, wie diese Technik funktionierte. Und als Ur-jah es ihr etwas später noch einmal vorführte, war es ihr nicht besser ergangen.

Natürlich war das alles die Schuld von Jass und Bom und ihrer blöden Idee, Kinder nicht mit Feuer herumspielen zu lassen.

Aber das Feuer kam euch gerade recht, einem Mädchen Verletzungen zuzufügen, was? Ärgerlich berührte sie ihre narbige Wange. *Vielleicht komme ich ja eines Tages zu euch zurück, und dann zeige ich euch, was eine freche Rotzgöre ist, ganz abgesehen davon, wie ihr mich sonst noch genannt habt! Paßt nur auf, es ist gut möglich, daß ich dann mein eigenes Feuer mitbringe!*

Rety gab sich ihrer Lieblingsphantasie hin, in der sie mit den Himmelsmenschen zu deren Heimatwelt reiste. Nun gut, am Anfang würde sie nicht mehr als ihr Schoßtier oder Maskottchen sein. Aber das würde nicht lange so bleiben. Sie würde alles lernen, was sie brauchte, um ganz nach oben zu gelangen, und dann wäre sie eines Tages eine richtige Sternendame und furchtbar wichtig …

So bedeutend, daß ein großer Fürst der Rothen ihr ein Schiff, besser noch eine ganze Flotte zur Verfügung stellen würde, mit der sie dann nach Jijo zurückkehren könnte.

Ha, welchen Spaß es machte, sich auszumalen, was für ein dummes Gesicht Jass machen würde, wenn der Himmel sich mitten am frühen Nachmittag verfinstern und ihre Stimme lauter als tausend Gewitter von oben ertönen würde:

»Du weiser Mann, Mann?«

Das war nicht ihrer Phantasie entsprungen. Die helle Stimme riß sie aus ihren Träumereien. Sie beugte sich vor und entdeckte den Hengst, der nervös vor Cambels Stuhl tänzelte.

»Wie? Wer war das?« brummte Lester. Der Kleine verzog sich rasch, als der Weise sich erhob, den Stuhl mit lautem Scharren zurückschob und sich verwirrt umsah.

»Wort für weiser Mann! Wort von weiser Oma-Urs, Ur-jah.«

Endlich blickte Lester nach unten und machte ein furchtbar einfältiges Gesicht. Dann breitete sich faszinierte Neugierde auf seinen Zügen aus.

»Hallo, kleiner Hengst. Wie bist du denn an den Wachen vorbeigekommen?«

»Wach guck nach Gefahr. Guck über Yee hinweg. Aber sein Yee Gefahr?«

Der kleine Urs giggelte, und es klang genau so wie Retys Gekicher. Die Soonerin war zuerst empört, hoffte aber einen Moment später, der Weise würde das Glucksen nicht wiedererkennen.

Cambel nickte langsam. »Nein, vermutlich nicht. Außer natürlich, wenn dich jemand wütend macht, kleiner Freund. Aber ich versichere dir, daß ich mich hüten werde, so etwas auch nur zu versuchen. Also, was hat es nun mit dieser Nachricht auf sich, die du mir mitten in der Nacht bringst?«

Yee tänzelte vor ihm auf und ab und hob dramatisch beide Arme: »Dringend Zeit für Rede. Du kann später noch guck den tot Vogel. Jetzt zu Ur-jah geh. Jetzt!«

Rety befürchtete schon, seine Vehemenz würde Lester mißtrauisch machen. Aber der Weise legte seine Werkzeuge nieder und setzte sich in Bewegung. »Einverstanden, dann führ mich hin.«

Retys Herz machte vor Aufregung einen Satz. Und im nächsten Moment war sie am Boden zerstört, als der Weise den Vogel mit beiden Händen aufnahm.

Nein, laß ihn da!

Als hätte ihr Gedankenbefehl ihn erreicht, blieb er einen Moment lang unschlüssig stehen, schüttelte den Kopf, legte den Apparat wieder auf den Tisch und entschied sich statt dessen für seinen Block.

»Reitet voran, MacDuff?« erklärte er Yee mit einer weit ausholenden Handbewegung.

»Weiser Mann sagt was?« Der Hengst hob fragend den Kopf.

»Ich habe ... ach, ist ja auch egal. Es war nur ein Zitat. Eine dumme Anspielung. Wahrscheinlich bin ich einfach übermüdet. Erweist Ihr mir die Ehre, Euch tragen zu dürfen, Sir?«

»Nee! Yee führ weiser Mann! Hier komm! Dies Weg!« Und schon trabte er los. Immer wieder blieb er ungeduldig stehen und drehte sich um, weil Cambel ihm nur gemessenen Schritts folgte.

Als die beiden in dem Tunnel verschwunden waren, der zum Haupteingang führte, kam Rety sofort aus ihrem Versteck und schlitterte die Kalksteinwand hinab, bis sie mit dem Hintern auf dem Boden dieser Forschungshöhle landete. Sie rappelte sich gleich auf und huschte zu dem Tisch, auf dem der Vogel lag – immer noch kopflos wie seit dem Tag, an dem er heldenhaft den fremden Roboter bekämpft hatte.

Seine Brust war weit geöffnet wie bei einem Beutetier während eines Festmahls. Seine Innereien glitzerten wie Edelsteine. Rety hatte so etwas noch nie gesehen.

Was hat der Mistkerl mit ihm angefangen? Wollte er ihn etwa wie einen Festtagsbraten ausnehmen? Ihr Zorn wuchs ins Maßlose. *Rann gibt mir vielleicht nichts dafür, wenn diese Nichtsnutze sein Innenleben kaputtgemacht haben!*

Sie beugte sich über den Apparat. Die Öffnung wirkte zu sauber, um mit einem Messer geschnitten zu sein. Als sie vorsichtig den geöffneten Brustkorb des Vogels berührte, bewegte der sich leicht an der Linie, die ihn immer noch mit dem Körper verband. Das Ganze erinnerte sie an eine Tür mit Zargen, wie sie sie einmal im Behandlungszelt der Fremden gesehen und bewundert hatte.

Aha, verstehe ... dann mache ich ihn am besten gleich wieder zu.

Rety schob die Klappe zurück, und sie schloß sich mit einem leisen Klicken.

Im nächsten Moment bereute die Soonerin ihre Hast. Jetzt konnte sie nicht mehr in den Vogel hineinsehen und die blinkenden Lichter beobachten.

Ach, was soll's, geht mich ja sowieso nix an, dachte sie und nahm ihren Besitz vom Tisch. *Ich bin ja schließlich keine Angeberin, die so tut, als wäre sie keine Soonerin oder Wilde.*

Aber das wird nicht immer so bleiben. Sobald ich von hier fort bin, werde ich hübsch die Augen aufhalten und lernen. Ja, alles, was für eine große Dame notwendig ist!

Der Apparat war schwerer, als sie ihn in Erinnerung hatte. Ihr Herz quoll über. Endlich hatte sie ihren Schatz zurück! Sie stopfte den Vogel in ihre Gürteltasche, warf im Vorübergehen einen Blick auf die Bücher, die der Weise auf dem Tisch ausgebreitet hatte, und lief dann den Weg entlang, auf dem Yee und Lester verschwunden waren.

Es ging ohne Mühe und ohne sich bücken zu müssen immer geradeaus nach oben hinaus in die Welt.

Der Pfad war einigermaßen beleuchtet von Lampen, die an den Bambusrohren befestigt waren, mit denen man die Wände verkleidet hatte. Kleine Flammen verbreiteten einen eigenartigen blauen Schein, und zwischen ihnen breiteten sich Schattenseen aus. Trübes Licht drang auch aus Seitenkammern, die fast alle leer waren, weil die Forscher und Arbeiter längst ihr Nachtlager aufgesucht hatten.

In einer Zelle brannte allerdings helles Licht. Rety wollte sich gerade auf Zehenspitzen daran vorbeischleichen, als sie zwei Menschen bemerkte, die sich leise miteinander unterhielten und ihr glücklicherweise den Rücken zukehrten. Sie hatten einige Staffeleien vor sich aufgestellt, auf denen Bilder von den Sternengöttern, ihren Fluggeräten und ihren Werkzeugen zu sehen waren.

Auch die schwarze Station, die Rety nie gesehen hatte, weil sie mittlerweile unter der Erde steckte, war dort in aller Deutlichkeit zu erkennen und wirkte großartiger als so manche Ruinenstätte der Buyur. Doch sie schien winzig im Vergleich zu der monströsen Röhre, die auf dem nächsten Bild dargestellt war, wie sie gerade über dem Wald schwebte.

Mein Sternenschiff, dachte sie, obwohl die Vorstellung, ein so riesiges Gefährt zu betreten, sobald es mit den anderen Fremden zurückkehren würde, sie doch bange machte. Kopf hoch, ermahnte sie sich. Sie durfte nicht vergessen, diesem Tag mit Freude entgegenzusehen, und sie durfte keine Angst zeigen.

Der Künstler hatte Ranns abgehoben belustigte Miene eingefangen – und auch Kunns Jägerblick, während er gerade den Greifarm eines Flugroboters justierte. Die blasse Intensität, die in Beshs Gesicht zum Ausdruck kam, stand im deutlichen Gegensatz zu Lings zynischem Lächeln und ihrem sarkastischen Blick.

Die Soonerin wußte, daß es sich dabei nur um Bilder handelte, so wie jene, die die alten Opas in einen Fels eingeritzt hatten, der sich gegenüber ihrer Winterhöhle in den Grauen Hügeln erhob. Dennoch waren diese Abbildungen hier so lebensecht und akkurat, daß Rety fast schon Zauberei dahinter vermutete.

Die Hangleute studieren die Sternenmenschen. Was hat das zu bedeuten? Was haben sie vor?

Sie zwang sich, sich wieder auf den Weg zu machen, um pünktlich zu dem Treffen zu erscheinen.

Was immer die Hänger vorhaben, es wird ihnen doch nichts nützen!

Rety setzte ihre Beine in Bewegung, starrte aber weiter in die Kammer und wäre beinahe gestolpert.

Bald roch die Luft nicht mehr so muffig, und die harten Echos wurden weicher. Nach ein paar weiteren Schritten hörte sie Stimmen … Lester sprach mit einem anderen Menschen.

Die Soonerin schlich zur nächsten Biegung und schob den Kopf um die Ecke. Der Weise redete auf den Höhlenwächter ein, der seinerseits den Hengst mit wütenden Blicken bedachte.

»Geheimhaltungswespen können die winzigsten Roboter aufspüren«, erklärte Cambel gerade. »Aber wie steht es mit kleinen Hengsten wie diesem hier?«

»Ehrlich, Weiser, ich kann mir beim besten Willen nicht vorstellen, wie er an mir vorbei …«

Lester winkte ab. »Er hat ja nichts Schlimmes angestellt, und es ist auch sonst kein Schaden angerichtet worden. Die Verachtung, die die Piraten für uns empfinden, ist gleichzeitig unser größter Schutz. Sie sind nämlich der Überzeugung, daß es bei uns nichts gibt, was sich auszuspionieren lohnt. Von nun an bemühst du dich einfach, noch etwas wachsamer zu sein, ja?«

Er klopfte dem jungen Mann auf die Schulter und eilte hinter Yee her, der schon weitergetrabt war. Der Mondschein drang durch schaukelnde Baumäste und beleuchtete den Weg.

Der Wächter, der sich den Vorfall immer noch nicht erklären konnte, setzte eine grimmige Miene auf, nahm seine Waffe – einen langen Stock mit einem scharfen, spitzen Messer an einem Ende – und stellte sich breitbeinig mitten in den Höhleneingang.

Als Cambels Schritte nicht mehr zu hören waren, zählte Rety bis zwanzig und setzte sich dann wieder in Bewegung. Äußerlich ganz gelassen, schlenderte sie auf den jungen Mann zu, der sofort herumfuhr, als er sie kommen hörte.

Die Soonerin schenkte ihm ein freundliches Lächeln und bemühte sich, so zu tun, als sei alles in bester Ordnung. »Schätze, für heute habe ich genug getan.« Sie gähnte, ohne ihre Schritte zu verlangsamen. Der Wächter machte ein unschlüssiges Gesicht. »Ich sage dir, diese Wissenschaftsarbeit schlaucht einen ganz schön. Tja, dann gute Nacht.«

Jetzt hatte sie die Höhle hinter sich, atmete befreit die klare Bergluft ein und mußte an sich halten, um nicht gleich loszurennen.

Vor allem dann nicht, als der Wächter rief: »He, sofort stehenbleiben!«

Sie blickte über die Schulter, ging aber weiter und grinste ihn kurz an. »Wie? Gibt's irgend etwas, das ich für dich tun kann?«

»Was ... Wer bist du?«

»Ich habe hier drinnen etwas, das der Weise dringend sehen möchte«, erklärte sie mit absoluter Überzeugungskraft und klopfte auf ihren Gürtelbeutel, ohne auch nur eine Sekunde stehenzubleiben.

Der Wächter schien endlich zu einem Entschluß gelangt zu sein und setzte sich in Bewegung.

Die Soonerin lachte befreit auf und sprintete in den Wald. Sie wußte, daß der junge Mann sie nun nicht mehr einholen konnte. Der Trottel hatte seine Chance verpaßt. Geschah ihm recht.

Dennoch war sie auch ein wenig froh darüber, daß er ihr folgte.

Yee erwartete sie am vereinbarten Treffpunkt, der Bohlenbrücke, die auf halber Strecke zu dem Ort stand, an dem sie sich mit Rann verabredet hatte. Kaum hatte der Hengst sie entdeckt, da stieß er schon ein schrilles Wiehern aus und flog geradezu in ihre Arme.

Seine Freude ließ allerdings rasch nach, als er in seinen geliebten Beutel steigen wollte und feststellen mußte, daß er bereits besetzt war. Rety nahm ihn und schob ihn sich unter die Jacke. Nachdem er sich dort eine Weile hin und her gedreht hatte, schien er mit seinem neuen Zuhause zufrieden zu sein.

»Yee sag doch Frau. Yee seh ...«

»Wir haben es geschafft!« rief das Mädchen überglücklich und konnte es noch gar nicht richtig fassen, daß das Abenteuer so gut ausgegangen war. Die Verfolgungsjagd war der perfekte Abschluß des Unternehmens gewesen. Während sie begeistert durch den Wald gelaufen und gesprungen war, hatte sich der Riesentrottel in der Dunkelheit bald nicht mehr zurechtgefunden. Rety hatte sich sogar den Spaß gemacht, zu ihm zurückzuschleichen und ihn in seiner Hilflosigkeit zu beobachten, ehe sie an ihm vorbeigehuscht und zum Treffpunkt geeilt war.

»Du hast aber auch prima Arbeit geleistet«, fühlte sie sich verpflichtet, den Hengst zu loben. »Ohne dich wäre es bestimmt nicht ganz so leicht für mich gewesen.« Sie drückte ihn fest an sich, bis er mit ersticktem Schnauben dagegen protestierte. »Hat es dir Mühe gemacht, dich zu verdrücken?«

»Weiser Mann kein Problem. Yee ihn laß steh und weg. Aber dann ...«

»Großartig, dann wäre das ja ausgestanden. Wir sollten uns jetzt sputen. Wenn Rann zu lange warten muß, ist er vielleicht mies gelaunt ...«

»Aber dann Yee seh was auf Weg zu Treff mit Frau. Ganz Herde von Urs, Qheuen, Hoon und Mensch ... alle geh schleich-schleich durch Dunkel. Und trag groß Kiste.«

Die Soonerin hüpfte schon den Pfad hinunter, der zu der Stelle führte, an der der Sternenmensch erscheinen wollte. »So, tatsächlich? Wahrscheinlich eine von diesen dummen Prozessionen. Die Pilger wollen sicher wieder zu dem großen Felsen, den sie für einen Gott oder so halten.« Für den Aberglauben dieser Planetenhocker hatte sie nur noch Verachtung übrig.

Das, was sie bislang über das von den Hangleuten so gepriesene »Ei« gehört hatte, war doch bloß gut, um kleine Kinder zu erschrecken. Genauso wie die Spukgeschichten über Geister, Riesenungeheuer und Glavergespenster, die oft und gern am Lagerfeuer in den Grauen Hügeln erzählt wurden – ganz besonders, seit Jass und Bom die Führung übernommen hatten. Wann immer harte Zeiten angebrochen waren, schimpften die Jäger bis tief in die Nacht hinein und suchten nach irgendwelchen Gründen, warum die Jagdtiere sich rar machten. Vielleicht waren sie ja böse auf die Jäger, so argumentierten sie, und deshalb müsse man nach Wegen suchen, sie zu beschwichtigen.

»Herde von Schleich-Schleich nicht geh zu heilig Fels!« protestierte der Urs. »Geh ganz ander Weg. Trag kein weiß Gewand. Und auch nicht sing. Nur schleich-schleich. Hör doch zu, Frau, geh mit Kiste zu anderer Höhle!«

Rety lächelte nachsichtig. Der kleine Hengst in ihrem Beutel glaubte sicher, auf etwas furchtbar Wichtiges gestoßen zu sein.

Dann erreichte sie eine Stelle, von der aus man das ganze kleine Tal überblicken konnte, in dem die Sternenmenschen sich niedergelassen hatten. Mondschein ergoß sich über die Zelte, die in diesem Halblicht merkwürdig ungetarnt aussahen.

Ein leises Summen ertönte von Westen her, und ein Glitzern fiel ihr ins Auge. Ein glänzendes Fluggerät tauchte jetzt auf und zog beim Anstieg seine beiden kleinen Flügel ein. Rety verspürte überall am Körper ein Prickeln, als sie das Luftboot der Fremden wiedererkannte. Sicher kehrten die Sternenmenschen gerade von einer ihrer geheimnisvollen Expeditionen zurück.

Gebannt verfolgte das Mädchen, wie das Gefährt sanft aufsetzte, sich dann ein Loch im Talboden auftat und das Boot verschluckt wurde.

Das Herz wurde ihr leicht, und sie spürte eine wachsende Erregung in sich aufsteigen.

»Jetzt aber ruhig, Ehemann«, tadelte sie Yee, weil er sich darüber beschwerte, daß sie ihm nicht richtig zuhörte. »Uns erwarten jetzt Feilschen und Verhandeln.«

»Wir jetzt könn feststell, ob sie auch gut bezahl.«

Asx

Meine Ringe, ihr braucht nicht meine jämmerlichen Grübeleien, um zu wissen, was vor sich geht. Gewiß hat jeder einzelne von euch es längst in seinem öligen Wulstkern gespürt.

Das Ei! Langsam, als käme es aus tiefer Erstarrung zurück, erwacht es.

Vielleicht herrscht nun wieder friedliches Einvernehmen zwischen unseren Gemeinschaften. Der Geist der Einheit, der einst unseren Willen mit kollektiver Entschlossenheit verbunden hat.

Ach, möge es doch so sein!

Wir sind so zersplittert. So weit davon entfernt, bereit zu sein. So unwürdig geworden.

Ach, möge es doch so sein!

Sara

Die Stapel waren mit Polierbienen verpestet, und in den Musikräumen schwirrten hungrige, stechfreudige Papageienfliegen umher, aber die Schimpansen, die gerade Hausmeisterdienst hatten, waren viel zu beschäftigt, um die Plagegeister auszuräuchern.

Während Sara im West-Atrium frische Luft schnappte, beobachtete sie, wie die behaarten Arbeiter den Bibliothekaren dabei halfen, wertvolle Bände in die mit Wolle ausgepolsterten Kisten zu packen und diese dann mit dem roten Wachs tropfender Kerzen zu versiegeln. Wachsklumpen verklebten das Fell der Affen, und sie beschwerten sich untereinander mit raschen Handzeichen.

So ist das nicht recht, übersetzte Sara die Gesten und heiseren Grunzlaute eines der Arbeiter. *Bei solch unziemlicher Hast unterlaufen uns Fehler, die wir später bereuen werden.*

Wie wahr, werter Werker, entgegnete sein Kollege. *Dieser Roman von Auden gehört nicht zu den griechischen Klassikern! Wir bekommen nie wieder eine Ordnung in dieses Chaos, sobald die Krise endlich abgeflaut ist, was über kurz oder lang geschehen muß.*

Na ja, dachte Sara, vielleicht ist meine Übersetzung auch etwas lückenhaft. Doch die Schimpansen, die hier beschäftigt waren, galten als ganz besondere Arbeiter und waren fast so geschickt wie Prity.

Über ihr erhob sich das Atrium der Halle der Literatur, überspannt von Brücken und Rampen, die Leseräume und Galerien miteinander verbanden. Überall waren die Wände vom Boden bis zur Decke voller Regale, die unter der Last der Bücher ächzten, alle Geräusche verschluckten und den Geruch von Tinte, Papier, Weisheit und staubiger Zeit absonderten.

Obwohl in wochenlanger hektischer Betriebsamkeit Eselskarawanen beladen und zu weit entfernten Höhlen geschickt worden waren, waren noch keine sichtbaren Lücken im Bücherberg entstanden. Immer noch drohte die Bibliothek von Bänden in allen Farben und Formaten aus den Nähten zu platzen.

Der Weise Plovov nannte diese Halle – die Abteilung für Sagen, Magie und Volksglauben – das Haus der Lügen. Doch Sara hatte das Gefühl, daß dieser Ort weniger mit der Bürde der Vergangenheit überladen war als die Wissenschaftsabteilungen. Was konnten die Wilden von Jijo jemals dem Berg von Fakten hinzufügen, den ihre gottgleichen Vorfahren mit hierher gebracht hatten?

Ein Berg allerdings, von dem es hieß, daß er sich gegen die Große Galaktische Bibliothek wie ein Sandkorn ausnehme. Die Geschichten in diesem »Haus der Lügen« brauchten hingegen niemals zu fürchten, von uralten Autoritäten schmählich zurückgewiesen zu werden. Ob gut oder schlecht, großartig oder unwichtig, kein Werk der Literatur würde je als »falsch« oder »unkorrekt« angesehen werden.

»Es ist ziemlich einfach, originell zu sein, wenn man sich nicht darum scheren muß, ob man die Wahrheit wiedergibt oder nicht. Magie und Kunst erwachsen aus der Beharrlichkeit eines Egomanen, daß der Künstler recht und das Universum unrecht habe«, pflegte Plovov zu erklären.

Natürlich war dem so, dachte Sara. Doch auf der anderen Seite hielt sie den Weisen einfach nur für neidisch.

Als die Menschen nach Jijo gekommen waren, mußte das auf die fünf anderen Rassen so gewirkt haben wie die erste Begegnung der Erde mit der Galaktischen Kultur. Nach Jahrhunderten, in denen sie mit einer Handvoll Schriftrollen hatten auskommen müssen, reagierten die Urs, die g'Kek und die anderen sowohl mit Argwohn als auch mit unstillbarem Appetit auf die neue Bücherflut. Zwischen den blutrünstigen, aber nie sehr lange andauernden Kriegen verschlangen die Nichtmenschen die irdischen Abenteuergeschichten, Dramen und hochgeistigen Romane. Und wenn sie sich niedersetzten, um eigene Geschichten zu schreiben, kopierten sie die Autoren der Erde. Die grauen Qheuen-Königinnen bevorzugten pseudoelisabethanische Liebesromane, und die Urs-Stämme ahmten Abenteuergeschichten um die nordamerikanischen Indianer nach.

Doch seit kurzem blühten neue Stilarten auf, von heroischen Abenteuern bis hin zu epischen Poemen, die in sonderbarem Versfuß und Rhythmus abgefaßt waren und sich der letzten Reste an Ordnung in den Sprachen Galaktik Sieben und sogar Galaktik Zwei entledigten.

Die Drucker und Buchbinder erhielten mittlerweile ebenso viele Aufträge für neue Titel wie für Nachdrucke. Die Gelehrten diskutierten bereits darüber, was dieser Aufbruch zu bedeuten habe. Bahnte sich eine neue Häresiewelle an, oder wurde der Geist von seinen letzten Fesseln befreit?

Nur wenige wagten es, den Ausdruck »Renaissance« zu verwenden.

Wozu sich die Köpfe heiß reden, alles ist ja vielleicht schon in ein paar Tagen oder Wochen vorbei, sagte sich Sara düster. Die letzten Nachrichten von der Lichtung – ein tapferer Kajakfahrer hatte sie überbracht und auf dem Weg hierher sogar die Bibur-Stromschnellen bezwungen – besagten, daß die Weisen unverändert an ihrer wenig erfreulichen Einschätzung der Lage und der Absichten der Genräuber festhielten.

Nun, Bloor sollte mittlerweile dort eingetroffen sein. Saras Plan, die Fremden mit Fotos zu erpressen, mochte sie vielleicht nicht von einem Massenmord abhalten, aber den Sechsen blieb in ihrer Not nichts anderes übrig, als alles zu versuchen.

Sogar Arianas verrückten Vorschlag, auch wenn der noch so grausam ist.

Die Stimme der Alten ertönte aus dem Zimmer, das hinter Sara lag.

»Laß das mal, mein Lieber. Du hast dich jetzt lange genug damit abgemüht. Wollen doch mal sehen, ob du mit diesem schönen Buch hier mehr anfangen kannst. Hast du solche Symbole oder Worte schon einmal gesehen?«

Seufzend drehte die Tochter des Papiermachers sich um und kehrte in die Kinderabteilung zurück.

Der Fremde saß neben Arianas Rollstuhl, und rings um ihn herum waren Bücher mit bunten Bildern und einfachem Text ausgebreitet. Obwohl er bereits tiefe Ringe unter den Augen hatte, ließ er sich doch brav Band um Band reichen und fuhr mit den Fingerspitzen über die Punkte, Striche und Querstriche des Galaktik-Zwei-Texts – eigentlich ein Lesebuch für junge ursische Füllen.

Sara verfolgte, wie er sich mit gespitzten Lippen und klickender Zunge durch die Seite kämpfte. Seine Augen schienen die Symbole wiederzuerkennen, aber die Worte und Sätze selbst ergaben offensichtlich keinen Sinn für ihn.

Genauso war es auch schon mit den Büchern in Galaktik Sechs, Englik und Galaktik Sieben gewesen. Es zerriß Sara das Herz, wenn sie mit ansah, wie er sich quälte. Vermutlich begriff der Verwundete erst jetzt die ganze Tragweite dessen, was ihm genommen worden war – was er für immer verloren hatte.

Die Weise im Ruhestand wirkte außerordentlich zufrieden. Auf jeden Fall strahlte sie Sara an. »Das ist kein Bauerntölpel aus irgendeinem Hinterwäldlerdorf«, erklärte sie. »Unser Freund war einmal ein sehr gebildeter Mann und kennt jede Sprache, die unter den Sechsen in Umlauf ist. Wenn noch Zeit bleibt, führen wir ihn in die linguistische Abteilung und versuchen es mit einigen der vergessenen und ausgestorbenen Dialekten.

Wenn er auch noch Galaktik Zwölf kennen sollte, wäre das eine Sensation! Nur drei Gelehrte aus Jijo verstehen diese Sprache heute noch!«

»Und wozu soll das gut sein?« erwiderte Sara. »Du hast deine Tests durchgeführt. Warum läßt du ihn jetzt nicht in Ruhe?«

»Nur noch eine Minute, Liebes. Noch ein oder zwei kleine Versuche, dann hören wir auf. Wart's nur ab, ich habe das Beste bis zum Schluß aufgehoben.«

Zwei Bibliotheksangestellte blickten beunruhigt auf, als Ariana nach einem Stapel Bücher griff, der an ihrer Seite aufgebaut war. Darunter befanden sich unersetzliche Bände. Ringe waren in ihre Rücken eingelassen, da sie normalerweise an ihre Regale angekettet wurden. Den Archivaren schien es ganz und gar nicht zu gefallen, daß irgendein der Sprache nicht mächtiger Wilder in ihnen herumblätterte.

Sara konnte es nicht mehr mit ansehen und wandte sich ab.

In der Kinderabteilung herrschte Stille. Ein paar Kleine hockten an Tischen und waren ganz in ihre Lektüre vertieft.

Gelehrte, Lehrer und reisende Bibliothekare aller sechs Rassen kamen zum Studieren, Kopieren oder Ausleihen hierher und trugen ihre wertvolle Fracht dann per Wagen, Boot oder Eselskarren zu ihren jeweiligen Siedlungen am Hang zurück.

Sara sah, wie ein roter Qheuen vorsichtig ein paar der schweren, in Bronze gebundenen Bände auflud, die seine Rasse für die Lektüre im feuchten Klima benötigte. Zwei Lorniks, seine Assistenten, die zum Seitenwenden ausgebildet waren, halfen ihm dabei. Einer von ihnen schlug nach einer Polierbiene, die gerade über den Umschlag eines Buches krabbelte und mit ihrem Unterleib liebeshungrig darüber rieb. Eine feine, glänzende Schicht blieb dort zurück und löste den darunterliegenden Text auf.

Bis heute hatte noch niemand herausgefunden, welche Funktion diese Insekten einst für die Buyur erfüllt hatten. Nur eines stand fest: Heute empfand man sie allgemein nur als lästige Plage.

Sara bemerkte Bürger aus allen Gemeinschaften, meist Erzieher, die sich schlicht weigerten, sich von irgendeiner Krise dabei behindern zu lassen, die nachfolgende Generation aufzuziehen.

Hinter dem roten Qheuen suchte ein älterer Traeki die Bände heraus, die mit einer Spezialbeschichtung versehen worden waren, um den Flüssigkeiten zu widerstehen, die von neuen Stapeln und Halbstapeln abgesondert wurden, solange sie noch zu unbeholfen waren, um ihre Sekretproduktion kontrollieren zu können.

Leises Stöhnen ließ Sara herumfahren. Der Fremde hielt ein großes, schmales Buch von offensichtlich hohem Alter in den Händen. Die Farben waren weitgehend zu Grautönen verblaßt. Man sah dem Verwundeten an, wie hinter seiner Stirn die unterschiedlichsten Emotionen aufeinanderprallten.

Sara blieb keine Zeit mehr, den Buchtitel zu entziffern. Sie konnte auf dem Einband gerade noch eine schwarze Katze erkennen, die auf dem Kopf einen gestreiften Zylinder trug. Dann riß der Fremde den Band zum grenzenlosen Entsetzen der Bibliotheksmitarbeiter auch schon an die Brust, ließ ihn nicht mehr los und schaukelte mit geschlossenen Augen vor und zurück.

»Ich wette, das kennt er noch aus seiner Kindheit«, diagnostizierte Ariana und notierte sich rasch etwas auf ihrem Block. »Gemäß den Katalogen war diese Geschichte bei den Kindern der nordwestlichen Zivilisation auf der Erde sehr beliebt … und das vor über dreihundert Jahren ... Wir können jetzt also seinen kulturellen Hintergrund lokalisieren ...«

»Großartig. Dann bist du jetzt endlich fertig?« fragte Sara gereizt.

»Was? Ach so, ja. Vermutlich. Für heute jedenfalls. Beruhige ihn doch bitte, Kleines. Und dann bring ihn in die Lauschabteilung. Ich warte dort auf euch.« Damit gab sie dem Schimpansen, der ihren Rollstuhl zu schieben hatte, ein Zeichen und ließ Sara mit dem aufgeregten Fremden allein.

Er murmelte etwas vor sich hin, wie er das von Zeit zu Zeit zu tun pflegte, und wiederholte immerzu denselben Satz. Es schien sich dabei um etwas zu handeln, das sich trotz seiner Hirnschädigungen an die Oberfläche zu drängen versuchte. Aber ungeachtet der Inbrunst seiner Bemühungen schien es sich um puren Nonsens zu handeln.

»... eine Nasche in meiner Tasche ... eine Nasche in meiner Tasche ...«, repetierte er mit nagender Intensität.

Sanft, aber bestimmt gelang es Sara, seine Finger von dem alten Buch zu lösen und es den zitternden Archivaren auszuhändigen. Dann brachte sie den Fremden mit noch mehr Geduld dazu, sich zu erheben. Seine Augen waren umwölkt von einer Trauer, die Sara gut nachvollziehen konnte. Auch sie hatte jemanden verloren, der ihr sehr teuer gewesen war.

Nur beweinte dieser Mann den Verlust seiner selbst.

Zwei g'Kek-Gelehrte erwarteten sie am Eingang zur Lauschabteilung. Es handelte sich um studierte Mediziner, die den Fremden schon bei seiner Ankunft in Biblos untersucht hatten. Einer von ihnen nahm ihn jetzt an der Hand.

»Die Weise Foo wünscht, daß du sie zum Beobachtungsraum begleitest. Hier entlang, bitte«, erklärte der andere Sara. Einer seiner Augenstiele wies auf eine Tür, die sich ein Stück weit den Gang hinunter befand. Als der Fremde sich zu ihr umdrehte und sie fragend ansah, nickte sie ihm ermutigend zu, und als er sie vertrauensselig anlächelte, fühlte sie sich noch schlechter als vorher.

Im Beobachtungszimmer herrschte Halbdunkel. Nur durch zwei runde Fenster drang Licht herein. Sie waren mit exquisit gefertigten Scheiben mundgeblasenen Glases versehen, makellos bis auf die charakteristische Verdickung in der Mitte. Durch sie konnte man in einen Nebenraum blicken, in dem die beiden g'Kek-Ärzte den Fremden vor eine große Kiste setzten, auf deren einer Seite sich eine Kurbel befand, während von der anderen ein großer, hornartiger Trichter aufragte.

»Komm doch rein, Mädchen. Und mach bitte die Türe hinter dir zu.«

Saras Augen brauchten ein paar Duras, ehe sie sich an das trübe Licht gewöhnt hatten und erkennen konnten, wer sich bei Ariana befand. Und dann war es auch schon zu spät, um noch aus dieser Kammer zu fliehen.

Die ganze Truppe aus Tarek war anwesend, und dazu noch zwei Männer in Gelehrtentracht. Ulgor und Klinge hatten natürlich Gründe dafür, hier zu sein: Klinge hatte dabei geholfen, den Fremden aus dem Sumpf zu bergen, und Ulgor war Ehrendelegierte aus Dolo. Selbst Jop hatte ein offizielles Interesse an dem Fall. Aber was hatten Jomah und Kurt, der Sprengmeister, hier verloren? Welche mysteriösen Motive sie überhaupt nach Tarek geführt hatten, blieb immer noch im dunkeln. Jedenfalls verfolgten sie die Vorgänge hinter den beiden Scheiben mit jener schweigenden Intensität, die das Markenzeichen ihrer Familie und Zunft war.

Die beiden Gelehrten drehten sich zu Sara um.

Bonner und Taine! Ausgerechnet die beiden Bürger, denen sie während ihres hiesigen Aufenthalts am ehesten aus dem Weg hatte gehen wollen.

Die beiden Herren erhoben sich.

Sara zögerte einen Moment und verbeugte sich dann tief. »Meine Meister.«

»Teure Sara«, ächzte Bonner. Der Topologe, dessen Haar sich deutlich lichtete, mußte sich mittlerweile noch mehr auf seinen Gehstock stützen als damals, als sie ihn das letzte Mal gesehen hatte. »Wie sehr haben wir dich in diesen staubigen Hallen vermißt.«

»Kaum mehr als ich euch, Meister«, antwortete sie und war überrascht darüber, wie sehr diese Worte der Wahrheit entsprachen. Möglicherweise hatte sie in der Betäubung, die sich nach Joshus Verlust eingestellt hatte, neben den schlechten auch zu viele gute Erinnerungen weggeschlossen.

Als sie die Wärme der Hand spürte, die ihr der alte Weise auf den Arm legte, mußte sie wieder an ihre häufigen gemeinsamen Spaziergänge denken, während derer sie über die rätselhaften und immer auch faszinierenden Gewohnheiten von *Gestalten* diskutiert hatten, genauer gesagt über die, die lediglich mit Symbolen beschrieben, niemals aber von einem menschlichen Auge gesehen werden konnten.

»Bitte, nenn mich nicht mehr Meister«, forderte er sie auf. »Du bist nun selbst eine Gelehrte, oder solltest es bald sein. Komm, nimm zwischen uns beiden Platz, so wie in den alten Zeiten.«

Als sie den anderen Gelehrten, den Mathematiker Taine, ansah, wurde ihr bewußt, daß hier ein bißchen zuviel der alten Zeiten wieder auflebte. Der große, silberhaarige Algebra-Spezialist schien sich überhaupt nicht verändert zu haben und wirkte immer noch rätselhaft und distanziert.

Taine nickte ihr zu, nannte zum Gruß kurz ihren Namen und richtete den Blick dann wieder auf die Fenster. Es war typisch für ihn, sich auf den Platz gesetzt zu haben, auf dem er am weitesten von den anwesenden Nichtmenschen entfernt sein konnte.

Das Unbehagen, das der Weise in Gegenwart der anderen Rassen empfand, entsprang keiner persönlichen Marotte, sondern war in allen Gemeinden der Sechs durchaus verbreitet. In jeder Spezies gab es eine Minderheit, die ähnlich dachte; diese Reaktion war tiefverwurzelt und auf alte Anschauungen zurückzuführen.

Viel wichtiger war es, wie man damit umzugehen verstand, und Taine behandelte Urs- oder g'Kek-Lehrer, die ihn aufsuchten, um sich von ihm den binomischen Lehrsatz erklären zu lassen, stets mit ausgesuchter Höflichkeit. Ihm kam allerdings zugute, daß er hier ein Leben in klosterähnlicher Abgeschiedenheit führen konnte, wo er nicht allzu vielen anderen begegnen mußte.

Ein ähnliches Leben hatte damals auch Sara für sich erhofft und erwartet –

– bis ein Buchbinder auf Besuch in ihr Leben getreten war, sie heftig umworben und ihr Herz mit bis dahin nie gekannten Hoffnungen erfüllt hatte;

– bis sie ihren verblüfften Kollegen von einem Moment auf den anderen erklärt hatte, daß sie sich nun einem neuen Studienfach zuwenden wolle, und zwar ausgerechnet der Linguistik;

– bis Joshu der Pfefferpocken-Epidemie zum Opfer gefallen war, die sich im Tal der Bibur ausgebreitet hatte, eine Seuche, die ihre Opfer mit erschreckender Schnelligkeit dahinraffte. Sara hatte einer anderen Frau beim Trauerritus zusehen müssen, weil sie genau wußte, daß jeder sie beobachten und auf ihre Reaktionen achten würde;

– bis sich ihr nach der Beerdigung der Weise Taine steif und formell genähert und seinen früheren Heiratsantrag erneut vorgebracht hatte;

– bis sie in Panik von diesem Ort des Staubs und der Erinnerungen davongerannt war und sich in das Baumhaus zurückgezogen hatte, von dem aus man den großen Damm überblicken konnte, an dem sie geboren war.

Und jetzt war alles wieder da. Taine war ihr auf seine nüchterne und herbe Art als sehr schön erschienen, damals, als sie als junges Ding nach Biblos gekommen war. Eine große, dominierende Gestalt, die unvergleichlich beeindruckend war. Aber seitdem hatte sich in ihr einiges geändert. Eigentlich hatte sich *alles* geändert.

Unvermittelt verschwand Taines aristokratische Ausstrahlung, als er sich mit einer Hand an den Nacken schlug und eine Verwünschung ausstieß. Dann betrachtete er seine Handfläche und runzelte enttäuscht die Stirn.

Sara sah Bonner an, und der flüsterte ihr zu: »Papageienzecken. Ein wirkliches Ärgernis. Wenn dir so ein Tier ins Ohr krabbelt, dann stehe Jafalls dir bei. Ich habe eine Woche lang alles doppelt gehört, bis Vorjin den verdammten Plagegeist endlich herausziehen konnte.«

Ariana räusperte sich vernehmlich und in dem erfolgreichen Bemühen, die Aufmerksamkeit aller auf sich zu lenken. »Sara, ich habe die anderen bereits von meiner Überzeugung in Kenntnis gesetzt, daß es sich bei deinem Fremden um einen Mann von den Sternen handelt. Weitere Untersuchungen haben uns Aufschluß über die Art seiner Verletzung gegeben.«

Ihr Schimpansen-Assistent verteilte Blätter – Fotokopien –, die das stilisierte Profil eines Männerkopfes zeigten. Pfeile und Textzeilen waren ringsherum angeordnet und verwiesen auf die einzelnen Bestandteile. Für Sara waren die meisten Fachbegriffe Kauderwelsch. Lark allerdings hätte mit ihnen durchaus etwas anfangen können.

»Mir ist eingefallen, daß ich einmal einen Artikel darüber gelesen habe. Und den habe ich glücklicherweise wiedergefunden. Allem Anschein nach hat man zu dem Zeitpunkt, als unsere Vorfahren die Erde verlassen haben, bereits Experimente durchgeführt, deren Ziel darin bestand, direkte Verbindungen zwischen Computern und menschlichen Gehirnen herzustellen.«

Sara hörte hinter sich ehrfurchtsvolles Ausatmen. Für viele Bürger der Sechs stellten Computer eine übernatürliche Macht dar. Die Mannschaften aller Schleichschiffe, die nach Jijo gekommen waren, hatten zuallererst ihre digitalen Geräte in kleine Klumpen eingeschmolzen, bevor sie ihre Schiffe in der größten Tiefe des Mitten versenkten. Kein anderer Gegenstand hätte so rasch die illegale Anwesenheit von intelligenzbehafteten Wesen auf dieser Brachwelt verraten können.

Sara hatte ein paar verrückte Geschichten von der Erde gelesen, in denen der Autor von Gehirnen, die mit einem Computer verknüpft waren, gefaselt hatte. Damals hatte sie so etwas immer für eine Metapher gehalten und sich keine weiteren Gedanken darüber gemacht – sie fühlte sich an die Erzählungen von Menschen erinnert, die mit Klebstoff Federn an ihren Gliedmaßen befestigt hatten und dann herumgeflogen waren.

Aber nun erklärte Ariana, irdische Wissenschaftler hätten so etwas seinerzeit durchaus ernst genommen.

»Diese Abbildungen zeigen, welche Gehirnregionen zur Zeit des Abflugs unserer Ahnen für neuralelektronische Verbindungen vorgesehen waren«, fuhr die Alte jetzt fort. »Wir dürfen durchaus davon ausgehen, daß diese Wissenschaft in den dreihundert Jahren, die seitdem vergangen sind, ein gutes Stück vorangekommen ist. Mehr noch, ich bin der festen Überzeugung, daß unser Fremder das Produkt dieser Forschung implantiert bekommen hat – ein Apparat, den man ihm unmittelbar über dem linken Ohr eingepflanzt hat. Dieser versetzte ihn in die Lage, mit Computern und anderen, ähnlichen Geräten zu kommunizieren.«

Sara konnte nicht länger an sich halten. »Aber dann ist ...«

Ariana hob eine Hand, um sie zum Schweigen zu bringen. »Wir dürfen mit an Sicherheit grenzender Wahrscheinlichkeit davon ausgehen, daß er sich die Verletzungen und Verbrennungen beim Absturz seines Schiffes oder Flugapparats in den Ewigen Sumpf zugezogen hat – unweit der Stelle, an der Sara und ihre Freunde ihn dann gefunden haben.

Er konnte sich zwar aus dem Fluggerät befreien und überlebte, aber sein Glück verließ ihn, als der künstliche Kommunikator beim Aufprall aus seinem Kopf gerissen wurde und dabei Teile seines linken Gehirnlappens mitgenommen hat.

Ich muß wohl an dieser Stelle nicht extra darauf hinweisen, daß in diesen gewaltsam entfernten Teilen das Sprachzentrum sitzt.«

Sara konnte sie nur anstarren. Durch die Scheiben sah sie dann den Mann, über den Ariana gerade gesprochen hatte. Er saß mit wachen und intelligenten Augen da und beobachtete interessiert die beiden g'Kek-Ärzte, die ihre Gerätschaften ordneten.

»Ich kann es kaum glauben, daß er eine solche Verletzung überlebt hat«, drückte Bonner seine und Saras Verwunderung aus.

»In der Tat scheint er über einen bemerkenswerten Überlebenswillen zu verfügen. Wenn er nicht erwachsen und ein Mann wäre und demzufolge über eine feste Synapsenstruktur verfügt, hätte er das Sprechen über die halbdormanten Stellen im rechten Gehirnlappen wiedererlernen können – so wie das manchmal bei Kindern und Frauen möglich ist, die einen ähnlichen Schaden in der linken Gehirnhälfte erlitten haben.

Doch so, wie die Dinge nun einmal stehen, bleibt nur noch eine Möglichkeit of –« Sie hielt inne, als ihr die Ärzte im Nebenzimmer ein Zeichen mit den Augenstielen gaben.

»Oh, ich sehe gerade, daß die Herren soweit sind. Dann wollen wir also zur Tat schreiten.«

Die Weise öffnete die akustische Verbindung unter der ersten Scheibe. Im selben Moment spürte Sara einen stechenden Schmerz am Oberschenkel, und Taine schlug sich wieder an den Nacken. »Verdammte Biester«, murmelte er und drehte sich zu ihr um. »Hier ist seit einiger Zeit die Hölle los!«

Lieber alter, fröhlicher Taine, dachte sie und kämpfte gegen das starke Verlangen an, sich ebenfalls an den Hals zu schlagen. Papageienzecken waren normalerweise harmlos, ein weiteres mysteriöses Überbleibsel der Buyur. Wer hatte je eine Symbiose mit einem Insekt gewünscht, das sich in eine Ader festsetzte und einem zum Lohn jedes einzelne Geräusch wiederholte, das man gerade vernommen hatte? Die Buyur schienen wirklich ausgesprochen merkwürdige Vorstellungen gehabt zu haben.

Im benachbarten Zimmer öffnete einer der Ärzte ein großes Album, dessen dicke Blätter etliche dünne schwarze Scheiben enthielten. Der g'Kek nahm eine heraus und legte sie auf einen runden Teller, der sich sofort zu drehen begann.

»Ein gansss elementaresss Gummissssssuggerät«, erläuterte Ulgor. »Konssstruiert ausss Metallteilen und Bambussssssseiben.«

»Und ganz gewiß nicht digital«, fügte Bonner beruhigt hinzu.

»Ja«, bestätigte Klinge, der blaue Qheuen, zischend. »Und ich habe gehört, diese Maschine soll sogar Musik machen. Na ja, zumindest so etwas Ähnliches.«

Der Arzt senkte einen schmalen Bambusarm auf die sich drehende Scheibe, bis eine daraus herausragende Spitze auf dieselbe aufsetzte. Im selben Moment drangen musikähnliche Klänge aus dem hornartigen Trichter. Eine fremdartige, blecherne Melodie, die von Knistern und Krachen begleitet wurde und Saras Kopfhaut zum Prickeln brachte.

»Diese Scheiben sind alte Originale«, erklärte die Weise. »Die Kolonisten von der *Tabernakel* haben sie zur gleichen Zeit gepreßt, als der Große Druck einsetzte. Heutzutage gibt es nur noch wenige Experten, die diese sogenannten Schallplatten abspielen. Irdische Musik ist nämlich, im Gegensatz zu den Büchern, nicht sehr unter den Gemeinschaften der Sechs verbreitet.

Aber ich möchte darauf wetten, daß unser Freund dort das ganz anders sieht.«

Sara hatte schon von Schallplattenspielern gehört. Dennoch kam es ihr bizarr vor, einer Musik zu lauschen, die von keiner sichtbaren Kapelle gespielt wurde. Fast so ungewöhnlich wie die Musik selbst, die sich mit keinem Lied vergleichen ließ, das ihr jemals zu Ohren gekommen war.

Die Tochter des Papiermüllers konnte einzelne Instrumente ausmachen – Geige, Schlagzeug und Trompeten –, was sie nicht weiter verwunderte, weil die Erdlinge schließlich Streich- und Blasinstrumente auf Jijo eingeführt hatten. Aber das Arrangement war fremd, und Sara erkannte nach einer Weile auch die geradezu unheimliche Ordnung, mit der diese Musik gespielt wurde.

Ein modernes jijoanisches Sextett bestand aus sechs Solokünstlern, die sich jeweils spontan mit den anderen verbanden oder sich wieder von ihnen lösten. Ein Großteil der Spannung, die solche Musik bei dem Zuhörer erzeugte, bestand darin, darauf zu warten, daß die Solisten zu einer glücklichen gemeinsamen Harmonie fanden, sich andere dieser anschlossen, nur um dann wieder auszuscheren – genau so, wie es sich mit dem Leben selbst verhielt. So war es auch nicht verwunderlich, wenn keine zwei Darbietungen einander glichen.

Aber dies hier ist rein irdische Musik. Komplexe Akkorde drehten und kreisten um Sequenzen, die sich mit vollkommen disziplinierter Präzision immer aufs neue wiederholten.

Musik wie Wissenschaft, bei der es auch darauf ankommt, einen Vorgang wiederholbar und verifizierbar zu machen.

Sara warf vorsichtige Seitenblicke zu den anderen. Ulgor schien von dieser Musik fasziniert zu sein und zuckte mit dem linken Fingercluster, den sie zum Violazupfen gebrauchte, den Takt mit.

Klinge wippte verzückt mit dem schweren Rückenpanzer.

Der junge Jomah hockte neben seinem stocksteif dasitzenden Onkel und wirkte ebenso verwirrt wie gelangweilt.

Obwohl Sara solche Musik überhaupt nicht gewöhnt war, ging doch etwas unbeschreiblich Vertrautes von diesem geordneten Auf und Ab der Harmonie aus. Die Noten kamen ihr vor wie *Integrale*, und die einzelnen Phrasen erschienen ihr wie geometrische Figuren.

Welchen besseren Beweis könnte es dafür geben, daß Musik wie Mathematik sein kann?

Auch der Fremde reagierte auf die Melodie. Sein Gesicht war gerötet, und an seinen zusammengekniffenen Augen war deutlich Wiedererkennen abzulesen. Das erfüllte Sara mit Sorge. Noch mehr emotionale Turbulenzen konnten den armen erschöpften Mann über die Grenzen seiner Belastbarkeit hinaustragen.

»Ariana, verfolgst du damit irgendeinen Zweck?« fragte sie die Alte.

»Warte noch einen Moment, Liebes.« Die Weise hob wieder die Hand. »Das war doch erst die Ouvertüre. Jetzt erst kommt der Teil, bei dem es wirklich spannend wird.«

Woher will sie das wissen? fragte sich Sara. Offenbar erstreckte sich die Bandbreite von Arianas eklektischem Wissen auch auf obskure alte Künste.

Allerdings erreichte jetzt das Arrangement tatsächlich ein Crescendo und legte dann eine Pause ein. Ein neues Element tauchte nun auf: menschliche Stimmen.

Sara verpaßte die ersten Zeilen und beugte sich dann vor, um sich besser auf die eigenartig betonten Worte konzentrieren zu können.

Denn heute steiget unser junger Freund
Zu uns auf, den Freibrief in der Hand.
Stark ist sein Arm und fein sein Gespür,
Ab heute er gilt als Pirat im Land!

Erstaunliches tat sich bei dem Fremden. Er erhob sich zitternd, und auf seiner Miene breitete sich etwas aus, das man nicht nur mit Wiedererkennen umschreiben konnte, sondern als freudige Überraschung bezeichnen mußte.

Und dann öffnete sich, sowohl zu seiner eigenen wie auch zu Saras Überraschung, sein Mund, und er sang lauthals mit:

Schenkt ein, schenkt rasch nur ein,
Und lasset euch nicht lumpen,
Her mit dem Piratenwein,
Laßt kreisen den vollen Humpen!

Sara riß es vom Sitz, und sie starrte gebannt in den Nebenraum. Ariana gab einen Ruf der Überraschung von sich.

»Aha! Schon beim ersten Versuch ein Volltreffer! Trotz der Vermutungen über seinen kulturellen Ursprung war ich davon ausgegangen, daß wir erst eine Menge Lieder spielen müßten, ehe er eines wiedererkennen würde!«

»Aber seine Kopfverletzung!« wandte Taine ein. »Hast du nicht gesagt, er sei ...«

»Das stimmt!« ließ sich auch Bonner vernehmen. »Wenn er nicht zu sprechen vermag, wie kann er dann singen?«

»Ach das ...« Ariana tat das Wunder mit einer Handbewegung ab. »Das hängt mit den verschiedenen Gehirnfunktionen zusammen. Das Sprachzentrum hat einen anderen Sitz als das des Gesangs. Es gibt in der Medizin eine Reihe von Präzedenzfällen. Selbst hier auf Jijo soll so etwas schon ein- oder zweimal beobachtet worden sein.

Was mich daran so verblüfft, ist die Dauerhaftigkeit von Kultur, die dieses Experiment beweist. Die Schallplatten sind dreihundert Jahre alt. Eigentlich sollte man doch annehmen, daß die Einflüsse der Galaktiker inzwischen jede eigenständige irdische Kultur verdrängt haben ...« Die Alte hielt kurz inne, als ihr auffiel, daß sie sich immer weiter auf ein Nebengleis begab. »Ist ja auch nicht so wichtig. Im Augenblick kommt es vielmehr darauf an, daß unser Besucher von einem fremden Planeten endlich einen Weg gefunden zu haben scheint, um mit uns kommunizieren zu können.«

Arianas Lächeln erstrahlte selbst in diesem Halbdunkel und war weit davon entfernt, Bescheidenheit oder Demut auszudrücken.

Sara legte eine Hand auf die Glasscheibe und spürte, wie die kühle, glatte Fläche mit der Musik aus dem Nebenraum vibrierte. Inzwischen hatte dort ein neues Lied begonnen. Die Kadenz verlangsamte sich, und eine neue Melodie war zu hören, aber das Grundthema war offenbar das gleiche geblieben.

Sie schloß die Augen und lauschte dem Fremden, der mit Inbrunst und voller Freude das Lied schmetterte. Er sang sogar schneller als der Künstler auf der Platte, weil er sich endlich wieder Gehör verschaffen konnte.

Hinaus in die Welt des Betrugs gehst du,
Wo alle Piraten werden gut geraten,
Doch ich will an dieses Lied mich halten
Und werden der König der Piraten!

III.

DAS BUCH VOM MEER

Schriftrollen

Von den Galaxien heißt's,
Sie waren dereinst siebzehn,
Verknüpft und aneinander gebunden
Von Röhren fokussierter Zeit.

Doch eine nach der anderen
Zerbarsten diese Leitungen.
Gingen entzwei, als das Universum
Seine alternden Säume ausdehnte.

Von den Galaxien
Die Progenitoren noch kannten derer elf.

Sechs weitere sind vergangen
In den Zeiten, seitdem
Gestrandet sind diese Vettern
An unbekannten Schicksalsgestaden.

Von den Galaxien
Unsere direkten Vorfahren noch kannten fünf.

Was, wenn es wieder geschieht,
Wenn wir suchen Erlösung in dieser brachen Spirale?
Wird jemand kommen hernieder,

Um uns anzunehmen,
Sobald unsere Schuld wiederhergestellt?
An unserem eigenen Himmel
Von den Galaxien wir nur eine sehen.

Die Schriftrolle der Möglichkeiten

Alvins Geschichte

Ich möchte mich eigentlich nicht zu lange mit meiner Rolle bei dem aufhalten, was nun folgen sollte. Sagen wir der Einfachheit halber, daß ich als junger männlicher Hoon am ehesten geeignet schien, am Ende eines neuaufgerollten Kabels in einer Art Schlinge zu hocken und mich von den Männern auf das dunkelblaue Wasser des Riffs hinabzulassen.

Nachdem ich über dem Rand war, konnte ich von den anderen nur noch ein paar Hoon- und Urs-Gesichter ausmachen, außerdem ein paar g'Kek-Augenstiele, die zu mir herabstarrten.

Dann verschwanden auch diese hinter dem Felsen, und ich war ganz allein und kam mir vor wie ein Köder an einem Angelhaken. Natürlich schaute ich nicht nach unten, aber bald kam ein heftiger Wind auf, der die Trosse ins Schaukeln versetzte und mich daran erinnerte, von was für einem Apparat ich gehalten wurde.

Während des langen Abstiegs blieb mir Muße genug, um mich zu fragen: *Was um alles in der Welt hast du hier verloren?*

Diese Worte entwickelten sich zu einer Art Mantra. (Hoffentlich habe ich das Wort richtig geschrieben. Es steht nämlich nicht in dem Wörterbuch, das ich an diesen harten, kalten Ort mitgenommen habe.)

Nachdem ich den Satz oft genug wiederholt hatte, verlor er einiges von seinem Schrecken und nahm eine sonderbar angenehme Färbung an.

Auf halbem Weg murmelte ich bereits:

»Was. Um alles in der Welt. Hast du. Hier verloren.«

Mit anderen Worten, hier gilt es, eine Aufgabe zu bewältigen, und ich bin derjenige, den man dafür auserkoren hat. Warum sich also nicht mit ganzem Eifer hineinknien? Ein Gedanke aus dem Englik, der unseren Hoon-Vorstellungen doch sehr nahe kommt.

Wie dem auch sei, ich glaube, es ist mir ganz gut gelungen, mich abzulenken und zu beruhigen. Auf alle Fälle bin ich nicht in Panik geraten, als sie oben etwas zuviel Kabel gaben. Meine pelzigen Beine sind tief ins Wasser getunkt worden, ehe die Männer an der Winde die Bremse festgestellt hatten und meine Halteschlaufe nicht mehr auf und nieder hüpfte.

Ich brauchte einen Moment, bis ich mich gefaßt hatte und wieder zu Atem gekommen war. Dann befahl ich Huphu, zur *Traum* zu schwimmen, die nur einen Pfeilschuß entfernt im Wasser lag. Eile war geboten, denn unser Tauchboot trieb langsam aus dem ruhigen Wasser unter dem Fels Terminus, und wenn es erst einmal die Riff-Strömung erreichte, dann wäre es auf immer verloren.

Huphu war ausnahmsweise einmal nicht zu Scherzen aufgelegt. Er tauchte sofort ins Naß und paddelte mit seinen vier Beinen wie ein kleiner schwarzer Pfeilfisch auf das Schiffchen zu. Allem Anschein nach hatte ihm sein Katapultflug von den Klippen nicht nachhaltig geschadet.

Kennen Sie eigentlich den fiesen Witz, den man sich über Noor erzählt? Was braucht man, um ein solches Wesen umzubringen? Nun, einen Viertelliter Traeki-Gift, eine Qheuen-Schere, einen menschlichen Pfeil und einen ganzen Sack voller ursischer Beleidigungen. Danach muß natürlich noch ein Hoon den Noor anbrüllen, und wenn er sich dann nicht mehr regt, sollte noch ein g'Kek ein paarmal über den Kadaver hin und her rollen, nur um ganz sicherzugehen, daß er auch wirklich hinüber ist.

Ich weiß, ist irgendwie krank, aber so was erzählen sich junge Leute eben. Außerdem drückt das alles ja auch irgendwie gehörigen Respekt vor der Zähigkeit dieser Wesen aus. Während ich auf unseren unzerstörbaren Huphu wartete, mußte ich gegen meinen Willen über diesen Witz lachen. Nicht nur ein bißchen, sondern so, daß mir fast das Rückgrat einschnappte.

Endlich erreichte er mich, krabbelte auf meine Beine, kletterte auf meine Arme und genoß das frohe Brummeln aus meinem Kehlsack. Ich wußte gleich, daß ihm die Angst immer noch in den Knochen steckte, denn zum ersten Mal tat er nicht völlig unbeteiligt und bemühte sich auch gar nicht erst, seine Freude darüber zu verbergen, mich wiederzusehen.

Aber wie schon gesagt, uns blieb kaum noch Zeit übrig. Ich legte ihm also gleich ein Halfter aus festem Seil um die Schultern und drängte ihn, ins Meer zurückzuspringen.

Urdonnols Plan schien wirklich gut zu sein … immer vorausgesetzt, daß Huphu meine Anweisungen verstand – falls die *Traum* nicht unwiederbringlich abgetrieben wurde – falls es dem Noor gelang, das Tauende am Heckring des Tauchboots zu befestigen – falls der Halbstapel Ziz noch eine Weile länger seine aufgeblähte Form beibehalten und das Gewicht von all dem Metall tragen konnte – und falls das neue Kabel stark genug war, die zusätzliche Last zu ziehen, sobald die Männer die Winde wieder in Betrieb nahmen …

Sehr viele »falls«, nicht wahr? Vielleicht nennen die Menschen ja auch deshalb ihre Göttin des wankelmütigen Glücks und Schicksals »Jafalls«. Ihre kapriziösen Launen scheinen tatsächlich bald hierhin und bald dahin auszuschlagen. Wie am heutigen Tag, als sie unser Unternehmen zuerst ins Verderben stürzte und dann die Würfel erneut warf und sie das Gegenteil bewirkten.

Während der nun folgenden Midura fragten wir uns alle besorgt, welchen Pfeil die Göttin als nächsten aus ihrem Köcher ziehen würde. Dann endlich waren Huphu und ich wieder auf der Klippe, standen tropfend neben unserem wunderschönen Boot und verfolgten fasziniert, wie Tyug vorsichtig die Luft aus Ziz herausließ. Schere und Huck kletterten derweil auf der *Traum* auf und ab und hin und her, um nach eventuellen Beschädigungen Ausschau zu halten. Ur-ronn inspizierte das Kabel, das die Männer an der Winde einrollten.

Eine Weile später lagen die Teile des zerstörten Schlauchs und der ersten Trosse auf der Felsplatte. Die Enden waren verbrannt und ausgefranst.

»Ssso etwasss wird nie wieder passsieren!« hörte ich unsere ursische Freundin murmeln. Sie sagte das in dem Tonfall, mit dem man bei ihrem Volk zum Ausdruck bringt, daß man es verdammt ernst meint. Es ist so etwas wie ein Schwur, der besagt, daß man jedem den Kopf vom Hals reißt, der glaubt, diese Worte seien nur leichtfertig dahingesagt.

Am nächsten Tag kehrte Uriel zurück. Sie galoppierte in Begleitung von ein paar bewaffneten Amazonen und einiger Packesel in unser Lager. Sie brachte Nachrichten mit, die über Semaphore-Stationen und Kuriere zu ihr gelangt waren. Am Abend trug sie diese allen im Licht der Sterne vor. Der Löwenzahn-Cluster hing wie ein leuchtender Tropfen über dem Riff. Die Schmiedin trug zu diesem Anlaß das Gewand einer Weisen zweiter Ordnung, und sie berichtete von dem, was sich inzwischen auf der Lichtung getan hatte.

Demnach waren nicht nur Sternenschiffe dort gelandet – sondern auch Piraten der Galaxis! Diese bedrohten den Großen Frieden, die Gemeinschaften und womöglich jedes einzelne Mitglied der Sechs.

Ich stand leider zu weit von Huck entfernt, um ihre Reaktion zu sehen, als Uriel dann noch erwähnte, daß das Volk der g'Kek mittlerweile auf allen anderen Sternen ausgestorben sei und die letzten Überlebenden seien dazu verdammt, als Wilde auf primitiven Rädern durch den Staub von Jijo rollen zu müssen.

Aber wie dem auch sei, ich war viel zu schockiert von einer anderen Neuigkeit …

Die Genräuber waren Menschen!

Jeder weiß, daß vor nicht mehr als dreihundert Jahren die Erdlinge in den Augen der großen Galaktischen Klans nicht viel mehr als bessere Tiere gewesen sind. Was also brachte Menschen in eine für sie so abgelegene Gegend wie diese hier, wo sie auch noch ein höchst kompliziertes Verbrechen begehen wollten?

Erst jetzt fiel mir auf, daß Uriel im formellen Galaktik Zwei zu uns sprach und ich automatisch auch in dieser Sprache dachte, denn auf diese Weise verstand man die Ereignisse aus dem Blickwinkel der Galaktiker. Alles sah jedoch ein wenig anders aus, wenn ich mir dieselbe Frage in Englik stellte.

Dreihundert Jahre? Das ist doch eine halbe Ewigkeit! Vor dreihundert Jahren sind die Menschen von Segelschiffen in die ersten Sternenschiffe umgestiegen! Wer weiß denn, was inzwischen passiert ist? Vielleicht gehört den Irdischen mittlerweile das halbe Universum!

Also gut, mag durchaus sein, daß ich zu viele Schwarten von E. E. Smith und dem »Sternenzerschmetterer« Feng gelesen habe. Doch während an diesem Abend die meisten auf dem Fels ihr Entsetzen darüber ausdrückten, daß ausgerechnet die weisen, kultivierten Menschen zu solchen Taten fähig sein sollten, schwieg ich, wußte ich doch um eine tiefe Wahrheit, die die Menschen betraf, eine Wahrheit, die sich wie ein roter Faden durch die irdische Literatur zieht – wie ein nie verstummender Kehlsackton.

Solange die Menschen als Rasse fortbestehen, wird es unter ihnen immer wieder Wölfe geben.

Wir waren doch alle etwas überrascht, als Uriel am Schluß ihrer Ansprache verkündete, daß das Projekt wie geplant fortgesetzt werde.

Nach all dem Gerede über die Einberufung des Bürgerselbstschutzes, die Notreparaturen an den Tarnvorrichtungen und der nicht auszuschließenden Möglichkeit, mit der Waffe in der Hand gegen einen überlegenen Feind kämpfen zu müssen, hätte ich eigentlich erwartet, daß uns die Schmiedin alle auf der Stelle nach Wuphon und zum Berg Guenn zurückschicken würde, um mit unserer Hände (oder sonstiger Gliedmaßen) Arbeit die Verteidigungsanstrengungen zu unterstützen.

Als sie aber nun so tat, als sei unser dummes kleines Tauchabenteuer mindestens genauso wichtig, wenn nicht sogar noch wichtiger, starrten wir uns alle sprachlos an.

Ich konnte nicht anders, als die Schmiedin danach zu fragen, und zwar unverblümt.

»Warum läßt du das Unternehmen weiterlaufen?« fragte ich Uriel am nächsten Tag, als sie gerade die Spleißarbeiten am Kabel und am Schlauch beaufsichtigte. »Hast du denn nichts Dringenderes zu tun?«

Sie bog den Hals, bis sich ihre drei Augen auf der gleichen Höhe wie die meinen befanden.

»Und wasss sssollte isss deiner Meinung nach jetssst Dringenderesss erledigen? Waffen ausssgeben? Die Sssmiede in eine Waffenfabrik umwandeln?« Sie schnaubte mit ihrem einzigen Nüsterloch, und dabei wurden die vielschichtigen Membranen sichtbar, die alle Flüssigkeit zurückhalten, so daß der Atem einer Urs sich so trocken wie der Wind über der Ebene des Scharfen Sandes anfühlt.

»Wir Ursss kennen den Tod gut, junger Hph-wayou. Er verkrussstet unsssere Beine und lässst unsssere Gattenbeutel allsssu rasss aussstrocknen.

Andernfallsss würden wir keinen Moment sssögern und unsss in jeden Kampf, in jede Fehde ssstürsssen, ssso alsss sssei der Ruhm ein ausssreisssender Ersssatsss dafür, unsss mit sssolssser Eile in den Tod zu ssstürsssen.

Sssiemlisss viele Ursss blicken voll Wehmut auf die Ssseit sssurück, alsss die Erdlinge unsssere tapferen Gegner waren. Damalsss ssstreiften Helden über die Prairie, galoppierten gegen den Feind und griffen todesssmutig an.

Auch isss versssspüre mansssmal diesssen Drang, aber wie die meisssten von unsss unterdrücke isss ihn. Die Ssseit, in der wir heute leben, erfordert eine neue Art von Held, einen nämlisss, der nachdenkt, bevor er handelt.«

Damit kehrte mir die Schmiedin den Rücken zu und gab den Arbeitern wieder Anweisungen. Ihre Entgegnung ließ mich verwirrt und unbefriedigt zurück. Doch auf eine Weise, die ich nicht erklären konnte, fühlte ich mich stolzer als zuvor.

Wir brauchten zwei Tage, um die Schäden zu beheben und nicht nur einmal, sondern dreimal alles Gerät zu überprüfen. Inzwischen veränderte sich die Zusammensetzung der Menge auf den Felsen. Viele waren, nachdem sie Uriels Mitteilungen gehört hatten, sofort nach Haus geeilt. Einige von ihnen mußten sich bei ihren Milizstellen melden, andere konnten es gar nicht abwarten, die Destruktions-Sakramente durchzuführen, wie sie von den Schriftrollen vorgeschrieben wurden. Wieder andere liefen, so rasch sie konnten, nach Hause, um ihren Besitz vor den Fundamentalisten zu schützen, die jetzt den Schriftrollen gemäß vorgehen und alles zu Klump hauen wollten. Und schließlich gab es auch diejenigen, die die letzten Tage und Stunden dieser Welt an der Seite ihrer Lieben verbringen wollten.

Doch für die, die verschwanden, kamen neue, und die waren noch zorniger als die ersten – was vielleicht auch davon herrührte, daß ihnen die Angst vor den Dingen, die sie gesehen hatten, tief in den Knochen steckte. Erst gestern hatten die Bürger von Wuphon Port bis zur Letztestadt-Bucht von einer Erscheinung am Himmel erzählt, einem hell glänzenden Fluggerät, das über ihre nutzlos gewordenen Tarnvorrichtungen geschwebt war, als wollte es sagen: *Ätsch, ich kann euch sehen,* bevor es in einem recht verschlungenen Kurs an der Küste entlanggeflogen und dann über den Weiten des Ozeans verschwunden war.

Niemand mußte ein Wort darüber verlieren: Was immer Uriel auch mit unserem Unternehmen erreichen wollte, es mußte schnell vonstatten gehen.

IV.

DAS BUCH VOM HANG

Legenden

Die ersten Sooner erschienen mit Wissen ausgestattet auf Jijo, aber es mangelte ihnen an Möglichkeiten, dieses Wissen zu speichern. Die Namen vieler Archiv-Geräte sind auf uns gekommen, von Datenplaketten über Erinnerungsscheiben bis hin zu Info-Staub – doch jedes einzelne dieser Hilfsmittel mußte der Tiefe und dem Mitten übergeben werden.
Die Erdlinge hingegen brachten einen sicheren und unaufspürbaren Weg mit, Wissen zu konservieren. Sie schenkten uns das Geheimnis des Papiers. Pflanzenfasern werden zu seiner Herstellung zerstampft und mit tierischen Sekreten und Lehm vermischt und gebunden – eine Erfindung, die nur von einer Wölflings-Rasse stammen kann.
Doch die Tabernakel hatte die Erde so kurz nach dem Kontakt mit den Galaktikern verlassen, daß das Wissen, das sie mitführte, nur spärliche Auskünfte über die Galaktologie vermitteln konnte, vor allem in bezug auf die Sooner auf anderen Welten der Fünf Galaxien (und was aus ihnen geworden war).
Das erschwert es natürlich sehr, das Leben der Gemeinschaften auf Jijo im richtigen Verhältnis zu beurteilen. Wie sehr, wenn überhaupt, unterscheiden wir uns von anderen Fällen illegaler Besiedelung auf Brachwelten? Haben wir weniger Schuld auf uns geladen, weil wir uns bemühen, dieser Welt möglichst geringen Schaden zuzufügen? Wie stehen unsere Chancen, einer Entdeckung zu entgehen? Welche Urteile sind über andere Planetenbesetzer gefällt worden, die man gefaßt und vor Gericht gestellt hat? Wie weit muß eine Rasse

auf dem Weg zur Erlösung vorangekommen sein, um nicht mehr als kriminell, sondern als gesegnet angesehen zu werden?
Die Schriftrollen enthalten zwar einige Hinweise in diese Richtung, doch da sie größtenteils von den ersten zwei oder drei Landungen stammen, erhellen sie kaum eines der größten Geheimnisse.
Warum haben sich Vertreter so vieler Rassen auf diesem relativ kleinen Planeten eingefunden, und das auch noch innerhalb einer so kurzen Zeitspanne?
Verglichen mit der halben Million Jahre, die vergangen sind, seit die Buyur ausgezogen sind, bedeuten zwei Jahrtausende nur eine kurze Spanne.
Davon abgesehen gibt es eine ganze Reihe von Brachwelten – warum also gerade Jijo? Und von all den vielen bewohnbaren Flächen auf diesem Planeten – warum ausgerechnet der Hang?
Auf jede Frage gibt es Antworten. Der große, kohlenstoffausspuckende Stern, der Izmunuti, hat erst vor ein paar Jahrtausenden damit begonnen, die ganze Raumgegend abzuschirmen. Wir haben gelernt, daß dieses Phänomen irgendwie die Roboterwächter behindert hat, die durch dieses System patrouillierten, wodurch es für die Schleichschiffe leichter wurde, hier zu landen.
Dann gibt es da einige vage Hinweise auf Omina, die andeuten, eine »Zeit der Schwierigkeiten« würde über die Fünf Galaxien kommen und Aufruhr und Unruhe allerorten hervorrufen.
Was nun den Hang angeht, so stellt die Kombination einer robusten Biosphäre mit starker vulkanischer Aktivität sicher, daß alle unsere Werke vernichtet werden und daß kaum ein Hinweis darauf übrigbleiben wird, daß wir je hier gewesen sind.
Einigen reichen diese Antworten aus. Aber andere grübeln weiter.
Sind wir so einzigartig?
In einigen Galaktischen Sprachen gilt man geradezu als geistesgestört, wenn man diese Frage stellt. In den großen Archiven, die seit über einer Million Jahre zusammengetragen

worden sind, findet sich für alles ein Präzedenzfall. Einzigartigkeit ist daher nur eine Illusion. Alles, was existiert, ist vorher schon einmal gewesen.
Vielleicht ist so etwas ja symptomatisch für unsere niedrige Entwicklungsstufe – unser Bewußtsein ist, wenn man es den gottgleichen Höhen unserer Vorfahren gegenüberstellt, wirklich vorsintflutlich –, aber man wird sich doch fragen dürfen, oder?
Und zwar: Könnte es sein, daß hier bei uns auf Jijo etwas Ungewöhnliches vor sich geht?

Spensir Jones: Kleine Moralpredigt zum Landungstag

Asx

Wir Weisen predigen, daß es Narretei sei, zu viele Vermutungen anzustellen. Doch heute, während unserer größten Krise, stellt es sich heraus, daß die Invasoren oft genug von Dingen wissen, die wir sicher versteckt glaubten.

Aber wie könnte uns das überraschen, meine Ringe? Sind sie nicht Sternengötter von den Fünf Galaxien?

Und was noch schlimmer ist, waren wir denn wirklich geeint? Haben nicht viele unter den Sechsen gleich ihr Recht in Anspruch genommen, anderer Meinung zu sein, und sich lieber von den Piraten umschmeicheln lassen, statt auf unseren Rat zu hören? Einige von den Überläufern sind einfach verschwunden. Unter anderem auch das Sooner-Mädchen – wie hat Lester sich über ihre Undankbarkeit geärgert! Hat sie es doch gewagt, den Schatz zu stehlen, den sie uns ein paar Tage zuvor mitgebracht hatte. Unser menschlicher Weiser war so fasziniert von dem Stück, daß er sich kaum noch mit etwas anderem beschäftigt hat.

Lebt diese Rety jetzt womöglich in der vergrabenen Station? Wird sie dort gehätschelt und versorgt, wie das eine g'Kek mit ihrem Lieblings-Zookir tut? Oder haben die Verbrecher sich ihrer einfach entledigt, so wie ein Traeki überschüssige oder verbrauchte Sekrete aus seinem Zentralring entleert – oder wie früher die Tyrannen auf der Erde sich der Kollaborateure entledigt haben, wenn sie deren Dienste nicht mehr brauchten?

Mögen die Schufte auch noch so viele unserer Geheimnisse aufgedeckt haben, so verblüffen sie uns immer wieder mit einer für Sterngötter erschreckenden Unkenntnis.

Verwirrend, nicht wahr, aber auch ein kleiner Trost, als wir heute morgen vor dem stolzen, einschüchternden Besucher standen, der unsere Ratssitzung besuchte.

Meine Ringe, hat die Erinnerung an dieses Ereignis schon eure wächsernen Kerne überdeckt? Wißt ihr noch, wie der Sternenmensch Rann seinen Wunsch vortrug? Daß nämlich einige von seiner Gruppe mitgenommen werden sollten, wenn wir uns das nächste Mal um das heilige Ei versammeln?

Er trug seine Bitte zwar höflich vor, aber sie klang doch eher wie ein Befehl.

Das sollte uns nicht verwundern. Es kann den Fremden kaum entgangen sein, wie es mittlerweile um uns steht.

Zuerst war es nur für die Sensibelsten spürbar, daß die Beben sich verstärken und inzwischen diese Ecke unserer Welt erreicht haben –

– daß sie die Nebel erzittern lassen, die den Geysiren und Dampflöchern entsteigen;

– daß sie die schlafenden Rewqs sowohl in ihren Höhlen wie auch in unseren Beuteln wecken;

– daß sie sogar die Myriaden blauer Farben am Himmel durchdringen.

»Wir haben schon viel von eurem heiligen Stein gehört«, sagte Rann. »Seine Aktivität läßt unsere Sensoren verrückt spielen. Wir würden uns dieses Wunder gern mit eigenen Augen ansehen.«

»Einverstanden«, antwortete Vubben im Namen der Sechs und rollte zum Zeichen seiner Zustimmung drei Augenstiele ein. Wie hätten wir uns auch weigern können?

Der Pirat verbeugte sich vor uns. Eine imponierende Geste von einem Menschen, der so groß ist wie ein Traeki und die Schulterbreite eines Hoon besitzt. »Wir werden zu dritt kommen. Mich selbst und Ling kennt ihr ja bereits. Bei dem dritten Teilnehmer handelt es sich um den verehrungswürdigen Ro-kenn, und es obliegt mir, euch darauf hinzuweisen, wie geehrt ihr euch durch seine

Anwesenheit fühlen dürft. Unserem Herrn müßt ihr mit ausgesuchter Höflichkeit und größtem Respekt begegnen.«

Mit unseren Augen, Augenstielen, Sichtringen und anderen visuellen Organen drückten wir unser Erstaunen aus. Ausgenommen Lester, der neben unserem Traeki-Stapel leise murmelte:

»Also hatten diese verdammten Dakkins die ganze Zeit einen von ihnen in ihrer Station sitzen.«

Menschen sind schon erstaunliche Wesen, sind das immer schon gewesen. Doch Cambels Taktlosigkeit erstaunte mich/uns jetzt doch über die Maßen. Fürchtete er nicht, von dem Mann gehört zu werden?

Offenbar nicht. Durch meinen/unseren Rewq konnte ich die Verachtung erkennen, die Lester für diesen Mann und die Neuigkeit, die wir gerade aus seinem Mund erfahren hatten, empfand.

Und was den Rest der Weisen angeht, so bedurfte es keines Rewqs, um ihre Neugier zu lesen.

Endlich sollten wir einem der Rothen vorgestellt werden.

Lark

Liebe Sara,

die Karawane, die Deinen Brief beförderte, hat ziemlich lange gebraucht, um hierher zu gelangen. Doch es soll draußen auf den Ebenen zu Unruhen gekommen sein, wodurch sie aufgehalten wurde.

Wie wunderbar, Deine vertraute Sauklaue zu sehen und zu erfahren, daß es Dir gutgeht! Und auch unserem Vater, jedenfalls als Du ihn zum letzten Mal gesehen hast. In diesen Zeiten findet man nur wenig Gründe zum Lächeln.

Ich schreibe Dir rasch diese Zeilen, weil ich den nächsten tapferen Kajak-Kurier noch erwischen möchte, der sich auf den Weg über den Bibur macht. Wenn er Biblos erreicht, bevor Du weiterziehst, kann ich Dich vielleicht noch dazu überreden, nicht hierher zu kommen! Bei uns stehen die Dinge nämlich nicht zum Besten. Erinnere Dich bitte an die Geschichten über den Damm, die wir uns vor langer Zeit erzählt haben. Nun, ich würde in diesen Tagen nur ungern mein Bett in dieser Dachkammer aufschlagen, wenn Du verstehst, was ich meine. Bitte, zieh Dich an einen halbwegs sicheren Ort zurück, bevor wir mehr über das herausgefunden haben, was hier vor sich geht.

Deiner Bitte entsprechend habe ich einige Erkundigungen über Deinen geheimnisvollen Fremden eingezogen. Ganz offensichtlich suchen die Fremden nach jemandem oder nach etwas, und das hat nichts mit ihrem vorrangigen Ziel zu tun, sich hier auf verbrecherische Weise einen Kandidaten für einen Schub zu verschaffen.

Ich kann natürlich nicht mit hundertprozentiger Gewißheit sagen, ob Dein verletzter rätselhafter Mann das Objekt ihrer Suche darstellt, aber ich würde jede Wette darauf eingehen, daß er etwas mit der ganzen Sache zu tun hat.

Vielleicht irre ich mich aber auch. Manchmal denke ich, wir sind wie Küchenameisen, die nach oben starren und anhand der Schatten an Decke und Wänden einen Streit zwischen den Hausbewohnern zu analysieren versuchen.

Oh, ich ahne, was für ein Gesicht Du jetzt machst. Aber keine Bange, ich gebe nicht auf. Weißt Du, ich habe mittlerweile neue Antworten auf die Fragen, die Du mir immer wieder stellst:

Ja, ich habe ein Mädchen kennengelernt.

Und nein, ich glaube nicht, daß sie Dir gefallen wird.

Und wenn ich ganz ehrlich sein soll, bin ich mir da selbst nicht einmal sicher …

Ironisch lächelnd beendete Lark die erste Seite seines Briefs. Er legte den Federkiel nieder, blies über das Blatt und ging dann mit dem Rollöscher über die noch feuchte Tinte. Nun nahm er ein neues Blatt aus seiner Ledermappe, tauchte die Feder ins Tintenfaß und schrieb weiter.

Zusammen mit diesem Schreiben erhältst Du eine handschriftliche Kopie des jüngsten Berichts, den die Weisen an die Gemeinschaften geschickt haben. Beigefügt ist eine vertrauliche Mitteilung für Ariana Foo.

Wir haben einige Neuigkeiten in Erfahrung bringen können, wissen aber leider immer noch nicht, ob man uns am Leben läßt, wenn das Rothen-Schiff zurückkehrt.

Bloor ist übrigens hier bei uns, und ich habe ihm dabei geholfen, Dein Vorhaben in die Tat umzusetzen. Allerdings befürchte ich, daß der Schuß auch nach hinten losgehen könnte, wenn wir die Fremden so zu erpressen versuchen, wie Du es vorgeschlagen hast …

Lark zögerte. Selbst versteckte Hinweise konnten noch zuviel verraten. Normalerweise war es undenkbar, daß jemand in der Post eines anderen herumschnüffelte. Aber historischen Berichten zufolge hatten sich in Krisenzeiten verzweifelte Widerstandsgruppen auf der Erde solcher Mittel bedient.

Aber was würde es schon nützen, Sara zu beunruhigen? Lark nahm das zweite Blatt, zerknüllte es und fing von neuem an.

Bitte, teile doch der Weisen Ariana Foo mit, daß die junge Shirl, Kurts Tochter, sicher mit B. hier eingetroffen ist und er mit seiner Arbeit – den Umständen entsprechend – gut vorankommt.

Inzwischen habe ich mich um Deine anderen Bitten gekümmert. Es ist eine kitzlige Angelegenheit, diese Sternen-

menschen zu befragen, die zum Lohn für ihre Antworten stets Informationen verlangen, die ihnen bei ihrem kriminellen Tun nützlich sein könnten. Außerdem darf ich keinen Verdacht erregen, sonst wollen sie noch wissen, warum ich mich für bestimmte Dinge interessiere.

Dennoch ist es mir gelungen, ihnen ein paar Antworten abzuhandeln.

Bei einer war das gar nicht schwer. Die Sternenmenschen benutzen eigentlich nicht oft Englik, Russki oder eine andere der »barbarischen Wölflingssprachen«. So hat Ling sie mir gegenüber neulich bezeichnet. Anscheinend sind ihnen diese Sprachen zu vulgär und zu unsystematisch, um von »echten« Wissenschaftlern gebraucht zu werden. Damit wir uns nicht falsch verstehen, Ling und ihre Kumpane sprechen Englik gut genug, daß sich unsereiner mit ihnen unterhalten kann. Aber wenn sie unter sich sind, ziehen sie Galaktik Sieben vor.

Er hielt kurz inne, überlegte und tauchte dann die Feder wieder in die Tinte.

Unsere Vermutung, daß diese Personen nicht von einem der Hauptzweige unserer Rasse stammen, hat sich bestätigt. Mit anderen Worten: Diese Piraten sind keinesfalls Repräsentanten der Erde, sondern Vertreter einer Abspaltung (oder wie auch immer), die sich den Rothen zu immerwährender Treue verpflichtet fühlt, einer Rasse, die von sich behauptet, die oft vermuteten Patrone der Menschheit zu sein. Sie selbst nennen sich übrigens Dakkins – darunter versteht man die Erdlinge, die von diesen Rothen erhöht und auserkoren worden sein sollen.

Erinnerst Du Dich, daß Mutter oft mit uns über die Frage des Ursprungs diskutierte? Sie hat uns eine regelrechte Debatte spielen lassen. Einer von uns mußte den Part des von Däni-

ken übernehmen, während ein anderer Darwins Lehre zu vertreten hatte. Damals fanden wir das ziemlich interessant und auch spannend, aber irgendwie auch sinnlos, weil alle Argumente, die wir vorbringen konnten, aus Büchern stammten, die über dreihundert Jahre alt waren.

Wer von uns hätte damals damit gerechnet, eines Tages hier auf Jijo eine Antwort zu erhalten, und noch dazu direkt vor unseren Augen?

Was nun die Glaubwürdigkeit der Behauptung angeht, die Rothen hätten uns den Schub gegeben, so kann ich leider dem Bericht der Weisen nichts hinzufügen, außer vielleicht, daß Ling und ihre Spießgesellen diese Wesen hingebungsvoll verehren.

Lark stärkte sich mit einem Schluck Quellwasser, ehe er die Feder ein weiteres Mal ins Tintenfaß tauchte.

Und damit komme ich jetzt zu dem Knüller, der hier jedermann in höchste Aufregung versetzt. Allem Anschein nach sollen wir bald eines dieser mysteriösen Wesen zu sehen bekommen! In wenigen Stunden wird mindestens einer dieser Rothen, so hat man es uns jedenfalls angekündigt, aus der vergrabenen Station herauskommen, um sich einem unserer Pilgerzüge zum wiedererwachten Ei anzuschließen!

Die ganze Zeit über wären wir nie auf die Idee gekommen, daß ihr Sternenschiff einen Rothen bei Rann und den anderen zurückgelassen haben könnte.

Die Gemeinschaften sind gespannt wie eine zu stramm gespannte Geigensaite. Wenn das Bild nicht schon zu ausgelutscht wäre, würde ich sagen, daß man die Spannung hier förmlich fühlen kann.

Jetzt mache ich aber besser bald Schluß, wenn ich diesen Brief noch zur Post bringen will.

Mal sehen, was noch bleibt. Du hast nach »Neuralanzapfungen« gefragt. Und ob die Sternenmenschen solche Apparate benutzen, um direkt mit ihren Computern und anderen elektronischen Geräten zu kommunizieren.

Zuerst wollte ich darauf mit einem klaren Ja antworten. Ling und die anderen tragen tatsächlich kleine Vorrichtungen am Kopf, die sie mit Informationen und Daten versorgen. Eine Stimme spricht dadurch zu ihnen, die von weit her zu kommen scheint.

Doch dann habe ich mir noch einmal das durchgelesen, was Du mir über die Verletzung des Fremden geschrieben hast, und nachgedacht.

Nun, die Piraten geben ihren Maschinen mündliche Befehle. Ich habe bei ihnen nie so etwas wie eine direkte Gehirn-Computer-Verbindung feststellen können. Und auch nicht eine »direkte-Mensch-Maschinen-Verknüpfung«, wie Ariana es genannt hat.

Aber wenn ich jetzt überlege –

Lark tauchte wieder die Feder ein, beugte sich über das Blatt und hielt inne.

Schritte näherten sich über den Kiespfad vor seinem Zelt. Er erkannte das schwere Scharren eines grauen Qheuen. Aber das war nicht das gelassene Schlendern seines Freundes Uthen, sondern eine ganz besondere Kadenz, bei der auf komplexe Weise abwechselnd alle Beine eingesetzt wurden. Eine solche Gangart lehrten nur die alten Würdenträger, die sich gelegentlich selbst wie Königinnen herrichteten.

Lark legte die Feder ab und schloß die Mappe. Eine ebenso niedrige wie breite Silhouette erschien an der Zeltwand. Harullens Stimme wurde vom Zischen dreier Beinmundventile begleitet, wobei jedes eine andere Note im qheuenischen Galaktik-Sechs-Dialekt pfiff.

»Freund Lark, bist du da drin? Bitte, begrüß mich. Ich bringe kostbare Geschenke!«

Lark öffnete die Zeltklappe und schirmte die Augen ab, als er so unvermittelt aus dem Halbdunkel ins Licht der untergehenden Sonne trat. Ihre grellen Strahlen bohrten sich zwischen die Spitzen der hohen Baumwipfel.

»Ich grüße dich, Freund Harullen, Gefährte im gemeinsamen Kampf.«

Harullen trug die Tracht eines Pilgers über seinem fünfeckigen Rückenschild. Seine Kopferhebung war allerdings unbedeckt. Der von den g'Kek gewobene Stoff schimmerte im Sonnenschein. Lark brauchte einen Moment, ehe seine Augen das erkannten, was sich von der üblichen Aufmachung unterschied: Etwas hatte sich um den aschgrauen Kopf des Qheuen gelegt.

»Aha«, bemerkte Lark. »Dann stimmt es also. Die Maske erneuert ihr Angebot.«

»Sie nährt sich von unseren Körpern, und als Gegenleistung zeigt sie uns die Seelen anderer. Die Masken sind zu uns zurückgekehrt, Lark. Die Höhlen, die leblos wirkten, wimmeln mittlerweile von noch schwachen, jungen Rewq, und das zu einer Zeit, in der das Ei sein dichtgewobenes Lied wiederaufgenommen hat. Ist das nicht ein vielfältiges und gutes Omen? Sollten wir nicht frohlocken?«

Harullen ließ eine Schere knacken, und hinter ihm tauchte ein Lornik auf, der sich bislang ehrfurchtsvoll im Hintergrund gehalten hatte. Der kleine Diener eilte nun herbei und bemühte sich, mit seinen vier Beinen die Gangart seines Herrn nachzuahmen. In seinen kleinen, dreifingrigen Händen trug er einen Kasten aus poliertem Holz, auf der sich von Qheuenzähnen erzeugte Verzierungen zeigten.

»Unter den Schwärmen in den Höhlen fanden sich etliche, die für eine vornehmlich menschliche Stirn geeignet schienen«, erklärte Harullen. »Bitte, akzeptiere diese Auswahl und suche dir einen davon aus – als Zeichen meiner unerschütterlichen Hochachtung.«

Lark nahm die Kiste aus den Händen des Lornik und wußte aus Erfahrung, daß es unerwünscht war, dem Diener zu danken oder ihn auch nur anzusehen. Anders als die Schimpansen oder Zookir konnten sich die Lorniks anscheinend nur auf die Rasse einstellen, deren Vorfahren sie vor fast tausend Jahren mit nach Jijo gebracht hatten.

Er hob den kunstvoll gearbeiteten Deckel, der nach Qheuen-Tradition vom Überbringer höchstpersönlich verziert worden war und niemals ein zweites Mal benutzt werden durfte. Im Innern lagen auf einem Bett aus Garu-Sägemehl einige Bündel, die mit schimmernd bunten Bändern paarweise zusammengefaßt waren und ihre buntgefleckten Tentakel nun zitternd ausstreckten.

Ich hatte so wenig Zeit, und so viele Pflichten haben auf mich gewartet ... Das ist wirklich ein schönes Geschenk.

Dennoch hätte sich Lark lieber persönlich zu den Höhlen begeben und seine eigene Auswahl getroffen, so wie er das seit seiner Pubertät bereits dreimal getan hatte. Es kam ihm nun irgendwie befremdlich vor, sich einen aus dieser Kiste auszusuchen. Und was sollte er mit den anderen anfangen?

Einige Tentakel schoben sich zögernd ins Sonnenlicht, um sich dann zögernd umherzuwinden. Ein Paar schien sein Ziel bereits gefunden zu haben und richtete die Tentakel auf Lark. Zwischen ihnen breitete sich ein spinnwebartiges Netz aus.

Nun gut, das ist ein Rewq für einen menschlichen Kopf, dachte er. *Und er sieht neu und robust aus.*

Sein Zögern war verständlich. Normalerweise trug man seinen Rewq jahrelang, und es war für ihn eine schmerzliche Erfahrung gewesen, hilflos zusehen zu müssen, wie sein letzter Symbiont in der moosgefütterten Tasche verging – damals, während der langen Wochen, in denen das Ei geschwiegen hatte. Und es war ausgeschlossen, sich von einem anderen einen Rewq auszuborgen und aufzusetzen. Menschen verliehen lieber ihre Zahnbürste als ihren Symbionten.

»Meine große Dankbarkeit zeige ich, indem ich dieses großzügige Geschenk entgegennehme«, erklärte er und schob sich, wenn auch etwas widerstrebend, die sich windende Masse über die Stirn.

Sein letzter Rewq war ihm lieb gewesen wie ein altes Paar Schuhe oder seine Lieblingssonnenbrille aus ursischer Produktion. Er war bequem zu tragen und leicht im Gebrauch gewesen. Der neue hingegen zuckte und wackelte voller Eifer und tastete Larks Schläfen ab auf der Suche nach ergiebigen Oberflächenadern, in denen er Nahrung finden konnte.

Die gazeartige Membrane legte sich über Larks Augen, wogte wellenförmig auf und ab und bescherte ihrem Träger zunächst nicht mehr als ein Übelkeitsgefühl.

Natürlich würde es einige Zeit in Anspruch nehmen, ehe er mit dem neuen Symbionten arbeiten konnte. Im Idealfall sorgte man dafür, daß der alte Rewq dem neuen alles Notwendige beibrachte – vorzugsweise in den Wochen, bevor der Vorgänger das Zeitliche segnete.

Jafalls' Wunder haben mitunter ein ironisches Timing. Wir haben den Fremden so lange ohne die Hilfe der Rewq gegenübertreten müssen. Und nun, zu einem so kritischen Zeitpunkt, kehren sie so unerwartet zurück, daß sie sogar zu einem Hindernis werden könnten.

Dennoch gebot es die Höflichkeit, daß Lark nun Freude zeigte. Er verbeugte sich und bedankte sich noch einige Male bei Harullen für diese Gabe. Mit etwas Glück hatte dessen Rewq sich ebenfalls noch nicht zurechtgefunden und konnte dem Qheuen nichts über Larks gemischte Gefühle verraten.

Die Befriedigung des Führers der Häretiker zeigte sich im schnarrenden, kratzenden Tanz seiner Scheren. Der Film über Larks Augen zeigte ihm einen Funkenregen, den man unter Umständen als Qheuen-Freudenausbruch interpretieren konnte, der aber eher als statische Störung des viel zu unruhigen und aufgeregten Symbionten angesehen werden mußte.

Dann wechselte Harullen übergangslos das Thema und erklärte auf Englik: »Du weißt hoffentlich, daß der Pilgerzug gleich losgeht, oder?«

»Ich war gerade dabei, einen Brief zu schreiben. Der ist gleich fertig, dann ziehe ich mein Gewand an. Wir treffen uns in einer halben Midura am Radstein.«

Ling hatte darauf bestanden, daß Lark an dem Zug teilnahm, und so hatten die Weisen der Häretiker-Partei zwei Sechsergruppen innerhalb der zwölf mal zwölf Formationen zugestanden, die dazu ausersehen waren, als erste das wiedererwachte Ei zu begrüßen.

Seit Lark davon erfahren hatte, spürte er wieder die Hitze des Steins, der an einer Schnur an seinem Hals hing. Seine ständige Erinnerung und Buße zugleich. Kein Pilgerzug fiel ihm leicht, solange er dieses Amulett mit sich führte.

»Also gut«, sagte Harullen. »Am Rundstein beraten wir dann noch rasch den jüngsten Verhandlungsvorschlag der Fundamentalisten, ehe wir uns dem Zug anschließen ...«

Der Häretikerführer hielt abrupt inne, senkte sich, zog alle fünf Beine in den Rückenschild ein und berührte mit der empfindlichen Zunge den Boden. Jetzt zeigte der Rewq Lark ein erkennbares Emotionsbild an – einen Lichtkranz, in dem sich Widerwille mit Ablehnung mischte.

Harullen erhob sich wieder. »Da ist jemand auf dem Weg hierher. Einer, dessen ungeordnete Fußhast nicht seiner steinharten Abstammungslinie entspricht.«

Wessen *was* entspricht nicht *wem*? fragte sich Lark. Manchmal ließ einen die Art, wie die anderen Rassen das Englik gebrauchten, doch etwas konfus und ratlos zurück. Vielleicht war es doch kein reiner Segen, daß die chaotische menschliche Sprache auf Jijo so populär geworden war.

Wenig später hörte er Bodenerschütterungen, die unter seinen Fußsohlen kitzelten. Ein fünffacher Tritt, der ihm noch vertrauter war als Harullens Schrittfolge. Der Neuankömmling schien zu sehr in Eile zu sein, um sich um Etikette zu kümmern oder eine adlige Herkunft zur Schau stellen zu wollen. So hatte sein Rhythmus keinerlei Ähnlichkeit mit Harullens aristokratischem Schreiten.

Dann brach eine gepanzerte Gestalt unter einem Schauer abgerissener Blätter und Zweige aus dem Wald.

Uthen, der Taxonom, hatte sich wie der Führer der Häretiker bereits für den Pilgerzug angezogen. Nur wirkte das flatternde Tuch, das früher einmal weiß gewesen war, jetzt wie ein altes Bettlaken. Seine Kopfausbeulung wies eine tiefere Grautönung auf als die seines hochmütigen Vetters. Wie Harullen trug auch er einen neuen Rewq, was zumindest eine Erklärung für sein eher stolperndes Vorankommen war. Er steuerte zwar Larks Zelt an, kam aber zweimal vom Weg ab, als laufe er vor einem Schwarm Insekten davon.

Lark nahm seinen eigenen Symbionten wieder ab. Er brauchte keine Verständigungshilfe, um die Erregung seines Kollegen zu lesen.

»Lark-ark, Harullen-rullen!« rief Uthen aus mehreren Beinmündern gleichzeitig, und das so unkoordiniert, daß sie alle in verschiedenen Tonlagen erklangen. Der Führer der Häretiker verdrehte ärgerlich seinen Kopfauswuchs, während der Qheuen-Biologe sich bemühte, wieder zu Atem zu kommen.

»Rasch … Kommt mit … alle beide … Sie sind herausgekommen!«

»Wer?« fragte Lark, ehe ihm klar wurde, wen Uthen meinte. Dann nickte er. »Gib mir eine Dura.«

Er kehrte ins Zelt zurück, suchte seinen Umhang heraus, zog ihn rasch über, blieb einen Moment vor seinem Schreibtisch stehen, schob dann den unvollendeten Brief in einen Ärmel und bewaffnete sich mit einem gespitzten Bleistift. Tinte war zwar eleganter und schmierte auch nicht so leicht, aber Sara würde das egal sein, solange sie das Schreiben nur erhielt und über den neuesten Stand in Kenntnis gesetzt wurde.

»Mach schon!« drängte der Taxonom ungeduldig, und Lark trat aus dem Zelt. »Spring auf, und dann ab im Sauseschritt!« Der graue Qheuen senkte ein Ende seines Panzers, damit Lark leichter hinaufklettern konnte.

Harullen stöhnte vernehmlich. Kinder machten so etwas zwar häufig, aber für jeden erwachsenen Grauen war es unter seiner Würde, einen Menschen durch die Gegend zu tragen. Das traf ganz besonders auf jemanden wie Uthen zu, der auf einen wirklich vornehmen Stammbaum verweisen konnte.

Auf der anderen Seite kamen sie so natürlich deutlich schneller voran. Und sie wollten ja wirklich rasch zur Wiese der vergrabenen Fremden, um sich mit eigenen Augen anzusehen, wer sich dort zeigte.

Lark verstand sofort, warum Ling erklärt hatte, die Rothen seien wunderschön.

Wesen wie sie hatte er noch nie gesehen. Weder in den alten Bilderbüchern noch in irgendwelchen Science-fiction-Romanen, die aus der Zeit vor dem Erstkontakt stammten, noch in seinen Träumen.

Im Jargon der Sechs auf Jijo nannte man Galaktiker im allgemeinen »Sternengötter«, ohne sich allzuviel dabei zu denken. Doch auf die beiden Personen, die hier über die Waldlichtung schritten, traf dieser Name wortwörtlich zu. Sie waren so exquisit, daß sie sich einem sofort unauslöschlich ins Gedächtnis einprägten. Lark konnte sie nur ein paar Momente lang ansehen, dann mußte er den Blick abwenden, weil sich seine Augen mit Tränen anfüllten und seine Brust sich zusammenschnürte.

Ling und die anderen Piraten begleiteten ihre ehrwürdigen Patrone als eine Art Ehrengarde, und über der Gruppe schwebten wachsame Roboter. Die Rothen waren sehr groß und bewegten sich mit gebeugten Schultern. Gelegentlich winkte einer von ihnen mit einem Finger Rann oder Besh heran, um sich etwas erläutern zu lassen. Wie Schulkinder traten die Verbrecher dann vor und sagten auf, um was für einen Baum es sich handelte, was man sich unter den Pavillonzelten vorzustellen habe oder warum das g'Kek-Kind so schüchtern war.

Eine riesige Menge hatte sich versammelt. Ordner waren zu sehen, die mit rotgefärbten Knüppeln die Bürger daran hinderten, zu dicht heranzurücken. Aber es stand kaum zu befürchten, daß es hier zu einem beschämenden Aufruhr kommen würde. Die Ehrfurcht, die die Sechs ergriffen hatte, war so gewaltig, daß die meisten nur zu flüstern wagten.

Diese Scheu drückte sich am stärksten bei den anwesenden Menschen aus. Die meisten starrten mit offenem Mund auf die Rothen und wunderten sich über deren unübersehbare Ähnlichkeit mit ihrer eigenen Rasse.

Die Rothen waren tatsächlich auf geradezu unheimliche Weise humanoid und besaßen eine hohe Stirn, große, Sympathie erwekkende Augen, lange, gerade Nasen und weiche, gebogene Augenbrauen, die sehr beweglich waren und sich ständig hoben, wenn etwas ihr Interesse geweckt hatte.

Lark vermutete, daß diese Ähnlichkeit nicht auf bloßem Zufall beruhte. Die physischen und emotionalen Affinitäten waren während des langen Schubprozesses kultiviert worden, damals, vor vielen zehntausend Jahren, als die Rothen-Experten mit einem primitiven, aber vielversprechenden Affenstamm auf der Erde des Pleistozän herumexperimentierten und sie langsam und ganz allmählich in Wesen verwandelten, die fast bereit für die Sterne waren.

Immer vorausgesetzt natürlich, daß es sich bei den Rothen tatsächlich um die Patrone der Menschheit handelte, die sich, wie Ling behauptete, sehr lange im Verborgenen gehalten hatten.

Lark bemühte sich, die Sache von einem neutralen Standpunkt

aus zu betrachten, doch angesichts der ins Gesicht springenden Belege war ihm das kaum möglich. Die Rothen konnten nichts anderes sein als die lange vermißten Patrone der Erdbevölkerung.

Als die beiden erhabenen Besucher den versammelten Hohen Weisen vorgestellt wurden, faßte sich Lark rasch angesichts der feierlichen Mienen von Vubben, Phwhoon-dau und den anderen, die zu diesem Anlaß keine Rewq aufgesetzt hatten. Selbst Lester wirkte zumindest äußerlich ruhig, als Rann laut und verständlich die Namen der Rothen nannte: Ro-kenn und Ro-pol.

Wenn man vom menschlichen Standard ausging, schien Ro-kenn ein Mann zu sein. Lark bemühte sich zwar, sich von den eindeutigen Analogien nicht zu sehr beeinflussen zu lassen, aber wenn man Ro-pol sah, konnte man dieses Wesen aufgrund ihrer zierlicheren Züge nur als weiblich bezeichnen.

Die Menge murmelte, als die beiden lächelten, wobei sie kleine weiße Zähne enthüllten und so ihre offenkundige Freude an dieser Begegnung zum Ausdruck brachten. Um Ro-pols Mund zeigten sich sogar Grübchen, und was ihre Miene anging, so kam Lark das Wort »fröhlich« in den Sinn. Es würde niemandem sonderlich schwerfallen, ein solches Wesen zu mögen – soviel Wärme, Offenheit und Verständnis leuchtete in ihren Zügen.

Das Ganze ergibt sogar einen Sinn, dachte der Biologe. *Wenn die Rothen tatsächlich unsere Patrone sind, dann haben sie uns doch sicher mit einer Mimik ausgestattet, die der ihren ähnlich ist, oder?*

Aber nicht nur die Menschen ließen sich von soviel Ausstrahlung einnehmen. Schließlich hatten die Sechs Rassen eine Menge Erfahrung im Umgang miteinander. Man mußte nicht unbedingt ein Qheuen sein, um das Charisma einer ihrer Königinnen zu spüren. Warum sollten also Hoon, g'Kek oder Urs nicht diesen starken menschlichen Magnetismus wahrnehmen? Auch ohne Symbionten übertrug sich die von den Rothen ausgestrahlte und an diesem Ort nun vorherrschende Stimmung auf die Nichtmenschen: Hoffnung.

Lark erinnerte sich jetzt auch wieder an Lings Versicherung, daß ihre Mission ohne größere Zwischenfälle zum Abschluß gebracht werden sollte und den Gemeinschaften auf Jijo kein Schaden daraus erwachsen würde, sie danach im Gegenteil reicher als vorher dastehen würden. »Es wird schon alles gut werden« (oder so ähnlich), hatte sie ihm erklärt.

Ling hatte ihm auch gesagt, bei den Rothen handele es sich um ganz besondere Wesen, die sogar unter den hohen Galaktischen Klans eine ganz eigene Stellung einnähmen.

Diese Patrone hatten, und das mit Bedacht, in aller Heimlichkeit dafür gesorgt, daß die Erde eine halbe Million Jahre lang für brach erklärt und von den Kolonisierungslisten gestrichen worden war. Lark konnte sich diese Leistung und die damit verbundenen Implikationen nur schwer vorstellen.

Die Rothen benötigten weder Flotten noch Waffen, sondern vertrauten allein ihrem geheimnisvollen, fast mystischen Einfluß. Und damit waren sie gewiß als eine Art Götter anzusprechen, die sich sogar über die Volksverbände erhoben, die mit riesigen Armadas durch die Fünf Galaxien donnerten. Kein Wunder, daß Ling und ihresgleichen sich erhaben über die sogenannten »Migrations- und Schubgesetze« wähnten und ohne einen Anflug von schlechtem Gewissen die Biosphäre nach adoptionswürdigen Spezies durchsuchten. Jemand wie diese Piraten brauchte sich nicht davor zu fürchten, erwischt und gefaßt zu werden.

Auch die frisch ausgeschlüpften Höhlen-Rewq schienen von dem Moment an, in dem dieses Paar aus der vergrabenen Forschungsstation getreten war, wie geblendet zu sein. Larks Symbiont zitterte und bildete derart glitzernde Aureolen um die Rothen, daß der Biologe sich schließlich gezwungen sah, ihn wieder zu entfernen.

Lark bemühte sich nun, seine Gedanken wieder unter Kontrolle zu bekommen und wenigstens einen letzten Rest an Skepsis zu bewahren.

Es mag doch durchaus sein, daß alle fortgeschrittenen Rassen gelernt haben, ihren Auftritt so anzulegen, wie es die Rothen gerade bei uns tun, um dadurch diejenigen maßlos zu beeindrucken, die auf der Statusleiter tief unter ihnen stehen. Möglicherweise sind wir Primitive, die wir über wenig bis keine Erfahrung mit den Galaktikern verfügen, für eine solche Ausstrahlung auch nur besonders empfänglich.

Sein letzter Rest von Skepsis geriet ins Wanken, als die Rothen nun mit den Weisen sprachen. Einer der Roboter diente als Lautsprecher, so daß alle Anwesenden ihre warmen und gefühlvollen Stimmen vernehmen konnten.

»Wir beide möchten unseren tiefempfundenen Dank und unseren Respekt für die freundliche Aufnahme zum Ausdruck bringen, die ihr uns hier gewährt habt«, erklärte Ro-kenn in sprachlich wie grammatikalisch perfektem Galaktik Sechs.

»Des weiteren wollen wir euch unseres Bedauerns versichern, falls unser Erscheinen in den Reihen eurer ehrenwerten Gemeinschaften Angst oder Besorgnis ausgelöst haben sollte«, fuhr er fort. »Spät, leider erst sehr spät, sind wir uns der Tiefe eures Unbehagens bewußt geworden. Daher haben wir uns entschlossen, unsere natürliche Zurückhaltung – man könnte sie vermenschlicht auch Schüchternheit nennen – abzulegen und nach oben zu gehen, um eure, ich darf wohl sagen, ungerechtfertigten Befürchtungen zu zerstreuen.«

Hoffnung machte sich breit, als die Bürger leise miteinander zu flüstern begannen. Für die Exilanten auf Jijo kein alltägliches Gefühl.

Aber Ro-kenn war noch nicht fertig.

»Nun zeigen wir euch unsere Freude und Beglückung darüber an, so freundlich dazu eingeladen worden zu sein, an euren heiligen Riten teilnehmen zu dürfen. Einer von uns wird euch an diesem Abend begleiten, um Zeuge der Wunder zu werden, die eurem gerühmten und heiligen Ei innewohnen und die es bereits oft genug demonstriert hat.«

Nun meldete sich Ro-pol zu Wort: »Währenddessen zieht sich der Rest von uns zurück, um darüber nachzusinnen, wie man euch brave Bürger der Gemeinschaften am besten für eure Schmerzen, eure Sorgen und euer in Härte und Abgeschiedenheit gefristetes Leben belohnen kann.«

Sie schien einen Moment darüber nachzusinnen und fuhr dann mit wohlgesetzten Worten fort:

»Ein Geschenk wollen wir euch darreichen. Eine Wohltat, die euch helfen soll, die vor euch liegenden Zeiten besser bewältigen zu können. Denn jede eurer vereinten Rassen sucht doch Erlösung auf dem langen und nicht ungefährlichen Weg, der auch als Rückkehr zur Unschuld bekannt ist.«

Ein Murmeln entrang sich den Anwesenden – Ausdruck ihrer Begeisterung über diese unerwartete Ankündigung.

Nun waren die Weisen an der Reihe, und einer nach dem anderen traten sie vor, um die Rothen willkommen zu heißen. Den Anfang machte Vubben, dessen alte Räder quietschten, als er vorrollte, um aus einer der ältesten Schriftrollen vorzutragen.

Es ging dabei um die unbeschreibliche Natur des Erbarmens, das immer dann aus dem Boden aufsteige, wenn man es am wenigsten erwarte, um eine Gnade, die nicht erworben oder verdient, sondern nur mit offenem Herzen empfangen werden könne, wenn sie sich denn zeige.

Lark ließ den jungen Rewq wieder über seine Augen gleiten. Das Rothen-Paar wurde immer noch inmitten eines farbenprächtigen Nimbus wiedergegeben. Und so richtete er während Vubbens anscheinend endlosem Vortrag den Blick auf die anderen.

Natürlich öffnete einem ein Symbiont kein magisches Fenster in die Tiefen der Seelen. Aber sie waren durchaus hilfreich, wenn es darum ging, zwischen den Vertretern zweier Rassen eine Verständigungsbrücke zu bauen. Jede Spezies war schließlich nur darauf ausgerichtet, die emotionalen Hinweise von Mitgliedern ihrer eigenen Art zu lesen und zu deuten.

Rewq arbeiteten am besten, wenn sich zwei Bürger gegenüberstanden, die beide einen Symbionten trugen. Und es half noch mehr, wenn die Rewq vorher Empathiehormone austauschen konnten.

Ist das vielleicht der Grund, warum die Weisen heute abend keine Symbionten tragen? Wollen sie irgendwelche geheimen Gedanken für sich behalten?

Unter der anwesenden Menge waren Emotionen wie vorsichtiger Optimismus, ergriffenes Staunen und hie und da sogar religiöse Verzückung vorherrschend.

Doch auch andere Gefühlsfarben ließen sich feststellen. Von den Ordnungskräften und den bewaffneten Milizionären – gleich ob Qheuen, Hoon, Urs oder Menschen – gingen die kühleren Töne der Pflichterfüllung aus. Sie würden sich von nichts davon ablenken lassen, außer vielleicht von einem mittelschweren Erdbeben.

Das Grau einer anderen Art von Pflichterfüllung fiel Lark ins Auge, das komplexer und zielgerichteter zu sein schien. Einmal blitzte dort auch kurz die Widerspiegelung einer Glaslinse auf.

Bloor und seine Helfer sind schon wieder bei der Arbeit, sagte sich der Biologe. *Nimmermüde bannen sie auch diesen besonderen Moment auf ihre Platten.*

Lark stellte fest, daß sein Rewq immer besser arbeitete. Obwohl es ihm natürlich noch erheblich an Training mangelte, hatte er bereits einen Grad an Sensitivität erreicht, zu dem er wohl nur selten zurückfinden würde.

Alle Symbionten im Tal waren gleich alt und gemeinsam in den Höhlen ausgeschlüpft, wo sie bis vor kurzem noch in Haufen zusammengelegen hatten.

Mehr noch, die Rewqs würden nach diesem Abend fester denn je miteinander verbunden sein, noch stärker als in den Höhlen, wo sie Einigkeitsenzyme miteinander ausgetauscht hatten.

Ich sollte Bloor warnen. Er und seine Mitarbeiter müssen ihre

Symbionten abnehmen. Wenn ich sie dadurch schon so leicht entdecken kann, dann womöglich auch ein Roboter.

Ein greller Farbton erregte seine Aufmerksamkeit, der am anderen Ende der Lichtung aufleuchtete. Er hob sich von der vorherrschenden Stimmung wie ein Feuer ab, das auf einem Eisfeld brannte. An der Deutung dieser Emotion konnte kein Zweifel bestehen: schierer Haß.

Lark erkannte einen zotteligen, schlangenartigen Hals und darunter einen Zentaurenkörper. Die vom Rewq erzeugten Farben ballten sich wie eine Kugel aus destilliertem Haß zusammen und verdeckten den Schädel.

Der Träger dieses unter Hochdruck arbeitenden Symbionten schien plötzlich Larks Aufmerksamkeit zu bemerken.

Die Urs drehte den Kopf weg von den Fremden und den Weisen und sah den Biologen direkt an. Über das Meer von vor Glück taumelnden, seufzenden Bürgern starrten die beiden sich an und verfolgten das jeweilige Farbenspiel des anderen. Und wie auf ein geheimes Kommando hin entfernten Mensch und Urs beide gleichzeitig ihre Rewq.

Im normalen Licht konnte Lark ihr direkt in die Augen sehen. Sein Gegenüber war die ursische Anführerin der Fundamentalisten-Partei. Die Rebellin schien gegen die Invasoren mehr Wut zu hegen, als der Biologe erwartet hatte. Als er ihre drei Augen sah, die sich in ihn hineinzubohren schienen, benötigte er keinen Symbionten mehr, um sich über ihre Gefühle für ihn klar zu sein.

Unter der Sonne des Spätnachmittags verdrehte sie mehrmals den Hals und verzog dann die Lippen zu einem Grinsen voller Hohn und Verachtung.

Der Pilgerzug setzte sich bei Einbruch der Dämmerung in Bewegung, als die langen Schatten der Baumwipfel wie Pfeile auf den verborgenen Bergpfad wiesen.

Zwölf Zwölfschaften, die sich aus auserwählten Bürgern zusammensetzten, repräsentierten die Gemeinschaften. Und mit ihnen zogen zwei Sternenmenschen, vier Roboter und ein sehr großer Galaktiker, dessen geschmeidiger Gang kräftige Muskelpakete unter der leuchtend weißen Robe verriet.

Wenn man sein zutiefst menschliches Lächeln richtig deutete, schien Ro-kenn an einer Vielzahl von Dingen Gefallen zu finden. Ganz besonders aber am rhythmischen Gesang – alle Rassen leisteten ihren Beitrag, um einen gemeinsamen Chor zu bilden –, der einsetzte, als der Zug an rauchenden Erdlöchern und jähen Spalten vorbeikam und sich langsam in Richtung auf das verborgene ovale Tal mit dem Ei vorwärts schob.

Die langen Finger des Rothen berührten die schlanken Stämme der Welpal-Bäume, die von den Emanationen aus dem geheimen Tal in Schwingung versetzt wurden. Die meisten Menschen verspürten diese Ausstrahlung erst dann, wenn sie dem Ziel sehr nahe gekommen waren.

In Larks Herzen stiegen dunkle Gefühle auf, und es ging nicht nur ihm so. Vielen war es nicht recht, Fremde an den geheiligten Ort zu führen. Und je weiter entfernt von Ro-kenns Charisma sie marschierten, desto stärker wurden diese Emotionen.

Die Prozession schritt, rollte oder glitt immer höher in die Hügel hinauf. Bald erstrahlte der Himmel von den funkelnden Formationen – helle kleine Cluster und Sternennebel –, die von dem dunklen Streifen der galaktischen Scheibe voneinander getrennt wurden. Dieser Anblick erinnerte daran, wie ungleich die Ordnung verschiedenen Lebens war, denn binnen kurzer Zeit würden die Gäste der heutigen Feier wieder durch diese Sternengebilde kreuzen, ganz gleich, ob sie die Gemeinschaften in Frieden oder in Verdammnis zurücklassen würden. Für sie wäre Jijo dann nur ein weiterer abgelegener, wilder und bestenfalls mäßig interessanter Ort, den sie in ihrem göttlichen Leben einmal für eine kurze Zeit besucht hatten.

Als Lark das letzte Mal diesen Pfad beschritten hatte – damals noch voller Ernst über seine selbstgewählte Mission, Jijo vor Invasoren wie ihn selbst zu schützen –, hatte noch niemand es für möglich gehalten, daß demnächst irgendwelche Sternenschiffe auf dieser Welt landen würden.

Und doch waren sie schon da. Schwebten hoch oben im Orbit und machten sich zur Landung bereit.

Was jagt einem eigentlich mehr Angst ein? Die Gefahr, die man bereits fürchtet, oder die Gemeinheit, die das Universum zwar schon bereithält, aber noch nicht ausgeführt hat: ein Übel, das alle früheren Sorgen nichtig und unbedeutend macht?

Der Biologe hoffte, daß nichts von seiner düsteren Stimmung in den Brief an Sara eingeflossen war, den er vorhin, nach den Begrüßungsansprachen von Rothen und Weisen, an einem Zufluß zum Bibur in aller Eile zu Ende gekritzelt hatte. Der Kajakfahrer hatte das Schreiben in den schweren Sack gesteckt, in dem sich bereits Bloors Sendungen befanden, war dann losgepaddelt und hatte mit schnellen Ruderbewegungen die brodelnden Stromschnellen bezwungen, um die zweitägige Fahrt nach Biblos möglichst schnell hinter sich zu bringen.

Auf dem Weg zurück zum Treffen mit den anderen Häretikern war Lark kurz stehengeblieben, um zuzusehen, wie das fremde Schiff wie ein Gespenst aus dem dunklen Tunnel schwebte, getragen von wispernden Triebwerken. Er machte eine kleine menschliche Gestalt aus, die Hände und Gesicht an eine ovale Scheibe preßte und von dem Ausblick gar nicht genug zu bekommen schien. Sie kam ihm irgendwie bekannt vor, doch bevor er sein Fernglas herausholen und an die Augen halten konnte, war das Schiff schon nach Osten abgebogen und flog auf die Schlucht zu, über der der größte Mond über den Rimmers aufstieg.

Nun erreichte die Prozession den letzten verschlungenen Canyon vor dem Tal des heiligen Eies, und Lark bemühte sich, alle Zweifel und Sorgen abzulegen und sich auf die Zeremonie vorzubereiten.

Möglicherweise ist das meine letzte Gelegenheit dazu, sagte er sich und hoffte, diesmal das Erlebnis erfahren zu dürfen, von dem andere immer wieder berichtet hatten, wenn nämlich das Ei seine ganze Liebe mit allen teilte.

Er zog den rechten Arm in den Ärmel, und seine Finger umschlossen den Steinsplitter trotz der Hitze, die nun von ihm ausging. Ein Abschnitt aus der Schriftrolle des Exils kam ihm in den Sinn. Die Englik-Version, die von einem der ersten menschlichen Weisen für die Erdlinge modifiziert worden war.

Wir treiben steuerlos durch den Fluß der Zeit,
Betrogen von den Ahnen, die uns ließen hier zurück.
Blind sind wir gegenüber dem,
Was in anderen Zeitaltern hart erlernt werden mußte,
Und wir fürchten das Gesetz und das Licht.
Aber stärker als all das
ist die Angst in unseren Herzen,
daß es vielleicht gibt keinen Gott
Keinen himmlischen Vater
Keinen höheren Beistand …
Oder daß wir haben Ihn schon verloren
An das Schicksal
An die Bestimmung.

Wohin sollen wir uns wenden
In der Agonie unserer Verbannung
Da wir schon verloren unser Tabernakel
Und alle Hoffnung durch die Perfidie der Alten?
Welcher Trost steht bereit für Kreaturen,
Die verloren sind in der Zeit?

Doch eine Quelle der Erneuerung
Noch nie hat versagt.

Mit langen Liedern
Sie kündet von Feuer und Regen
Von Eis und Zeit.
Sie trägt Myriaden Namen.
Doch für die armen Exilanten
Sie Heimat ist.
Jijo.

Der Abschnitt endete mit einer befremdlichen Bemerkung, in der sich Ehrfurcht und Trotz die Waage hielten.

Wenn Gott uns immer noch will,
So mag Er uns hier finden.
Bis dahin wir werden
Zu einem Teil dieses unseres Heims,
Unserer adoptierten Welt.
Nicht um zu behindern,
Sondern zu dienen Seinem Lebenszyklus.

Damit erwachsen Demut und Güte
Aus des Verbrechens faulem Samen.

Nicht lange, nachdem diese Schriftrolle unter den Menschen Annahme und Anklang gefunden hatte, nämlich an einem Wintertag, erschütterten Beben den ganzen Hang. Bäume knickten um, Dämme barsten, und ein furchtbarer Sturm wütete. Panik breitete sich von den Bergen bis zum Ufer des Ozeans aus, da man allerorten annahm, daß der Tag des Gerichts gekommen sei.

Doch statt dessen erschien inmitten einer Wolke aus Erdreich und Staub das Ei – die Gabe aus dem Herzen Jijos.

Ein Geschenk, das die Gemeinschaften heute nacht mit den Fremden teilen mußten.

Was, wenn den Sternengöttern nun das gelänge, was er, Lark,

nie vermocht hatte? Oder schlimmer noch, wenn sie beim Anblick des Heiligtums in schallendes Gelächter ausbrächen und erklärten, daß es sich dabei um etwas ganz Natürliches, Normales handele, dem nur ausgemachte Dorftrottel Verehrung entgegenbringen könnten – wie zum Beispiel irgendwelche Eingeborenen auf der Erde, von denen es Berichte gab, daß sie eine Music-Box angebetet hatten, die an ihre Küste geschwemmt worden war?

Lark zwang sich dazu, solche Gedanken zu unterdrücken und sich auf den rumpelnden Baß der Hoon, das helle Pfeifen der Qheuen, das Schwirren der g'Kek-Radspeichen und all die anderen Beiträge zum Lied der Einheit einzustimmen. Sein Atem paßte sich dem Rhythmus der Pilger an, während die Wärme, die das Steinstück ausstrahlte, durch seine Hand den Arm hinaufströmte, die Brust erfaßte und ihm losgelöste Ruhe vermittelte.

Es ist nahe, dachte er, und in seinem Geist zeigten sich Spuren von weichen Formen. Eine netzartige Verknüpfung von unwirklichen Spiralen, die zum Teil aus Bildern und zum Teil aus Geräuschen bestanden.

Es ist fast so, als wollte etwas …

»Ist das nicht aufregend?« riß ihn eine Stimme aus seiner Konzentration und ließ sie als zerschmetterte Scherben zurück. »Ich glaube, ich kann tatsächlich schon etwas spüren! So ähnlich wie bei einem PSI-Phänomen, das ich vor einiger Zeit erlebt habe. Aber das Motiv ist doch höchst ungewöhnlich.«

Ignoriere Ling, befahl er sich und versuchte, die Scherben aufzusammeln. *Vielleicht geht sie dann ja wieder.*

Aber Ling geriet jetzt erst recht ins Schwärmen, und ihre Wortkaskaden waren zu gewaltig, um seine Ohren vollständig gegen sie versperren zu können. Je konzentrierter er sich darum bemühte, die entfliehenden und sich verflüchtigenden Scherben festzuhalten, desto schneller lösten sie sich in Einzelteile auf. Seine Hand umschloß nur noch einen feuchtkalten Klumpen Stein, den allein seine Körpertemperatur ein wenig angewärmt hatte. Enttäuscht ließ er ihn los.

»Wir haben mit unseren Instrumenten schon vor ein paar Tagen einige Schwingungen aufgenommen. Deren Zyklen sind stetig stärker geworden und haben an Komplexität zugenommen.«

Ling schien sich nicht darüber bewußt zu sein, etwas Falsches zu tun oder zu stören. Ihre Freude kam aus tiefstem Herzen. Bald konnte Lark sich nicht mehr über sie ärgern, und sein Zorn kam ihm kleinlich vor.

Dafür machte ihm etwas anderes zu schaffen. Im Mondlicht wirkte die Schönheit der Biologin noch beunruhigender auf ihn, als sie es ohnehin schon tat. Deshalb vergingen die letzten Reste seiner Wut, und er fühlte sich nur noch allein und verletzlich.

»Sollst du nicht eigentlich deinen Chef beschützen?« seufzte er schließlich.

»Ach was, das erledigen die Roboter doch viel besser. Und überhaupt, was haben wir denn schon zu befürchten? Ro-kenn hat mir und Rann die Erlaubnis erteilt, uns überall umzusehen, während er mit euren Weisen spricht und sie darauf vorbereitet, was sich gleich tun wird.«

Lark blieb so abrupt stehen, daß der Pilger hinter ihm beinahe hingefallen wäre bei dem Versuch, ihm auszuweichen. Der Biologe legte ihr eine Hand auf den Arm. »Was hast du da gesagt? Was soll sich hier gleich tun?«

Das Lächeln, das Ling jetzt aufsetzte, zeigte wieder den alten Spott.

»Soll das heißen, du bist noch nicht von selbst darauf gekommen? Ach, Lark, denk doch nur einmal über die ganzen Übereinstimmungen nach.«

Und weil er sie noch immer verständnislos anstarrte, erklärte sie:

»Seit zweitausend Jahren leben Sooner der unterschiedlichsten

Rassen auf dieser Welt. Sie waren damit beschäftigt, sich untereinander zu streiten, und ganz allmählich entwickelten sie sich immer mehr zurück.

Dann sind eines Tages die Menschen hier aufgetaucht, und schon hat sich alles geändert. Obwohl ihr am Anfang nur wenige und zudem auch noch hilflos wart, hat sich eure Kultur doch sehr rasch zur einflußreichsten auf diesem Planeten entwickelt.

Und schließlich, nur wenige Jahrzehnte nach eurer Ankunft, kommt ein Wunder aus dem Boden – dieser lenkende und leitende Geist, den ihr alle verehrt –«

»Du meinst das Ei«, wandte Lark mit gerunzelter Stirn ein.

»Richtig. Glaubst du denn allen Ernstes, das sei nur zufällig passiert? Oder daß eure Patrone euch vergessen hätten?«

»Unsere Patrone ...« Lark verzog nachdenklich das Gesicht. »Soll das heißen ... willst du damit etwa andeuten, daß die Rothen die ganze Zeit über davon gewußt haben?«

»Von eurer kleinen Reise mit der *Tabernakel*? Aber natürlich. Ro-kenn hat es uns heute morgen erklärt, und seitdem ergibt alles einen Sinn. Selbst unsere Ankunft hier auf Jijo ist keineswegs als Zufall anzusehen, mein lieber Lark. Oh, natürlich sind wir auch gekommen, um nach Präsapienten zu suchen, die wir in unserem Klan aufnehmen können. Aber viel wichtiger ist, daß wir wegen euch gekommen sind!

Weil nämlich das Experiment beendet ist!«

»Experiment?« Er verstand überhaupt nichts mehr.

»Eine mühselige Prüfung für eure kleine Gruppe, ausgestoßen und vergessen auf einer wilden Welt – so habt ihr das doch immer gesehen, nicht wahr? Nun, es mag hart klingen, aber der Weg zum Schub verläuft nicht immer einfach, wenn eine Rasse erst einmal dazu auserkoren ist, zu den Höhen aufzusteigen, die unsere Patrone für uns vorgesehen haben.«

In Larks Kopf drehte sich alles. »Willst du damit sagen, daß es unseren Vorfahren vorherbestimmt war, zu dieser Welt zu schleichen? Daß das alles Bestandteil der Probe ist, die uns ... na ja, die uns irgendwie verändern soll? Und das Ei gehört auch zum Plan der Rothen?«

»Zu ihrem großen Vorhaben«, verbesserte sie ihn, und wieder klang Beglückung in ihrer Stimme mit. »Ein gewaltiges Vorhaben, Lark. Ein Test, den dein Volk mit Bravour bestanden hat, wie man mir gesagt hat. Ihr seid hier, an diesem fürchterlichen Ort, der euch eigentlich zugrunde richten sollte, nur stärker, klüger und edler geworden.

Und nun ist der Zeitpunkt gekommen, um diese erfolgreiche kleine Testgruppe heim in den Schoß ihres Volkes zurückzuholen, damit die ganze Menschheit lernen kann, zu wachsen, zu gedeihen und sich den Herausforderungen eines gefährlichen Universums zu stellen.«

Sie strahlte ihn an, als könne es nichts Schöneres geben.

»Ach, Lark, als ich das letzte Mal mit dir gesprochen habe, bin ich noch davon ausgegangen, daß wir bei unserem Abflug nur ein paar von euch Ausgestoßenen mitnehmen würden.

Aber nun steht das Wunderbare fest, Lark!

Schiffe sind auf dem Weg hierher. So viele Schiffe. Denn es ist an der Zeit, euch alle heimzuführen!«

Asx

Erstaunen!

Diese Neuigkeit rast durch unsere wächsernen Höhlen und treibt das Muster, die Resonanz des Eies mit den ätzenden Dämpfen der Überraschung hinaus.

Wir/ich/ich/wir ... können uns nicht länger als Asx zusammentun. Und auch nicht mehr diese Entwicklung in irgendeiner Form von Einigkeit überdenken.

Die schlimmsten Gerüchte der letzten Monate – die von den rebellischsten Urs-Führerinnen und den verbittertsten grauen Qheuen weitergetragen wurden – besagten, daß die Menschen Jijo verlassen würden, daß sie mit ihren Vettern vom Himmel abfliegen und uns restliche Fünf hier schwärend und in Verdammnis zurücklassen würden.

Doch selbst diese schreckliche Vorstellung ließ uns wenigstens noch einen Trost.

Eine feste Konstante.

Das Ei.

Doch nun heißt es –

(Glaubt es nicht!)

(Und wie soll das gehen?)

– daß das heilige Ei uns nie gehört hat! Nur den Menschen! Von Anfang an. Und seine doppelte Aufgabe bestand darin, die Erdlinge zur Größe zu führen und uns andere gleichzeitig einzulullen und zu unterwerfen!

Es sollte uns domestizieren, damit die Menschen sich während ihres kurzen Aufenthalts auf Jijo sicher und geborgen entwickeln konnten.

Und als Krönung ihrer beleidigenden »Freundlichkeit« hat Rokenn uns eben mitgeteilt, daß man uns das Ei als Abschiedsgeschenk dalassen wolle.

Als kleine Aufmerksamkeit,

als Zuckerstückchen,

als Wiedergutmachung für unsere Pein …

als immerwährende Erinnerung an unsere Schande!

Haltet ein, meine Ringe. Faßt euch! Wir wollen doch fair bleiben. Verteilt Dämpfe über das tropfende Wachs. Und erinnert euch.

War Lester Cambel von dieser Ankündigung nicht ebenso enttäuscht wie der Rest von uns?

Haben nicht alle Weisen einmütig beschlossen, diese Neuigkeit geheimzuhalten, damit nicht noch schlimmere Gerüchte aufkommen und uns weit größeren Schaden zufügen?

Aber es war vergebens. Bereits jetzt haben einige Bürger etwas aufgeschnappt und sind gleich losgelaufen, um überall maßlos übertriebene Versionen von dem, was sie mitbekommen haben, zu verbreiten, das Gift entlang des ganzen Pilgerzuges auszustreuen und den Rhythmus zu zerstören, der uns geeint hat.

Doch was den majestätischen Rothen angeht, so nehmen wir von ihm nur Fröhlichkeit wahr. Er scheint überhaupt nicht mitbekommen zu haben, daß bei uns nichts mehr stimmt!

Sind die Götter so? Bleiben sie davor bewahrt zu erkennen, welchen Schaden sie anrichten?

Schon breitet sich die Infektion wellenförmig aus. Der Gesang der Gläubigen bricht auseinander, löst sich in Zwölfschaften miteinander tuschelnder Individuen auf.

Und nun nehme(n) ich (wir) von unserem obersten Wulst aus eine weitere Störung wahr, die sich von der Spitze der Prozession aus verbreitet! Die beiden Brüche treffen sich wie hohe Wellen auf einem sturmdurchtosten See, rollen mit gewaltigem Getöse aufeinander zu.

»Dieser Weg ist versperrt!« schreit eine heranpreschende Kurierin, die es furchtbar eilig zu haben scheint, ihre Botschaft zu verkünden: »Eine Seilbarriere blockiert den Pfad, und an ihr hängt eine Warnung!«

KEINE ENTWEIHUNG DURCH UNGLÄUBIGE!
HALTET DEN HIMMELSSCHMUTZ FERN!
JIJO LÄSST SICH NICHT TÄUSCHEN!

Dies kann nur das Werk der Fundamentalisten sein.

Frustration windet sich um unseren Kern. Die Fanatiker haben sich den passenden Moment für ihre Demonstration ausgesucht!

Wir Weisen müssen nach vorn, um uns das anzusehen. Selbst Vubben rollt schneller, und meine Basissegmente geben ihr Bestes, nicht den Anschluß zu verlieren. Ro-kenn hingegen schreitet mit Würde weiter, als könne ihn so etwas nicht aus der Ruhe bringen.

Aber spüren wir da nicht etwas, meine Ringe? Ist nicht eine Variante in der Aura aufgetreten, die ihn umgibt? Dank unseres Rewq nehmen wir eine Diskrepanz zwischen seinen einzelnen Gesichtspartien wahr, als breite sich unter der nach außen hin gelassenen Maske seiner Miene das Krebsgeschwür brodelnden Zorns aus.

Aber kann unser Symbiont tatsächlich soviel an einem Fremden erkennen, dem wir heute zum ersten Mal begegnet sind? Liegt es vielleicht daran, daß ich einen der wenigen alten Rewqs trage, die von der ersten Geburtswelle übriggeblieben sind? Oder ist uns diese Veränderung nur aufgefallen, weil wir Traeki aufgrund unserer eigenen häufigen Unstimmigkeiten in der Lage sind, widerstreitende Regungen zu erkennen?

Vor uns – das trotzige Banner.

Über uns – Jugendliche auf den Klippen, die töricht (aber tapfer) genug sind, Waffen zu schwingen.

Unter uns – Phwhoon-dau, der sie mit seiner dröhnenden Stimme dazu auffordert, ihr Anliegen darzulegen.

Und ihre Antwort? Aus den Schluchten widerhallend und von den Dampföffnungen verzerrt ihre Forderung, die Fremden hätten zu verschwinden! Und sollten niemals wiederkommen! Oder aber ihnen sei die Rache von Jijos stärkster Macht gewiß!

?!?

Drohen die Fundamentalisten den Rothen etwa mit dem Ei?

Hat denn nicht Ro-kenn eben behauptet, daß er über das Heiligtum gebiete?

Über sein Gesicht huscht etwas, das ich als kalte Belustigung interpretiere. Er bezeichnet die Drohung der Fundamentalisten als Bluff.

»Wollt ihr wirklich wissen, wer über mehr Macht verfügt, seinen Willen durchzusetzen?« ruft er zu ihnen hinauf. »In dieser Nacht werden das Ei und ganz Jijo unsere Wahrheit singen.«

Lester und Vubben flehen beide Seiten an, sich zurückzuhalten, aber Ro-kenn ignoriert sie einfach. Immer noch lächelnd, schickt er die beiden Roboter an die Barriere, wo sie die Bolzen herausziehen sollen, die die Seile und Banner hochhalten.

Oben reckt die Fanatikerführerin ihren langen Hals, stößt einen Fluch im Dialekt der Steppe aus und ruft die heilige Macht von Jijo an, zur Erneuerung zu schreiten und den unverschämten Abschaum mit der Kraft des Feuers zu reinigen.

Die Fundamentalistin besitzt echtes Talent für solche Auftritte. Sie stampft mit den Hufen auf und droht mit den schrecklichsten Strafen. Unsere leichtgläubigeren Ringe halten es einen Moment lang für durchaus möglich, daß

– daß

– daß

Was geht hier vor?
Was geschieht hier?
Welche Eindrücke
strömen
jetzt
in
uns
schneller,
als Wachs schmelzen kann?
Und
durchbohren
dann das Bewußtsein
jedes
einzelnen
Rings?

In einer
Weise,
die alle
Ereignisse
in
perfekte zeitliche Abfolge
stellt
und damit
gleich wichtig
macht?
Was geht hier vor?

– Zwillingsblitze umrahmen die Zwölfschaften des Pilgerzugs, und ihre Schatten scheinen vor den weißen Flammen zu fliehen ...

– kreischendes Metall protestiert ... ist zerschmettert ... kann nicht mehr fliegen ... ein Paar abstürzender ausglühender Schlackehaufen ... das Nachbild von Zerstörung ... zwei Schrotthaufen, von denen noch Rauch aufsteigt ... weiterer Abfall, der eingesammelt und in der Mitten versenkt werden muß ...

Mittels unseres Symbionten nehmen wir ganz kurz entsetztes Erstaunen auf dem Gesicht des Sternenmenschen Rann wahr.

– Ro-kenn, umgeben von einer Aura der Zerrissenheit ... wie bei einem Traeki, der zwischen einem vergnügten und einem zornigen Ring zu zerbrechen droht ...

Und jetzt, als hätten wir noch nicht genug Eindrücke zu verarbeiten, gibt es neue grauenhafte Wunder!

– mit den rückwärtigen Augen sind wir die ersten, die den Feuerspeer erblicken …

– eine tosende Helligkeit, die im Westen den Himmel hinaufschießt … die sich von der Lichtung der Versammlung erhebt …

– dann bebt der Boden unter uns …

– der Schall braucht etwas länger, bis er uns erreicht; er kämpft sich durch die dünne Luft vor und bringt uns einen tiefen, stöhnenden Donner!

Endlich verlangsamt sich der Wirbel der Ereignisse so weit, daß unsere sich drehenden Dämpfe zu ihm aufschließen können. Die Vorkommnisse präsentieren sich geordnet. Nicht voneinander getrennt, sondern parallel zueinander.

Betrachten wir sie der Reihe nach, meine Ringe.

Haben wir nicht gesehen, wie zwei Roboter zerstört wurden, während sie versuchten, die Barriere der Fundamentalisten niederzureißen?

Wurden wir danach nicht von einer gewaltigen Explosion hinter uns erschüttert? Die sich in Richtung der Lichtung ereignet hat?

Was vorher ein ordentlicher Pilgerzug war, löst sich nun zu einem Mob auf. Kleine Gruppen eilen den Hügel hinab auf die staubumwehte, vom Mondlicht beschienene Blässe zu, die von dem Flammenmeer übriggeblieben ist.

Die Menschen drängen sich aneinander, um sich gegenseitig Schutz zu geben. Andere bleiben bei ihren verbliebenen Freunden unter den Hoon und den Qheuen, während die Masse der Qheuen und die Urs wütend, klappernd und scharrend herumrennen und Bedrohlichkeit ausstrahlen.

Ro-kenn schreitet nicht mehr, sondern reitet auf einer gepolsterten Platte zwischen den beiden Robotern, die ihm noch geblieben sind. Er spricht dringlich in ein Gerät, das er in der Hand hält, und wird zusehends erregter. Seine menschlichen Diener scheinen unter Schock zu stehen.

Die Frau, Ling, hält sich am Arm von Lark fest, unserem jungen menschlichen Biologen. Uthen bietet sich ihnen als Reitgelegenheit an, und sie steigen auf seinen breiten grauen Rücken. Dann eilt das Trio hinter Ro-kenn her.

Die tapfere Messerscharfe Einsicht nähert sich unserem Stapel von Ringen, unserem Asx, und bietet ihm an, ihn ebenfalls zu befördern.

Können wir ablehnen? Schon trägt Phwuon-dau Vubben auf seinen starken, schuppigen Armen. Der Hoon-Weise transportiert den g'Kek, damit beide gemeinsam rascher nach unten gelangen und feststellen können, was sich auf der Lichtung ereignet hat.

Per Mehrheitsbeschluß nehmen wir die Einladung der Qheuen an. Doch nach einigen Duras, in denen wir auf dem Rückenschild hin und her geschaukelt werden, verlangt unsere Sperrminorität eine erneute Abstimmung, die jedoch überstimmt wird. Irgendwie gelingt es uns, uns auf der hornigen Platte festzuhalten, während wir uns gleichzeitig wünschen, doch lieber gelaufen zu sein.

Die Zeit dehnt sich in quälend langsamer Anspannung und verhöhnt uns mit müßigen Spekulationen. Dunkelheit verschlingt alle Ratio, und die glitzernden Sterne verspotten uns.

Endlich halten wir auf einem Hügel und drängeln durch andere, um die beste Sicht zu haben.

Spürt ihr es, meine Ringe?

Geeint in Schock erblicken wir den rauchenden Krater, der mit verbogenem Metall angefüllt ist – die Reste der Zuflucht, in der Ro-kenn und die Sternenmenschen während der Wochen gewohnt haben, in denen sie bei uns gewesen sind. Ihre vergrabene Station ist nur noch eine Ruine.

Ur-jah und Lester rufen nach Freiwilligen, die in das qualmende Loch springen, ihr eigenes Leben aufs Spiel setzen und retten sollen, was noch zu retten ist. Aber wie sollte jemand in einem solchen Trümmerfeld überlebt haben? Ob sich dort noch jemand findet, der mit dem Leben davongekommen ist?

Wir alle hegen denselben Gedanken. Alle meine Ringe. Und alle unter den Sechsen.

Wer vermag jetzt noch an der Macht des Eies zu zweifeln? Oder an der Rache eines empörten Planeten?

Mit jedem neuen Lied, das er wiederentdeckt, scheinen sich neue Türen zu öffnen, ganz so, als seien die alten Melodien Schlüssel, die ganze Schwaden von Zeit herausließen. Je früher die Erinnerung, desto fester schien sie mit einem bestimmten musikalischen Thema oder einer Textzeile verknüpft zu sein. Schlummerlieder führen ihn besonders rasch die Pfade der wiedererlangten Kindheit hinab.

Er hat sogar wieder das Bild seiner Mutter vor Augen, die ihm in der Sicherheit eines warmen Zimmers etwas vorsingt und ihm mit süßen Balladen etwas über eine Welt vorlügt, die mit Gerechtigkeit und Liebe angefüllt ist. Liebe kleine Unwahrheiten, die ihm helfen sollten, sein Temperament zu zügeln. Erst viel später lernte er die Wahrheit über das bittere und tödliche Universum kennen.

Eine Reihe von lustigen Liedchen bringt ihm die bärtigen Zwillinge ins Gedächtnis zurück, zwei Brüder, die sich viele Jahre lang die Vaterrolle in seinem Familiennetz geteilt hatten. Ein lustiges Paar, das immer einen Scherz auf den Lippen hatte und damit die sechs jungen Netzgeschwister regelmäßig zum Kichern und Prusten brachte. Wenn er den Text der Liedchen wieder und wieder singt, bekommt er sogar noch ein paar ihrer oft dämlichen Pointen zusammen – ein echter Durchbruch. Er weiß, daß der Humor der Zwillinge billig und oft kindisch gewesen ist, aber er lacht und lacht über ihre Kalauer und lustigen Lieder, bis ihm die Tränen die Wangen hinunterlaufen.

Ariana Foo spielt ihm weitere Platten vor, und einige davon versetzen ihn in regelrechte Aufregung, wenn er die Operetten und Musicals wiederhört, die er als Jugendlicher so geliebt hat. Eine menschliche Kunstform, die einem dabei half, den Streß abzubauen, wenn er wie Millionen anderer ernster junger Männer und Frauen versuchte, etwas von den erhabenen Wissenschaften einer Zivilisation zu verstehen, die älter war als die meisten der hellen Sterne am Himmel.

Die Wiederentdeckung von so vielem, was er einmal gewesen ist, löst stechenden Schmerz in ihm aus. Die meisten Worte und Fakten bleiben ihm fremd und unverstehbar – den Namen seiner Mutter kann er genausowenig festhalten wie seinen eigenen –, aber zumindest fängt er wieder an, sich wie ein lebendiges Wesen, wie ein Mensch mit einer Vergangenheit zu fühlen. Als eine Person, deren Taten und Handlungen einmal für andere eine Bedeutung hatten. Als ein Mann, der geliebt worden ist.

Auch ist die Musik nicht der einzige Schlüssel. Papier kann ihm noch viel mehr bieten. Wenn ihn die Lust dazu übermannt, nimmt er einen Bleistift und fängt an, wie ein Wahnsinniger zu zeichnen und zu kritzeln. Er füllt Blatt um Blatt. Er steht dann wie unter einem Zwang und kann nicht mehr aufhören, auch wenn sein Verstand ihm sagt, daß jedes einzelne Blatt diese armen Leute hier ein kleines Vermögen kosten muß.

Als er einmal Prity dabei beobachtet, wie der etwas zu Papier bringt, eine einfache lineare Gleichung, stellt er begeistert fest, daß er sie versteht! Mathematik ist nie sein Lieblingsfach gewesen, aber jetzt entdeckt er eine neue Liebe für sie. Offenbar haben die Zahlen ihn nicht so vollständig verlassen wie die Sprache.

Es gibt aber noch eine weitere Kommunikationsform, erkennt er, während Pzora ihn behandelt, dieser triefende und tropfende und dampfende Stapel von Doughnut-Ringen, vor dem er einmal Angst hatte. Die Art der Verbindung ist eigenartig, und Worte sind ihr so fremd wie der Tag der Nacht.

Nun, da er sich nicht mehr mit Worten verständlich machen kann, nimmt er verstärkt Nuancen in Pzoras Gerüchen und Berührungen wahr. Prickeln und wohliges Schauern durchfahren ihn, die von den sich ständig ändernden Dämpfen des Traeki ausgelöst werden. Und erneut scheinen seine Hände ein Eigenleben zu entwickeln. Sie flattern und wackeln und scheinen Pzoras Duftfragen Antworten zu geben, allerdings auf einer Ebene, die er selbst nicht erfassen kann.

Es bedarf keiner Worte, um Ironie zu erkennen. Wesen wie dieser Arzt sind früher seine erbittertsten Feinde gewesen. Er wußte es, ohne sich allerdings daran erinnern zu können, woher dieses Wissen kam. Sie waren die Todfeinde seiner Spezies. Wie eigenartig, daß er nun dieser freundlichen Ansammlung von furzenden Reifen zu so großem Dank verpflichtet ist.

Inmitten all seiner Verzweiflung erweckten diese Kniffe und Überraschungen erste Hoffnungsschimmer in ihm. Doch am Ende ist es immer wieder die Musik, die ihn am ehesten zu dem zurückführt, was er einmal gewesen ist.

Eines Tages führt ihn Ariana Foo zu einer Sammlung von Musikinstrumenten, die in einem Glaskasten ausgebreitet liegen. Er entscheidet sich für eins, mit dem er glaubt, zurechtkommen zu können. Er will damit experimentieren und neue Melodien finden, die neue Türen für ihn öffnen können.

Seine ersten umständlichen Versuche, diesem Instrument Töne zu entlocken, senden ein schreckliches Klanggewitter durch die sich windenden Gänge dieses sonderbaren Büchertempels, der unter einer Steinhöhle verborgen liegt. Aber er übt tapfer weiter, und schließlich gelingt es ihm, neue Erinnerungen an seine Kindheit zurückzugewinnen. Aber bald muß er feststellen, daß jüngere Erinnerungen viel schwieriger loszurütteln sind. Vielleicht hatte er in seinem späteren Leben weniger Zeit und Gelegenheit, neue Lieder zu lernen, so daß ihm nun weniger zur Verfügung stehen, die Assoziationen zu bestimmten Ereignissen wecken.

Er weiß, daß sie noch irgendwo in seinem Gedächtnis sitzen. Schließlich driften sie durch seine Träume, so wie sie einst während seines Deliriums zu ihm gekommen sind. Bilder von endlosen Ansichten des Vakuums. Von lebenswichtigen Missionen, die nicht zu Ende geführt wurden. Von Kameraden, die er zu seiner Schande vergessen hat.

Er beugt sich über das Instrument mit den vierundsechzig Saiten und schlägt auf sie ein. Immer nur ein paar Töne, sucht er doch nach einem Hinweis, nach einer Melodie oder wenigstens einem Stück davon, die endlich den Knoten in seinem Kopf löst. Je mehr sie sich ihm entzieht, desto sicherer wird er, daß sie existiert.

Irgendwann vermutet er, daß er nicht nach einem menschlichen Lied sucht, sondern nach etwas ganz anderem. Etwas, das ihm vertraut und gleichzeitig für immer fremd ist.

In dieser Nacht träumt er mehrere Male von Wasser. Das scheint nicht verwunderlich zu sein, hat Sara ihm doch erzählt, daß sie morgen mit dem Dampfschiff aufbrechen und die große Halle der Papierbücher hinter sich lassen werden, um zu dem Berg aufzubrechen, auf dem das Sternenschiff gelandet ist.

Eine neue Schiffsreise … das mag die vagen Wasserbilder erklären.

Später sollte er es besser wissen.

V.

DAS BUCH VOM MEER

Wenn du beschreitest den Weg nach unten,
Der zur Erlösung führt,
Vergiß nicht, nach dem auszuschauen,
Was du suchst.

Die Scheidung von deiner Rasse Bestimmung,
Von deinem früheren Klan,
Von deinen Verbindungen,
Von den Patronen, die erstmals gaben
Deiner Spezies Sprache, Verstand
Und Sternenflug.

Du sagst, daß sie beim ersten Mal
Gescheitert sind.
Daß ein anderer bekommen sollte
Die Chance,
Deine Art zu adoptieren und es zu versuchen,
Noch einmal von vorn.
Vornehmheit bestimmt dieses Unterfangen.
Und Mut gehört auch dazu.

Doch erwarte nicht Dank von denen,
Die du von dir gewiesen
Und mit Füßen getreten.

Die Schriftrolle des Exils

Alvins Geschichte

Der Tag war gekommen. Nach all unseren Phantasien, unseren Vorbereitungen und der endlosen Reihe von Details standen wir vier endlich vor der geöffneten Luke der *Wuphons Traum.*

»Wir hätten besser ein Floß oder so gebaut«, meckerte Huck nervös. Die elektrische Aufladung der Wagennabe, die sich mir am nächsten befand, ließ mir die Beinhaare zu Berge stehen. »Es gibt viele Flüsse, die wir im Sommer hätten erkunden können. Dann wären wir ungestört und unter uns gewesen. Und wir hätten faulenzen und angeln können.«

Meine Kehlsäcke hyperventilierten, als wollten sie für die Reise unter die Wasseroberfläche soviel Sauerstoff wie möglich in ihrem lebenden Gewebe speichern. Glücklicherweise hatte Tyug uns allen ein leichtes Beruhigungsmittel verabreicht. Bei Ur-ronn schien es am stärksten zu wirken, denn sie stand ganz lässig da.

»Auf ein Floß hätte ich nicht mitgekonnt«, entgegnete sie ultracool. »Da wäre ich nämlich naß geworden.«

Unsere Köpfe drehten sich wie auf Kommando in ihre Richtung, und nach einem Moment brach jeder von uns in prustendes Lachen aus – natürlich jeder auf seine Weise: Schere pfiff und schnaufte, Huck brüllte, und ich grummelte, bis mir Hals und Brust weh taten. Ach, Ur-ronn, du bist mir vielleicht eine Marke!

»Unsere Freundin hat recht«, meinte Schere schließlich, als wir uns alle wieder etwas beruhigt hatten. »Der Flug mit dem Heißluftballon war ein viel besserer Plan. Kommt, wir wollen Uriel dazu überreden, das Boot entsprechend umzubauen.«

»Jetzt hört endlich auf, ihr zwei«, schimpfte Huck mit Schere und Ur-ronn, obwohl es doch eigentlich unfair war. Schließlich hatte sie damit angefangen.

Unsere Frotzeleien hörten abrupt auf, als die Schmiedin kam. Tyug folgte ihr mit zwei Schritten Abstand. Sein kleiner Halbstapel Ziz hatte sich von seinem Aufblähabenteuer prächtig erholt und lag bereits in seinem Käfig unter dem Bullauge der *Traum.*

»Hassst du deine Karten eingesssteckt?« Uriel warf einen prüfenden Blick in Scheres Beutel. Die Blätter bestanden aus Plastik, das laminiert worden war. Das Herstellungsverfahren hatten die Menschen erfunden, und das Material war dadurch belastbar und fast nicht zu zerstören – und damit war es natürlich hart an der Grenze zur Illegalität. Aber schließlich waren wir ja in Richtung Mitten unterwegs, da war ein solches Material doch schon halb gerechtfertigt, oder? Wir alle hatten uns den von der Schmiedin aufgezeichneten Kurs eingeprägt, dem wir folgen würden, sobald die Räder unseres Bootes auf dem schlammigen Grund aufgesetzt hatten.

»Kompasss?«

Sowohl Schere als auch Ur-ronn hatten einen dabei. Hucks magnetisch betriebene Achsen würden die Nadeln nicht allzusehr ablenken – jedenfalls so lange nicht, wie unsere g'Kek-Freundin sich nicht allzusehr aufregte.

»Wir sssind die Notfallmasssnahmen noch einmal durchgegangen und haben sssie, wo immer möglisss, verbesssert. Wenn wir mehr Ssseit gehabt hätten, hätten wir mehr machen können, aber isss hoffe, esss reissst auch ssso.« Uriel schüttelte den Kopf wie ein Mensch, der etwas bedauert. »Jetssst wäre nur noch eine Angelegenheit sssu klären. Ihr sssollt ein besssimmtesss Objekt bergen, während ihr da unten herumfahrt. Einen Gegensssstand, den ihr unbedingt für misss finden müssst.«

Huck drehte einen Augenstiel in meine Richtung und gab mir mit dem Lid Morsezeichen.

Siehst du? Ich habe es dir doch gleich gesagt! übermittelte sie mir in Galaktik Zwei. Huck nervte uns schon seit Tagen mit ihrer Vermutung, daß sich unten auf dem Meer etwas befand, das die Schmiedin dringend brauchte. Es entsprach ihrer Art, anderen solche Motive zu unterstellen. Aber schließlich empfanden wir alle es als ziemlich merkwürdig, daß Uriel uns so großzügig unterstützte. Huck war der Meinung, dort unten müsse sich etwas befinden, das nur wir mit unserem Tauchboot erreichen konnten.

Ich ignorierte ihre Zeichen. Das Problem mit Huck ist, daß sie gerade so eben recht genug hat, um zu glauben, die Natur habe sie mit dieser Gabe gesegnet.

»Haltet bitte hiernach Ausschau.« Uriel zeigte uns eine Zeichnung und hielt sie so, daß nur wir vier sie sehen konnten. Darauf war ein Gebilde mit Stacheln und Dornen zu erkennen, auf dem sechs Punkte prangten, die wie auf einer Spielkarte angeordnet waren. Von zweien seiner Arme gingen lange Tentakel oder Kabel aus, die jeweils bis an einen Rand der Skizze verliefen. Ich fragte mich, ob es sich bei diesem Ding vielleicht um ein Lebewesen handelte.

»Diesss issst ein Artefakt, auf dasss wir dringend angewiesssen sssind«, fuhr die Schmiedin fort. »Eigentlisss sssind die Drähte, die von ihm ausssgehen, noch wissstiger alsss der Gegensssstand ssselbssst. Diessse Kabel müssst ihr sssuchen. Ihr befessstigt sssie an der Rückführleine, damit wir sssie ssspäter heraufholen können.«

Donner und Doria, dachte ich. Wir vier waren sehr moderne coole Typen, die für jedes ultracoole Ding sofort zu haben waren. Wir wären auch nicht davor zurückgeschreckt, den Mitten nach Schätzen abzusuchen, obwohl das laut den Schriftrollen verboten war. Und jetzt befahl uns eine Weise, genau das zu tun? Kein Wunder, daß ihr daran gelegen war, keinen Bürger solch häretische Worte hören zu lassen.

»Aye, aye, Madam, Sir!« rief Schere und schaffte es für einen Moment, auf zwei Beinen zu stehen und mit den drei anderen zu salutieren.

Was uns drei andere anging, so standen wir etwas ratlos auf der Rampe herum. Was sollten wir jetzt tun? Diesen Geheimauftrag als Grund nehmen, aus der Geschichte auszusteigen?

Meinetwegen, sagte ich mir schließlich. Sollen sie mich doch später ans Ei binden und es singen lassen, bis ich alles gestehe.

Ich ging als letzter von Bord. Außer natürlich, man zählt Huphu dazu, der zwischen meinen Beinen hin und her wieselte, als ich mich bückte, um durch die Luke zu gelangen. Drinnen drehte ich am Rad, und die Echsenblase blähte sich auf und breitete sich aus wie das Abdichtungsmaterial zwischen den Mitgliederringen eines Traeki. Damit waren wir von allem abgeschlossen, sogar von Außengeräuschen. Selbstredend herrschte in der kleinen Kabine keine Stille. Aus jeder Ecke war Zischen, Gurgeln, Grummeln oder Seufzen zu vernehmen – die typischen Laute von vier verängstigten Jugendlichen eben, denen gerade bewußt geworden ist, wohin ihre nachäffende Tagträumerei sie gebracht hat.

Wir brauchten eine halbe Midura, um sicherzustellen, daß das Luftsystem und die Feuchtigkeitsabsauger ausreichend funktionierten. Schere und Ur-ronn gingen vorn eine Checkliste durch, Huck testete die Steuerruder, und ich quetschte mich ins Heck, weil mir die »ehrenvolle« Aufgabe zugefallen war, die Kurbel zu bedienen, wann immer die *Traum* so etwas wie einen Antrieb benötigte. Um mir die Zeit zu vertreiben, grummelte ich Huphu etwas Freundliches zu. Seine Krallen waren mir höchst willkommen, kratzten sie doch genau an der Stelle meines Herz-Vorgrats, wo mich ein nervöses Jucken plagte.

Wenn wir sterben, soll Uriel unsere Leichen bitte an Land ziehen und nach Hause bringen, dachte ich, und vielleicht waren diese Worte so etwas wie ein Gebet, wie es die Menschen sprechen, wenn sie in Gefahr geraten. Zumindest habe ich es so in den Abenteuergeschichten gelesen.

Meine Familie soll meinen Lebensknochen bekommen, für das Vuphy, damit es ihnen über ihren Schmerz und ihre Enttäuschung darüber hinweghilft, daß ich die Liebe, die sie in mich investiert haben, so sehr enttäuscht habe.

VI.

DAS BUCH VOM HANG

Legenden

Ein jeder, der auf einem Flußboot reist und dem unwiderstehlichen Baßgesang des hoonschen Steuermanns lauscht, begreift etwas von dem Prozeß, der diese Rasse einst zu Sternenfahrern gemacht hat.
So wird es verständlich, daß der Klang ihrer Stimme einiges darüber aussagt, woher diese Rasse ihren Namen hat. Gemäß den Sagen waren die Guhatsa-Patrone, die ursprünglich die präsapienten Hoon adoptiert und ihnen den Schub gegeben haben, vom musikalischen Vermögen dieser Rasse ganz verzückt. Während die Guhatsa ihnen Sprache, Verstand und all die anderen netten Dinge schenkten, taten sie schließlich noch mehr und arbeiteten daran, den durchdringenden, vibrierenden Ausstoß aus dem hoonschen Kehlsack noch zu verstärken, damit es ihnen später zugute kommen sollte, wenn sie reifer sein und ihre Verpflichtungen innerhalb der Galaktischen Gesellschaft aufnehmen würden.
Die Patrone sagten ihnen voraus, dieses verstärkte Talent würde sie zu besseren Patronen machen, wenn die Reihe an sie kam, die Gabe der Weisheit weiterzutragen und so den Milliarden Jahre alten Zyklus der Intelligenz in den Fünf Galaxien ein Stück voranzubringen.
Heute kennen wir unsere Hoon-Nachbarn als geduldige und bescheidene Mitbürger. Es dauert lange, bis sie sich einmal richtig aufregen, aber wenn Not am Mann ist, springen sie beherzt ein. So fällt es schwer, dieses Bild neben die Reaktion der Urs und später der Menschen zu stellen, als sie auf dieser Welt ankamen und feststellen mußten, daß die »Hünen«

ebenfalls hier gelandet waren. Diese Reaktion läßt sich nur mit den Worten Feindseligkeit und Furcht beschreiben.

Welche Gründe auch immer hinter dieser spontanen Abscheu geherrscht haben mögen, die Berührungsängste legten sich rasch und waren binnen einer Generation vollkommen verschwunden. Welche Kämpfe und Streitigkeiten auch immer unsere sternenbeherrschenden Vorfahren in Feindseligkeit getrieben haben mögen, wir hier auf Jijo teilen solchen Zwist nicht. Heutzutage muß man am Hang lange suchen, ehe man jemanden unter den Sechsen findet, der die Hoon nicht mag.

Doch sie sind weiterhin von einem Rätsel umgeben. Warum hat es sie auf Jijo verschlagen? Anders als die fünf weiteren Rassen erzählen sie keine Geschichten von Verfolgung oder davon, einen Ort gesucht zu haben, an dem sie sich ungestört fortpflanzen können.

Wenn man sie fragt, warum ihr Schleichschiff die größten Mühen und Strapazen auf sich genommen habe, um dieses geheime Refugium anzusteuern, zucken sie nur mit den Achseln und wissen keine Antwort darauf.

Der einzige Hinweis auf ihre Beweggründe findet sich in der Schriftrolle der Erlösung. Dort lesen wir vom letzten Weisen der Glaver, der einst einen hoonschen Siedler fragte, warum sein Volk nach Jijo gekommen sei. Er erhielt folgende tiefgegrummelte Antwort:

»Zu diesem verborgen/abgeschirmten Hafen wir sein geflogen, weil wir hofften/etwas suchten. Unser Herz drängte uns wiederherzustellen, beschädigte/angegriffene/abgenutzte Rückgrate der (verlorenen) Jugend. Hierher schickten uns die weisen/geheimen Orakel. Und die gefahrvolle Reise/-Fahrt, voller Gefahren/Unbilden war nicht umsonst/vergeblich/vertan. Denn wisse, daß in erfreuter/begeisterter Überraschung wir haben bereits gewonnen!«

Der Text gibt weiter Auskunft, daß der Hoon nach diesen Worten auf ein krudes Boot gezeigt habe. Es bestand aus Bambusstämmen und war mit Baumsaft kalfatert – der erste Vorläufer all der Boote und Schiffe, die folgen sollten und heute die Flüsse und Meere Jijos durchpflügen.

Aus unserer heutigen Perspektive, tausend Jahre nach dem Vorfall, sind die Worte des Hoon nur schwer zu verstehen und daher kaum zu interpretieren. Kann sich heute jemand unter uns unsere zotteligen Freunde ohne Schiff oder Boot vorstellen? Wenn wir sie uns als Wesen vorstellen, die die Sternenstraßen befahren haben, sehen wir dann nicht gleichzeitig auch unsere Freunde, wie sie Sturm und Strömung trotzen und mit Kiel, Steuerruder und Segel zwischen den Planeten kreuzen?
Muß man gemäß dieser Logik nicht auch schließen, daß die Urs einst über die Galaktischen Prairien galoppierten und die Stellarwinde durch ihre erhobenen Schweife wehten? Oder daß jedes Sternenschiff, das die Menschen irgendwann bauten, Ähnlichkeit mit einem Baum aufgewiesen hat?

Aus: Neubewertung der Folklore Jijos,
von Ur-Kintoon und Herman Chang-Jones.
Tarek Stadt-Druck, im Jahr des Exils 1901.

Dwer

Mitternacht war schon eine halbe Midura vorbei, als das glühende Kohlenstück über den Himmel flog. Ein kurzes Aufflammen nur, das sich im Vorüberflug ausdehnte, den Himmel in Richtung Süden überquerte und irgendwo im Süden niederging. Dwer wußte, daß es sich dabei um keinen Meteor handeln konnte, denn das glühende Ding war unter der Wolkendecke geflogen.

Erst als es längst vorüber war und hinter der nächsten Reihe von bewaldeten Höhen verschwunden war, hörte der Jäger ein leises, murmelndes Schnurren, das nur sein geübtes Ohr über dem Rauschen der Wipfel wahrnehmen konnte.

Dwer hätte womöglich überhaupt nichts davon bemerkt, wenn ihm das Abendessen nicht solche Pein bereitet hätte. Seine Eingeweide spielten verrückt, seit die vier Menschen begonnen hatten, sich mit dem zu versorgen, was das Land hergab, um so ihre mageren Vorräte aufzustocken.

So hockte er jetzt in dem, was in dieser Nacht als Latrine herhalten mußte – einem schmalen Spalt zwischen zwei Hügeln –, und wartete darauf, daß seine Därme sich endlich darüber schlüssig wurden, ob sie die schwer erworbene Mahlzeit nun behalten wollten oder nicht.

Den anderen in der Reisegruppe erging es kaum besser. Danel und Jenin klagten zwar nicht, aber Lena beschimpfte den Jäger wegen ihrer Magenverstimmung.

»Du bist mir ja ein großartiger Jäger«, stichelte sie. »Da willst du ein dutzendmal und öfter über die Berge gezogen sein und weißt immer noch nicht, welches Wild genießbar ist und welches nicht?«

»Jetzt mach aber mal einen Punkt, Lena«, verteidigte Jenin ihn gleich. »Du weißt doch, daß Dwer nie bis in die Gift-Ebene gekommen ist. Er kann auch nicht mehr tun, als solche Tiere zu erlegen, die so ähnlich aussehen wie das Wild, das er kennt.«

Danel hob die Hand, um Frieden zwischen den Streithähnen zu stiften. »Normalerweise würden wir die Esel verspeisen, sobald ein Teil ihrer Last aufgebraucht ist. Aber nach den letzten Flußüberquerungen sind sie noch zu schwach, als daß wir einen aussondern und seine verbliebene Last auf die anderen verteilen könnten.«

Er verwies damit auf das über die Essensvorräte hinausgehende Gepäck wie Bücher, Werkzeuge und andere Güter, die den Menschen jenseits der Rimmers ein Leben ermöglichen sollte, das nicht ganz wild und barbarisch war. Allerdings war noch nicht endgültig entschieden, ob sie sich wirklich für immer dort niederlassen würden. Der Jäger hoffte inständig, daß es nicht so weit kommen würde.

»Eines wissen wir allerdings mit aller Eindeutigkeit«, fuhr der Jägermeister fort, »Menschen können hier draußen in den Grauen Hügeln überleben, und das auch ohne all die gefüllten Kübel und Fässer, die wir von zu Hause her gewohnt sind. Ich bin mir sicher, daß unser Metabolismus sich erst noch auf die hiesigen Mikroben einstellen muß. Wenn die Sooner-Bande damit fertiggeworden ist, dann wird das gewiß auch uns gelingen.«

Klar, dachte Dwer, *aber das Überleben hier draußen bringt auch den Verzicht auf jeglichen Komfort mit sich. Und wenn man Retys Worten glauben darf, sind diese Sooner ein unfreundliches, mürrisches Völkchen. Vielleicht erleben wir hier gerade mit, warum wir auch so werden wie sie.*

Sicher würden sich die Zustände bessern, wenn Danel seine Hefekulturen ansetzen konnte, die die Tiere und Pflanzen dieser Welt für menschliche Mägen genießbar machten. Aber wie sollten sie an die Stoffe kommen, die die Traeki in ihren Körpern raffinierten und mit denen man aus der bitteren Ping-Frucht und dem Bly-

Joghurt wahre Köstlichkeiten herstellen konnte? Alles in allem waren der Jäger und seine Gruppe viel eher darauf angewiesen, sich von den Soonern erläutern zu lassen, welche der hiesigen Früchte und Tiere sie besser meiden sollten.

Das setzt aber voraus, daß wir zu einer Verständigung und Zusammenarbeit mit ihnen finden. Retys Sippe war vielleicht nicht allzu begeistert von der Vorstellung, von irgendwelchen dahergelaufenen Fremden vorgeschrieben zu bekommen, wie ihr Leben von nun an auszusehen habe. *An ihrer Stelle hätte ich bestimmt etwas dagegen.* Sie wollten gemäß ihren Fähigkeiten vorgehen. Während Danel Verhandlungsgeschick besaß und Menschen überreden konnte, würde Dwer hinter ihm stehen und seinen Worten mit dem Bogen in der Hand das nötige Gewicht verleihen.

Nach Retys Ausführungen zählte die Sippe kaum mehr als vierzig Personen. Ihre Sozialstruktur entsprach der der alten Stämme auf der Erde: Der Stärkste der Gruppe hatte das Sagen und verschaffte sich mit Gebrüll, Schmähung und Prügel Autorität. Ein normales menschliches Devolutionsmuster. Fallon hatte es dem Jäger vor langer Zeit gezeigt und erklärt.

Eine brauchbare Methode, um von einem solchen Stamm freundlich aufgenommen zu werden und ihn zur Rückkehr zu veranlassen, war schon von Dwers Vorgängern ausgearbeitet worden. Man stellte rasch Kontakt her und verwirrte die Sooner mit Geschenken, ehe sich ihr Schock in Feindseligkeit entladen konnte. Die Zeit, die einem dann zur Verfügung stand, nutzte man, um die Bündnisse und Abhängigkeiten innerhalb der Gruppe kennenzulernen. Sodann suchte man sich ein paar Männer, die einen mittleren Rang einnahmen, und half ihnen, den Führer zu stürzen, ihn zusammen mit seiner Clique zu verstoßen, der natürlich daran gelegen war, alles so zu belassen, wie es war. Die neuen Führer ließen sich dann in der Regel leicht dazu überreden, »heimgeführt« zu werden.

Dieser Weg hatte sich stets bewährt und wurde gern von denen eingeschlagen, deren Aufgabe darin bestand, vom rechten Weg abgekommene Sippen zurückzuführen. Im Idealfall mußte nicht einmal jemand getötet werden.

Im Idealfall …

In Wahrheit haßte Dwer diesen Bestandteil seines Berufs.

Du wußtest, daß es eines Tages so weit kommen würde. Jetzt mußt du den Preis für all die Freiheit bezahlen, die du so lange genießen durftest.

Wenn es mit dieser »Sanften Überredung« nicht funktionierte, bestand die nächste Stufe darin, den Bürgerselbstschutz einzuberufen und jeden Unwilligen zur Strecke zu bringen. Alle Rassen der Gemeinschaften hatten diesem harten Verfahren zugestimmt, sahen sie es doch als Alternative zu Krieg und Verdammung an.

Doch diesmal sieht die Lage leider ein wenig anders aus.

Bei diesem Unternehmen steht nicht die Macht des Gesetzes hinter uns – höchstens das Recht des Stärkeren.

Schließlich wollten sie nicht bloß ein paar illegale Siedler zum Hang zurückbringen. Nein, der Jägermeister hatte vor, Retys Sippe zu übernehmen und ihr einen neuen Lebensstil aufzuzwingen, dabei aber vor allem darauf zu achten, daß sie nicht entdeckt werden konnten.

Aber nur, wenn es zum Allerschlimmsten kommt. Wenn wir die letzten Menschen geworden sind, die noch auf Jijo leben.

Dwers Geist wollte sich mit dieser schrecklichen Vorstellung nicht auseinandersetzen; zumindest jetzt nicht, da seine Innereien gerade ihre eigene Schlacht mit dem Essen austrugen.

Wenn das nicht bald aufhört, bin ich viel zu schwach, um mich auf einen Ringkampf einzulassen – oder wie auch immer Hierarchiekämpfe bei Jass ausgetragen werden. Dann sind wir wirklich auf Lena und ihre Werkzeuge angewiesen.

Während der Reise kümmerte die stämmige blonde Frau sich besonders um den Esel, der das trug, was sie als ihr »Hobby« bezeichnete. Sie sammelte nämlich Gegenstände der irdischen Technologie, die seit der Landung der Vorfahren von Generation zu Generation weitergegeben worden waren. Darunter befand sich ein »Werkzeug« mit einer solch verheerenden Wirkung, daß es so gut wie nie eingesetzt worden war, selbst bei den Kriegen gegen die Urs nicht. »Meine Friedensstifter«, erklärte Lena nur und klopfte auf die beiden wachsversiegelten Holzkisten. Dwer vermutete, sie meine damit, diese besonderen Geräte seien noch eher als die Körperkräfte und der Bogen des Jägers geeignet, Danels Worten Geltung zu verschaffen.

Dazu darf es nie kommen! schwor er sich und befahl seinem Körper, sich nicht mehr so anzustellen. Er betastete seine Fingerspitzen. Die Frostbeulen hätten dort viel schlimmere Schäden anrichten können. *Ich hatte immer mehr Glück, als ich verdiene.*

Wenn man auf Sara hörte, die immer schon viel über die Vergangenheit der Erde gelesen hatte, konnte man das gleiche auch von der gesamten verdammten menschlichen Rasse behaupten.

Bei dieser Überlegung angelangt, bemerkte er das kleine Glühen am Himmel. Es zog über ihm dahin, während er noch auf dem Abort hockte. Er hätte es vermutlich nie gesehen, wenn er den Blick nicht gerade himmelwärts gerichtet oder sich mit einer Arbeit beschäftigt hätte, die seiner Stellung würdiger war.

Und so kam es eben, daß er verdrossen dem fallenden Brennen hinterherstarrte, bis der grollende Donner seines Schalls die Schluchten hinauf und hinunter jagte und Echos in die Nacht schleuderte.

Am nächsten Tag stießen sie erneut auf einen Wasserlauf, der passiert werden mußte.

Das Land war hart und unwirtlich. Vermutlich hatte gerade das die Vorfahren der Sooner bewogen, hierher zu kommen. Die Grauen Hügel wurden an ihren Flanken von der Gift-Ebene, tiefen Schluchten und wild rauschenden Wasserfällen geschützt. Diese Region wirkte so abschreckend, daß selbst die Patrouillen sie nur einmal pro Generation untersuchten. Hier konnte es leicht geschehen, daß Fallon und die anderen Jäger einen kleineren Stamm schlicht übersahen.

Das Terrain, durch das Dwer die Gruppe jetzt führte, wirkte öde und lebensfeindlich. Überall Schwefelgeysire und Bäume, die so verbogen waren, daß sie nach unten wuchsen. Selbst die tiefhängenden Wolken wirkten mißmutig und düster, und nur selten rissen sie für einen kurzen Moment auf, um ein paar Sonnenstrahlen hindurchzulassen.

Grüne Moosbärte hingen von den Felsvorsprüngen, und aus ihnen tropfte öliges Wasser in schlammige Pfützen. Die Fauna dieser Region hielt auf Abstand, und die wenigen Spuren, die Dwer entdeckte und beschnüffelte, vergrößerten eher seine Konfusion.

Als sie den nächsten Wildbach überquerten, verloren sie ein paar Esel. Trotz des Seils, das sie von einem Ufer zum anderen gespannt hatten, und obwohl Lena und Dwer bis zur Hälfte im Wasser standen, um den Tieren beim Vorankommen zu helfen, glitten doch drei der erschöpften Lastträger auf den Bachkieseln aus. Ein Esel verhedderte sich in dem Seil, fing an zu schreien und auszuschlagen und war schon untergegangen, ehe Lena und der Jäger ihn befreien konnten. Zwei weitere Tiere wurden von der Strömung mitgerissen. Die Menschen brauchten Stunden, um durch den Fluß zu waten und endlich die Lasten zu bergen. Dwer brannten die ganze Zeit über Finger und Zehen in einer eigenartigen eisigheißen Betäubtheit.

Schließlich trockneten sich alle am Lagerfeuer auf der anderen Seite und überprüften, was abgängig war.

»Vier Bücher, ein Hammer und dreizehn Pakete mit Pulver fehlen«, sagte Dwer und schüttelte angesichts dieses großen Verlustes den Kopf. »Einige Gegenstände und Geräte haben Schaden genommen, als ihre Schutzverkleidung gerissen und Wasser eingedrungen ist.«

»Gar nicht erst zu reden von dem Futter für die Tiere«, bemerkte

Jenin. »Von nun an müssen sie sich selbst was zu fressen suchen, ob ihnen das nun paßt oder nicht.«

»Tja, immerhin haben wir es aber fast geschafft, nicht wahr?« warf Lena Strong ein. Zum ersten Mal seit Beginn der Reise verbreitete sie so etwas wie gute Laune, während sie vor dem Esel kniete, der sich im Seil verheddert hatte, und ihn ausnahm. »Die gute Nachricht lautet, daß wir hier erst einmal genug zu essen haben.«

An diesem Abend verdarben sie sich nicht den Magen und fühlten sich gut; wenn sich bei einigen auch ein Anflug von schlechtem Gewissen einstellte, weil sie ihre Körper nicht weiter an die fremden Mikroben zu gewöhnen versuchten.

Am nächsten Morgen marschierten sie frohgemut weiter und kamen nur einen Bogenschuß weit. Dann standen sie vor einer Schlucht mit hohen Wänden und einem wütenden Wasserfall in der Mitte.

Dwer lief aufwärts, um eine Furt zu finden, während Lena in der anderen Richtung das gleiche versuchte. Jenin und Danel blieben bei den erschöpften Lasttieren zurück. Sie hatten vorher ausgemacht, nicht länger als vier Tage fortzubleiben, zwei Tage hin und zwei wieder zurück. Wenn sie bis dahin keine Stelle gefunden hatten, an der man durch das Wasser waten und das andere Ufer erreichen konnte, wollten sie ein Floß bauen und die Fahrt über die Stromschnellen wagen. Eine Aussicht, die den Jäger nicht mit Begeisterung erfüllte.

Dabei habe ich Danel zigmal erklärt, daß wir auf Rety warten sollten. Ich mag zwar ein guter Pfadfinder sein, aber sie hat immerhin ganz allein ihren Weg durch diese Einöde gefunden.

Während er voranstapfte, kam ihm die hartnäckige Zähigkeit des Mädchens noch bewundernswerter vor.

Wenn die zweite Gruppe aufgebrochen ist und Rety bei ihnen ist, wird sie sich wahrscheinlich darüber kaputtlachen, daß ich meine Truppe in eine solche Sackgasse geführt habe.

Sie kennt bestimmt einen anderen Weg. Womöglich sogar eine Abkürzung. Und wenn sie mit ihrer Gruppe den Sooner-Stamm eher erreicht als wir, dann aber gute Nacht für Danel und seinen Plan!

Er lief am Fluß entlang und kam nur schlecht vorwärts. Mal mußte er Felsen erklettern, dann wieder über glitschige Böschungen hinein ins eiskalte Wasser eines Zustroms steigen. Zu seiner Verwunderung ließ Schmutzfuß sich nicht davon abhalten, ihn auf dieser Reise zu begleiten. Dabei hätte er es doch an Danels Lagerfeuer schön warm gehabt und sich außerdem von Jenin weiter hemmungslos verwöhnen lassen können.

Zu Dwers Glück war der Weg für den Noor zu beschwerlich, um seine Späße und Spielchen zu treiben. Schmutzfuß verzichtete also darauf, sich irgendwo zu verstecken und den Jäger zu erschrecken oder ihm ein Bein zu stellen. Nach einer Weile fingen Mensch und Noor sogar an, sich gegenseitig zu helfen. Oft mußte Dwer den Noor über einen unsicheren, gischtversprühenden Bergbach tragen, aber einige Male, wenn sie an Weggabelungen gelangten, lief auch Schmutzfuß voraus und kehrte nach ein paar Duras zurück, um kläffend und unter Aufführung einer Art Bienentanzes anzuzeigen, welcher von zwei Pfaden der vielversprechendere war.

Dennoch blieben der Fluß und sein Tal für beide eine große Anstrengung. Manchmal gerieten sie an Stellen, wo sie schon glaubten, das Tal öffne sich jetzt und es ginge leichter voran, nur um ein paar Meter später wieder vor einer Enge zu stehen, wo der Pfad steiler und schmaler war als zuvor.

Gegen Mittag des zweiten Tages schimpfte Dwer fast ununterbrochen über die Gemeinheit dieser Gegend, ihm immer wieder Hindernisse in den Weg zu stellen.

Fallon hat mich immer davor gewarnt, in die Grauen Hügel zu gehen. Aber ich habe mir stets gesagt, mit Hilfe der Notizen und Karten des alten Mannes könne das doch wohl nicht so schwer sein, einfach einem der Wege zu folgen, die einer der früheren Jäger genommen und festgehalten hat.

Aber keiner seiner Vorgänger hatte je zu Retys Sippe gefunden. Vielleicht hatten sie sich einfach, wie er selbst jetzt auch, auf die Unterlagen ihrer Altvorderen verlassen – und so waren sie alle immer wieder dieselben Wege durch das schlechte Land gelaufen – und hatten dabei vermutlich stets die Route gewählt, die die Sooner aus gutem Grund mieden.

Andererseits konnte diese tückische Unbegehbarkeit aber auch bedeuten, daß Dwers Gruppe dem Stamm ziemlich nahe gekommen war.

So ist es recht, alter Junge. So mußt du denken, dann fühlst du dich auch gleich wieder besser.

Und dann schlich sich ein neuer Gedanke in sein Bewußtsein. Es wäre doch wirklich zum sich in den Hintern beißen, wenn er sich hier abplagte, ganz abgesehen von dem beschwerlichen Rückweg, bloß um bei der Rückkehr ins Lager zu erfahren, daß Lena längst eine prima Furt gefunden hatte, und zwar nur ein paar Meter flußabwärts? Diese Vorstellung folterte den Jäger geradezu, als er eine Rast einlegte und seine Vorräte mit dem Noor teilte.

Es schien ihm wenig sinnvoll zu sein, noch lange hier herumzustolpern. In wenigen Stunden würde die vereinbarte Zeit ohnehin abgelaufen sein, und er würde sich auf den Rückweg machen müssen. Außerdem taten ihm seine Finger und Zehen weh – gar nicht erst zu reden von den Krämpfen in den Beinen und im Rücken. Doch am meisten vergällte ihm das Donnern des Wassers die Laune. Er hatte fast schon das Gefühl, ein Weck-Vogel hämmere in seinem Schädel schon seit Tagen auf einer Nuß herum.

»Meinst du, wir sollten die Sache abbrechen?« fragte er Schmutzfuß.

Der Noor legte den Kopf schief und betrachtete ihn mit diesem besonderen intelligenten Ausdruck in den Augen. Dwer erinnerte das an die alten Geschichten, die davon zu berichten wußten, daß solche Wesen einem Wünsche erfüllen konnten. Gerade dann, wenn man etwas so sehr wollte, daß einem der Preis dafür ganz egal war. Arbeiter benutzten den Ausdruck »Fragen wir doch einen Noor«, was besagte, daß sie ein Problem nicht lösen konnten und es an der Zeit war, den Frust darüber mit ein paar Gläsern Hochprozentigem wegzuspülen.

»Na ja«, meinte der Jäger dann und packte Rucksack und Bogen, »es kann ja nicht schaden, wenn wir noch ein Stückchen weiterlaufen. Wäre doch wirklich zu blöde, wenn direkt hinter der nächsten Höhe eine brauchbare Furt läge.«

Dreißig Duras später kroch Dwer über ein strauchbewachsenes Ufer, verwünschte die Dornen und den nassen Boden – beides machte seiner Haut zu schaffen – und wünschte sich nichts sehnlicher, als auf dem Rückweg zu einer warmen Mahlzeit und einer trockenen Decke zu sein. Endlich erreichte er eine Stelle, an der er aufrecht stehen konnte, und saugte an seinem aufgekratzten, blutenden Handrücken.

Er drehte sich langsam um und starrte durch den Dunst, der sich vor ihm ausbreitete.

Ein donnernder Wasserfall, dessen Tosen bislang vom Donnern des wild dahinschießenden Flusses überdeckt worden war, breitete sich ganz von links bis weit nach rechts aus – ein breiter Vorhang von Gischt und Dunst.

Doch dieses Naturschauspiel war es nicht, das dem Jäger den Mund offenstehen ließ.

Unmittelbar vor dem herabrauschenden Wasser erstreckte sich von einem Ufer bis zum anderen eine weite felsige Untiefe, die nur knöcheltief zu sein schien.

»Ich schätze, damit wäre die Frage geklärt, ob wir beiden weitersuchen oder nicht«, erklärte er seufzend dem Noor.

Wenig später standen Schmutzfuß und er am anderen Ufer. Sie hatten den Fluß ohne größere Mühe überquert und feststellen können, daß er auch für den ganzen Zug bestens geeignet war.

Von hier aus zog sich ein gewundener Tiertrampelpfad durch den Wald und verschwand im Osten in einer Schlucht.

Auf meinem Weg zurück halte ich nach einer einfacheren Strecke für die anderen Ausschau.

Der Erfolg nahm den Verkrampfungen in seinen Muskeln einiges von ihrer stechenden Schärfe.

Natürlich besteht immer noch die Chance, daß Lena stromabwärts ebenfalls eine Stelle gefunden hat. Aber ich habe diese Furt hier entdeckt, und vielleicht bin ich ja der erste. Falls all dieser Streß mit den Fremden doch noch ein gutes Ende findet und wir wieder nach Hause können, werde ich mir gleich Fallons Karten vornehmen und feststellen, ob nach Abzug der Buyur jemand diese Stelle vor mir entdeckt hat.

Der Wasserfall erinnerte ihn an die Überlaufrinnen im Dorf Dolo. Die Gedanken an die Heimat waren zunächst höchst angenehm, brachten ihm dann aber auch ins Gedächtnis zurück, warum er sich hier draußen aufhalten mußte, so weit entfernt von Sara und all den anderen, die er liebte.

Ich bin in dieses unwirtliche Land gekommen, um zu überleben. Meine Aufgabe besteht darin, mich hier zu verbergen und jede Menge Kinder mit Frauen zu zeugen, die ich kaum kenne – während die auf dem Hang sterben und zugrunde gehen.

Die Freude über seine Entdeckung verpuffte rasch, und Scham stellte sich ein. Er überwand sie mit der eisernen Entschlossenheit, den Auftrag zu erfüllen, den man ihm erteilt hatte.

Der Jäger kehrte über die Furt ans andere Ufer zurück … und blieb abrupt stehen, weil es ihm plötzlich heiß und kalt den Rükken hinunterlief.

Hier stimmte etwas nicht.

Er runzelte die Stirn, nahm den Bogen von der Schulter und zog die Sehne stramm. Dann legte er einen Pfeil auf und sog die feuchte Luft tief in seine Nasenlöcher. Die Feuchtigkeit hing so stark in der Atmosphäre, daß es schwierig war, etwas anderes auszumachen. Aber dann sah er, daß Schmutzfuß das Rückenfell aufgerichtet hatte. Der Noor nahm es also auch wahr.

Irgend jemand ist hier, sagte er sich und huschte rasch auf den Schutz der Bäume zu. *Oder war erst kürzlich hier.*

Weiter weg vom Ufer stank es hier nach den unterschiedlichsten Gerüchen, was verständlich war, wenn man bedachte, daß hier auf viele Meilen die einzige Stelle lag, an der man den Fluß überqueren konnte. Alle möglichen Tiere würden hierher kommen, um zu trinken und ihre Reviermarkierungen zu hinterlassen. Aber Dwer nahm noch etwas anderes wahr, das ihn an eine Bedrohung denken ließ.

Er wurde sich bewußt, daß das offene Wasser direkt hinter ihm lag, und bewegte sich tiefer in den Wald hinein.

Ich rieche … verbranntes Holz … Jemand hat hier vor gar nicht langer Zeit ein Lagerfeuer entzündet.

Er sah sich um. Und schnüffelte.

Es hat … dort drüben gebrannt.

Inmitten der Schatten, die kaum einen halben Steinwurf entfernt lagen, entdeckte er auf einer kleinen Lichtung die Reste – einen großen Haufen schwarzer Asche und Kohlestückchen.

Stammt das von Retys Stamm?

Der Jäger bekam es mit der Angst zu tun. Lauerten Jass und Bom irgendwo im Dickicht und warteten nur auf die beste Gelegenheit, den Eindringling aus dem gefürchteten, gehaßten Westen zu erledigen?

Hinweise fanden sich genug im Rauschen des Windes durch die Blätter und in den flüchtigen Bewegungen der Vögel und Insekten. Aber dieses Land mit seiner Fauna war ihm zu fremd, und das Donnern vom Wasserfall hätte sogar den Anmarsch einer ganzen Kompanie Miliz übertönt.

Schmutzfuß stieß ein hechelndes Knurren aus und beschnüffelte den Boden, während Dwer die vielschichtige Dichtheit der Bäume ausspähte, die die Lichtung umgaben.

»Was ist denn, mein Alter?« fragte er und kniete sich neben den Noor hin. Sein Gefährte scharrte an einem Haufen aufgeschichteter Blätter.

Der Geruch, der aufstieg, war ihm durchaus vertraut.

»Eselsscheiße?«

Er warf rasch einen Blick darauf und wußte, daß er nicht ein zweites Mal hinsehen mußte.

Esel? Aber Rety hat doch gesagt, die Sooner hätten solche Tiere nicht.

Während seine Augen sich immer mehr an die Dunkelheit gewöhnten, stellte er überall auf der Lichtung immer mehr Spuren dieser Lasttiere fest. Hufabdrücke und Exkremente von mindestens einem Dutzend Esel. Und an einem Ast ein Rest von einer Schnur, mit der man die Tiere angeleint hatte. An einer anderen Stelle plattgedrücktes Gras, wo man die Transportkisten abgestellt hatte.

Der Jäger senkte den Bogen. Also war tatsächlich eine zweite Expedition aufgebrochen, hatte einen besseren Weg gefunden und Dwers Gruppe überholt. Es konnte keinen Zweifel geben: Rety mußte sie anführen.

Tja, dann sind wir den Soonern zahlenmäßig wenigstens nicht so sehr unterlegen – auch wenn der Kontakt dann nicht mehr ganz so verlaufen wird, wie Danel sich das vorstellt.

Er verspürte große Erleichterung, und der Grund dafür war recht eigennützig: *Meine Zukunft ist gerettet. Als Gefährtin stehen mir nicht nur so stämmige Weiber wie Lena oder Jenin zur Auswahl, und auch nicht irgendeine ungewaschene, sich ständig kratzende Base von Rety.*

Doch so recht wollte sich keine Befriedigung bei ihm einstellen. Ein bohrendes Gefühl ließ ihn zögern, den Bogen wieder zu senken. Und während er sich darauf zu konzentrieren versuchte, drang ihm ein bekannter Gestank mit aller Schärfe in die Nase.

Etwas fiel ihm ins Auge. Er bückte sich und löste ein Büschel zusammengeklebten Fells aus dem kalten Lagerfeuer. Die Haare waren immer noch naß, und ihr Besitzer hatte sich offensichtlich nach einem unerfreulichen Flußdurchwaten in der Asche gewälzt.

Die Haare stammten von einer Urs-Mähne.

Seit dem letzten Krieg zwischen den Menschen und den Urs waren Generationen vergangen. Unkontrollierte panische Furcht schnürte die Kehle des Jägers zusammen, und sein Herz hämmerte wie verrückt.

Eine ursische Karawane in dieser Gegend verhieß nichts Gutes.

So weit draußen und fern von den schlichtenden Weisen und den Gemeinschaften mochten die alten Regelungen außer Kraft gesetzt sein; vor allem, wenn zu Hause die Sechs vielleicht längst in ihrem Blut lagen. Aus den Erzählungen über die Zeit vor dem Großen Frieden wußte Dwer, wie gefährlich diese Amazonen für jeden waren, der sie zum Gegner hatte.

Unhörbar wie ein Geist schlich er fort, überquerte in raschem Zickzacklauf den Fluß, sprang dort hinter einen Felsen, drehte sich sofort um und beobachtete die andere Seite des Wasserlaufs. Schmutzfuß preschte schon hinter ihm her und platschte durch den Fluß. Offenbar hatte der Noor es ebenso eilig wie er, von der Lagerstätte zu verschwinden.

Dwer observierte das jenseitige Ufer eine ganze Midura lang, bis sein Puls und sein Herzschlag sich wieder beruhigt hatten.

Als er die Lage dann für sicher genug hielt, schulterte er den Bogen und machte sich stromabwärts auf den Rückweg. Wenn der Pfad es erlaubte oder wenn er fror, verfiel er in Laufschritt; er hatte es furchtbar eilig, mit seinen Neuigkeiten nach Süden zu kommen.

Asx

Könnt ihr den Rauch sehen, o meine Ringe? Wie er aus dem jüngsten Loch in Jijos mitgenommenem Boden aufsteigt? Zwei Monde verbreiten ihren bleichen Schein über das irdene Leichentuch und dringen direkt in den Krater hinein, in dem die verdrehten, geborstenen Metallgebilde flackern und brennen.

Abweichende Gedanken kommen von unserem zweiten Ring des Erkennens. Was sagst du dazu, mein Ring? Daß sich dort eine ziemlich große Menge Abfall angesammelt hat? Und zwar Unrat von der Sorte, die nicht aus eigener Kraft wieder in der Natur aufgeht?

Das stimmt tatsächlich. Aber dürfen wir hoffen, daß die Invasoren selbst Hand anlegen und diese Bescherung wegräumen werden? Für uns würde es mindestens hundert Eselskarawanen bedeuten, so viel harten Abfall zum Meer zu befördern.

Ein anderer unserer Ringe schlägt vor, den Fluß umzuleiten, so daß ein See entsteht. In den könnte man doch eine Mulch-Spinne transplantieren, um diesen sündigen Unrat im Verlauf von mehreren Jahrhunderten aufzulösen.

Bei einer Abstimmung entscheidet sich die Mehrheit dafür, diese Gedanken in einer der Wachszentren zu lagern, um sie später zu überdenken. Im Augenblick wollen wir lieber den weiteren Gang der Ereignisse verfolgen.

Über die Höhen wogt eine Menge von Neugierigen heran und glotzt in dieses verheerte Tal. Die übermüdeten und vom Geschehen sichtlich überforderten Ordner bemühen sich nach Kräften, ein Mindestmaß an Ordnung aufrechtzuerhalten.

Weiter oben auf den Hügeln, dort, wo der Wald anfängt, nehmen wir disziplinierte Bewegungen wahr: Dort rollen und marschieren die Milizverbände in Position. Von hier unten können wir schlecht erkennen, was die Bürgerselbstschutzkompanien vorhaben. Beabsichtigen sie etwa, entgegen aller Hoffnung, die Gemeinschaften gegen die Rache eines so überlegenen Feindes zu verteidigen?

Oder sind die Unstimmigkeiten zwischen den Rassen so groß geworden, daß der Große Friede dahin ist und wir uns selbst das Jüngste Gericht bereiten, indem wir einander mit bloßen Händen zerreißen und vernichten?

Aber vielleicht wissen nicht einmal die Bataillonskommandeure so genau, was sie da oben eigentlich sollen.

Doch zurück zum eigentlichen Geschehen. Ur-jah und Lester Cambel überwachen die Teams von tapferen Urs, Menschen, Hoon und grauen Qheuen, die sich mit Werkzeugen aus Buyur-Stahl bewaffnet an Seilen in den Krater hinablassen.

Ro-kenn protestiert zunächst. Wie sehr er sich erregt, nicht wahr, meine Ringe? In Galaktik Sieben beschwert er sich in hastigen Worten über diejenigen, die er »mutwillige Plünderer« nennt! Einer der übriggebliebenen Roboter steigt auf und fährt seine stachelartigen Straforgane aus.

Vubben drängt den Rothen, noch einmal hinzusehen. Erkennt er denn nicht die aufrichtigen Rettungsbemühungen? Zwei lange Duras stehen wie erstarrt am Rande des Abgrunds (und das im doppelten Wortsinne). Dann brummt Ro-kenn unwillig und ruft seine Todesmaschine zurück – für den Augenblick, wie er betont.

In dem charismatischen, für einen Menschen unfaßbar schönen Gesicht liest unser nimmermüder alter Rewq Untertöne von Kummer und Zorn. Selbstredend ist die Rasse der Rothen uns neu und fremd, und so könnte sich auch ein Symbiont täuschen lassen. Aber sind diese Gefühle nicht normal bei jemandem, dessen Heim oder Lager in Trümmern liegt? Dessen Kameraden inmitten der verdrehten Überreste der vergrabenen Station tot oder im Sterben liegen? Wir hätten sicher nicht anders reagiert.

Der männliche Sternenmensch, Rann, zeigt seinen Schmerz offen, während er auf dem anderen Roboter reitet. Doch er ruft den

Arbeitern, die durch die Trümmer klettern, Befehle zu und dirigiert ihre Bemühungen. Ein ermutigendes Anzeichen für den Wunsch der Fremden, mit uns zusammenzuarbeiten.

Ling, der weibliche Sternenmensch, scheint immer noch unter Schock zu stehen. Sie lehnt sich schwer an unseren Lark, der vorsichtig mit ihr durch die Trümmer steigt, die am Kraterrand liegen. Einmal bückt er sich, hebt ein rauchendes Brettstück auf und schnüffelt daran. Dann wirft er den Kopf zurück und setzt eine ungläubige Miene auf.

Ling löst sich von ihm und verlangt eine Erklärung. Unser Rewq übermittelt uns Larks Zögern, als er ihr das Brett zeigt, das allem Anschein nach von einer unserer Kisten stammt.

Ling wirbelt herum und läuft zu dem schwebenden Roboter, der Rann trägt.

Der Rothen ist uns näher gekommen und befindet sich mitten in einer hitzigen Debatte. Eine Delegation ist zu ihm geschickt worden, um Antworten auf ein paar Fragen zu erhalten.

Warum habe er, Ro-kenn, vorhin noch das Recht und die Macht für sich in Anspruch genommen, dem heiligen Ei befehlen zu können, wo doch soeben – für alle deutlich sichtbar – klargeworden sei, daß der verehrte Stein ihn und seine Helfer auf das entschiedenste ablehne?

Und weiter, warum habe er danach gestrebt, mit seinen haltlosen Verleumdungen über die Menschen Zwietracht unter den Gemeinschaften zu säen? Damit seien insbesondere die Äußerungen gemeint, unsere irdischen Brüder stammten nicht von Sündern ab, so wie die fünf anderen Rassen.

»Ihr Rothen seid vielleicht die Hochpatrone der Menschen, vielleicht aber auch nicht«, fährt der Sprecher der Delegation fort, »doch das nimmt den Vorfahren, die mit der *Tabernakel* hierher gekommen sind, nichts von ihrer Schuld. Und es mindert auch nicht das Verbrechen oder ihre Hoffnung, die sie auf den Pfad zur Erlösung gesetzt haben.«

Der Zorn in der Stimme des menschlichen Delegationsleiters ist mindestens ebenso groß wie der des Rothen. Doch wir nehmen dank unseres Rewq auch dick aufgetragene Schauspielerei wahr. Indem er sich so aufführt, will er versuchen, das Feuer der Uneinigkeit zu löschen, das Ro-kenn mit seinen Lügengeschichten in unserer Mitte entzündet hat. Und er hat damit Erfolg, denn schon lassen sich ursische Stimmen vernehmen, die seinen Protest lautstark unterstützen.

Doch unser zweiter Ring des Erkennens übermittelt uns der Dampf einer anderen Gedankenhypothese.

Was meinst du da, unser Ring? Ro-kenn habe von Anfang an vorgehabt, Disharmonie in unsere Reihen zu tragen? Es sei sein Plan gewesen, die Sechs gegeneinander aufzubringen?

Unser vierter Ring spricht sich mit aller Entschiedenheit dagegen aus: Welchem Ziel sollte ein so bizarres Unterfangen dienen? Etwa, daß fünf Rassen sich gegen die sechste wenden? Um das Volk, das die Rothen als die von ihnen geliebte Klientel hinstellen, der Blutrache der anderen auszusetzen?

Wachst dieses Postulat ein, meine Ringe, und streitet euch später darüber. Denn nun macht sich Ro-kenn daran, auf die Anwürfe zu antworten. Er richtet sich zu seiner vollen Höhe auf und überblickt die Menge mit einer Miene, die sowohl den Menschen wie auch den anderen, ob Rewq-Träger oder nicht, ehrfurchtgebietend erscheint.

Doch in seiner Miene finden sich auch Freundlichkeit, engelsgleiche Geduld und tiefe Liebe.

»Liebe irregeleitete Kinder. Diese Explosion war keinesfalls eine Manifestation von Jijo oder dem Ei. Vielmehr scheint es zu einer Fehlfunktion innerhalb der mächtigen Kräfte gekommen zu sein, die unsere Station beherbergt hat und die ...«

Er hält inne, als Rann und Ling auf den Robotern zu ihm fliegen. Beide machen ein finsteres Gesicht. Sie sprechen etwas in ihre Handgeräte, und der Rothen lauscht ihnen, wobei sich seine Miene immer mehr verdüstert. Wieder nimmt mein Symbiont in seinen Zügen Dissonanzen wahr, die sich erst nach einem Moment zu flammendem Zorn vereinen.

Und wieder spricht Ro-kenn:

»Jetzt ist die ganze/furchtbare Wahrheit ans Tageslicht gekommen/herausgekommen und hat sich bestätigt.

Diese schreckliche/todbringende Explosion war kein Unfall.

Auch keine unwahrscheinliche/nur theoretisch angenommene Fehlfunktion.

Und auch keine Zurückweisung von eurem überschätzten/übermäßig gepriesenen Ei.

Denn jetzt steht es fest. Die wahren Umstände sind verifiziert/überprüft.

Die Explosion war ein feiger/unprovozierter Mordanschlag.

Ein vorsätzliches Attentat, eine hinterlistige Täuschung.

Unterirdische Sprengladungen wurden angebracht.

Ein hinterhältiger Angriff.

Von euch!«

Er zeigt mit einem seiner schlanken langen Finger auf uns. Die Menge weicht vor der wilden Wut des Rothen und dieser unfaßbaren Neuigkeit zurück.

Uns wird rasch klar, was die Fundamentalisten angerichtet haben. In aller Heimlichkeit haben sie sich die unterirdischen Höhlen, die diese Hügel unterkellern, zunutze gemacht und sich unter die Station gegraben. Dort haben sie dann ihr Sprengpulver angebracht – ein primitives, aber in großer Menge durchaus effektives Mittel – und dann auf ein Signal gewartet, den richtigen symbolischen Moment benutzt, um Tod und Zerstörung auszulösen.

»Dank der Scanner, die chemische Spuren aufnehmen, erkennen wir nun die ganze Tiefe eurer gemeinsamen Perfidie. Wie ungerechtfertigt doch die Belohnungen waren, die wir euch zuteil werden lassen wollten, euch mordlüsternen Halbwilden ...«

Er will sicher fortfahren, die sich unter seinem Zorn duckenden

Bürger zu beschimpfen und zu bedrohen. Doch in diesem Moment lenkt ein Vorfall unsere ganze Aufmerksamkeit auf das Loch. Die Menge teilt sich für einen rußgeschwärzten Rettungstrupp, der keuchend und hustend seine bedauernswerte Last nach oben trägt.

Rann schreit auf und springt von seinem Reitroboter, um sich die geschrumpfte Gestalt auf der ersten Bahre anzusehen. Es ist Besh, die zweite Weibliche der Sternenmenschen. Von ihrem schwarzen Körper empfängt unser Rewq kein Lebenszeichen mehr.

Die Bürger ziehen sich noch weiter zurück.

Dann stößt Ro-kenn einen eigenartigen unmenschlichen Schrei aus. Auf der anderen Bahre liegt der zweite seiner Art, Ro-pol, die wir für eine Weibliche gehalten haben (seine Gefährtin?).

Ein dünner Atemfaden im Infrarotbereich löst sich aus dem rauchgeschwärzten, aber immer noch erhaben wirkenden Gesicht des Opfers. Ro-kenn beugt sich über sie, als wolle er ihre letzten Worte vernehmen.

Die furchtbare Szene währt nur wenige Augenblicke. Dann gibt Ro-pol kein Lebenszeichen mehr von sich. Eine zweite Leiche liegt nun unter den bitterhellen Sternen da.

Der übriggebliebene Rothen richtet sich wieder zur vollen Größe auf und strahlt furchtbare Wut aus. Er bietet einen wahrhaft schreckeinflößenden Anblick.

»Nun sollt ihr die Belohnung erhalten, die ihr für euren elenden Verrat verdient habt!« brüllt er mit zum Himmel gerichtetem Blick. Seine Stimme bebt so sehr, daß jeder Symbiont im Tal zittert. Einige der Menschen fallen auf die Knie. Und wir glauben erkennen zu können, daß sogar die grauen Qheuen Ehrfurcht, Angst und Bestürzung zischen und pfeifen.

»So lange habt ihr die gerechte/gesetzliche Verurteilung vom Himmel erwartet. Nun sollt ihr sie in ihrer Fleisch gewordenen Form erleben.«

Wir starren wie alle anderen auch in die Richtung in den Himmel, in die Ro-kenns Arm zeigt.

Dort oben ist ein einzelner glühender Funke wahrzunehmen. Ein unheilvolles Leuchten, das sich unentwegt vorwärts bewegt und vom Spinnennetz in die Konstellation gelangt, die die Menschen das Schwert nennen.

Das große Schiff ist noch ein ferner Punkt, der aber nicht funkelt oder blinkt. Vielmehr scheint es mit einer Intensität zu pochen, die denen in den Augen schmerzt, die zu lange hinsehen.

Eines muß man den Fundamentalisten zugute halten: Ihr Timing war perfekt, bemerkt unser stets nachdenklicher Zweiter Ring des Erkennens. *Wenn ihr Ziel darin bestand, allem Getue und aller Anmaßung ein Ende zu bereiten, hätten sie sich dazu keines besseren Mittels bedienen können.*

Sara

Der Weise Taine wollte vor ihrem Aufbruch nach Kandu Landing mit ihr sprechen. Auch Ariana Foo wünschte, sie vorher noch zu sehen. Beide bedrängten sie, die Abreise aufzuschieben, aber Sara hatte es furchtbar eilig, von hier fortzukommen.

Da ihr noch eine Midura blieb, ehe die *Gopher* Segel setzte, beschloß sie aus einem Impuls heraus, ihr altes Büro aufzusuchen, das sich hoch oben in dem Kathedralenturm befand, wo auch die Bibliothek der Materiellen Wissenschaften untergebracht war.

Vom Großen Treppenhaus aus bog sie nach Westen ab, und der nächste Aufstieg führte sie zu den endlosen und irgendwie durcheinander dastehenden Regalreihen der Abteilung für Physik und Chemie. Hier hatte die Evakuierung schon deutlichere Spuren hinterlassen. Überall taten sich Lücken in dem Labyrinth auf. Zettel lagen anstelle dickleibiger Wälzer auf den Regalbrettern, damit die Angestellten es nach der Krise leichter haben würden, alles wieder richtig einzuordnen. An einigen Stellen sah das Holz aus wie neu – ein Hinweis darauf, daß der betreffende Band nie zuvor ausgeliehen worden war.

Sara warf einen Blick in einen der gewundenen Gänge und entdeckte den jungen Tomah, der mit einem Berg von Büchern hinter seinem Onkel herschwankte und im Begriff stand, mit dem umständlichen Ritual der Ausleihe zu beginnen. Die beiden mußten sich sputen, wenn sie sich rechtzeitig auf der *Gopher* einschiffen wollten. Die Sprenger und ein paar andere wollten die gleiche Route wählen wie Sara: zuerst mit dem Schiff den Fluß entlang und dann weiter mit einer Eselskarawane zur Versammlungslichtung.

Die schiefen Gänge, in denen man sich leicht verirren konnte, lösten die unterschiedlichsten Gefühle in Sara aus. In ihrer früheren Zeit hier hatte sie sich oft zwischen den Regalwänden verlaufen. Aber das hatte ihr nie viel ausgemacht, war sie doch viel zu glücklich darüber, an diesem wunderbaren Ort sein zu dürfen, in diesem Tempel der Weisheit.

In dem langen Jahr, in dem sie fort gewesen war, hatte sich ihr kleines Büro kaum verändert. Das schmale Fenster blickte immer noch auf das grüne Ufer des Bibur hinaus. Alles schien noch genau so zu sein wie an dem Tag, an dem sie diese Stätte verlassen hatte – bis auf den Staub natürlich.

Tja, ich habe immer geahnt, daß ich über kurz oder lang wieder hier sein würde. Viele wetteiferten darum, von den Menschen für ein solches Leben erwählt zu werden und sich von der Rasse der Bauern und Sammler, deren ganzer sündiger Stolz in dieser, ihrer Büchersammlung lag, mit einem Stipendium ausstatten zu lassen.

An der gegenüberliegenden Wand war eine Karte angebracht, die die »Devolution« der verschiedenen auf dem Hang gesprochenen Dialekte aufzeigte. Wie Äste eines gemeinsamen Stamms breiteten sich die Galaktischen Sprachen in mehreren Verästelungen aus, die hier in Gebrauch waren. Diese ältere Abbildung zeigte die Bemühungen mehrerer Generationen von Linguistikern und war ihnen von dem Umstand erleichtert worden, daß die Millionen

Jahre alten Galaktischen Sprachen ursprünglich perfekte und effiziente Kommunikationskodes gewesen waren. Die auf dem Hang festzustellenden Abweichungen wurden als logische Folge der zu erwartenden Abwärtsspirale hin zur Unschuld tierischer Laute angesehen – hin zu dem Pfad der Erlösung, den die Glaver bereits beschritten hatten. Die Bürger auf dem Hang beteten entweder darum, daß auch sie bald zu ihm finden würden, oder sie fürchteten sich davor – je nach religiöser Überzeugung.

Auch die menschlichen Sprachen wurden dort zurückverfolgt, allerdings nicht über tausend Millionen, sondern nur über einige zehntausend Jahre. Irdische Autoritäten wie Childe, Schrader oder Renfew hatten behutsam die Sprachen der Ahnen rekonstruiert und dabei festgestellt, daß bei den meisten eine perfekte Grammatik zugrunde lag. Hinzu kam eine bessere Fehlerkontrolle als bei den »Bastard-Jargons«, die sich aus ihnen entwickelt hatten.

Welchen besseren Beweis konnte es geben, daß die menschliche Devolution schon lange vor der Landung auf Jijo eingesetzt hatte? Und besaßen nicht alle Kulturen auf der Erde Sagen von einem verlorenen »Goldenen Zeitalter«?

Eine Schlußfolgerung, die sich daraus ableiten ließ, lautete, daß die Patrone der Menschheit, falls es sie tatsächlich gab, irgendwann mitten in ihrer Arbeit gestört worden sein mußten und deshalb die Erdbevölkerung halbfertig zurückgelassen hatten. Der folgende Absturz war allerdings von einigen überraschenden und vorzeitigen technologischen Entwicklungen wirksam überdeckt worden.

Dennoch gab es immer noch viele Gelehrte, die die Ansicht vertraten, die Erdlinge hätten viel von einer erneuten Adoption zu gewinnen und sollten sich deshalb auf die Straße zur Zweiten Chance begeben – vor allem, da sie allem Anschein nach ohnehin schon auf dem Weg dorthin seien.

So verbreitet es die orthodoxe Denkschule. Mein Modell bedient sich zwar der gleichen Daten, kommt dabei aber zu ganz anderen Schlußfolgerungen.

Ihre jüngste Karte ähnelte der alten, aber nur insofern, daß sie wie auf den Kopf gestellt aussah. Bei dieser wuchsen die Äste zu Stämmen heran und zeigten auf, daß die sechs in eine ganz neue Richtung unterwegs waren.

In viele neue Richtungen.

In denen sie niemand von außen stört.

Gestern hatte sie dieses Werk dem Weisen Bonner vorgelegt. Dessen Begeisterung über ihre Arbeit hatte in ihr die Freude über das Lob eines Kollegen wiedererweckt.

»Also, meine Liebe«, erklärte der älteste Mathematiker dieser Welt und strich sich über den kahlen Schädel, »du scheinst da auf eine interessante Sache gestoßen zu sein. Setzen wir doch ein Seminar an, natürlich interdisziplinär.«

Er betonte seine große Freude mit einem unvornehm-emotionalen Galaktik-Zwei-Triller der Erwartung.

»Wir laden die steifen Pedanten aus der Linguistik dazu ein. Mal sehen, ob sie zur Abwechslung einmal eine kühne neue Idee verkraften können. Haha! Ach was, einfach Ha zum Quadrat!«

Bonner schien sich offensichtlich noch nicht sehr eingehend mit ihren Arbeiten zur »Redundanzkodierung« und dem Chaos in der Informationstheorie auseinandergesetzt zu haben. Dem alten Topologen gefiel einfach die Aussicht auf eine frische neue Debatte, die dazu angetan war, den einen oder anderen Standpunkt umzustoßen, auf den man sich nur der Bequemlichkeit halber geeinigt hatte.

Wenn du nur wüßtest, was für ein hervorragendes Beispiel für meine These du abgibst, dachte sie, doch ohne Hohn. Sara konnte den Gedanken kaum ertragen, ihn enttäuschen zu müssen.

»Mit einigem Glück können wir die Veranstaltung abhalten, wenn ich von der Versammlung zurückgekehrt bin.«

Nun, das blieb abzuwarten, denn unter Umständen gab es gar keine Rückkehr. Oder aber, sie kam wieder und mußte feststellen, daß die Sprengmeister sich endlich doch noch auf ihre Pflicht besonnen und das Steindach zum Einsturz gebracht hatten, um das prophezeite Zeitalter der Finsternis und der Läuterung einzuleiten. Sara wollte gerade gehen, als ein dumpfer Knall die Ankunft eines Nachrichtenballs auf ihrem Schreibtisch anzeigte. Oberhalb des Eingangsfachs zog sich eine fleischige Öffnung zusammen, nachdem sie den Ball ausgespuckt hatte, der aus dem labyrinthartigen System der Biblos-Rohrpost zu ihr gelangt war.

Ach nein. Sara fuhr von dem Schreibtisch zurück und hoffte, durch die Tür zu sein, ehe die pelzige Kugel sich auseinandergerollt hatte. Wenn diese nämlich niemanden antraf, zog sie sich wieder zusammen, kehrte in die Rohrpost zurück und berichtete dem Absender von ihrem vergeblichen Versuch.

Doch dieser Ball war fix, und schon krabbelte ein mausartiges Wesen aus dem Fach, um Sara zu erreichen. Dabei quiekte die Kreatur vergnügt, weil es ihr gelungen war, den Zweck zu erfüllen, zu dem die alten Buyur sie gezüchtet hatten. Ihre Aufgabe bestand eben darin, durch ein Netzwerk, sei es nun eine Rohrpost oder ein ähnliches Tunnelsystem, Nachrichten zu übermitteln. Seufzend streckte Sara die Hand aus, und der Kurier spuckte eine warme Pille aus, die sich bewegte.

Sara unterdrückte ihren Abscheu und hob den kleinen Symbionten – ein Verwandter der Papageienzecke und ein wenig größer – ans Ohr, damit er hineinkriechen konnte.

Und wie von ihr befürchtet, ertönte gleich die Stimme des Weisen Taine.

»Sara, ich hoffe, diese Nachricht erreicht dich noch rechtzeitig, denn ich muß dringend mit dir reden ... Es erscheint mir sehr wichtig, unser Mißverständnis aus der Welt zu schaffen.«

Eine längere Pause folgte, dann fuhr die Stimme fort:

»Ich habe lange über alles nachgedacht und bin schließlich zu dem Schluß gelangt, daß die Situation, so wie sie jetzt zwischen uns besteht, allein meine Schu –«

Hier endete die Botschaft. Der Rekorderkäfer hatte die Grenze seiner Aufnahmekapazität erreicht. Er spulte die Nachricht zurück und übermittelte sie dann noch einmal. Und ein weiteres Mal.

Was bedeutete Schu? Meinte Taine Schuld?

Sara legte den Kopf schief. Der Symbiont erkannte, daß er nicht länger benötigt wurde, und kroch aus ihrem Ohr. Taines Stimme wurde immer leiser und war bald nicht mehr zu verstehen. Sie warf die Pille der Maus zu, die sie geschickt auffing. Nun war der Käfer bereit, Saras Antwort aufzuzeichnen.

Es tut mir leid, hätte sie fast gesagt.

Ich hätte dir entgegenkommen sollen. Du warst zwar nicht sehr taktvoll, hast es aber auf deine strenge Weise nur gut gemeint.

Dein Antrag hätte mich mit Stolz erfüllen sollen, auch wenn du ihn in erster Linie aus Pflichtgefühl gestellt hast.

Und als du mir dann auf Joshuas Beerdigung einen zweiten Antrag gemacht hast, habe ich nicht sehr nett darauf reagiert.

Vor ungefähr einem Monat war ich soweit, ja zu sagen. Das Leben am Hang kann viel schlimmer sein als das, was du mir zu bieten hast.

Doch inzwischen hatte sich – dank der Fremden – alles geändert. Dwer besaß das, was er brauchte, um in der anstehenden neuen Ära zu überleben. Er würde sich zurechtfinden und ganze Generationen guter Jäger-Sammler zeugen – falls die Zukunft tatsächlich darin bestand, daß eine Zeit der Unschuld über Jijo kam.

Aber wenn die Sternenmenschen vorhaben, uns zu töten? Nun, dann wird Dwer auch einen Ausweg finden, sie zu narren und am Leben zu bleiben.

Diese Vorstellung erfüllte Sara mit Freude und Beruhigung.

Ganz gleich, wie es kommen wird, was kann Jijo in Zukunft Intellektuellen wie uns bieten, Taine?

Sie beide würden sich bald ähnlicher sein als je zuvor – so kurz vor dem Ende. So nutzlos wie Auslaufmodelle.

Doch Sara sagte nichts von alledem. Der Nachrichtenball gab

ein enttäuschtes Quieken von sich, schob sich die Pille in die Wange, kroch in die Öffnung zurück und verschwand rasch in den Irrgarten der Rohrpost zurück, der Biblos wie ein System von Adern und Venen durchzog.

Du bist hier nicht die einzige, die frustriert ist, dachte Sara, während sie hinter der Kreatur herblickte. *Und mehr Enttäuschung, als wir uns vorstellen können, wird noch über uns kommen.*

Die *Gopher* stand schon unter Dampf, als Sara zum Dock eilte. Ariana Foo wartete vor dem Laufsteg. Das Dämmerlicht hüllte ihren Rollstuhl ein, so daß sie wie ein Hybride aus Mensch und g'Kek wirkte.

»Ich wünschte, mir stünden ein paar Tage mehr mit ihm zur Verfügung«, sagte die Alte und nahm Saras Hand.

»Du hast wahre Wunder bei ihm bewirkt, aber uns bleibt einfach keine Zeit mehr.«

»Schon der nächste Kajakpilot könnte die entscheidende Nachricht bringen ...«

»Ich weiß, und ich würde alles dafür geben, etwas von Lark zu hören. Doch Schluß jetzt damit, unsere Diskussion bewegt sich doch nur im Kreis. Wenn sich etwas Wichtiges tut, kannst du mir ja einen reitenden Boten hinterherschicken. Außerdem sagt mir mein Instinkt ... daß wir uns wirklich beeilen sollten.«

»Du hast wieder geträumt?«

Sara nickte. Seit einigen Nächten schon wurde ihr Schlaf von wenig konkreten Bildern gestört, mal von Feuern in den Bergen, dann wieder vom Erstickungstod unter Wasser. Möglicherweise meldete sich damit nur die Klaustrophobie zurück, an der sie vor einigen Jahren gelitten hatte, als sie als junger Neuankömmling unter das überhängende Steindach gezogen war. Vielleicht waren diese Alpträume aber auch der Widerhall von etwas Tatsächlichem – von einem Höhepunkt, der sich anbahnte.

Mutter hat immer an Träume geglaubt, erinnerte sie sich. *Selbst als sie Lark und mich dazu gedrillt hat, Bücher zu lesen und die Wissenschaft zu lieben, hörte sie doch immer am ehesten Dwer zu – vor allem, wenn er erwachte und von machtvollen Visionen berichten konnte. Schon als er noch ganz klein gewesen war, hatte sie es so gehalten, und auch in der Woche vor ihrem Tod.*

Das Dampfschiff tutete, und seine Kessel zischten. Zwei Dutzend Esel stampften und wieherten. Man hatte sie am Heck an den versiegelten Kisten angebunden, in denen sich die Bücher befanden.

Wie ein sonderbarer Kontrast dazu ertönte vom Bug des Schiffs ein anderes Geräusch. Zarte, melodische Töne, die sich aus Parallelen verhaltener Noten zusammensetzten und manchmal ein wenig schief klangen. Sara lauschte.

»Er wird rasch besser.«

»Schließlich ist er hochmotiviert«, erklärte die alte Weise. »Ich hatte eigentlich damit gerechnet, daß er sich für ein einfacheres Instrument entscheiden würde. Zum Beispiel eine Flöte oder eine Violine. Aber er hat gleich die Cymbal aus dem Regal im Archiv gezogen, und es scheint ihm große Befriedigung zu bereiten, nur die Saiten anzuschlagen. Das Spiel auf dem Hackbrett ist leicht zu lernen, und er kann mitsingen, wann immer ihm eine Melodie ins Gedächtnis kommt. Aber wie dem auch sei, mittlerweile ist er fit genug, um diese Reise anzutreten ...« Sie atmete tief ein und sah jetzt sehr alt und verbraucht aus. »Grüß mir Lester und die anderen Weisen, ja? Sag ihnen, sie sollen das Richtige tun.«

Sara beugte sich zu ihr hinab und küßte sie auf die Wange. »Das werde ich bestimmt.«

Ariana Foo legte ihr eine Hand auf den Arm und drückte ihn mit einer Kraft, die man ihr nicht mehr zugetraut hätte. »Eine gute Reise, mein Kind. Jafalls soll nur Sechsen für dich würfeln.«

»Und dir einen sicheren Zufluchtsort bescheren«, erwiderte Sara den Segen. »Möge sie ein langes Leben für dich bereithalten.«

Arianas Schimpanse setzte ihren Rollstuhl in Bewegung und

schob ihn die Rampe hinauf zur Behaglichkeit eines Abendfeuers. Sara fragte sich, ob sie die alte Frau je wiedersehen würde, und sagte sich dann, daß es langsam zu einer dummen Angewohnheit wurde, sich bei jedem diese Frage zu stellen.

Der Kapitän gab den Befehl abzulegen und steuerte sein kostbares Schiff vorsichtig aus der Tarnabdeckung hinaus. Jop und Ulgor stellten sich zu Sara an die Reling. Links und rechts von ihnen schauten griesgrämige Bibliothekare zum Ufer zurück, deren Aufgabe darin bestand, wertvolle Bände in die zweifelhafte Sicherheit der Wildnis zu bringen. Bald ging das wasseraufwühlende Stampfen der Schaufelräder in einen stetigen, beruhigenden Rhythmus über, und die Strömung des Bibur tat ein übriges, das Schiff flußabwärts zu tragen.

Der Raumfahrer war ganz mit sich und seinem Hackbrett beschäftigt. Er hockte über das Instrument gebeugt da, hieb mit zwei kleinen, schmalen Hämmern auf die Saiten ein und schlug oft genug daneben, was seiner wachsenden Leidenschaft fürs Spiel aber keinen Abbruch tat. Seine Musik drang in Saras bittersüße Erinnerungen, als sie beobachtete, wie die mächtige Festung mit ihren vielen Hallen und noch mehr Fenstern davonglitt. Der steinerne Baldachin schien wie die geduldige Faust Gottes darüber zu schweben.

Ob ich wohl je hierher zurückkehren werde?

Bald passierten sie den westlichsten Punkt des lasergeschnittenen Steins – die Mulchlande. Heute flatterten dort keine Banner. Weder Trauernde noch Sub-Traeki, die das Fleisch verzehrten und die weißen Gebeine bereitmachten für das Meer, waren zu erkennen. Aber dann entdeckte Sara im dämmernden Halbdunkel eine einzelne Gestalt, die den Fluß überblickte. Groß und mit geradem Rücken, die glatte silbergraue Mähne im matten Wind flatternd, stand der Mann auf einen Stock gestützt da, als plagten ihn keinerlei Gebrechen. Sara hielt den Atem an, während die *Gopher* an ihm vorbeituckerte.

Der Weise Taine nickte, eine geradezu leidenschaftliche Geste für einen so verschlossenen Menschen. Und dann hob er zu Saras grenzenloser Überraschung in einem Anflug spontaner Freundlichkeit den Arm zum Lebewohl.

Im letzten Moment konnte sie sich dazu überwinden, ihm zurückzuwinken. *Friede sei mit dir,* dachte sie.

Biblos fiel hinter dem schnaufenden Dampfschiff zurück und wurde schließlich von der Nacht verschluckt. Nicht weit von ihr ertönte die Stimme des Fremden. Sein Spiel begleitete das Lied, in dem es um eine Reise ohne Wiederkehr ging. Und wenn Sara auch wußte, daß der Text sein Gefühl des Verlorenseins und des schmerzenden Übergangs widerspiegelte, sprachen die Worte auf ebenso süße wie bittere Weise die Konflikte in ihrem eigenen Herzen an.

Denn mein Weg führt hinter den dunklen Horizont,
Und niemals werde ich erfahren deinen Namen …

VII.

DAS BUCH VOM MEER

Rollender g'Kek, kannst du stehen oder galoppieren auf schwierigem Grund?
Traeki-Stapel, vermagst du zu weben einen Teppich, oder beherrschst du die Kunst des Feuermachens?
Königliche Qheuen, wirst du bewirtschaften
die hohen Wälder?
Gelingt es dir zu heilen, mit bloßer Berührung?
Segelnder Hoon, hältst du es auf den weiten Ebenen aus, oder kannst du dich bewegen auf einem hochgespannten Drahtseil?
Ursischer Reiter, kommt es dir je in den Sinn, zur See zu fahren, oder hast du je versucht, aus Lumpen feinstes Papier zu schöpfen?
Und du, menschlicher Neuankömmling, kennst du dich wirklich auf dieser Welt aus?
Kannst du weben, spinnen oder Jijos Lied folgen?
Wirst du, wird irgendeiner von euch, folgen dem Weg, den die Glaver vorangeschritten sind?
Dem Pfad, der durch Vergessen Vergebung gewährt?
Wenn du es tust, bemühe dich, nie zu vergessen
diese Wahrheit:
Du wirst Bestandteil einer Einheit, die größer war als die Summe ihrer Teile.

Die Schriftrolle vom Ei (nicht autorisiert)

Alvins Geschichte

Ich habe mich wirklich nicht darüber beklagt, mich so weit vom Bullauge entfernt ins Heck quetschen zu müssen. Ganz gewiß nicht während des langen Abstiegs entlang der Klippenwand, während die Wasseroberfläche näher und näher kam. Schließlich hatte ich das ja im Gegensatz zu den anderen vorher schon gesehen. Doch sobald wir uns im Wasser befanden, fingen meine Freunde an, viele »Ohs« und »Ahs« von sich zu geben und sich ans Fenster zu drängeln, so daß mir doch ein wenig wehmütig zumute wurde. Außerdem brachte mich das als Schriftsteller ein wenig in Bedrängnis. Ich würde den Abstieg später hinzufügen müssen, um den Lesern einen Eindruck davon zu verschaffen. Das einzige, was ich zu sehen bekam, wenn ich den Kopf verdrehte und über die Rücken meiner Gefährten spähte, war etwas Blau.

Doch recht bedacht, boten sich mir eine Reihe Möglichkeiten, dieses Schreibproblem zu lösen.

Zunächst einmal konnte ich mir einfach etwas zusammenlügen. Ich hatte noch nicht entschieden, ob ich aus der Geschichte einen Roman machen wollte, und nach den Worten von Mister Heinz handelt es sich bei aller Belletristik um eine Form von Lügerei. In der überarbeiteten Fassung konnte ich zum Beispiel ein zweites Bullauge im Heck dazudichten. Auf diese Weise konnte der Erzähler – eben ich – all die Dinge beschreiben, von denen ich jetzt nur durch das Geschrei und die Ausrufe meiner Freunde erfuhr. In der Fiction ist alles drin, da kann man sich sogar selbst zum Kapitän machen.

Oder aber ich griff zu einem Kniff und stellte diese Passage aus Scheres Sicht dar. Immerhin hatte er mehr zu diesem Tauchboot beigetragen als wir anderen zusammen – damit gehörte es mit einiger Berechtigung ihm. Davon abgesehen hat er von dem, was nun folgen sollte, am meisten mitbekommen. Nur müßte ich dafür natürlich glaubwürdig aus der Perspektive eines Qheuen schreiben. Ich vermute, das hört sich nicht ganz so fremdartig an, als wenn man einen Traeki seine Gedanken wiedergeben lassen würde. Na ja, wer weiß, vielleicht bin ich doch noch nicht soweit, mich dieser Herausforderung zu stellen – jedenfalls zur Zeit nicht.

Diese ganzen Überlegungen setzen allerdings voraus, daß ich dieses Abenteuer überlebe, um danach davon berichten zu können. Und natürlich, daß es noch andere Überlebende geben wird, denen ich gern meine Geschichte vorlegen würde.

Nun gut, für den Augenblick muß dieser halbreportagenhafte Stil genügen, und das bedeutet, daß ich alles berichte, was ich wirklich gesehen, gefühlt und gehört habe.

Die abrollenden Kabeltrommeln sandten konstante Vibrationen durch die Leine. Die Luftzufuhr zischte und gurgelte direkt neben meinem Ohr, und so konnte man kaum von einem ruhigen, feierlichen Abstieg in die schweigende Tiefe sprechen. Hin und wieder kam von Ur-ronn ein gekeuchtes: »Wasss issst denn dasss?«, und Schere erklärte ihr dann, um welche Art von Fisch, Krustentier oder sonstigem Meeresbewohner es sich dabei handelte. Wesen eben, die ein Hoon für gewöhnlich tot in irgendeinem Fang zu sehen bekommt, ein Urs hingegen so gut wie nie. Tja, Seeungeheuer und Monster der Tiefe begegneten uns nicht. Und auch keine Türme und goldenen Tore von untergegangenen oder unterseeischen Städten. Bis jetzt jedenfalls nicht.

Während unseres Hinabtauchens wurde es rasch finster. Bald konnte ich nur noch die Phosphorlinien und -streifen erkennen, mit denen Tyug die wichtigen Punkte und Stellen in unserer Kabine markiert hatte – wie zum Beispiel meine Pedale, den Tiefenanzeiger und die Hebel zur Ballastentfernung. Da ich sowieso nichts Besseres zu tun hatte, katalogisierte ich die Gerüche, die meinen Kumpels entströmten. Vertraute Düfte, die mir jedoch niemals so konzentriert und stechend vorgekommen waren wie hier und jetzt. Und dabei standen wir erst am Anfang unserer Reise.

Ein Grund, froh zu sein, daß kein Mensch mit von der Partie ist, dachte ich. Eine der vielen Ursachen für die Probleme zwischen Urs und den Erdlingen, die immer wieder zu Spannungen geführt haben, lag darin, wie diese beiden Rassen die jeweils andere geruchsmäßig wahrnahmen. Selbst heutzutage, und trotz des Großen Friedens, kann ich mir kaum vorstellen, daß eine Rasse begeistert von der Aussicht wäre, über einen längeren Zeitraum mit Mitgliedern anderer Völker in einem zu groß geratenen Sarg eingesperrt zu sein.

Ur-ronn fing an, Tiefenangaben zu rufen, die sie von dem Meßgerät an der Druckblase ablas. Bei sieben Faden legte sie einen Schalter um, und die Eik-Lampen gingen an. Zwei Lichtstrahlen bohrten sich in das kalte dunkle Wasser. Ich machte mich schon darauf gefaßt, von den Freunden wieder Überraschungs- und Begeisterungsschreie zu vernehmen, aber allem Anschein nach gab es in dieser Tiefe nicht viel zu sehen. Schere mußte nur alle paar Duras jemandem etwas erklären, und seine Stimme klang weniger aufgeregt als eher gelangweilt bis enttäuscht.

Als wir neun Faden erreicht hatten, war die Spannung in unserem Boot deutlich spürbar, denn in dieser Tiefe war es beim Probetauchen zur Katastrophe gekommen. Aber wir passierten diese Schicksalsklippe, ohne daß sich etwas getan hätte. Und das war eigentlich auch logisch, denn Uriel hatte Kabel und Leitungen Stück für Stück durch die Hufe gezogen und überprüft.

Bei elfeinhalb Faden wurde es urplötzlich richtig kalt in der Kabine, so daß kurz Nebel entstand. Jede Oberfläche im Inneren unseres Gefährts überzog sich mit Nässe, und Huck betätigte den Entfeuchter. Ich streckte eine Hand aus und berührte die Hülle aus Garuholz. Sie fühlte sich deutlich kühler an. Die *Wuphons Traum* drehte sich und schaukelte leicht, und mit dem sanften, gleichmäßigen Abwärtsgleiten schien es vorbei zu sein. Von den

Echolotmessungen her wußten wir, daß wir uns in der Tiefe auf eine kalte Strömung gefaßt machen mußten. Trotzdem zerrte uns der Übergang doch gehörig an den Nerven.

»Verlagere Ballast zur Trimmung«, verkündete Huck. Sie stand im absoluten Mittelpunkt der Kabine und betätigte Uriels wirklich praktische Pumpen, um das Wasser in den drei Tanks umzuverteilen, bis die Nadel anzeigte, daß unser Boot wieder kielunten schwamm. Das war nämlich ganz schön wichtig für unser Aufsetzen auf dem Grund. Schließlich wollten wir in diesem historischen Moment nicht über- und durcheinanderkugeln.

Ich dachte über unsere bedeutende Aufgabe nach. Im Galaktischen Maßstab war sie natürlich eine absolut primitive Aktion. Doch die Erdgeschichte findet für eine solche Tat viel schmeichelndere Vergleiche – und das mag erklären, warum wir uns so für sie begeistern. Nehmen wir nur mal Jules Vernes *Zwanzigtausend Meilen unter dem Meer.* Als er diesen Roman geschrieben hat, war noch kein Mensch so tief ins Meer hinabgetaucht wie wir heute. Und wir waren doch nur jijoanische Wilde!

»Seht nur!« rief Huck. »Ist da was? Da, ganz unten?«

Man kann sie wirklich um ihre Augen beneiden. Sie hatte an Schere und Ur-ronn vorbeigespäht und als erste den Grund ausgemacht. Die Urs drehte die Eik-Strahler, und wenig später trieben die drei mich wieder mit ihrem »Oh«, »Ah« und aufgeregtem Scherenklicken halb in den Wahnsinn. In meinem Frust bewegte ich die Pedale immer schneller und brachte die Heckräder dazu, das Wasser zum Brodeln zu bringen, bis meine Freunde mich anschrien, ich solle damit aufhören, und sich einverstanden erklärten, mir alles zu beschreiben, was es da unten zu sehen gab.

»Da sind so wedelnde Pflanzen, die zu schweben scheinen«, begann Schere und stotterte nicht mehr. »Und eine andere Art mit ganz dünnen und durchsichtigen Stengeln. Ich weiß nicht, wie die leben können, wo doch kein Licht bis hier herunter dringt. Die Pflanzen stehen hier haufenweise herum und schaukeln sanft in der Strömung. Da drüben verlaufen Schlangenspuren im Schlick. Und seltsam aussehende Fische schwimmen in die Pflanzenbüschel hinein und hinaus ...«

Nach weiteren solcher wirklich ›faszinierenden‹ Darstellungen hätte ich mich durchaus wieder mit den Begeisterungslauten zufriedengegeben, ganz ehrlich. Aber ich war klug genug, den Mund zu halten.

»... Und da drüben haben wir einige komische Krabben. Sie sind hellrot und größer als alle Exemplare, die mir je unter die Augen gekommen sind! Und was mag das da hinten sein, Ur-ronn? Ein Schlammwurm? Bist du dir sicher? Ein Mordsexemplar von einem Schlammwurm ... Aber sag mal, da vorn, was ist das für ein Wesen? Ehrlich, ein Dro –«

Er wurde von Ur-ronn unterbrochen. »Nur noch ein halber Faden bisss sssum Grund. Gebe der Oberflässsssssen-Crew Sssignal zu verlangsssamtem Hinablasssen.«

Scharfe elektrische Funken flogen durch die Dunkelheit in der Kabine, als die Urs den Kontaktschalter betätigte und kodierte Impulse aus unserer Batterie durch ein isoliertes Kabel, das in den Strang eingeflochten war, nach oben sandte. Die Kabeltrommeln brauchten ein paar Duras, ehe ihre Bremsen griffen und sie brummend und ächzend innehielten. Die *Wuphons Traum* ruckelte, und wir alle bekamen einen Schrecken. Huphus Krallen rissen meine Schulter auf.

Der Abstieg verlangsamte sich. Für mich war es besonders schlimm, nicht zu wissen, wie weit es noch bis zum Grund war, wann wir ihn berührten und mit welcher Wucht wir aufschlagen würden. Wieder einmal hielt niemand es für nötig, den guten, alten Alvin auf den neuesten Stand zu bringen – typisch!

»He, Leute!« rief Schere. »Ich glaube, ich habe da gerade etwas gesehen, ein ...«

»Adjustiere Trimmung«, unterbrach Huck ihn und beobachtete mit ihren vier Stielaugen je eine der Anzeigen.

»Rissste die Ssseinwerfer neu«, verkündete Ur-ronn. »Sssisss ssseigt mit einem gelben Tentakel nach ssstcuerbord. Ssströmung fliessst in diessse Rissstung. Gessswindigkeit fünf Knoten.«

»Leute, ich glaube wirklich, ich habe da gerade ...«, versuchte es Schere von neuem. »Ach, ist ja auch egal. Grund bei Hang links, Neigung vielleicht zwanzig Grad.«

»Setzen Vorderräder zur Kompensation ein«, entgegnete Huck. »Alvin, wir könnten eine leichte Rückwärtsbewegung der Paddel brauchen.«

Das riß mich aus meiner trüben Stimmung. »Aye-aye«, bestätigte ich und fing an, die Kurbel vor mir zu bewegen, die die hinteren Räder zum Drehen brachten. Zumindest hoffte ich, daß sie darauf reagierten. Wir würden es erst sicher wissen, wenn wir den Grund erreicht hatten.

»Achtung, jetzt geht's los!« kündigte Huck an. Und dann schien sie sich an ihre Fehleinschätzungen während der Probeläufe zu erinnern und fügte hinzu: »Diesmal ganz sicher, Freunde. Haltet euch gut fest!«

Wenn ich eines Tages diese Notizen zu einer Geschichte zusammenfasse, werde ich vielleicht von den plötzlichen Schlickwogen berichten, die rings um uns herum aufstiegen, während unser Boot eine lange Furche durch den Boden pflügte und dabei Pflanzen herumwirbelte und blinde Tiefsee-Kreaturen in die Flucht jagte. Möglicherweise füge ich noch einen unvermittelten Wassereinbruch aufgrund einer geplatzten Versiegelung ein – und wie die Mannschaft sich verzweifelt bemühte, das Leck abzudichten.

Aber ich werde wohl kaum den Umstand in Druck geben, daß ich so gut wie nichts von dem genauen Moment mitbekam, in dem unsere Räder Bodenkontakt bekamen. Der Vorfall teilte sich uns irgendwie verschwommen mit, so als bohre man eine Gabel probeweise in eine Shuro-Frucht, ohne genau zu wissen, ob man den Kern schon erreicht hat oder nicht.

Verschwommen beschreibt auch recht gut die Szenerie um uns herum, als die Schlickschwaden sich drehend nach unten sanken und allmählich den Blick auf eine pechschwarze Welt preisgaben, durch die lediglich die Zwillingsstrahlen unserer Scheinwerfer drangen.

Was sich in diesem Licht offenbarte, war eine leicht geneigte Schlammebene, auf der sich hier und da bleiche »Pflanzen« mit dünnen Stengeln erhoben, die anscheinend keinen Sonnenschein zum Gedeihen benötigten. Allerdings hatte ich nicht die geringste Ahnung, was sie als Ersatz dafür benutzten. Ihre dicken Blätter oder Wedel schwangen vor und zurück, als wehe hier unten eine Brise. In den Lichtkegeln schwammen keine Tiere, was nicht weiter verwunderlich war. Würden wir Oberflächenbewohner uns nicht auch gleich verstecken, wenn irgendein unheimliches Gefährt vom Himmel in unsere Mitte fiele, und das nicht nur mit viel Getöse, sondern auch mit blendendem Licht?

Die Ähnlichkeit der Situation fiel mir ein, und ich fragte mich, ob auch die Tiefseebewohner jetzt glaubten, der Tag ihres Jüngsten Gerichts sei gekommen.

Ur-ronn stand wieder an ihrem Telegraphen und funkte die Nachricht nach oben, auf die alle dort warteten. *Wir sind unten, alles steht gut.*

Nun gut, dieser einfachen Botschaft gebricht es an Zündstoff für poetische Phantasie – keine gehißten Flaggen, nichts davon, daß der Adler gelandet ist, kein Wort von kühn durchstoßenen Unendlichkeiten. Aber ich will mich nicht beschweren. Urs sind halt nicht dazu geschaffen, auf Kommando epische Sagen von sich zu geben. Trotzdem werde ich diese Stelle wahrscheinlich umschreiben – falls ich je die Chance dazu erhalten sollte, was im Augenblick eher unwahrscheinlich sein dürfte.

Während Ur-ronn nach oben telegraphierte, flogen bei uns wieder die elektrischen Funken durch die Gegend. Und noch einmal, als die Antwort von oben eintraf.

Wir sind erfreut, das zu hören. Weiter so!

»Bist du bereit, Alvin?« rief Schere. »Viertelfahrt voraus!«

»Viertelfahrt voraus, aye, Captain«, entgegnete ich vorschriftsmäßig.

Mein Rücken und meine Muskeln spannten sich an. Die Räder waren zunächst etwas widerborstig, doch dann spürte ich, wie die Magnethaftung griff – die seltsame Verbindung zu den einst lebenden g'Kek-Körperteilen, über die ich nicht zu intensiv nachdenken wollte. Die Schaufelpaddel gruben sich durch den Schlamm. Es gab zwar einigen Widerstand, aber dann rumpelte die *Wuphons Traum* vorwärts.

Ich konzentrierte mich darauf, eine stetige Geschwindigkeit beizubehalten. Schere rief Huck die ganze Zeit über Kurskorrekturen zu, die er von Uriels Seekarte ablas. Ur-ronn überprüfte unsere Route mit dem Kompaß. Durch das Kabel und den Luftschlauch dröhnte das gedämpfte Quietschen und Knarren von Kabeltrommeln, die uns zuverlässig Kabel gaben, damit wir uns immer weiter von der Sicherheit entfernen konnten. Die ganze Kabine vibrierte von meinem schnaufenden Kehlsack, während ich alle Kräfte einsetzte, aber niemand beschwerte sich darüber. Das Geräusch wickelte sich um mich, bis ich mich von hoonschen Seekameraden umgeben wähnte, wodurch ich mich in der beengten Kabine noch unwohler und eingesperrter fühlte. Wie bei einem Schiff fern draußen auf der See waren wir jetzt ganz allein und vollkommen auf Jafalls' Launenhaftigkeit und unseren Erfindungsreichtum angewiesen, um je wieder nach Hause zu kommen.

Die Zeit verging, und wir entwickelten uns zu einem eingespielten Team, das nach seinem eigenen Rhythmus arbeitete. Ich bewegte die Kurbel, Huck steuerte, Ur-ronn bediente die Scheinwerfer, und Schere war der Kapitän. Bald hatten wir alle das Gefühl, alte Seebären zu sein.

Irgendwann fragte Huck: »Was wolltest du eben eigentlich sagen, Schere? Kurz bevor wir aufgesetzt sind? Es ging, glaube ich, um irgend etwas, das du gesehen hast.«

»Irgendein Monsssster mit vielen, ssspitsssen Sssähnen, mössste isss wetten«, frotzelte Ur-ronn. »Wir müsssten doch längssst an der Ssstelle sssein, wo die Ungeheuer haussssen, oder?«

Monster, dachte ich, und mein Schnaufen ging in einen Lachanfall über.

Schere ließ sich davon nicht die Laune verderben. »Wartet's nur ab, Brüder und Schwestern. Man weiß nie, wann sie sich ... da! Dort drüben, links! Genau das habe ich eben gesehen.«

Die *Traum* bekam etwas Schlagseite, als Huck und Ur-ronn gleich nach vorn eilten. Unsere Hinterräder lösten sich halb vom Boden. »He!« rief ich.

»Bei meinen Speichen ...«, murmelte die g'Kek.

»Bei allen nasss gewordenen Ursss ...«, ächzte Ur-ronn ebenso unheilschwanger.

Ich gebe es ja zu, mir wurde ein wenig mulmig. »Kommt schon, ihr grasfressende Bande von sauerschmutzigen ...«

In diesem Moment neigte sich der Boden, das Boot kippte ein Stück, und das, worauf die drei gerade starrten, geriet in mein Sichtfeld.

»Hrmmm!« rief ich. »Regt ihr euch deswegen so auf? Wegen ein paar Abfallkisten?«

Sie lagen überall auf dem Grund verstreut und ragten in allen möglichen Winkeln aus dem Schlick. Dutzende. Aberdutzende. Die meisten in der klassischen rechteckigen Form, aber auch ein paar faßartige. Natürlich war von den bunten Bändern nichts mehr vorhanden, die sie einst zu Ehren der Knochen, Spindeln oder abgelegten Werkzeuge drum herum gebunden hatten. Wer? Nun, irgendeine frühere Generation von Soonern.

»Aber Müllschiffe sind nie ins Riff gefahren«, entgegnete Huck und richtete zwei Augenstiele auf mich. »Habe ich recht oder habe ich nicht recht, Alvin?«

Ich verdrehte den Kopf, um an ihren verdammten Augen vorbeispähen zu können.

»Sind sie auch nicht. Trotzdem ist das Riff offizieller Bestandteil des Mitten, gehört als weitere Sektion zu dem Herabsauger-Dingsbums.«

»Eine tektonissse Absssaug-Sssone«, korrigierte mich Ur-ronn.

»Ja, vielen Dank. Also ist es vollkommen egal, auch hier seinen Abfall zu versenken.«

»Aber wenn keine Schiffe das Riff befahren, wie sind die Kisten dann hierher gelangt?«

Ich versuchte zu erkennen, um welche Art von Kisten es sich handelte – welche Sorten vorhanden und welche nicht vorhanden waren. Daraus ließ sich nämlich schließen, wann diese Fuhre ins Wasser gekippt worden war. Ich entdeckte weder Kästen nach Menschenart noch die Weidenkörbe der Urs. Aber das war nicht überraschend. Soweit ich es beurteilen konnte, fanden sich hier nur Behälter der g'Kek und der Qheuen – mit anderen Worten, diese Halde mußte schon ziemlich alt sein.

»Die Kisten sind auf einem ähnlichen Weg hier angelangt wie wir, Huck«, erklärte ich. »Jemand muß sie einfach vom Fels Terminus geworfen haben.«

Huck keuchte. Sie öffnete den Mund, um etwas zu sagen, aber heraus kam nur ein Schnaufen. Ich hörte förmlich, wie sich die Räder in ihrem Kopf drehten. Müll vom Land ins Wasser kippen war etwas, das man einfach nicht tat. Aber meiner Freundin dämmerte wohl der Schluß, daß es sich bei diesem Ort um eine Ausnahme von der Regel handelte. Wenn ein Teil des Mitten tatsächlich unter dem Terminus vorbeizog und vorausgesetzt, daß hier früher Siedlungen gestanden hatten, dann mußten die Bewohner sich gesagt haben, daß es sie billiger käme, Großvaters Leiche einfach ins Meer zu werfen, statt ihn mitsamt Sarg auf die teure Seereise zu schicken.

»Aber warum sind die Kisten dann so weit von den Klippen gelandet? Wir sind doch schon ein ganzes Stück vorangekommen.«

»Strömungen, Schlammverwerfungen«, versuchte sich Schere an einer Erklärung, aber ich schüttelte ablehnend den Kopf.

»Du scheinst vergessen zu haben, wie der Mitten funktioniert. Er saugt Materie an und in sich hinein, nicht wahr, Ur-ronn?«

Die Urs pfiff voller Verzweiflung über meine simplifizierende Darstellungsweise. »Passs auf: Eine tektonissse Platte rutssst unter eine andere und erssseugt ssso ein Graben, in den Teile desss alten Meeresssbodensss hinabgesssaugt werden.«

»Um nach unten gezogen, geschmolzen und im erneuerten Zustand unter den Hang geschoben zu werden, um dort für Beben und vulkanische Ausbrüche zu sorgen. Ja, ich glaube, jetzt habe ich begriffen.« Huck richtete nachdenklich alle vier Augenstiele nach vorn. »Vor Hunderten von Jahren hat man diese Kisten ins Meer geworfen, und sie sind erst ein so kleines Stück vorangekommen?«

Hatte ich mich verhört? Gerade eben noch hatte sie doch erstaunt festgestellt, wie weit die Kästen sich schon von den Klippen entfernt hatten. Vermutlich hatte das etwas damit zu tun, wie unterschiedlich groß einem der Zeitstrom erscheint, je nachdem, ob man ein Lebensalter oder ein Planetenalter zugrunde legt. Wo wir schon gerade beim Thema sind: Ich glaube, die Menschen können sich kaum beschweren, leben sie im Schnitt doch doppelt so lange wie eine Urs. Dennoch ist es uns allen, Menschen wie Urs, vorherbestimmt, Jijos langsamer Verdauung anheimzufallen – ganz gleich, ob die fremden Invasoren uns nun vernichten oder nicht.

Schere und Ur-ronn konsultierten die Karte, und bald setzten wir die Reise fort. Wir ließen den Friedhof hinter uns, auf dem eine weitere Generation von Sündern darauf wartete, im See geschmolzenen Steins Vergebung zu erhalten.

Ungefähr eine halbe Midura später stießen wir zu unserer großen Erleichterung auf Uriels »Ding«.

Zu diesem Zeitpunkt taten mir die Arme und Beine vom »Kurbeln« weh. Mindestens zehntausendmal hatte ich die Pedale gedrückt und getreten, ständig angetrieben von Scheres beharrlichen Befehlen wie »Schneller!« – »Langsamer!« oder »Nicht einschlafen!« Von uns vieren schien er als einziger Spaß an der Sache zu haben, litt er doch weder an Seekrankheit noch an Muskelkater.

Wir Hoon wählen uns unseren Kapitän und gehorchen ihm dann, vor allem in Notfällen, ohne Widerrede. Da diese ganze Reise in meinen Augen einen einzigen langgezogenen Notfall darstellte, schluckte ich meinen Ärger hinunter und malte mir in Gedanken recht lebendig und farbenfroh aus, wie ich es Schere später heimzahlen würde. Vielleicht sollte unsere Clique als nächstes einen Ausflug in einem Heißluftballon unternehmen. Damit würde Schere zum ersten Qheuen, der sich in die Lüfte erhob, seit seine Vorfahren ihr Schleichschiff versenkt hatten. Ha, wie ich mich schon auf sein Gesicht dabei freute.

Als Huck schließlich »Heureka!« schrie, fühlten sich meine Muskeln und Gelenke an, als hätten wir das gesamte Riff hinter uns gebracht. Mein erster Gedanke lautete: *Kein Wunder, daß Uriel das Boot mit einem so langen Kabel und Schlauch versehen hat.*

Und diesem folgte gleich ein sich logisch daraus ergebender zweiter: *Woher wußte die Schmiedin, wie weit wir fahren mußten, um zu dem Ding zu gelangen?*

Es war halb im Schlick eingegraben und ragte etwa zwölf Faden entfernt von der Stelle hoch, an der wir aufgesetzt waren. Von meiner eingeschränkten Sichtmöglichkeit im Heck des Tauchboots aus erkannte ich lange Stacheln, die in alle Richtungen vom Rumpf ausgingen. An der Spitze eines jeden dieser Dornen befand sich eine Art Kugel, von der ich annahm, sie sei hohl, um das Gebilde vor dem völligen Versinken im Schlamm zu bewahren. Das Ding war knallbunt in Rot und Blau angestrichen – offenbar sollte es bemerkt und gefunden werden. Das Blau nahm man in diesem trüben Halbdunkel schon von weitem wahr, das Rot erst aus der Nähe – allerdings mußte der Scheinwerferstrahl genau darauf fallen, sonst sah man natürlich gar nichts. Doch auch so mußte man mindestens auf eine Fadenlänge heran, und ohne Uriels Angaben hätten wir es nie entdeckt. Selbst mit ihren Anweisungen mußten wir zweimal unsere Runde drehen, ehe wir endlich über das Ding stolperten.

So etwas Eigenartiges hatte niemand von uns je gesehen. Und bei einem wie mir will das schon etwas heißen: Schließlich hatte ich schon einmal einen g'Kek Kehlsackgeräusche von sich geben gehört und war Zeuge bei einem Traeki-Vlennen geworden.

»Ist das buyurisch-yurisch?« fragte Schere ergriffen. Man hörte ihm die abergläubische Furcht am Stottern an.

»Ich wette einen Haufen Eselsdreck, daß das nicht von den Buyur gebaut worden ist «, erklärte Huck ganz fachfrauisch. »Was glaubst du, Ur-ronn?«

Unsere Urs reckte den langen Hals, um den Kopf an Schere vorbeischieben zu können. »Gansss klar, dasss issst nissst von den Buyur. Sssie hätten nie etwasss ssso Sssrecklichesss gebaut, issst nissst ihr Ssstil.«

»Natürlich ist das nicht ihr Stil«, konstatierte Huck. »Ich weiß aber, wer so was bauen würde.«

Wir alle starrten sie an. Natürlich genoß die g'Kek diesen Moment und zögerte ihn so lange heraus, bis wir kurz davorstanden, ihr zu Leibe zu rücken.

»Das ist ursisch«, teilte sie uns in einem Tonfall mit, als wären wir zu dumm, das zu erkennen.

»Ursisch?« entfuhr es Schere. »Woher willst du das so genau –«

»Ja, erklär unsss dasss!« verlangte Ur-ronn und drehte den Schädel, bis ihre Augen sich kurz vor denen Hucks befanden. »Dasss Ding sssieht viel zu komplisssiert ausss. Uriel könnte ssso etwasss niemalsss bauen. Nissst einmal die Erdlinge haben die Werkssseuge dasssu.«

»Genau. Das Objekt ist nicht buyurischen Ursprungs, und niemand unter denen, die zur Zeit am Hang leben, könnte so etwas anfertigen. Damit bleibt nur eine Möglichkeit offen: Dieses Gebilde ist ein Überbleibsel von einem der Original-Schleichschiffe. Es stammt also aus der Zeit, als die ersten sechs Rassen – sieben, wenn man die Glaver hinzuzählt – hier ankamen, sich niederließen und alle Technologie vernichteten, um als Primitive weiterzuleben. Natürlich stellt sich die Frage, welche unserer Rassen das Ding hier versenkt hat. Ich schließe die g'Kek gleich aus, denn wir wohnen schon so lange hier, daß das Gebilde inzwischen viel weiter gekommen sein müßte. Das gleiche trifft sicher auf die Glaver, die Qheuen und die Traeki zu.

Wie dem auch sei, der entscheidende Hinweis ist Uriel, denn sie wußte, wo dieses Objekt zu finden ist.«

Die Haare rings um Ur-ronns Nüstern stellten sich auf, und ihre Stimme klang jetzt kälter als der uns umgebende Ozean: »Du besssuldigssst unsss der Versssswörung?«

Hucks Augenstiele rollten sich zusammen, was bei den g'Kek soviel wie ein Achselzucken bei den Menschen bedeutet.

»Nein, nicht unbedingt einer Verschwörung, und schon gar keiner schlimmen«, sagte sie dann. »Vielmehr vermute ich dahinter eine Vorsichtsmaßnahme von eurer Seite.«

Sie wandte sich an uns alle: »Denkt doch mal nach, Kameraden. Angenommen, ihr fahrt zu einer verbotenen Welt, um dort eine Sooner-Kolonie zu gründen. Dazu müßt ihr natürlich alles schleunigst loswerden, was bei einem zufälligen Scan durch ein vorbeifliegendes Schiff, womöglich noch einem vom Institut, auffallen könnte. Darunter fallen euer eigenes Schiff und alles komplexere Gerät. Das Zeugs im All zu lagern bringt nichts, denn da schauen die Polizisten zuerst nach. Also versenkt man es inmitten der Abfälle der Buyur, die sie bei ihrem Auszug ins Meer gekippt haben. Bislang klingt das doch sehr logisch, nicht wahr? Geradezu überzeugend.

Aber noch während ihr damit beschäftigt seid, fragt ihr euch: Wenn nun ein unvorhergesehener Notfall auftaucht? Wenn eure Nachfahren eines Tages in eine Lage geraten, aus der sie sich nur mit einem Stück guter alter High-Tech retten können und andernfalls untergehen müßten?«

Ur-ronn senkte den konisch zulaufenden Schädel. Im Halbdunkel der Kabine konnte ich nicht genau erkennen, ob sie mit dieser Geste Sorge oder brodelnden Zorn zum Ausdruck bringen wollte. Deshalb beschloß ich, mich rasch zu Wort zu melden.

»Hrrm. Damit deutest du ja wirklich eine Menge an. Dann müßten die Urs dieses Geheimnis von Generation zu Generation weitergegeben haben.«

»Genau, und das über Jahrhunderte«, sagte Huck. »Uriel hat es zweifellos von ihrer Meisterin erfahren, die wiederum von der ihren und so weiter, bis zurück zu den ersten ursischen Siedlern. Und bevor Ur-ronn mir gleich den Kopf abreißt, möchte ich rasch hinzufügen, daß die ursischen Weisen sich in den vergangenen Jahren große Zurückhaltung auferlegt haben. Niemals haben sie sich dieses Dings – darf ich sagen, dieser Geheimwaffe? – bedient, weder während der Kriege gegen die Qheuen noch während der späteren Konflikte mit den Menschen. Dabei haben sie doch bei so mancher Schlacht tüchtig den Arsch vollgehauen bekommen.«

Das sollte dazu dienen, unsere ursische Freundin zu besänftigen? Ich mußte rasch etwas sagen, ehe Huck um ihr Leben fürchten mußte. »Hrrm, vielleicht haben die Menschen und die Qheuen ja auch solche Geheimverstecke angelegt, und daher herrschte zwischen den beteiligten Seiten ein Patt …«, platzte es einfach aus mir heraus, ehe mir die Tragweite meiner Worte bewußt wurde und ich stockte. »Nicht auszuschließen, daß in ebendiesem Moment Expeditionen zu den anderen Stellen unterwegs sind und wir nur als Uriels Handlanger fungieren.«

Langes Schweigen setzte ein.

Schere meldete sich als erster wieder zu Wort: »Scheibenkleisterkleister. Diese Aliens oben am Hang müssen den Erwachsenen aber einen Mordsschrecken eingejagt haben.«

Wieder Schweigen, bis Huck es für geboten hielt, ein Resümee zu ziehen. »Ich kann nur hoffen, daß dies wirklich der Grund ist, der hinter allem steckt. Daß die Sechs ihre Geheimwaffen hervorholen und zusammenwerfen, um gemeinsam der Bedrohung Herr zu werden. Wehe uns, wenn etwas anderes dahintersteckt.«

Ur-ronn verdrehte den Hals. »Wasss meinssst du damit?«

»Ich hätte wirklich gern Uriels Ehrenwort, daß man uns nur hier hinunter geschickt hat, um etwas zu bergen, mit dem sich *alle* sechs Rassen *gemeinsam* verteidigen können.«

Und nicht, um damit die ursische Miliz auszustatten und ihr den Sieg zu garantieren. Schließlich hatten wir Gerüchte über erste Scharmützel gehört, dachte ich das zu Ende, was Huck lieber für sich behalten hatte. Spannung lag in der Luft, und ich wußte nicht zu sagen, was gleich geschehen würde. Hatten Tyugs Drogen und die nervlichen Anstrengungen der Reise unsere ursische Freundin so angegriffen, daß sie nach Hucks bohrenden Worten gleich explodieren würde?

Ur-ronn drehte den Hals wieder gerade. Trotz der trüben Beleuchtung erkannte ich deutlich, welch ungeheure Willensanstrengung sie das kostete. »Du hassst …«, begann die Urs und atmete schwer. »Du hassst mein Ehrenwort, dasss esss sssu aller Nutsssen gesssehen sssoll.«

Sie wiederholte ihren Schwur in Galaktik Zwei und brachte es dann auch noch unter Mühen fertig, auf den Boden zu spucken – bei den Urs ein Zeichen dafür, daß ihnen eine Sache heilig war.

»Hrrm, das ist ja großartig«, rumpelte ich, um den allgemeinen Frieden wiederherzustellen. »Natürlich hat keiner von uns auch nur einen Moment lang etwas Gegenteiliges von dir angenommen. Das stimmt doch, nicht wahr, Huck? Schere?«

Beide beeilten sich, mir recht zu geben, und die größte Spannung verflüchtigte sich. Doch leider war der Same des Mißtrauens gesät. *Huck,* dachte ich schwermütig, *du bringst es fertig, mit einem Glas voller Skorpione in ein Rettungsboot zu steigen und es dann zu öffnen, bloß um zu sehen, wer von den anderen am besten schwimmen kann.*

Wir setzten die *Traum* wieder in Bewegung, und bald waren wir nahe genug an das Ding herangekommen, um zu erkennen, welche riesigen Ausmaße es hatte. Jedes von den kugelartigen Gebilden am Ende der Stacheln hatte einen größeren Umfang als unser Boot. »Da liegt ja eines von den Kabeln, von denen Uriel gesprochen hat«, meldete der Qheuen und deutete mit einer Schere auf einen der Dornen. Teilweise unter Schlick und Sand begraben, konnte man ein glänzendes schwarzes Band erkennen, das in Richtung Norden verlief, woher wir gekommen waren.

»Ich wette, was ihr wollt, daß dieses Tau irgendwo zwischen hier und den Klippen gerissen oder gebrochen ist«, meinte Huck. »Wahrscheinlich verlief es ursprünglich den ganzen Weg bis zu einer geheimen Spalte oder Höhle im Terminus. Und von dort aus konnte man das Objekt heranziehen, ohne daß einer der Urs befürchten mußte, sich dabei nasse Hufe zu holen. Vielleicht hat ein Beben oder eine Lawine wie die, die meine Familie ausgelöscht hat, das Kabel zerstört. Dieses Gebilde läßt sich aber immer noch bewegen, auch wenn das Tau zerstört ist. Man muß nur das lose Ende aufnehmen.«

»Gut nachgedacht«, sagte ich. »Überhaupt gibt der Fund mir eine Antwort auf die Frage, die mich schon die ganze Zeit beschäftigt: Wieso hatte Uriel genau die richtige Ausrüstung, damit unser Boot seetüchtig gemacht und mit allerlei Gerät ausgestattet werden konnte? Tatsächlich frage ich mich jetzt, warum sie uns überhaupt gebraucht hat? Warum hat die Schmiedin sich nicht selbst ihr kleines Tauchboot gebaut?«

Ur-ronn hatte ihre schlechte Laune so gut wie überwunden: »Ein g'Kek-Busssprüfer inssspisssiert regelmässsig die Lagerräume der Sssmiede. Dem würde etwasss ssso Unursssisssesss wie ein Tauchboot, dasss sssudem ssseeklar daläge, sssissser gleisss insss Auge ssspringen.«

Sie hatte spöttisch geklungen, doch Huck ließ sich davon nicht verdrießen und sagte: »Die wesentlichen Teile waren alle vorhanden, wie Ventile, Pumpen und so weiter. Ich denke, Uriel und ihre

Vorgängerinnen haben sich gesagt, daß sie in ein paar Monaten die dazugehörige Hülle bauen könnten. Aber wer hätte schon damit rechnen können, daß der Notfall so unerwartet und plötzlich käme? Davon abgesehen haben wir verrückten Kids ihr mit unserem Vorhaben die perfekte Tarnung geboten. Niemand wird uns mit Geheimkisten aus der galaktischen Vergangenheit in Verbindung bringen.«

»Ich würde eher annehmen«, begann Schere mit dramatischer Geste, »daß der wahre Grund, der Uriel dazu bewogen hat, bittebitte zu sagen, damit wir sie bei unserem Unternehmen mitmachen lassen, in der hervorragenden Verarbeitung und Ausführung unseres Bootes bestand-stand.«

Unsere kleinen Frotzeleien kamen zum Erliegen, und wir konnten ihn nur mit offenen Augen und Mündern anstarren, ehe wir einen Moment später in schallendes Gelächter ausbrachen, unter dem die Hülle der *Traum* vibrierte und Huphu aus seinem Nickerchen erwachte.

Danach fühlten wir vier uns wieder gut und bereit, die Mission fortzusetzen. Die erste größere Krise schien hinter uns zu liegen. Wir mußten nun nur noch Ziz dazu bringen, eine Krampe an dem zweiten Tau des Dings zu befestigen und Uriel das Zeichen zu geben, uns wieder nach oben zu ziehen. Das würde eine Weile in Anspruch nehmen, denn wir durften nur langsam hinauf. Urs und g'Kek haben nämlich noch mehr als Menschen mit Beschwerden zu kämpfen, wenn der Luftdruck sich zu abrupt verändert. Aus Büchern wußten wir, wie gräßlich es ist, auf eine solche Weise zu sterben; daher waren wir übereingekommen, den Aufstieg schön langsam vonstatten gehen zu lassen. Jeder von uns hatte ein Butterbrotpaket (oder je nach Rasse das Entsprechende) und ein paar Spiele dabei, um sich die Zeit zu vertreiben.

Dennoch war mir daran gelegen, die ganze Geschichte möglichst rasch hinter mich zu bringen. Klaustrophobie war ja noch harmlos im Vergleich zu den Nöten, die unweigerlich entstehen würden, wenn alle an Bord jeweils auf eigene Weise dieses gewisse dringende Bedürfnis verspürten, was die Erdlinge mit »ich muß auf die Toilette« zu umschreiben pflegen.

Uns erwartete eine Schwierigkeit, mit der niemand gerechnet hatte, nämlich das Problem, die Krampe am zweiten Kabel zu befestigen.

Nachdem wir auf die andere Seite des Dings gelangt waren, erkannten wir das Problem auf den ersten Blick.

Das zweite Tau war nicht da!

Besser gesagt, es war abgeschnitten worden. Frisch glänzende Metallfasern schaukelten sanft in den Meeresströmungen und hingen wie die Haare eines ungeflochtenen Urs-Schweifs vom Ende des Dinges mit den Dornen.

Aber das war noch längst nicht alles. Als Ur-ronn mit den Scheinwerfern den Meeresgrund absuchte, entdeckten wir im Schlick eine Spur, die sich im Schlängelkurs nach Süden fortsetzte. Offenbar war das Tau dorthin fortgeschleppt worden. Keiner von uns konnte sagen, ob das vor Tagen, Jaduras oder Jahren geschehen war. Dennoch kam uns allen das Wort »kürzlich« in den Sinn, und zwar so deutlich, daß niemand es laut aussprechen mußte.

Die Urs meldete das nach oben zu denen, die in der Welt der Luft und des Lichts auf Lebenszeichen von uns warteten. Ihre Überraschung ließ sich schon daran ermessen, wie lange es dauerte, bis die Antwort eintraf.

Wenn bei euch alles in Ordnung ist, folgt der Spur vierhundert Meter weit, und dann meldet euch wieder.

»Was bleibt uns denn für eine andere Wahl«, murmelte Huck, »wo Uriel doch die Kabelwinden kontrolliert. Als wenn es ihr etwas ausmachen würde, wenn wir hier unten im Koma lägen oder an Bord eine ernste Krise ausgebrochen wäre.«

Diesmal drehte Ur-ronn sich nicht zu der g'Kek um, aber ihre beiden Schweife klatschten Huck scharf an die Brust.

»Halbe Kraft voraus, Alvin«, befahl Schere. Seufzend beugte ich mich wieder über die Kurbel.

So setzten wir unsere Fahrt fort. Ein Scheinwerferstrahl klebte an der Spur, während Ur-ronn das andere Gerät nach links und rechts, nach oben und unten drehte. Als ob eine Bedrohung, die auf uns zukam, vom Licht erfaßt eine ausreichende Warnung für uns darstellen würde! Wohl nie zuvor hat es ein ähnlich unbewaffnetes, langsames und hilfloses Gefährt gegeben wie die *Wuphons Traum*. Das abgeschnittene Tauende, das wir vorhin erblickt hatten, war von Wesen gewirkt worden, die dazu höchste galaktische Technologie verwendet hatten. Es war dazu angelegt, Jahrtausende unter Wasser zu überdauern und seine Stärke zu behalten. Wer immer es auch zu durchtrennen vermocht hatte – ich war eigentlich nicht scharf darauf, ihm zu begegnen, und erst recht nicht, ihn wütend auf uns zu machen.

Eine düstere, bedrückte Stimmung bemächtigte sich unser, während das Boot weiterrollte. Nachdem ich gut eine Midura die Pedale und Paddel in Schwung gehalten hatte, spürten meine Arme und mein Rücken das typische Prickeln einer Erschöpfung zweiten Grades. Ich war zu müde, um zu grollen. Hinter mir versuchte Huphu, sich von seiner Langeweile zu befreien, indem er den Inhalt meines Rucksacks durchwühlte, auf ein Paket mit Fischbroten stieß, dieses aufriß, ein bißchen daran herumknabberte und den Rest durchs Heck warf. Platschende Geräusche und kleine Wasserspritzer an meinen Zehen sagten mir, daß sich am Boden bereits Naß angesammelt hatte – sei es, daß sich dort ein Leck befand, oder sei es, daß sich einer von uns nicht länger beherrscht hatte und seine ekligen Ausscheidungen sich unter mir gesammelt hatten. Eigentlich war alles gleich schlimm und mir deswegen egal. Außerdem hatte die Luft in der Kabine ein gewisses Aroma angenommen, das ebenso komplex wie widerwärtig war. Ich kämpfte gerade gegen einen weiteren Anflug von Platzangst an, als Schere einen schrillen Schrei ausstieß.

»Alvin! Sofort Stopp! Andersherum! Ich meine natürlich, volle Fahrt zurück!«

Ich wünschte, ich hätte sehen können, was ihm einen solchen Schrecken eingejagt hatte, aber meine Kameraden standen so unter Panik, daß ich nur ein Geschiebe und Gedränge von Silhouetten vor mir ausmachte. Davon abgesehen mußte ich meine ganze Kraft aufbieten, um die Kurbel anzuhalten, die fest entschlossen schien, trotz meiner Bemühungen die Räder auf ewig weiterzudrehen. Ich zog mit aller Macht an den Holzgriffen und setzte auch mein volles Körpergewicht ein, bis plötzlich etwas in meinem Rückgrat Plopp! machte. Endlich gelang es mir, die Drehung zu verlangsamen und das Gerät schließlich zum Anhalten zu zwingen. Aber dann ging gar nichts mehr, und ich konnte mich anstrengen, wie ich wollte, die Kurbel ließ sich nicht in die entgegengesetzte Richtung drehen.

»Wir haben Schlagseite!« rief Huck. »Das Boot kippt nach vorn und nach backbord.«

»Das habe ich nicht gesehen!« jammerte Schere. »Wir fuhren einen kleinen Hügel hinauf, als es plötzlich wie aus dem Nichts vor uns auftauchte. Das schwöre ich!«

Jetzt spürte ich es auch. Die *Traum* kippte tatsächlich vornüber, während Huck verzweifelt Ballast nach achtern pumpte. Die Scheinwerferstrahlen schlugen wie Peitschen durch die Finsternis und offenbarten uns dort, wo eigentlich ein sanft erhebender Grund sein sollte, ein doch ziemlich beunruhigendes Bild von gähnender Leere.

Mit einem Mal gelang es mir, die Kurbel in die andere Richtung zu drehen, doch meinem Triumphgefühl war kein langes Leben beschieden. Eine der magnetischen Klammern – diejenige, die das Rad festhielt, das, glaube ich, einmal Hucks Tante gehört hatte – löste sich. Die bloße Radnabe grub sich sofort tief in den Schlick, was bewirkte, daß unser Boot eine scharfe Seitendrehung vollführte.

Die Scheinwerfer bestrahlten nun den Rand des Vorsprungs, auf dem wir hingen. Was wir für den Boden des Riffs gehalten hatten, erwies sich allem Anschein nach als Grat hoch über den Ausläufern des eigentlichen Grabens. Das tiefe Loch öffnete sich offenbar nur für uns und wollte uns empfangen, wie es schon so viele andere Dinge verschluckt hatte, auf daß diese nie wieder Anteil an den Angelegenheiten oben unter den Sternen nehmen konnten.

So viel Totes befand sich da unten, und wir sollten Bestandteil davon werden.

»Soll ich Ballast loswerden?« fragte Huck, einer Panik nahe. »Das geht. Mache ich sofort. Zieh an der Signalleine, damit Ziz sich aufbläst. Das kann ich eigentlich auch. Soll ich?«

Ich streckte eine Hand aus, umschloß zwei ihrer Augenstiele und beruhigte sie mit sanftem Streicheln, wie ich es in den vielen Jahren gelernt hatte, die wir uns schon kannten. Sie redete wirr. Das Gewicht der Stahltrosse, die wir hinter uns herzogen, war unfaßbar viel größer als das der paar Ballaststeine, die man am Bauch des Boots befestigt hatte. Wenn wir die Trosse durchtrennten, mochte es mit dem Aufsteigen vielleicht klappen. Aber wer sollte dann den Luftschlauch daran hindern, sich zu verdrehen oder zu knicken? Selbst wenn ein Wunder geschah und wir an die Oberfläche gelangten, würden wir wie das granatenförmige Schiff in Jules Vernes *Die ersten Menschen auf dem Mond* nach oben schießen. Und das würde selbst Schere ohne irgendwelchen Druckausgleich nicht überleben.

Ur-ronn hingegen bewahrte trotz der Todesgefahr, in der wir schwebten, so ziemlich die Ruhe und hämmerte so fest auf den Telegraphen ein, daß wahre Funkenregen durch die Kabine stoben. Sie forderte Uriel dringend auf, uns sofort und unbedingt hinaufzuziehen. Eine gute Idee. Aber wie lange würde es dauern, fragte ich mich, bis die Crew oben das ganze lange Kabel eingerollt hatte? Wie rasch durften die Männer arbeiten, ohne daß der Luftschlauch aufriß oder sonstwie Schaden nahm? Wie tief konnten wir stürzen, ehe die beiden Zugkräfte irgendwann aufeinanderprallten? In diesem Moment der Wahrheit würden wir auch erfahren, wie stabil die *Wuphons Traum* gebaut war.

Hilflos spürte ich, wie die Räder jegliche Bodenhaftung verloren, als unser Boot endgültig über den Rand rutschte und seinen langen, ungebremsten Sturz in die Tiefe begann.

Ich schätze, das wäre jetzt die geeignete Stelle, das Kapitel zu beenden. Unsere Helden fallen in schwärzeste Tiefen – ein wahrer Cliff-Hanger.

Werden sie je wieder nach Hause kommen?

Werden sie überleben?

Ja, das wäre wirklich ideal, der rechte Moment, um einzuhalten. Apropos einhalten: Ich bin müde, mir tut alles weh, und ich brauche dringend eine Ablösung, damit ich zu dem Eimer in der Ecke dieses feuchten Gefängnisses kann, um mich dort zu erleichtern.

Aber ich höre nicht hier und jetzt auf. Dazu weiß ich nämlich eine viel bessere Stelle, und die kommt gleich, ein Stück weiter den Zeitstrom hinab. Während die *Traum* langsam fiel und sich wieder und wieder um sich selbst drehte, hatten wir Gelegenheit, im Licht der Außenlampen die Klippenwand zu betrachten, die wie ein nimmer endender Grabwall vor uns aufstieg. Unser Grabwall.

Wir warfen allen Ballast ab, was unseren Sturz wenigstens etwas verlangsamte. Doch dann erfaßte uns eine Strömung. Sie zerrte uns, und schon ging es noch rascher als vorher nach unten. Wir befreiten uns von allem, was sich noch lösen ließ, wußten aber, daß unsere einzige Chance in der Schnelligkeit bestand, mit der Uriel und ihre Crew reagierten. Und dann gab es da noch hundert andere Dinge, die funktionieren mußten, auch wenn alle Wahrscheinlichkeit dagegen sprach.

Wir alle machten uns auf unseren Tod gefaßt, natürlich jeder allein und auf seine Weise. Alle an Bord erwarteten zitternd das Ende der Tragödie.

Ich vermißte meine Eltern und klagte mit ihnen, denn für sie war mein Ableben in vielerlei Hinsicht ebenso bitter wie für mich. Mir blieb es jedoch erspart, jahrelang zu leiden, wie es ihnen bevorstand, und das nur, weil ich Narr genug gewesen war, mich auf ein solches Abenteuer einzulassen. Ich streichelte Huphu und flüsterte tröstend auf ihn ein; während Ur-ronn ein altes Trauerlied der Steppe sang und Huck alle vier Augenstiele nach innen drehte, vermutlich, um nach innen und auf ihr bisheriges Leben zu sehen.

Dann schrie Schere nur ein Wort, aber das kam so überraschend, daß es unsere innere Einkehr zunichte machte. Dieses Wort hatten wir schon oft aus seinen Beinmündern und -ventilen zu hören bekommen, eigentlich schon viel zu oft. Doch nie hatte er es in einem solchen Tonfall ausgestoßen. Nie mit soviel Ehrfurcht und Erstaunen in der Stimme.

»Monster-ster!« rief er.

Und dann noch einmal, erfüllt von Freude und Entsetzen: »Monster!«

Niemand hat mich abgelöst. Ich sitze immer noch im Heck fest, kann den Rücken nicht mehr bewegen und muß ganz furchtbar dringend auf den Eimer. Mein Bleistift hat kaum noch eine Spitze, und das Papier geht mir aus ... Während ich hier also feststecke, kann ich auch gleich zu dem wahrlich dramatischen Moment unseres Absturzes überleiten.

Im Boot herrschte heillose Verwirrung, während wir unserem sicheren Untergang entgegeneilten. Meine Kameraden purzelten durcheinander, jeder stieß sich den Kopf an, und ständig prallte man gegen Hebel, Griffe, Schalter oder einen Kameraden. Wenn ich durch das Getümmel einen Blick nach draußen erhaschen konnte, schaute ich auf ein verwirrendes Wirrwarr von phosphoreszierenden Punkten, die von den Scheinwerfern eingefangen wurden. Dazwischen kurze Eindrücke von der vorbeigleitenden Klippenwand, und hin und wieder ein kurzes Aufblitzen von *etwas anderem.*

Etwas, das strahlend und grau war. Ob das alles zu einem Wesen gehörte oder zu mehreren, vermochte ich nicht zu erkennen. Agile, flatternde Bewegungen. Dann sonderbare Berührungen, die am Bootsrumpf zu reiben schienen. Schließlich hartes Klopfen und Donnern an der Hülle unseres zum Untergang verurteilten *Traums.*

Schere brabbelte unentwegt etwas von Monstern. Ich befürchtete ehrlich das Schlimmste für seinen Verstand. Aber Ur-ronn und Huck hatten ihr Gejammer eingestellt und klebten am Bullauge, als hätte sie das, was sie dort zu sehen bekamen, vollkommen in ihren Bann geschlagen. Ein ziemlicher Lärm herrschte in der Kabine, und die ganze Zeit über rannte Huphu wie rasend die Wände hoch und krallte sich zur Abwechslung in meinem schmerzenden Rücken fest.

Ich glaube, es war Huck, die irgendwann etwas sagte, das so ähnlich klang wie:

»Was – oder wer – kann das wohl sein?«

In diesem Moment teilte sich die Masse der wirbelnden Formen und floh nach links und nach rechts, als etwas Neues auftauchte, das uns allen den Atem stocken ließ.

Ein gewaltiges Wesen, das viel, viel größer war als unser Boot. Es schwamm mit unglaublicher Leichtigkeit und stieß beim Näherkommen ein tiefes Knurren aus. Von meinem Platz im Heck aus, das mir mehr und mehr wie ein Gefängnis vorkam, konnte ich kaum mehr als zwei riesige Augen erkennen, die noch heller zu leuchten schienen als unsere Eik-Scheinwerfer.

Und dann sah ich sein Maul. Für meinen Geschmack konnte ich es deutlicher ausmachen, als mir lieb war. Der Schlund öffnete sich weiter und weiter, während die Kreatur auf uns zutrieb.

Die Hülle ächzte, und es folgten zwei weitere harte Stöße. Ur-ronn schrie schrill auf, als ein dünner Wasserstrahl in die Kabine spritzte, von der Wand abprallte und mich naß machte.

Vor Furcht wie gelähmt, konnte ich mein Gehirn nicht dazu bringen, einen einzigen klaren Gedanken zu fassen. Alle möglichen Eingebungen, Beobachtungen und Eindrücke purzelten dort durcheinander.

Das mußte ein Buyur-Geist sein, sagte ich mir schließlich, der gekommen war, uns törichte Narren dafür zu bestrafen, in ein Reich vorgedrungen zu sein, in dem wir nichts zu suchen hatten.

Nein, das war eine Maschine, die sich aus den Relikten und Überresten zusammengesetzt hatte, die man vor Urzeiten, noch bevor die Buyur auf diese Welt gekommen waren, ins Riff geworfen hatte. Apparate und Geräte, so alt, daß nicht einmal die Galaktiker sich an sie erinnern konnten.

Oder war das ein einheimisches Seeungeheuer, ein Wesen, das auf Jijo selbst entstanden war, geboren am ungestörtesten und privatesten Ort dieser Welt?

Immer neue Deutungsmöglichkeiten rauschten durch meinen angeschlagenen Verstand, während ich wie erstarrt hinsah und den Blick nicht von diesen gräßlichen Zahnreihen wenden konnte. Die *Traum* ruckte und schaukelte. Heute weiß ich, daß unterseeische Strömungen dafür verantwortlich waren, aber damals glaubte ich, das kleine Boot versuche aus eigenem Antrieb, von hier zu fliehen.

Die Kiefer schlossen sich um uns. Ein plötzlicher Stoß schleuderte uns alle an eine Seite. Wir waren gegen den Gaumen des Monsters geprallt, und zwar so heftig, daß sich unser wunderschönes Bullauge mit Sprüngen überzog. Eisblumen schienen auf dem Glas zu wachsen. Ur-ronn heulte, und Huck rollte die Augenstiele wie Socken zusammen, die man ins Schrankfach legen will.

Ich preßte Huphu an mich, achtete in diesem Moment nicht auf seine stechenden Krallen und atmete die schale, abgestandene Luft tief ein. Sie schmeckte furchtbar, aber von irgendwoher hatte ich das dumpfe Gefühl, so bald keinen neuen Sauerstoff mehr zu bekommen.

Das Fenster krachte im selben Moment ein, in dem der Luftschlauch durchtrennt wurde.

Die dunklen Wasser des Riffs fanden rasch ihren Weg in unser havariertes Tauchboot.

VIII.
DAS BUCH VOM HANG

Legenden

Zwanzig Jahre mußten vergehen, bis die erste menschliche Sooner-Bande – eine ziemlich große Gruppe, die kurz vor dem Versenken der Tabernakel in die Savanne südlich des Tals geflohen war und damit den Vertrag des Exils ablehnte, den ihre Führer unterschrieben haben – zurückgeführt werden konnte. Um zu verschwinden, riskierten sie Elend und Vereinsamung wie auch die Verfolgung durch die Strafbehörden. Als man sie schließlich gefangengenommen hatte, mußte man sie buchstäblich zurückzerren, weil sie vor lauter Panik keinen Schritt vorwärts tun wollten – so sehr fürchteten sie sich vor den Traeki und den Hoon.
Rückblickend betrachtet, entbehrt diese Angst nicht einer gewissen Ironie, denn es waren nicht die Traeki oder Hoon, sondern die Qheuen und die Urs, die den menschlichen Siedlern Ärger bereiteten und sie insgesamt zweihundert Jahre lang mit Krieg überzogen.
Warum nur fürchteten sich so viele Erdlinge vor den friedlichen Wulstwesen oder unseren freundlichen Freunden mit den breiten Schultern und den tiefen Stimmen? Der Hoon und Traeki Vettern hoch oben in den Sternen müssen sich deutlich anders verhalten haben, als unsere Vorfahren zum ersten Mal mit ihren Schiffen die Sternenstraßen der Galaxis Vier befuhren.
Unglücklicherweise sind während des Großen Feuers die meisten galaktologischen Berichte und Unterlagen ein Raub der Flammen geworden. Aber andere Quellen wissen von der erbarmungslosen Feindseligkeit der mächtigen und rät-

selhaften Sternenfürsten zu berichten, die sich selbst Jophur nennen. So sollen sie eine führende Rolle während der Zwangsbeschlagnahmung von Mudaun gespielt haben. Dieses fürchterliche Blutbad hatte den Auszug der Tabernakel unmittelbar zur Folge. Denn dabei waren ganze Völkerschaften mit vorsätzlicher und präziser Effizienz vernichtet worden. Charaktereigenschaften, die man bei den Traeki hier am Hang nur höchst selten feststellen kann.

Man hört auch oft, daß Hoon vor Mudaun dabeigewesen sind, und dabei werden sie als sauertöpfische und mürrische Wesen geschildert. Als eine Rasse von Buchhaltern, Beamten und Steuerprüfern, deren Lieblingsbeschäftigung darin bestand, die Geburtenkontrolle einzuführen, einzuhalten und andere Rassen dahingehend zu kontrollieren, ob sie diese auch beherzigten. Gnadengesuche, Wünsche um Aufschiebung oder Stundung sowie Appelle an Gnade oder Menschlichkeit waren bei ihnen vollkommen vergebens.

Konnte man in solchen Darstellungen auch nur ansatzweise die Mitglieder der beiden gemütlichsten und gutmütigsten Rassen unserer Sechsheit wiedererkennen?

Kein Wunder, daß weder Traeki noch Hoon sich gern irgendwelcher Nostalgie über die »gute alte Zeit« hingaben, als sie noch gottgleich durch die Galaxien geflogen waren.

Aus den Annalen der Jijo-Gemeinschaften

Sara

Als der kommende Morgen den östlichen Himmel bleich färbte, trafen müde Reisende nach einem langen Nachtmarsch durch die sonnenverbrannte Warril-Ebene in Uryuttas Oase ein – ein Trupp von Eseln, Simlas, Menschen und Hoon, die von Durst und Erschöpfung gezeichnet waren. Selbst einige ursische Pilger traten vorsichtig an das schmuddelige Gestade, tauchten ihre schmalen Köpfe in das Naß und verzogen beim bitteren, ungesüßten Geschmack des Ebenenwassers angewidert das Gesicht.

Der Hochsommer war über die Steppe gekommen. Heiße Winde setzten Büschel von Kreisgras in Brand und trieben Herden in die Flucht, deren Stampedes hohe Staubwolken aufwirbelten. Auch schon vor der gegenwärtigen Krise hatten Wanderer die Sommersonne gemieden und die kühleren Mondnächte zum Reisen vorgezogen. Ursische Führerinnen prahlten damit, selbst mit verbundenen Augen ihren Weg durch die Steppe zu finden.

Das ist ja schön für sie, dachte Sara, während sie ihre geschwollenen Füße in der Quelle wusch. *Eine Urs fällt ja nicht aufs Gesicht, wenn sich unter dem Fuß ein Stein löst. Ich persönlich möchte schon gern sehen, wohin ich trete.*

Im ersten Tageslicht zeichneten sich im Osten mächtige Silhouetten ab. Das Rimmer-Gebirge. Saras gemischtrassige Expedition kam gut voran. Man war unterwegs zur Lichtung und beeilte sich, dort einzutreffen, ehe die Ereignisse ihren Höhepunkt erreicht hatten. Sie freute sich darauf, ihre Brüder wiederzusehen, und konnte es kaum abwarten zu erfahren, wie Bloor ihre Idee umgesetzt hatte. Möglicherweise fand sie dort auch medizinische Hilfe für ihr Mündel, den Fremden – auch wenn sie vielleicht Vorsicht walten lassen und ihn vor den Blicken der Invasoren verborgen halten mußte. Das würde sicher nicht leicht werden. Außerdem hatte Sara noch immer nicht die Hoffnung aufgegeben, einen der berühmten Datenbände der Großen Galaktiker zu sehen zu bekommen.

Aber es gab auch genug Gründe, sich Sorgen zu machen. Wenn die Sternengötter wirklich beabsichtigten, alle Zeugen zu beseitigen, würden sie damit logischerweise auf der Lichtung beginnen. Und davon abgesehen befürchtete Sara, mit ihrer Wanderung den Fremden den Galaktikern direkt in die Hände zu spielen. Der dunkle, immerzu gutgelaunte Mann schien gerne mitzukommen, aber begriff er überhaupt, worauf er sich da einließ?

Ein zischendes Seufzen entfuhr Pzoras Wulstringkörper, als er Wasser aus dem Becken aufsaugte. Obwohl er die Reise auf einem Eselswagen hinter sich gebracht hatte, waren auch ihm Ermüdung und Erschöpfung anzumerken. Der Traeki hatte sich seinen neuen Rewq aufgesetzt, einen von den beiden, die Sara in Kandu Landing gekauft hatte, wo sie frisch eingetroffen waren. Sie hatte ihn ihm gegeben, damit er sich besser um den verwundeten Fremden kümmern konnte. Sara selbst widerstrebte es, sich einen solchen Symbionten über die Augen zu legen.

Dicht vor ihren Füßen tauchten Blasen an der Wasseroberfläche auf. Im silbrigen Licht Loocens machte sie Klinge aus dem Dorf Dolo aus, der auf dem Grund des Teichs ruhte. Der eilige Marsch war für die roten sowie blauen Qheuen und die Menschen, die zum Reiten zu groß und schwer waren, überaus anstrengend gewesen. Sara hatte alle ungeraden Miduras laufen müssen und alle geraden auf einen Esel gedurft. Dennoch tat ihr jetzt jeder einzelne Knochen im Leib weh. *Geschieht mir ganz recht,* dachte sie, *warum mußte ich auch ein so zurückgezogenes Leben als Leseratte führen und keinen Sport treiben!*

Rauher Beifall stieg von den ursischen Eselstreiberinnen auf, die Gras und Dung zusammengetragen hatten, um ein Lagerfeuer zu errichten. Sie gossen Simlablut in eine Terrine und warfen dann kleingehackte Fleischbrocken hinein. Bald nahmen sie den rotklumpigen Eintopf lauwarm zu sich, senkten ihre langen Hälse, um die Masse aufzuschlürfen, und hoben sie dann in die Höhe, damit alles die Kehle hinunterrinnen konnte. Sehnige Silhouetten, deren Auf und Ab auf sonderbare Weise vom Geklimper des Fremden auf seinem Hackbrett begleitet wurde. Inzwischen hatte eine hoonsche Köchin, die sich stolz einer multikulturellen Küche rühmte, Töpfe aufgesetzt und Kräuter und Pulver hineingegeben, bis ein würziges Aroma die Luft erfüllte, den Gestank des gekochten Simlas verdrängte und sogar bei Sara trotz ihres Schwierigkeiten machenden Magens Appetit auslöste.

Ein wenig später bot die aufgehende Sonne einen einmaligen Blick auf die grünbraune Gebirgskette, die am östlichen Horizont aufragte. Der Fremde hatte sich das Hemd ausgezogen und half vergnügt Sara und den Menschen bei den Lagertätigkeiten, die den Erdlingen vorbehalten waren. Vor allem gehörte dazu das Aufstellen von Zelten aus g'Kek-Tarnstoff, in denen die Reisenden und ihre Tiere Schutz vor der Hitze des Tages finden sollten. Daß der Sternenmann stumm war, schien ihn bei der Zusammenarbeit mit den anderen nicht im mindesten zu behindern. Seine pure Lebensfreude färbte auf alle in seiner Umgebung ab, und er brachte ihnen ein Lied ohne Text bei, das ihnen bei der Plackerei die Zeit vertreiben sollte.

Noch zwei Tage, dachte Sara mit Blick auf den Paß. *Wir haben es fast geschafft.*

Die Oase war nach einer nomadischen Kriegerin benannt, die in der Zeit unmittelbar nach Errichtung der ursischen Siedlung gelebt hatte, als die Zahl dieser Wesen noch klein und ihre Fahr- und Werkzeuge noch recht primitiv gewesen waren. In jenen alten Tagen war Urryatta von den reichen Weidelanden in Znunir, wo die ursischen Stammesführerinnen den mächtigen grauen Königinnen den Treueeid geschworen hatten, nach Osten geflohen. Sie führte ihre Mitrebellinnen durch die endlose trockene Ebene zu diesem Wadi, wo sie ihre Wunden versorgten und Pläne zur Befreiung ihrer Rasse von der Qheuen-Herrschaft schmiedeten.

Zumindest hieß es so in der Sage, die Sara an diesem Nachmittag hörte, nachdem sie die heißesten Stunden des Tages verschlafen hatte. In ihrem Schlummer hatte sie von kühlem und klarem Wasser geträumt.

Als sie aufgewacht war, hatte sie großen Durst verspürt, den sie sofort an der Quelle stillte. Danach gesellte sie sich zu den anderen Reisenden im großen Zelt, um eine Mahlzeit zu sich zu nehmen.

Da noch einige Stunden bis zum Einbruch der Abenddämmerung vergehen mußten und die bleierne Hitze weiter über der Oase lag, versammelten sich die Trödler und Händler um eine Geschichtenerzählerin und begleiteten ihre Worte mit Hufestampfen und Schweifwedeln. Auch nach der Einführung von Büchern und Buchdruck bevorzugten die Urs immer noch die orale Erzähltradition mit ihrer Extravaganz und ihren immer wieder neuen Variationen. Als das Lied der Bardin von der Schlacht am Znunir-Handelsposten kündete, schaukelten die langen Schädel im Takt dazu, und die Dreiaugen blickten an der Poetin vorbei in längst vergangene Zeiten.

So wurde zerstreut die Reiterei der Verräterinnen
Die willentlich waren geworden zu Sklaven.
Man trieb die Feiglinge in Scharen
Hinein in die Falle, die Uryatta gelegt.
Kreischend sie stürzten in die Tiefstink-Spalte,
Um zu vermengen den schwefligen Geruch des Todes
Mit ihren Ausdünstungen von Todesfurcht und leeren Beuteln.

Die Zuhörerinnen zischten ihre Verachtung für die erbärmlichen Verräterinnen hinaus. Sara nahm ihren Block zur Hand und machte sich Notizen über den altertümlichen Dialekt, der sich lange vor der Ankunft der Menschen aus dem Galaktik Zwei entwickelt hatte.

Uryatta nun fuhr herum, bereit, sie anzugehen,
Der Grauen Matronen furchtbare Schar,
Ihre Fußsoldaten, gewappnete Männer im Panzer
Mit männlichen Waffen aus scharfgebissenem Hartholz,
Die funkelten grell im Sonnenlicht.
Sie klapperten mit den Scheren, dürstend nach Blut
Und zu zerfleischen der Ursen Fell.
Standen da in breiter Front, uns in Stücke zu hauen
Für ihre Königinnen.

Diesmal grunzten die Urs tief, um ihren Respekt für einen fast ebenbürtigen Gegner zu bezeugen. Laute, die die Menschen erst in der dritten Generation nach der Landung zu hören bekommen hatten, als sie sich endlich ihren Platz im Chaos der Zeit vor den Gemeinschaften erobert hatten.

Nun ist der Moment recht, gab unsere Führerin
Laut und weithin das Angriffssignal.
Hervor mit den Waffen, den neu gefertigten!
Haltet die Langstäbe und spannt den harten Rücken.
Stecht nicht in ihre Seiten, sondern schiebt
Die Stecken unter sie und bringt auf alle Kraft.
Strengt euch an, ihr starken Rücken! Hebt!
Wuchtet und hebt, bis die schneidenden Scheren
Liegen ohnmächtig auf ihrem Rücken!

Zuerst wußte Sara nicht, was damit gemeint war. Dann begriff sie, welch kluger Strategie Uryatta sich bedient hatte. Unter »Langstäben« waren Bambusschößlinge zu verstehen. Die wurden unter die krebsartigen Qheuen geschoben, um sie umkippen und auf dem Rücken landen zu lassen. So war damals das als unbesiegbar geltende Qheuen-Fußvolk im wahrsten Sinne des Wortes zu Fall gebracht worden. Tapfere ursische Freiwillige setzten sich den schnappenden Scheren der Qheuen aus, damit ihre Kameradinnen an den Stangen so einen Soldaten nach dem anderen über sie hebeln und umkippen konnten.

Trotz des geradezu ekstatischen Gesangs über das ruhmreiche Massaker wußte Sara es besser. Uryattas Sieg war nur von kurzer Dauer gewesen, denn die Qheuen hatten sich rasch einer neuen Taktik bedient. Erst eine spätere Generation von Heldinnen – die Kriegerschmiedinnen des Loderbergs – vollbrachten es endlich, die grauen Tyrannen von den Hochebenen zu vertreiben. Doch auch danach stellten die Qheuen weiterhin eine Bedrohung für die im Entstehen begriffenen Gemeinschaften dar, bis die Menschen mit ihren neuen Waffen und Taktiken – die in Wahrheit alt waren – auf den Plan traten.

Nicht alle Urs ließen die kriegerischen alten Zeiten hochleben. Die Karawanenführerin und ihre Leutnants knieten auf einer Pekohaut und planten den Fortgang des Trecks. Aus ihren Gesten über der Karte ließ sich schließen, daß sie beabsichtigten, die nächste Oase auszulassen, um in einem Gewaltmarsch das Vorgebirge bis zum Sonnenaufgang zu erreichen.

Meine armen Füße tun mir jetzt schon leid, dachte Sara.

Die Führerin hob den Kopf und zischte, als ein menschlicher Pilger sich dem Zeltausgang näherte.

»Ich muß dringend raus«, erklärte Jop, der Baumfarmer aus Dolo.

»Was, schon wieder zum Pinkeln? Bist du am Ende krank?«

Der Fundamentalist hatte den größten Teil der Reise einsilbig und in eine Kopie der Schriftrolle des Exils vertieft verbracht, doch seit der Ankunft in der Oase verhielt er sich freundlich und leutselig. »Aber nein!« lachte er. »Ich habe wohl nur etwas zuviel von dem köstlichen Quellwasser getrunken, und jetzt ist es wohl an der Zeit, es Jijo zurückzugeben. Aber fehlen tut mir nichts.«

Während die Zeltklappe kurz geöffnet wurde, konnte Sara einen Blick auf den Teich werfen. Wasserblasen verrieten ihr, daß Klinge wieder untergetaucht war und sich für den Weitermarsch vollsaugte. Konnte es sein, daß er sich dazu entschieden hatte, um das Lied der Geschichtenerzählerin von der Niederlage der Qheuen nicht hören zu müssen?

Die Klappe fiel wieder an ihren Platz, und Sara sah sich in dem Pavillonzelt um.

Kurt, der Sprengmeister, zeichnete mit Hilfe eines Kompasses Bögen auf Millimeterpapier, grummelte leise vor sich hin und ließ die Tochter des Papiermachers immer wieder zusammenzucken, als er Blatt um Blatt verärgert zerknüllte und zu Boden warf. Ganz in der Nähe zeichnete Prity abstrakte Figuren auf ökonomischere Weise in den Sand. Er zupfte sein behaartes Kinn und grübelte über einer Topologiearbeit, die Sara aus Biblos mitgebracht hatte.

Du meine Güte, was sind wir doch für eine intellektuelle Karawane, dachte Sara sarkastisch. *Einer, der es zum Priester bringen will, ein Architekt, der Dinge zeichnet, die explodieren sollen, ein geometrisch begabter Schimpanse und eine gefallene Mathematikerin – und alle eilen wir der möglichen oder wahrscheinlichen Vernichtung entgegen. Womit unsere Liste von Absonderlichkeiten aber noch lange nicht vollständig ist.*

Ein Stück weiter links hatte der Fremde endlich von seiner Cymbal abgelassen und beobachtete statt dessen Kurts Neffen, den jungen Jomah, der mit einem roten Qheuen (einem Salzhändler), zwei Bibliothekaren aus Biblos und drei hoonschen Pilgern *Turm von Harrison* spielte. Es ging dabei darum, bunte Ringe über sechseckartig angebrachte Stöckchen zu bewegen, die man in den Sandboden gestoßen hatte. Das Ziel des Spiels bestand darin, so viele Ringe wie möglich auf dem eigenen Stöckchen zu plazieren, und das auch noch in der richtigen Reihenfolge, nämlich den größten zuunterst und den kleinsten zuoberst. In der Fortgeschrittenen-Version symbolisierten die Ringe und Farben Traeki-Attribute, und es galt, aus den verschiedenen Charaktereigenschaften einen idealen Traeki zusammenzustellen.

Pzora, der Apotheker, schien sich weniger für *Turm von Harrison* als für die Mär der Geschichtenerzählerin zu interessieren. Sara hatte noch nie erlebt, daß ein Traeki beleidigt oder verärgert auf dieses Spiel reagierte, obwohl damit doch ihre einzigartige Reproduktionsmethode ein wenig karikiert wurde.

»Siehst du?« erklärte der Junge dem Fremden gerade einen Spielzug. »Bis jetzt habe ich Sumpfflossen, einen Mulch-Kern, zwei Gedächtnisringe, die Riech-, die Denk- und die Guckwulst zusammen.«

Der Sternenmann ließ sich keinerlei Frustration anmerken, obwohl Jomah viel zu schnell für ihn redete. Er betrachtete den Sprengerlehrling vielmehr mit einer Miene von intelligentem Interesse. Vielleicht nahm er die Stimme des Knaben in Form von Musiknoten wahr.

»Ich brauche jetzt einen besseren Basiswulst, damit mein Traeki sich auch an Land bewegen kann. Aber Hormtuwoa hat mir den Gehring, auf den ich schon ein Auge geworfen hatte, vor der Nase weggeschnappt. Deswegen sieht es ganz so aus, als müßte ich mich mit den Flossen zufriedengeben.«

Der Hoon zur Linken Jomahs grollte Dank für das Lob. Bei *Turm von Harrison* mußte man ein Schnelldenker sein, sonst brachte man es zu nichts.

Bau mir ein Traumhaus, sei so nett,
Mit Stockwerken zweimal sieben
Mit Keller, Küche, Bad und Bett
Dann will ich dich immer lieben.

Jomah und seine Spielerrunde hielten verblüfft inne und starrten auf den Fremden, der vor und zurück schaukelte und sich ausschüttete vor Lachen.

Er wird darin immer besser, dachte Sara. Trotzdem war es immer noch ein wenig unheimlich, wenn der Sternenmensch unvermittelt eine Strophe aus irgendeinem Lied zum Besten gab, das auch noch zu dem paßte, was er gerade gesehen hatte oder was sich um ihn herum tat.

Mit einem Funkeln in den Augen wartete der Fremde, bis die Spieler sich wieder mit ihren Ringen und Stöckchen beschäftigten. Dann stieß er Jomah in die Seite und zeigte auf einen Spielstein, der im Reservefach zuoberst lag. Der Junge starrte auf den Ring, der *Rennfüße* symbolisierte, und versuchte so angestrengt, seinen Jubel zu unterdrücken, daß er dabei einen Hustenanfall erlitt. Der dunkle Mann klopfte ihm hilfsbereit auf den Rücken.

Woher hat er das gewußt? Spielen sie etwa zwischen den Sternen auch Turm von Harrison? Sara hätte eher gedacht, daß die Sterngötter, nun, eben gottgemäßere Arten des Zeitvertreibs pflegten. Irgendwie war es doch beruhigend zu erfahren, daß sie anscheinend ebenfalls mit einfachen Steinen spielten – mit harten und dauerhaften Symbolen des Lebens.

Natürlich sind so gut wie alle Spiele darauf angelegt, daß es einen Sieger und mehrere Verlierer gibt.

Die Zuhörerinnen zischten beifällig, als die Bardin ihr episches Lied beendete und sich von der Plattform entfernte, um ihren Lohn entgegenzunehmen, einen dampfenden Krug Blut. *Zu schade, daß ich das Ende nicht mitbekommen habe,* ärgerte sich Sara. Aber sie würde das Lied sicher noch einmal zu hören bekommen, falls die Welt dieses Jahr überlebte.

Und da keine weitere Geschichtenerzählerin den Platz der Bardin übernahm, streckten sich einige Urs und machten sich langsam auf den Weg zum Zeltausgang, um die Tiere zu versorgen und alles für den Abmarsch heute nacht vorzubereiten.

Doch sie blieben sofort stehen, als eine Freiwillige sich meldete und mit klappernden Hufen auf das Podium trabte. Es handelte sich um Ulgor, die Kleinhändlerin, die Sara seit der Nacht begleitete, in der die Aliens über das Dorf Dolo hinweggebraust waren. Die Urs nahmen wieder ihre Plätze ein, und Ulgor begann ihre Geschichte in einem Dialekt, der noch älter war als der vorangegangene.

Schiffe unsere Gedanken erfüllen in dieser Stund,
Mal donnernd, mal gleitend und mal still.

Schiffe füllen eure Gedanken in dieser Stund,
Fern sind sie von allen Wassermeeren.

Schiffe, wolkengleich, verhüllen euren Geist,
Zahllose Horden segeln heran.

Schiffe, wolkengleich, verhüllen euren Geist,
Sind gewaltiger als Berge und Höhen.

Die Menge murmelte konsterniert, und die Karawanenführerin verdrehte empört ihren Hals zu einer Spirale. Dieses Thema wurde nur selten besungen, denn allgemein herrschte die Ansicht vor, daß es von schlechtem Geschmack zeuge, so etwas vor einem gemischtrassigen Publikum vorzutragen. Schon wurden die ersten Hoon auf den Text aufmerksam und näherten sich dem Podium.

Dies sind die Schiffe der Urrisch-ka,
Des Klans, gerühmt für seine Stärke.
Schiffe des ursischen Feindes,
Gekommen sie sind zur Rache.

Ob geschmacklos oder nicht, ein Lied durfte während des Vortrags nicht gestört werden. Die Führerin blähte die Nüstern, um anzuzeigen, daß sie mit diesem Bruch der guten Sitten nichts gemein hatte. Ulgor fuhr damit fort, ein Ereignis wachzurufen, das lange vor dem Zeitpunkt stattgefunden hatte, an dem die ersten Urs ihre Hufe auf Jijo gesetzt hatten. Es war zwar während der Zeit der Raumarmadas, als die Flotten der Götter über unverständliche Doktrinen gefochten und Waffen von unvorstellbarer Macht eingesetzt hatten.

Sterne füllen unsere Gedanken in dieser Stund',
Schiffe, größer als der Gipfel Höh'n,
Sterne sie zum Erbeben bringen,
Und ihre Blitze gewaltig wie Planeten sind.

Warum singt Ulgor dieses Lied? fragte sich Sara. Sie war doch ein so taktvolles Fohlen gewesen. Doch jetzt schien sie alle anderen Rassen provozieren zu wollen.

Die Hoon drängten immer näher, und ihre Kehlsäcke blähten sich auf. Noch waren die meisten von ihnen eher neugierig als erzürnt. Anscheinend hatte die Mehrzahl noch nicht erkannt, daß Ulgor uralte Vendettas wiederaufleben ließ. Archaische Zwiste, gegen die die Streitigkeiten zwischen Menschen und Qheuen auf Jijo wie nichtiges Gezänk über das Frühstück anmuteten.

Hier auf unserer Welt teilen Urs und Hoon nur wenige Siedlungen und noch weniger gemeinsame Interessen. Sie geraten sich also so gut wie nie ins Gehege. Deshalb kann man es kaum glauben, daß diese beiden Rassen sich einst in Raumkriegen abgeschlachtet haben.

Auch die *Turm-von-Harrison*-Spieler hörten jetzt auf, Scheiben auf Stöckchen zu stecken. Der Fremde verfolgte die wellenförmigen Halsbewegungen Ulgors und schlug mit der Rechten den Takt zu ihrem Lied.

Ach, ihr eingeborenen Lauscher,
Die ihr seid so gesegnet ahnungslos.

Planetengebunden euer Geist,
Wie wagt ihr es, verstehen zu wollen.

Löcher von Weltengröße im All,
In denen wohnen Wesen,

Die erdverhaftete Geister wie die euren
Nie zu erahnen vermögen.

Die Hoon atmeten erleichtert rasselnd aus. Vielleicht ging es in diesem Lied ja doch nicht um antike Schlachten zwischen ihren Vorfahren und den Urs. Manche alten Raumsagen erzählten von ehrfurchtgebietenden Erscheinungen oder Visionen, die durchaus dazu geeignet waren, den modernen Zuhörer zu verblüffen und ihm ins Gedächtnis zurückzurufen, was die sechs verloren hatten und vielleicht eines Tages zurückerlangen konnten – wenn auch ironischerweise durch das Vergessen derselben.

Werft eure furchtsamen Gedanken
Auf diese Schiffe, die in Kälte
kreuzen hin zum Tor des Ruhms
Und doch ihr Schicksal nicht kennen.

Wenn die erste Sängerin voller Inbrunst mit Blutzoll bezahlten Ruhm besungen hatte, war Ulgors Vortrag zwar kühler, dafür aber charismatischer. Sie verzauberte das Publikum und verstärkte die Wirkung ihres Singsangs durch rhythmisches Kopfnicken und -schaukeln. Dieser Urs gelang es, vor den Zuhörern die Essenz von Farben, Kälte und Furcht entstehen zu lassen. Sara hatte längst ihren Block beiseite gelegt, so gefangen war sie von den Visionen von Feuer und Schatten, den Weiten des Alls und den glänzenden Raumschiffen, die zahlreicher waren als die Sterne. Ohne Zweifel war diese Geschichte im Lauf der jahrtausendealten Überlieferung verändert und ausgeschmückt worden, aber trotzdem verspürte Sara den Stich der Eifersucht.

Wir Menschen sind vor unserem Fall nie so weit hinaufgestiegen. Selbst in unseren glorreichsten Zeiten verfügten wir nie über eine Armada von mächtigen Sternenschiffen. Ja, wir sind wahrlich Wölflinge, primitive Vettern der anderen Völker.

Diese Gedanken vergingen rasch, als Ulgor mit ihrem rhythmischen Singsang fortfuhr und Augenblicke der Unendlichkeit entstehen ließ. Ein Bild von einer Riesenflotte, die sich auf einem ruhmreichen Feldzug befand und deren Schicksal sich in einer dunklen Region des Raums erfüllen sollte. Eine Ecke des Alls, ebenso geheimnisvoll wie tödlich – so ähnlich wie die bitteren Senken unter dem Netz einer Mulch-Spinne. Weisere Raumfahrer mieden diese Route, jedoch nicht die Admiralin der Urs-Flotte. So sehr war sie von ihrer Unbesiegbarkeit überzeugt, daß sie diesen fatalen Kurs wählte, um dem Feind in den Rücken zu fallen, und dabei alle Vorsicht außer acht ließ.

Doch nun löst sich aus dem Schwarzen Kern
Der Strahl des Schicksals
Und breitet seine Falle aus
Über die Ansammlung der unruhigen Sterne.

Sara zuckte zusammen, als jemand an ihrem Ellenbogen zog und sie damit in die Wirklichkeit zurückriß. Sie blinzelte und erkannte Prity, der immer fester an ihrem Arm zupfte, bis es anfing, weh zu tun, und sie ihn fragte: »Was gibt's denn?«

Der Schimpanse ließ sie los und gab ihr mit Zeichensprache seine Mitteilung zu verstehen:

Hör zu, jetzt!

Sara wollte ihm gerade empört entgegnen: *Genau das habe ich gerade getan,* als ihr aufging, daß Prity gar nicht das Lied gemeint hatte. Sie bemühte sich, sich nicht länger von Ulgors hypnotischem Singsang gefangennehmen zu lassen ... und machte nach einer Weile leises Gemurmel aus, das von draußen, von außerhalb des Zelts kam.

Die Packtiere. Irgend etwas versetzt sie in Unruhe.

Die Simlas und Esel waren in einem eigenen Tarnzelt untergebracht, das ein Stück weiter entfernt stand. Sara hörte genauer hin. Nein, die Tiere hörten sich nicht erschrocken an, aber ihre Laute klangen auch nicht glücklich und zufrieden.

Dem Fremden schien das auch aufgefallen zu sein – ebenso einigen der Bibliothekare und einem roten Qheuen. Sie alle zogen sich langsam vom Podium zurück und sahen sich nervös um.

Inzwischen hatte sich auch die Karawanenführerin unter das Publikum gemischt und war wie die anderen in ferne Zeiten und Räume entrückt worden. Sara bewegte sich vorsichtig auf die Führerin zu, um sie behutsam anzustoßen – sehr behutsam, denn Urs waren dafür bekannt, sofort zuzuschnappen, wenn man sie erschreckte –, doch im nächsten Moment wurde ihr Hals lang und starr, und wellenförmige Zuckungen wanderten durch ihre hellbraune Mähne. Zischend alarmierte die Anführerin zwei ihrer Leutnants und riß eine dritte mit einem scharfen Biß in die Flanke aus der Trance. Alle vier machten sich gleichzeitig auf den Weg zum Zeltausgang –

– und blieben abrupt stehen, als Phantomschatten an der Westseite des Zelts auftauchten. Zentaurensilhouetten, die heranschlichen und spitze Waffen zu tragen schienen. Ein Schrei löste sich aus dem Mund einer der Stellvertreterinnen, und schon brach die Hölle los.

Die Zuschauerschar lief verwirrt auseinander, und Grunzer und Schreie entrangen sich den Kehlen der erschrockenen Pilger, als die Zeltwand an einem Dutzend Stellen von blitzenden Klingen aufgeschlitzt wurde. Kämpferinnen in Kriegsbemalung sprangen durch die neuen Öffnungen, allesamt bewaffnet mit Schwert, Pike oder Armbrust aus glänzendem Buyur-Metall. Rasch trieben sie die entsetzte Menge rund um die Feuerstelle im Zentrum des Zeltes zusammen.

Prity hielt sich mit beiden Armen an Saras Hüfte fest, während der junge Jomah sich an ihre andere Seite klammerte. Sie zog den Jungen zu sich heran und hoffte, ihm damit wenigstens etwas Trost spenden zu können.

Ist das eine ursische Miliz? fragte sie sich. Aber diese Kriegerinnen hatten so gar nichts von der schwarzgrau uniformierten Reiterei an sich, die man bei den Paraden und Manövern des Landetag-Festes bewundern konnte. Sie hatten sich Flanken und Kruppen mit rußfarbenen Streifen bemalt, und ihre heftig nickenden Schädel ließen auf fanatische Entschlossenheit schließen.

Eine Leutnantin sauste zu dem Regal, in dem die Waffen aufbewahrt wurden, die meist dazu eingesetzt wurden, um Khobras und Ligger zu verscheuchen oder eine Räuberbande zu vertreiben. Die Führerin rief ihr vergeblich eine Warnung zu, als sie eine geladene Armbrust greifen wollte. Doch sie lief immer weiter, stürzte ins Regal und zog eine Blutspur hinter sich her. Endlich brach sie zu Füßen einer Kriegerin zusammen, und ihr Leib war gespickt mit Bolzen.

Die Häuptlingin verwünschte die Eindringlinge, verhöhnte ihren Mut, mit dem sie die Versammlung hier überwältigt hatten, verspottete ihre Vorfahren und verlachte vor allem ihre eigene selbstgefällige Unachtsamkeit. Trotz aller Gerüchte über Kämpfe und Scharmützel in den entlegeneren Gebieten der Steppen ließen sich die Angewohnheiten, die man in der langen Friedenszeit angenommen hatte, nur schwer ablegen. Erst recht nicht auf dem Hauptkarawanenweg. Und dafür hatte ihre tapfere junge Stellvertreterin mit dem Leben bezahlen müssen.

»Was verlangt/wollt ihr von uns?« fragte sie in Galaktik Zwei.

»Habt ihr so etwas wie eine Anführerin/Chefin? Trete sie vor und zeige sie ihr verbrecherisches/verräterisches Maul. Oder wagt sie es am Ende nicht, ihre Stimme zu erheben?«

Die Zeltklappe, die dem Ausgang zur Oase am nächsten war, wurde hochgezogen, und eine stämmige ursische Kriegerin trat ein. Sie hatte ihren Körper so sehr mit Zickzacklinien bemalt, daß man ihre Umrisse nur mit Mühe erkennen konnte. Die Anführerin der Bande stieg leichthufig über die Blutspur der Leutnantin, tänzelte kurz und kam vor der Karawanenchefin zum Stehen. Überraschenderweise waren ihre Bruttaschen gefüllt. Aus einer schob ein Ehemann seinen schmalen Kopf, und bei der anderen zeigten blaue und weiße Adern und eine Ausbeulung an, daß sich darin ein Junges befand, das noch nicht flügge war.

Eine Matrone mit zwei gefüllten Beuteln nahm normalerweise an Gewalttätigkeiten nicht teil, es sei denn, die Pflicht oder eine Notlage zwängen sie dazu.

»Du bist nicht berufen, über unseren tollkühnen/lobenswerten Überfall zu urteilen«, entgegnete die Bandenführerin in einem altmodischen und gestelzten Dialekt. *»Du, der du unwürdigen/gewöhnlichen Herren/Klienten dienst, die über zu viele oder zu wenige Beine verfügen, hast damit jedes Recht verloren, dieser Gruppe von Schwestern Vorwürfe zu machen/vorzusetzen. Dir bleibt nach dem Gesetz der Ebenen nur eines zu tun übrig, nämlich dich uns gehorsamst/unterwürfig zu ergeben.«*

Die Führerin starrte sie aus allen drei Augen an. *»Du sprichst/nimmst in den Mund das Gesetz der Steppe? Meinst du damit etwa jene archaischen/irrelevanten/versponnenen Rituale, die die alten/barbarischen/archaischen Stämme damals ausübten, als –«*

»Ich spreche vom Kodex des Krieges und der Treue unter den edlen/aufrechten Stämmen. Von den Wegen unserer hochverehrten/gesegneten Tanten, die sie vor vielen Generationen gingen, bevor die moderne/verachtenswerte Korruption sich unseres Vol-

kes bemächtigte. Daher frage ich dich/verlange ich von dir noch einmal, dich zu unterwerfen!«

Die Karawanenleiterin schüttelte verwirrt und erschrocken den Kopf, so wie es die Menschen zu tun pflegen, und schnaufte dann auch noch so laut wie die Hoon, wenn sie unsicher sind. Schließlich erklärte sie in Englik:

»Ssso ein ssswassssssinniger Blödsssin von einer erwasssenen Ursss, und dasss auch noch alsss Ressstfertigung für den Tod einer ...«

Die Bandenchefin sprang sie an, und die beiden wickelten die Hälse umeinander, schoben und traten mit den Vorderläufen, bis die Führerin vor Schmerz stöhnend zusammenbrach. Einem Erdenmenschen wäre bei diesem Ringen sicher das Rückgrat gebrochen worden.

Die Banditin wandte sich nun den Pilgern zu und streckte den Kopf weit vor, als wollte sie jeden beißen, der aufzumucken wagte. Die eingeschüchterten Gefangenen wichen vor ihr zurück und drängten sich dichter aneinander. Sara schob Jomah hinter sich und hielt ihn dort fest.

»Noch einmal frage ich euch: Wer wird sich freiwillig/ohne Einschränkungen im Namen dieses erbärmlichen Haufens, auf den der Begriff Stamm wohl kaum zutrifft, unterwerfen/ergeben?«

Eine Dura verging, dann stolperte eine Leutnantin aus dem Kreis – vermutlich war sie von weiter hinten gestoßen worden. Sie beugte den Hals und blähte ängstlich die Nüstern, während sie auf die bemalte Anführerin zutrabte. Zitternd blieb sie vor ihr stehen und schob langsam den Kopf über den Boden, bis er zwischen den Vorderhufen der Banditin angelangt war.

»Gut getan«, lobte die Freischärlerin, *»aus dir läßt sich noch eine halbwegs annehmbare/brauchbare Steppenfrau machen.*

Und ihr anderen vernehmt/lauscht: Man nennt mich UrKachu. In den vergangenen Tagen/Zeiten der Torheit kannte man mich als Fürstgroßtante des Salzhuf-Klans – ein sinnloser/überflüssiger Ti-

tel, dem weder Macht noch Ehre zugrunde lagen. Nun hat diese undankbare/unverschämte Gruppe mich ausgestoßen, und ich führe einen neuen Stamm von Kusinen/Kameradinnen an. Vereint erfüllen wir eine der größten/gewaltigsten Kriegerinnengesellschaften mit neuem Leben: die Urunthai!«

Die anderen Banditen hoben ihre Waffen und stießen ihren durchdringenden Schlachtruf aus.

Sara schüttelte überrascht den Kopf. Es gab unter den Menschen kaum einen, dem dieser Name unbekannt und nicht mit unangenehmen Erinnerungen aus alter Zeit verbunden war.

»Dies haben wir getan, weil die sogenannten/falschen Weisen und Tanten unsere ruhmreiche Rasse betrogen haben und den Menschen schmählich in die Falle gegangen sind. Eine üble Verssswörung, die die Mensssen sisss im Verein mit den Fremden aus dem All ausgedacht haben, um uns andere zu vernichten.«

Sara fiel sofort auf, daß die Freischärlerin den altertümlichen Galaktik-Zwei-Dialekt doch nicht so gut zu beherrschen schien und sich sogar Ausdrücke des von ihr so sehr gehaßten Englik in ihre Rede einschlichen.

Die anderen Banditen zischten zustimmend zu den Ausführungen ihrer Anführerin. UrKachu senkte nun das Haupt, um die Pilger direkt anzusehen. Sie verdrehte den Hals und suchte, bis ihr Blick an dem großen dunklen Mann hängenblieb – Saras Mündel.

»Ist er das, der Sternendämon/Sternenteufel?«

Der Fremde lächelte, als könne ihm nicht einmal ein blutrünstiger Mord die gute Laune verderben. Darauf waren die Banditinnen nicht gefaßt, und für einen Moment hielten sie inne.

»Ist dies derjenige, nach dem alle suchen/Ausschau halten?« fragte die Häuptlingin noch einmal. *»Der Sternenvetter jener zweibeinigen Teufel, mit denen wir seit vielen Jahren zusammenleben mußten/gezwungen waren und die viel Leid über uns brachten?«*

Der Fremde setzte seinen Rewq auf, als wolle er eine neue Spezies studieren, dann nahm er ihn wieder ab. Anscheinend verglich er die beiden Wahrnehmungen von der Bandenchefin miteinander. Da ihm Worte nichts mehr vermitteln konnten, hatte er jetzt vielleicht aufgrund der Emotionsfarben etwas von der Bedeutung der Worte UrKachus erkannt.

Eine neue Stimme meldete sich zu Wort. Sie klang so kühl und glatt, wie die der Freischärlerin von innerem Feuer erfüllt gewesen war, und ertönte aus der hintersten Reihe der zusammengekauerten Pilger.

»Ja, dies ist der Sternenmensch/Sternendämon«, bestätigte Ulgor, drängte sich durch die zusammengepreßte, schwitzende Menge und trat vor die Häuptlingin. Wie auch der Fremde zeigte sie nicht die geringsten Anzeichen von Furcht.

»Dies ist der versprochene/in Aussicht gestellte Preis, der vom fernen Dorf Dolo mitgeführt werden konnte. Erst kürzlich hat ein menschlicher Weiser bestätigt, daß es sich bei ihm um einen der Sternendämonen handelt, er also kein auf Jijo geborenes Wesen ist.«

Während die anderen Reisenden ihrer Enttäuschung über Ulgors Verrat leise Ausdruck verliehen, klapperte UrKachu vor Freude mit den Hufen. *»Die Wesen von den Sternen sollen uns teuer für seine Rückkehr/sein Auftauchen bezahlen. Für ihn/diesen Sternendämonen sollten sie das geben, was in diesen Tagen wertvoller ist als alles andere: Um ihn zurückzuerhalten, müssen sie die Urs auf Jijo am Leben lassen. Aber nicht alle.«*

Vieles machte nun Sinn. Der Grund für diesen Überfall und auch Ulgors beeindruckende Darbietung auf der Geschichtenerzählerplattform. Letztere hatte einzig und allein dem Zweck gedient, die Reisenden zusammenzuhalten und abzulenken, während die Urunthai sich angeschlichen hatten.

Ein Schatten fiel zwischen die beiden Urs, und eine Englik-sprechende Stimme ertönte:

»Vergeßt nicht, Freunde, daß wir schon ein bißchen mehr verlangen werden.«

Ein Mensch war in der aufgerissenen Öffnung erschienen. Als er aus dem blendenden Sonnenschein des Spätnachmittags in das Halbdunkel des Zelts trat, entpuppte er sich als Jop, der Baumfarmer aus Dolo. »Es gibt eine ganze Liste von Dingen, die wir haben wollen, wenn sie ihren Jungen da heil und gesund zurückhaben möchten.« Sein Blick fiel auf die Kopfwunde des Fremden. »Na ja, sagen wir so heil und gesund, wie das zur Zeit möglich ist.«

Sara wurde ein weiterer Zusammenhang klar: *Während Ulgor uns ablenkte, war Jop nach draußen geschlichen und hatte den Banditen das vereinbarte Zeichen gegeben.*

Was für eine sonderbare Allianz! Ein menschlicher Fundamentalist half einer Gruppe ursischer Fanatiker, die sich selbst nach der alten Urunthai-Gesellschaft nannten, die die Erdlinge einst bis aufs Blut gehaßt hatte.

Ein brüchiges Bündnis, schloß Sara, weil sie mitbekam, wie Ur-Kachu Ulgor etwas zuraunte. Und zwar, wenn sie sich nicht verhört hatte, dies: *»Wäre nicht alles viel einfacher/leichter für uns, wenn wir den da loswürden?«*

Bevor die Häuptlingin fortfahren konnte, versetzte Ulgor ihr einen verstohlenen Tritt.

Sara schob Prity und Jomah sicherheitshalber in die Menge und trat dann vor.

»Das könnt ihr nicht tun«, erklärte sie.

Jop lächelte grimmig und gehässig: »Und warum nicht, kleiner Bücherwurm?«

Für Sara bedeutete es schon einen großen Sieg, das Zittern aus ihrer Stimme zu zwingen.

»Weil er womöglich gar nicht zu diesen Gen-Piraten gehört! Ich habe Grund zu der Annahme, daß es sich bei ihm um einen ihrer Feinde handelt.«

Ulgor sah den Fremden von oben bis unten an und nickte langsam. »Eine Möglissskeit, die für unsss keine Rolle ssspielt. Für unsss sssählt allein, dasss wir eine wertvolle Ware besssitsssen, für die wir sssogar den Preisss fessstsssetsssen können.«

Sara konnte sich sehr gut vorstellen, wie dieser Preis aussehen sollte: UrKachu wollte zu den ruhmreichen Tagen zurück, in denen Kriegerinnen frei und ungehindert die Steppe durchstreifen konnten, während Jops Wunsch, der sich damit durchaus in Einklang bringen ließ, darauf hinauslief, alle Dämme, Maschinen und Bücher zu zerstören, um die Menschen auf dem Weg zur Erlösung voranzutreiben.

Keine von beiden Parteien schien zu befürchten, daß darüber ein neuer Krieg ausbrechen konnte. Das schien aber vor allem daran zu liegen, daß Jop und UrKachu vor allem in gegenseitiger Verachtung vereint waren. Und im Augenblick spielte das alles sowieso keine Rolle.

Wir befinden uns in der Hand von Wahnsinnigen, dachte Sara. *Von Narren, die uns alle in den Untergang führen werden.*

Asx

Und nun kehrt das Rothen-Schiff zurück von seiner rätselhaften Mission, aus irgendeinem unerklärlichen göttlichen Grund den näheren Raum zu durchsuchen.

Es ist zurückgekommen, um die bei uns zurückgelassene Station mit ihrem Biologen- und Probensammler-Team wiederaufzunehmen.

Es will den Schatz an geraubten Genen bergen.

Und es wird alle Spuren dieses Verbrechens zu beseitigen trach ten.

Doch mittlerweile präsentiert sich besagte Station unseren Blikken als klaffendes Loch, als Ruine voller Schrott. Ein Rothen und ein Sternenmensch liegen auf rasch zusammengezimmerten Bahren da, bar jeden Lebens, während die verbliebenen Invasoren vor Zorn rasen und uns die schlimmsten Strafen androhen. Mag auch so mancher vorher an ihren Absichten gezweifelt haben, so läßt es sich jetzt kaum noch an ihnen deuteln. Unser Schicksal steht fest – wir werden bezahlen müssen. Nur über Form und Ausmaß dieser Bestrafung darf noch spekuliert werden.

Und genau das hatten die Fundamentalisten mit ihrer Aktion zum Ziel: der Verwirrung und Konfusion ein Ende zu bereiten. Schluß mit den Andeutungen und den süßen, verlogenen Versprechungen. Nur die Reinheit des rechtschaffenen Widerstands sollte bestehenbleiben, so aussichtslos unser Kampf gegen die Mächte, denen wir widerstehen müssen, auch sein mag. Wir wollen uns, so verlangen es die Eiferer, allein an unserem Mut und Glauben messen lassen, nicht aber an Zögern und Verzagtheit.

Der heiße Stern bewegt sich über den frühen Abendhimmel, dreht einen Kreis und kommt langsam näher – dieser Engel oder Teufel der Rache. Wissen diejenigen, die an Bord sind, was sich hier ereignet hat? Bereiten sie schon in diesem Moment den Sturm vor, der über uns kommen soll?

Die Fundamentalisten argumentieren, daß wir die Überlebenden – Ro-kenn, Ling und Rann – ergreifen und als Geisel nehmen müßten, um für ihre Freilassung den Schutz und die Unversehrtheit aller Mitglieder der Gemeinschaft verlangen zu können. Natürlich auch den Sternenmenschen Kunn, sobald der mit seinem Flugapparat zur zerstörten Basis zurückgekehrt ist.

Entsetzt entgegnet unsere Qheuen-Hochweise, Messerscharfe Einsicht, den Fundamentalisten und ihren Argumenten:

»Wollt ihr etwa ein Verbrechen mit einem anderen ungeschehen machen? Haben uns diese Fremden denn irgend etwas getan? Haben sie zum ersten Schlag ausgeholt, mit ihrer Klinik etwa und ihren sehr gut bezahlten Jobs? Nein. Aber ihr mußtet zwei von ihnen ermorden, und das nur auf der Grundlage unterstellter böser Absichten! Und nicht genug damit, wollt ihr nun auch noch den Rest von ihnen gefangennehmen? Gehen wir einmal davon aus, daß die Besatzung an Bord des Schiffes auf unsere Forderungen eingeht und verspricht, keinen Angriff auf die Sechsheit zu führen – was sollte sie denn daran hindern, es sich anders zu überlegen, sobald wir die Geiseln übergeben haben?«

Der Anführer der Eiferer antwortete: »Wer sagt denn, daß wir sie freilassen? Sie sollen bis ans natürliche Ende ihrer Tage unter uns leben, sozusagen als abschreckendes Beispiel für die Schlechtigkeit aller Fremden.«

Messerscharfe Einsicht erwiderte: »Und was geschieht danach? Was für eine Narretei, in einem Maßstab von bloßen Lebensaltern zu denken! Die Sternengötter lassen sich sehr viel Zeit mit ihren Überlegungen und Plänen. Ob sie uns heute oder in fünfzig Jahren vernichten, spielt für sie keine große Rolle. Welche Bedeutung hat das schon für ihren großangelegten Plan?«

Einige Umstehende äußerten murmelnd Zustimmung. Anderen hingegen schienen die Worte der Hochweisen ein Witz zu sein. Sie lachten, mal laut, mal leise, und einige riefen: »Für diejenigen, die jetzt leben, hat das eine ziemlich enorme Bedeutung!«

»Außerdem liegst du falsch/daneben«, fügte die ursische Chefin der Fundamentalisten hinzu, »wenn du sagst/behauptest, bloß weil sie uns noch nicht angegriffen/heimtückischen Schaden zugefügt haben, hätten sie solches auch nie beabsichtigt! Im Gegenteil, unsere gerechte/direkte Aktion hat gerade noch/im letzten Moment verhindert, daß ihr tückisches Vorhaben voll zum Einsatz gelangen konnte!«

Rußverschmiert und reichlich erschöpft hockte Lester Cambel auf einem Felsen. Nun hob er die Hand und zeigte damit an, daß er etwas äußern wollte:

»Was willst du damit sagen?«

»Nun, daß ihr verbrecherisches/verderbtes Vorhaben darin bestand, uns alle zu vernichten, indem zwischen den Rassen der Sechsheit ein Krieg geschürt/entfacht werden sollte!«

Alle, die das mitbekommen hatten, schwiegen ergriffen.

»Kannst du das beweisen?« hakte nun auch Messerscharfe Einsicht nach.

»Solide/unwiderlegbare Beweise werden in diesem Augenblick herbeigeschafft. Aber wollt ihr nicht zunächst hören, was euer verehrter Mitweiser zu allem/diesem auszusagen hat?«

Verwirrung bemächtigte sich unser, bis Phwhoon-dau vortrat. Unser hoonscher Kollege hatte bisher sonderbarerweise geschwiegen und scheinbar wenig Anteil am Geschehen genommen – außer daß er Vubben von dem so verheerend verlaufenen Pilgerzug den Hügel hinuntergetragen hatte. Nun straffte er seinen langen, schuppigen Rücken, als sei er froh, endlich eine schwere Last los zu sein.

»Mir stand nicht genug Zeit zur Verfügung, um gründlich genug über diese Angelegenheit nachzusinnen«, entschuldigte er sich.

»Ein geologisches Zeitalter würde nicht ausreichen, damit du dir über alle Aspekte einer Sache genügend Gedanken machen könntest, mein Freund«, entgegnete Lester mit leisem Spott. »Doch selbst deine mit äußerstem Vorbehalt vorgetragenen Einsichten sind von größerer Weisheit als die der meisten anderen – mit Ausnahme natürlich des Eies. Also, laß uns bitte daran teilhaben.«

Ein tiefes Grollen bildete sich in Phwhoon-daus vibrierendem Kehlsack.

»Hrrrm. Seit beinahe zwei Jaduras zeichne ich alle Erklärungen auf, die die Gäste von den Sternen uns gegenüber geäußert haben. Vor allem diejenigen, die formellen Charakter hatten und sich so anhörten, als habe sie jemand aufgeschrieben, damit die Sternenmenschen diesen Text vortragen konnten. Ich besitze einige linguistische Nachschlagewerke aus Biblos, die ich manchmal zu Rate ziehe, wenn ich mir ein Urteil über den Disput zwischen Mitgliedern verschiedener Rassen bilden will, die sich in unterschiedlichen Sprachen verständigen. Trotz unserer lokalen Dialekt-Devolution enthalten diese Bände immer noch nützliche und wertvolle Karten und Übersichten über Syntax und die Bedeutungsvielfalt bestimmter Begriffe. Ich will nun nicht von mir behaupten, der größte Experte auf diesem Gebiet zu sein – ich bin eigentlich nur so etwas wie ein Freizeit-Linguist –, und meine Betrachtungen über die Erklärungen der Fremden sind allenfalls vage …«

»Aber du bist dennoch zu Schlußfolgerungen gelangt«, versuchte Lester die Ausführungen des Hoon-Weisen zu beschleunigen.

»Hrrm, nicht direkt Schlußfolgerungen. Eher zu Korrelationen, die auf ein mögliches Intentionsmuster hindeuten.«

»Intentionsmuster?«

»Ja … hrrrm … zur Erzeugung von Aufspaltung, Tribalismus, Zwist …«

Ur-jah meldete sich aus der Senke zu Wort, in der sie sich zusammengerollt hatte, um sich von den Anstrengungen der Rettungsbemühungen zu erholen, bei der in den rauchenden Trümmern vergeblich nach weiteren Überlebenden gesucht worden war.

»Esss issst diesss nissst dasss erssste Mal, dasss ein sssolssser Verdacht aufkommt. Wir alle können ähnlissse Anekdoten beitragen, vor allem über unsssuldig klingende Bemerkungen, die unsss einen leisssen Ssstisss versssetsssen, sssich dann aber immer mehr fessstsetsssen. Wie beim Ssstisss einer Ssshaedo-Fliege, die in unssseren Wunden Eier ablegt. Diessse bringen dann die Wunde sssum Eitern, und sssie verheilt niemalsss mehr. Nun erklärssst du, esss handele sssisss bei diesssen Äussserungen um sssolssse, die einem bessstimmten Mussster folgen. Dasss die Fremden damit einen bessstimmten Plan verfolgen. Warum, frage isss disss, hassst du unsss nissst ssson früher davon berichtet?«

Phwhoon-dau seufzte. »Weil ein guter Forscher nichts auf der Grundlage provisorischer Daten veröffentlicht. Außerdem scheinen die Invasoren sich der Tatsache nicht bewußt zu sein, daß wir uns auf diese Fähigkeit verstehen, nämlich die zugrundeliegenden

Bedeutungen von Äußerungen zu analysieren. Genauer gesagt, daß wir diese Gabe zusammen mit dem Großen Druck erworben haben. Wie dem auch sei, ich habe bislang noch keinen Grund gesehen, dieses Vermögen öffentlich bekanntzugeben.«

Er zuckte die Achseln wie ein Traeki, indem er den Kopf nach links und nach rechts bewegte. »Ganz sicher war ich auch erst, als Ro-kenn das Wort an uns alle richtete, ihr wißt doch noch, während des Pilgerzuges. Gewiß ist auch einigen von euch der Verdacht gekommen, daß er den Funken der Spaltung unter uns entzünden wollte.«

»Der ist mir allerdings ganz deutlich gekommen«, knurrte Lester, und ähnliche Äußerungen folgten wie ein Echo von den Menschen in der Menge der Umstehenden, als wollten sie die anderen von ihrer Aufrichtigkeit überzeugen. Die Urs stampften unruhig mit den Hufen. Sie waren allerdings von den Anstrengungen der Nacht noch so angegriffen, daß sie nicht eingriffen. Nur der lange praktizierte Friede hatte es bislang verhindern können, daß es zum offenen Ausbruch von Feindseligkeiten gekommen war.

Phwhoon-dau war mit seinen Ausführungen noch lange nicht zu Ende: »Der formale Dialekt des Galaktik Sechs, den die Rothen verwenden, läßt nur wenig Raum für Mehr- oder Doppeldeutigkeiten. Ro-kenns beunruhigende Worte lassen daher nur zwei Interpretationen zu: Entweder wohnte ihnen eine Taktik- und Instinktlosigkeit inne, die schon an Blödigkeit grenzt, oder aber der Sternengott beabsichtigte, eine Kampagne zu initiieren, die zum Völkermord an den menschlichen Bürgern der Gemeinschaften führen soll.«

»Wie?« rief Ur-jah ungläubig. »Sssie wollen den Tod ihrer geliebten Klienten?«

»Ob sie die Menschen auf Jijo dazu zählen, ist fraglich. Selbst wenn die Rothen nicht gelogen haben und tatsächlich die Patrone der Menschheit sind, können sie leicht auf eine kleine, isolierte Gruppe von halb verwilderten Erdlingen verzichten, die seit mehreren Jahrhunderten abgetrennt von der Gesamtrasse vor sich hin vegetiert, von Inzucht geprägt ist und von den Entwicklungen im Kosmos schon sehr lange nichts mehr mitbekommen hat. Hinzu kommt die starke Wahrscheinlichkeit, daß die Jijo-Menschen sich genetisch und psychologisch zurückentwickelt haben, aufgrund mangelnder medizinischer Versorgung anfällig für gewisse Bakterien dieser Welt ...«

»Wir wissen jetzt, worauf du hinauswillst«, unterbrach ihn Cambel gereizt. »Nun gut, die Rothen können leicht auf uns verzichten, aber warum wollen sie uns gleich ausrotten?«

Der Hoon-Weise verbeugte sich vor seinem menschlichen Kollegen und gab entschuldigende Brummlaute von sich, ehe er antwortete: »Weil unter den Sechsen die Menschen das größte technologische Wissen besitzen, das sich natürlich nicht mit dem der Galaxien vergleichen läßt, aber dennoch dem der anderen weit überlegen ist. Darüber hinaus haben die Erdlinge am wenigsten die Kenntnisse der Kriegskunst vergessen.«

Erregtes Gemurmel kam bei den Qheuen- und Urs-Zuhörern auf, aber niemand legte offen Widerspruch ein. Schließlich erinnerten sich alle an die Erzählungen von der Schlacht am Canyon, dem Hinterhalt bei Townsend oder der Belagerung der Stadt Tarek.

»Aufgrund dieser und anderer Faktoren sind sie die ideale Zielscheibe – oder das natürliche erste Opfer. Ich möchte noch einen weiteren Grund anführen, und zwar den Effekt, den die Erdlinge auf den Rest von uns haben. Die Menschen kamen als letzte hier an und nahmen daher den niedrigsten Rang ein. Dennoch habt ihr euren größten Trumpf, eure Bücher, nicht für euch behalten, sondern uns allen zur Verfügung gestellt. Und auch später, nachdem ihr zum höchsten Rang aufgestiegen seid, habt ihr euch keine Privilegien angemaßt und die anderen Rassen nicht dominiert. Statt dessen haben sich die Menschen dem Ratschluß der Weisen unterworfen und auch sonst alle Grenzen akzeptiert, die den Großen Frieden erst möglich gemacht haben.

Gerade diese Zurückhaltung aber macht euch für die Rothen so gefährlich. Welchen Sinn hätte es, einen Bürgerkrieg innerhalb der Gemeinschaften auszulösen, wenn die wichtigsten Mitarbeiter sich schlichtweg weigern würden, die Waffen gegen ihre Brüder zu heben?«

Ja, meine Ringe, wir bemerken und registrieren die Reaktion der Menge. Ein Raunen geht durch die Reihen, als Phwhoon-dau Bilder der Versöhnlichkeit zaubert und damit alle noch glimmenden Funken der Ablehnung und des Haders sanft löscht. Ein wahres Meisterwerk der meditativen Beeinflussung.

»Sobald die Menschen nicht mehr existieren«, fährt der Hoon nun fort, »dürfte es nicht schwerfallen, unter den verbliebenen Rassen Zwietracht zu säen. Man bietet der einen Seite vorgeblich einen geheimen Freundschaftsvertrag an, verspricht aber auch der anderen Beistand. Oder man versorgt die Rassen mit im Labor erzeugten Krankheiten und hilft ihnen dabei, die anderen mit diesen Todeskapseln zu verseuchen. Binnen einer Generation wäre das Werk getan, und von uns bliebe nichts mehr übrig. Die wenigen Beweise auf Jijos Boden würde man den sechs Sooner-Rassen zur Last legen, die so tief gesunken sind und niemals die Erlösung erreicht haben.«

Angespanntes Schweigen folgt, nachdem der Hoon-Weise dieses schlimme Szenario entworfen hat.

»Natürlich ist nichts davon bewiesen«, sagt Phwhoon-dau jetzt und wendet sich an den Führer der Fundamentalisten, um mit einem Finger auf ihn zu zeigen. »Und auch die Taten dieser Nacht lassen sich damit nicht rechtfertigen; denn sie wurden in kurzsichtiger Verblendung verübt, ohne den Rat der Weisen einzuholen.«

Die ursische Führerin hebt den Schädel, überblickt die Menge, die sich im Osten versammelt hat, schnaubt zufrieden und richtet das Wort an den Hoon.

»Hier kommt der Beweisss!« Sie pfeift triumphierend, und

schon galoppieren im ersten Dämmerlicht staubige Gestalten den Pfad von der heiligen Lichtung heran.

»Und mit ihm kommt auch die Ressstfertigung für unssser Tun!«

Lark

Harullen, der Häretiker, rief vom Kraterrand hinunter: »Ihr zwei solltet jetzt besser heraufkommen. Nachher entdeckt euch noch jemand, und dann gibt es sicher Ärger. Außerdem glaube ich, daß sich da drüben etwas tut.«

Physische und emotionale Anstrengung ließen sich aus der nicht mehr fehlerfreien Ausdrucksweise des Aristokraten heraushören. Er klang angespannt und hektisch, als erscheine ihm die nur widerwillig übernommene Aufgabe, hier Schmiere zu stehen, als ebenso riskant wie das Stöbern in den Trümmern und Ruinen.

»Was ist denn los?« wollte Uthen von unten wissen. Obwohl Larks Biologenkollege ein Vetter des Adligen am Kraterrand war, sah er jetzt mit seinem von klebriger Asche verschmierten Rükkenschild aus, als gehöre er einer ganz anderen Spezies an. »Schikken sie etwa einen Roboter hierher?«

Aus Harullens Beinöffnungen ertönten besorgte Zischlaute. »Nein, die Maschinen schweben immer noch schützend über Rokenn und seinen beiden menschlichen Dienern. Und um die Leichen hat sich die Menge unserer Kollaborateure und Kriecher geschart. Ich meinte den Ort, an dem die Weisen ihre öffentliche Ratssitzung abhalten. Dort scheint etwas in Bewegung geraten zu sein. Offenbar sind neue Fundamentalistengruppen eingetroffen. Unruhe liegt über dem Platz. Ich wette, wir verpassen wichtige Neuigkeiten.«

Harullen könnte recht haben, dachte Lark, doch es widerstrebte ihm, den Krater zu verlassen. Trotz des beißenden Gestanks, der Hitze und der scharfen Metalltrümmer, an denen man sich immer wieder schnitt – seine Müdigkeit tat ein übriges –, vereinfachte das Licht des beginnenden Tages die Suche. Vielleicht fand sich in den Trümmern der zerstörten Station eine Erklärung für die Vorfälle – und vielleicht auch ein Hinweis auf das, was hier betrieben worden war.

Wie oft hatte er Ling die Rampe hinunterschreiten und im Innern der Station verschwinden sehen? Wie oft hatte er sich gefragt, was dort vor sich gehen mochte? Nun war hier nur noch schwarze Schlacke übrig.

Ich habe den Fundamentalisten geholfen, rief er sich ins Gedächtnis zurück, *und ihnen Abschriften meiner Berichte überlassen. Ich hätte wissen müssen, daß sie etwas vorhatten.*

Aber nie hätte ich mir vorstellen können, daß sie zu solch brutaler Gewalt greifen würden.

So oder so ähnlich mußte es den Sternengöttern wohl auch ergangen sein. Sicher wären sie nie auf den Gedanken gekommen, daß eine Bande von Primitiven sich immer noch daran erinnerte, wie man Dinge in die Luft sprengte.

Tja, sie haben uns eben nicht die richtigen Fragen gestellt.

»Ich sage euch, da geht etwas vor!« rief Harullen unter Verzicht auf jegliche sprachliche Gewandtheit. »Die Weisen haben sich in Bewegung gesetzt und nähern sich den Invasoren!«

Lark sah Uthen an und seufzte: »Ich fürchte, diesmal meint er es ernst.«

Sein Freund und Kollege schwieg schon seit einiger Zeit, stand unbeweglich da und starrte auf etwas, das sich direkt vor ihm befand. Als er antwortete, sprach er so leise, daß nicht einmal die Asche von seiner Stimme gestört wurde.

»Lark, würdest du bitte herkommen und dir das hier ansehen?«

Der Mensch kannte diesen Tonfall von verschiedenen Expeditionen, bei denen sie nach Hinweisen auf die komplexe Vergangenheit dieser Welt gesucht hatten. Lark kletterte über die Trümmer zu seinem Freund, wich verbrannten und verbogenen Stangen und Platten geschickt aus und hob die Füße an, um so wenig wie möglich von der ekligen Staubasche aufzuwirbeln.

»Was gibt's denn? Hast du etwas entdeckt?«

»Ich … bin mir nicht ganz sicher.« Uthen wechselte gedankenverloren in Galaktik Sechs über. »Ich glauben zu haben gesehen dies schon zuvor. Ein solches Symbol. Solches Logo. Vielleicht du können bestätigen mir das.«

Lark erreichte den Kollegen und beugte sich über die Stelle, ein Loch, das die Sonnenstrahlen noch nicht erreicht hatten. Darin lag ein Haufen von Rauten mit vier Ecken, die so dick wie seine Hand und doppelt so lang waren. Uthen hatte einige halbgeschmolzene Maschinenteile beiseite geräumt und diesen Stapel von Rhomben freigelegt. Auf dem obersten war auf der dunkelbraunen Oberfläche ein eingeätztes Symbol deutlich zu erkennen.

Eine Doppelspirale, durch die sich ein Balken zieht. Wo ist mir so etwas schon einmal untergekommen …

Larks Hände reichten weiter als die seines Freundes. Zuerst strich er über das Gebilde, dann hob er es aus dem Loch. Die Raute fühlte sich unfaßbar leicht an, doch im selben Moment dämmerte ihm, daß er hier das Schwerwiegendste in der Hand hielt, auf das er je gestoßen war.

»Denkst du das gleiche wie ich?« fragte er und drehte den Gegenstand im Sonnenlicht.

Uthen nahm ihm den Rhombus ab und betrachtete ihn mit zitternder Schere.

»Wie könnte ich anders?« entgegnete der Qheuen-Gelehrte. »Jedes halbintelligente Tier, jeder Primitive würde das Zeichen der Großen Galaktischen Bibliothek wiedererkennen!«

Die »Beweise« lagen ausgebreitet im zertrampelten Gras. Rokenns Blicke wanderten über die Ansammlung von Drahtgewirr und glänzenden Spheroiden, die die Eiferer gerade aus dem Tal des Eies hergebracht hatten. Dreck und Erdklumpen klebten immer noch an den Objekten, sichtbarer Hinweis darauf, daß sie vergraben gewesen waren – laut Aussage der Fundamentalisten direkt neben der heiligsten Stätte auf Jijo.

Die herbeiströmenden Neugierigen teilten sich in zwei Gruppen, die sich halbkreisförmig gegenüber einander aufstellten. Die eine scharte sich hinter die Weisen, während sich die andere ehrfürchtig bei dem Sternengott versammelte. Diese zweite Gruppe setzte sich vor allem aus solchen zusammen, die als Patienten in der Klinik der Invasoren behandelt und geheilt worden waren, oder aus denjenigen, die immer noch den Worten der Fremden glaubten und ihr Tun für rechtschaffen hielten. Hier fanden sich auch die Menschen, die den neugefundenen Patronen treu ergeben waren. Lark entdeckte durch sein Rewq, daß deren Gesichter glühten und von einem roten Flammenring umgeben waren.

Rothens Miene war nicht mehr von Wut und heiligem Zorn beherrscht, sondern zeigte wieder ihre frühere charismatische Ausstrahlung, und er schien wieder zu Nachsicht und Abgeklärtheit gefunden zu haben. Er verbrachte eine halbe Dura damit, die aufgehäuften Gegenstände zu betrachten, und erklärte dann in Galaktik Sieben:

»Ich sehe hier nichts, das von größerem Interesse zu sein scheint. Warum habt ihr diese Dinge vor mir ausgebreitet?«

Lark erwartete, daß die junge Urs – die Führerin der radikalsten Fundamentalisten – antworten und als Klägerin und Verteidigerin zugleich sprechen würde, indem sie die Taten ihrer Gruppe rechtfertigte und die alleinige Schuld den Invasoren zuwies. Aber die Radikale hielt sich zurück und zog es vor, sich inmitten einer Gruppe von Menschen und Urs aufzuhalten und eifrig alte Texte zu studieren.

Dafür trat der Hoon-Weise Phwhoon-dau vor den Rothen.

»Wir wünschen zu erfahren, ob diese hochentwickelten Gerätschaften euch gehören. Einige unserer Kinder haben sie während der letzten Eigendrehung Jijos gefunden. Diese Gegenstände sind heimlich direkt neben unserem geliebten Ei vergraben worden.«

Lark beobachtete Ling, um ihre Reaktion mitzubekommen. Er kannte sie gut genug, um auch ohne die Hilfe des Rewq den Schock in ihrem Gesicht zu erkennen, als sie die Geräte augenblicklich wiedererkannte. Ihr Erschrecken ging gleich darauf in Verlegenheit über, während sie darüber nachdachte, wie die Kinder darauf gestoßen sein mochten. *Mehr brauche ich gar nicht zu wissen,* dachte Lark.

Ro-kenn hingegen ließ sich nicht so leicht ins Bockshorn jagen. »Ich kann nur vermuten, daß einige der hiesigen Eingeborenen sie dort deponiert haben. Genauso wie eure törichten Rebellen den Sprengstoff unter unsere Station gelegt haben.«

Nun blinzelte Ling überrascht. *Anscheinend hat sie nicht erwartet, aus seinem Mund eine so faustdicke Lüge zu hören. Aber was hätte der Mann sonst sagen sollen, wo ihm doch keine Zeit für einen seiner so überzeugenden Auftritte geblieben war.*

Die Sternenfrau warf einen nervösen Blick zur Seite, bemerkte, daß Lark sie beobachtete, und wandte rasch den Kopf um. Der Biologe war nicht sonderlich stolz auf die Befriedigung, die er jetzt verspürte, weil ihre moralischen Positionen sich verkehrt hatten. Nun mußten sich nicht mehr die Menschen wegen des Anschlags der Fundamentalisten schämen, sondern die Invasoren, weil ihre Geräte entdeckt worden waren.

»Untersucht diese Dinge mit euren Instrumenten«, forderte Phwhoon-dau den großen Rothen auf. »Analysiert sie. Dann werdet ihr rasch feststellen, daß niemand in unserer Sechsheit so etwas herzustellen vermag.«

Ro-kenn zuckte elegant die Achseln. »Dann haben das wahrscheinlich die Buyur hier liegenlassen.«

»An einem solchen Ort?« dröhnte es amüsiert aus dem Kehlsack des Hoon, als habe der Sternengott einen Scherz gemacht. »Vor etwa einem Jahrhundert war das ganze Tal während der Reise des heiligen Eies aus dem Innern Jijos an die Oberfläche weißglühend. Solche Geräte wie diese hier hätten eine solche Hitze niemals überstanden.«

Die Menge murmelte.

Lark spürte, wie ihn jemand am Ärmel zupfte. Er drehte sich um und erkannte den kleinen blonden Bloor, den Portraitfotografen, der mit seiner Kamera und einem Stativ hinter ihn getreten war.

»Ich möchte durch einen angewinkelten Arm hindurch eine Aufnahme machen, ja?« flüsterte er.

Lark bekam einen Riesenschrecken. Hatte Bloor den Verstand verloren? Hier in aller Offenheit ein Bild schießen zu wollen, wo doch die Roboter alles überwachten? Selbst wenn der kleine Mann den Biologen als Deckung benutzte, würden die Bürger auf der gegenüberliegenden Seite den Lichtblitz bemerken. Phwhoon-dau gab zwar eine bewundernswerte Darbietung, aber konnte man sich wirklich auf die Loyalität eines jeden verlassen, der sich hier eingefunden hatte?

Mit einem hilflosen Seufzer winkelte er den linken Arm an, damit Bloor die Kamera auf die Redner richten konnte.

»Dann habe ich leider auch keine Erklärung für dieses Zeugs«, entgegnete Ro-kenn gerade nach einem verächtlichen Blick auf den Metallhaufen. »Wenn es euch Spaß macht, dürft ihr gern darüber spekulieren, solange euch das gefällt. Aber nur, bis unser Schiff zurückgekehrt ist.«

Der hoonsche Weise ignorierte die versteckte Drohung und begegnete dem Rothen mit kühler Vernunft, die diesen allmählich nervös zu machen schien.

»Ist hier wirklich Spekulation erforderlich?« fragte Phwhoon-dau. »Mir ist von mehreren Seiten versichert worden, daß man kürzlich in einer nebligen Nacht einige eurer Roboter dabei beobachtet hat, wie sie unter dem heiligen Ei gegraben und dort etwas in die Erde gelegt haben.«

»Unmöglich!« rief der Rothen und verlor wieder seine Nonchalance. »Kein Lebewesen hielt sich in jener Nacht in der Nähe des Eies oder auch nur nahe genug auf, um etwas davon mitbekommen zu können. Vorherige sorgfältige Scans der gesamten Umgegend haben uns angezeigt, daß sich niemand ...«

Er brach mitten im Satz ab. Alle, gleich von welcher Partei, starrten ihn an und konnten es nicht fassen, daß ein gewandter Sternengott auf einen so offensichtlichen Köder hereingefallen war.

Dieser Mann muß sich zu sehr daran gewöhnt haben, immer und überall seinen Willen zu bekommen, dachte Lark. *Sonst wäre er nie in eine so plumpe Falle getappt.*

Dann kam ihm ein merkwürdiger Gedanke: *Viele irdische Kulturen, angefangen vom alten Griechenland über Indien bis hin zum High-Tech-Kalifornien, haben ihre Götter als verdorbene, viel zu emotional regierende Jugendliche dargestellt.*

Sollte das etwa mit unserem Rassegedächtnis in Zusammenhang stehen? Es könnte ja sein, daß diese Leute da tatsächlich unsere lange verschollenen Patrone sind.

»Vielen Dank für die Bestätigung«, entgegnete der Hoon-Weise mit einer tiefen Verbeugung. »Ich habe nicht mehr gesagt, als daß man es mir versichert hat, und werde daher diejenigen, die solche Behauptungen aufgestellt haben, tadeln und zur Rechenschaft ziehen. Natürlich vertrauen wir deinem Wort, daß, wie du gerade zugegeben hast, keine Augenzeugen zugegen waren in jener Nacht, in der eure Roboter diese fremdartigen Gerätschaften unter dem heiligen Ei vergraben haben. Wir können es darauf beruhen lassen und uns nun dem nächsten Aspekt zuwenden, nämlich der Frage, aus welchem Grund ihr sie dort verbuddelt habt?«

Man konnte dem Rothen ansehen, daß er schwer an seinem Patzer zu schlucken hatte. Sein Unterkiefer bewegte sich wie bei einem Menschen, der mit den Zähnen knirscht. Larks Rewq zeigte einen farblosen Schwaden an, der über die obere Hälfte von Ro-kenns Gesicht kroch. Währenddessen murmelte Bloor zufrieden vor sich hin, machte eine zweite Aufnahme und schob die belichtete Platte dann in die Schutzhülle. *Geh weg*, dachte Lark, um den kleinen Mann loszuwerden – doch der schien für solche Aufforderungen nicht empfänglich zu sein.

»Ich sehe keinen Sinn mehr darin, in dieser Runde zu bleiben«, erklärte der Fremde jetzt, drehte sich um und marschierte los, um dann nach einigen Schritten vor dem offenen Krater anzuhalten. Eigentlich hatte er sich in die Station begeben wollen, doch jetzt ging ihm auf, daß er sich nicht mehr dorthin zurückziehen konnte. Wohin aber dann?

Natürlich hätte er einen seiner Roboter besteigen und mit ihm davonfliegen können. Aber bis Kunns Flugapparat oder das Sternenschiff zurückkehrten, stand ihm nur die Wildnis offen. Jenseits dieser Lichtung, auf der ihn nur unangenehme Fragen erwarteten, würde er nirgendwo ein Unterkommen finden.

Zur Linken ertönte ein vielstimmiger Schrei, angestimmt von der Gruppe Urs und Menschen, und einen Moment später machte die Menge einem strahlenden Lester Cambel Platz, der einige dickleibige Wälzer herantrug. »Ich glaube, wir haben es!« verkündete er, während er zusammen mit seinem Assistenten vor einem der spheroiden Gebilde kniete, die mittels eines Drahtgeflechts miteinander verbunden waren. Einer seiner Mitarbeiter zerrte am Deckel des Dings, um es zu öffnen, und der menschliche Weise begann:

»Natürlich hat niemand von uns auch nur die leiseste Ahnung, wie diese Anlage funktioniert, aber nach so vielen Milliarden Jahren ist die galaktische Technik so überarbeitet und vereinfacht worden, daß die meisten Maschinen sich kinderleicht bedienen lassen. Und bedenkt, wenn Erdlinge schon ein klappriges Sternenschiff aus fünfter Hand bis hierher steuern konnten, müssen diese Dinger wirklich verdammt narrensicher sein.«

Der Scherz, den er auf Kosten seiner eigenen Rasse gemacht hatte, löste bei beiden Parteien Gelächter aus. Die Bürger schoben sich näher heran, bis Ro-kenn und seinen Dienern keine Möglichkeit mehr blieb, sich mit Anstand und Würde von hier zu entfernen.

»Im vorliegenden Fall gehen wir davon aus«, fuhr Lester fort, »daß diese Anlage in dem Moment zum Leben erwachen sollte, in dem alle Pilger sich um das Ei versammelt hatten. Vermutlich im Augenblick unserer größten Ehrfurcht, kurz nach dem Ende der feierlichen Anrufung. Ich schätze, daß die Anlage dann mittels eines Zeit- oder Fernzünders oder eines Funksignals eingeschaltet worden wäre.«

Der Assistent hatte den Kasten jetzt aufbekommen. Ein weithin hörbares Ploppen setzte alle Anwesenden davon in Kenntnis. Cambel schaute hinein und schlug dann in einem der dicken Bücher nach. »Mal sehen, ob wir nicht etwas Ähnliches oder Vergleichbares finden können … wie zum Beispiel den Standard-Handumschalter, wie er auf Seite fünfzehnhundertzwölf abgebildet ist.«

Ro-kenn starrte auf das Nachschlagewerk, dessen Seiten mit Diagrammen und Bildern angefüllt waren, als enthielte es etwas Todbringendes. Lark bemerkte, daß Ling ihn verstohlen ansah. Ihr Blick schien zu fragen: *»Was hast du sonst noch alles vor mir verborgen gehalten?«*

Obwohl die Sternenfrau keinen Rewq trug, war Lark zuversichtlich, daß sie sein schiefes Grinsen schon richtig verstehen würde.

Du bist von den falschen Voraussetzungen ausgegangen, meine Liebe, besagte sein Lächeln, *vor allem, was euch und eure Stellung hier betrifft. Das hat dich geblendet und daran gehindert, die richtigen Fragen zu stellen. Außerdem habt ihr uns auf Grundlage dieser Einstellung von oben herab behandelt, wo wir doch eigentlich Freunde hätten werden können.*

Na gut, das war vielleicht ein bißchen viel und zu komplex, um es in ein einzelnes Grinsen zu packen. Vielleicht verstand sie sein schiefes Lächeln ja auch als: *Ich muß doch sehr bitten, du beschuldigst mich, etwas vor dir verborgen gehalten zu haben?*

»Ich protestiere!« mischte sich der Sternenmann Rann ein. Er überragte alle hier, bis auf die Hoon und die Traeki, als er sich nach vorn schob. »Ihr habt kein Recht, an etwas, das euch nicht gehört, herumzupfuschen!«

Phwhoon-dau brummte nachsichtig: »Hrr, dann bestätigst du also, der Besitzer dieser Gegenstände zu sein, die ohne unsere Erlaubnis unter unserer heiligsten Stätte angebracht wurden?«

Ranns Gesicht zuckte. Offensichtlich haßte er die momentan schwache Position seiner Seite, die ihn zwang, sich mit Wilden ein Wortgefecht zu liefern. Verwirrt wandte er sich an Ro-kenn. Während die beiden die Köpfe zusammensteckten und sich berieten, erklärte Lester weiter:

»Ich muß gestehen, daß der Zweck dieser Vorrichtung uns eine Weile Kopfzerbrechen bereitet hat. Doch glücklicherweise betreibe ich ja schon seit längerem Forschungen über die galaktische Technologie, und so waren mir diese Nachschlagewerke eine große Hilfe. Und endlich fand ich dort diese Gerätschaft unter der Überschrift: PSI-Emitter.«

»Hier befindet sich der Handumschalter«, teilte der Assistent mit. »Wir sind bereit.«

Der Weise richtete sich auf und hob beide Hände.

»Mitbürger, dies ist meine erste und letzte Warnung. Wir haben keine Vorstellung, was wir hier auslösen. Ich nehme aber an, daß uns nichts Tödliches erwartet, denn sonst hätten unsere lieben Gäste längst ihre Roboter bestiegen und sich mit Höchstgeschwindigkeit davongemacht. Da uns jedoch keine Zeit für vorsichtige Experimente bleibt, rate ich allen, lieber einen Schritt zurückzutreten. Die Ängstlicheren unter euch dürfen auch zwei Schritte machen. Ich zähle jetzt von zehn an abwärts.«

Uthen wäre gern geblieben, um sich das hier anzusehen, dachte

Lark. *Aber ich habe ihn mit diesen Bibliotheks-Rauten fortgeschickt, um sie zu verstecken.*

Habe ich ihm damit vielleicht einen Gefallen getan, ihm womöglich das Leben gerettet?

»Zehn!«

»Neun!«

»Acht!«

Lark hatte noch nie gesehen, daß ein g'Kek sich schneller als eine Urs bewegte. Während die Menge auf Abstand zu der Vorrichtung ging, schienen es einige eiliger zu haben als die anderen. Viele blieben jedoch, angestachelt von ihrer Neugier.

Der Mut ist das Band, das ein echtes Bündnis bindet, dachte er mit einigem Stolz.

»Sieben!«

»Sechs!«

Ro-kenn trat auf Lester und seine Gruppe zu. »Ich gebe zu, der Besitzer dieser Geräte zu sein, bei –«

»Fünf!«

»Vier!«

Der Rothen erhob die Stimme, um sich über dem Tumult Gehör zu verschaffen: »– bei denen es sich lediglich um Schallinstrumente handelt, die in aller Unschuld und ohne Hintergedanken dort plaziert wurden –«

»Drei!«

»Zwei!«

Der Sternengott redete schneller, fast wie besessen: »– um die Muster aufzuzeichnen, die von eurem ehrwürdigen und geheiligten Ei ausge –«

»Eins!«

»Jetzt!«

Einige Bürger rissen instinktiv die Hände oder ihre sonstigen Extremitäten an die Ohren oder die entsprechenden Organe, legten die Arme über den Kopf oder hielten sich die Rechte vor die Augen, um zwischen den Ritzen hindurchzuspähen. Den Urs war natürlich hauptsächlich daran gelegen, ihre Brutbeutel zu schützen. Die g'Kek wiederum rollten die Augenstiele lieber ein. Nur die Hoon und die Traeki hockten auf dem Boden. Die meisten Rewq zogen sich angesichts der intensiven Emotionen ihrer Träger oder ihrer Nachbarn zusammen. Was immer man sich auch unter einem »PSI-Emitter« vorzustellen hatte, gleich würde es jedermann erfahren.

Lark versuchte, seine instinktiven Reaktionen zu unterdrücken und sich wieder auf Ling zu konzentrieren. Sie verfolgte den Countdown mit einer eigenartigen Mischung aus Ärger und Erwartung und rang die Hände. Genau in dem Moment, in dem Cambels Stellvertreter den Schalter umlegte, drehte die Sternenfrau sich zu dem Biologen um und sah ihm direkt in die Augen.

Asx

Verwirrung durchtost unseren Zentralkern, sickert durch die Wulstversiegelungen, die mich/uns aneinanderbinden, und sendet Verwirrung in unsere Außenbezirke wie das Harz, das aus einem verwundeten Baum fließt.

Diese Stimme, diese rhythmische Deklamation, könnte sie doch das sein, von dem wir wissen, daß sie es nicht sein kann?

Die Worte des Eies haben uns in so vielfältiger Weise beruhigt und umfangen. Und das, was wir jetzt vernehmen, klingt sehr vertraut und hört sich genauso an wie das Geheiligte …

Aber da mischt sich auch ein metallischer Klang ein, und deswegen gebricht es dieser Stimme am sonoren Timbre und Singsang des Eies.

Eine Subkadenz zieht uns zu sich hin, trippelt wie ein hastiges Quintett von Krallen, nimmt unsre Aufmerksamkeit gefangen und tönt, als käme sie aus einem dunklen, unterirdischen Tunnel.

Plötzlich schließen wir uns zusammen und versenken uns in die fremde Existenz eines geeinten Wesens. Einer Einheit, die von einer festen, harten Hülle gefangengehalten wird.

Fünffacher Widerstand brodelt hoch. Dieses »Ich« ist mit Zorn angefüllt.

Wie können sie es wagen, mir zu sagen, ich sei frei?

Welch unnatürliches Gesetz stellt dieser Kodex der Gemeinschaften dar? Diese Herrschaft, die mein Volk »befreit« von der süßen Disziplin, in der wir einst lebten und die uns von unseren prächtigen Königinnen geschenkt wurde?

Wir, die Blauen – und auch wir, die Roten –, wie sehr sehnen wir uns danach, dienen zu dürfen, tief in unseren pochenden Galleknoten wohnt dieser Wunsch. Selbstlos zu arbeiten und zu kämpfen, danach streben wir, um damit die Vorhaben der grauen Herrscherinnen voranzubringen. War das nicht unsere Art, als wir noch zwischen den Sternen reisten, und auch schon lange davor?

Ist dies nicht das, wozu alle Qheuen geboren werden?

Wer wagte es, diesen wunderbaren Tagen ein Ende zu setzen und uns fremdartige Vorstellungen von Freiheit aufzuzwingen? Wer zwang die Rückenschilde, die tödliche Droge einzunehmen, die sich Unabhängigkeit nennt?

Die Menschen waren es, die dieses Gift in unsere Gedanken einträufelten und damit die Einheit unserer wohlgeordneten Stöcke zerbrachen. Sie tragen die Schuld, und die Gepanzerten werden sie dafür zur Rechenschaft zwingen.

Oh, wie teuer sie für dieses Verbrechen bezahlen werden!

Und danach warten weitere Rechnungen darauf, beglichen zu werden …

Wir winden uns und erfahren, wie es sich anfühlt, sich gebückt und auf fünf Beinen zu bewegen. Auf Beinen, die zum Dienen bestimmt sind – nicht einem schäbigen Nest, das hinter irgendeinem lachhaften Damm erbaut worden ist, und auch nicht einer bloßen Attraktion wie den Gemeinschaften, sondern den großen grauen Matronen, die so vornehm, prachtvoll und stark sind.

Warum strömt dieses Bild so lebendig durch unser verwirrtes Zentrum?

Das muß wohl das Werk dieser Rothen-Vorrichtung sein – diesem PSI-Sender –, der wesentlicher Bestandteil ihres Plans ist, auf jede unserer Rassen Einfluß zu nehmen und uns dazu zu verleiten, uns ihrem Willen zu unterwerfen.

Schauder der Überraschung erschüttern meine/unsere Ringe. Nach so vielen Jahren der Freundschaft mit den Qheuen hätte ich nie erwartet, wie absolut fremd ihre Sichtweise ist.

Doch noch eigentümlicher zeigt sich die nächste Sequenz von Eindrücken, die über unser vereintes Bewußtsein kommt.

Wir spüren, wie es sich anfühlt, wenn Hufe galoppieren.

Den heißen Atem der trockenen Steppe.

Das sengende Aufflammen einer Psyche, die mindestens so egozentrisch ist wie die eines Menschen.

> *Nun bin ich Urrisch-ka! Allein und stolz wie an dem Tag, an dem ich aus dem Gras erschien. Kaum mehr als ein Tier war ich, wohl nervös, aber dennoch voller Selbstvertrauen.*
>
> *Ich darf mich dem Klan oder dem Stamm anschließen, der mich auf der Ebene adoptiert.*
>
> *Ich darf der Führerin gehorchen, denn das Leben besteht aus Hierarchien, denen man sich unterwerfen muß.*
>
> *Doch tief in meinem Innersten diene ich nur einer Herrin – Mir!*
>
> *Können Menschen überhaupt ermessen, wie unerträglich ihr Gestank die Membranen meiner Nüstern angreift? Sie mögen gute Krieger und Schmiede sein, das ist gewiß. Sie*

haben auch hübsche Musik nach Jijo gebracht. Wertvolle Dinge, die wir zu schätzen wissen.

Doch uns ist auch klar, um wieviel besser es auf dieser Welt ohne sie wäre.

Wir hatten uns, bevor die Menschen kamen, einen hohen Platz und Rang erkämpft. Von den Ebenen bis zu den brennenden Bergspitzen reckten wir unsere Hälse über alle anderen Rassen auf Jijo. Doch dann mußten diese Zweibeiner auftauchen und uns herunterziehen, bis wir nicht mehr waren als eine Rasse unter sechsen.

Und schlimmer noch, ihre Geschichten erinnern uns – Mich! – daran, wieviel wir verloren haben. Wieviel bereits vergessen worden ist.

An jedem Tag rufen sie mir ins Gedächtnis zurück, welch niederes Dasein und welch kurze Lebensspanne mir vorherbestimmt ist – hier auf diesem Dreckhaufen mit seinen bitteren Ozeanen, der sich irgendwo verloren durchs All dreht …

Diese unfaßbaren Gedanken galoppieren schneller, als unser Auffassungsvermögen ihnen folgen kann. Bald ist diese Schande fort, doch bloß, um von einer anderen gefolgt zu werden. Eine Macht dringt von außen auf uns/mich ein, die sich durch das ganze Bergtal ausbreitet.

Ihr Rhythmus ist leichter einzuhalten. Eine schwere Kadenz, die lange braucht, um in Wallung zu geraten, doch ist es einmal so weit gekommen, läßt sie sich nicht mehr stoppen und endet oft genug im Tod.

Es ist kein Rhythmus, von dem man mitgerissen wird. Dennoch versteht er es, uns zu locken …

Bringt uns dazu, darüber nachzugrübeln, wie oft die schnelleren Rassen uns arme, geduldige Hoon ob unserer Art verspotten.

Wie sie um uns herumwirbeln.

Wie oft sie vorsätzlich viel zu schnell für uns reden.

Wie sie nur uns die gefährlichsten Aufgaben aufzwingen.

Sie lassen uns allein dem Meer trotzen, auch wenn jedes verlorene Schiff hundert liebe Gesichter aus unserer Mitte reißt und unsere kleinen Familien mit großem Kummer überzieht.

Die Menschen und ihre stinkenden Dampfschiffe! Sie haben diese Kenntnisse bewahrt und nur so getan, als würden sie alles mit uns teilen. Dabei haben sie das Beste für sich behalten. Eines Tages werden die Erdlinge uns hier zurücklassen, auf daß wir zugrunde gehen, um mit ihren Schiffen aus reinem weißen Licht davonzufliegen.

Sollen wir ihnen das wirklich erlauben? Gibt es nicht Wege, sie für alles büßen zu lassen?

Konfusion hat ihr Zepter erhoben.

Wenn diese verderblichen Gedanken für jede Rasse separat bestimmt werden, um sie zur offenen Aggression zu verführen, warum habe ich sie dann alle empfangen? Haben die Rothen es nicht so eingerichtet, daß jedes Volk nur die Botschaft hört, die allein für seine Angehörigen bestimmt ist?

Vielleicht ist ihre Maschine kaputt oder nicht stark genug für diese Aufgabe.

Oder aber wir sind stärker, als wir vermutet haben.

Während wir uns von dem hoonschen Rhythmus befreien, spüren wir, daß dieses Lied noch zwei weitere Strophen hat. Eine davon ist eindeutig für die Menschen bestimmt. In ihr geht es um Hoffahrt. Um Hoffahrt und Stolz.

Wir sind die überlegene Rasse. Die anderen können sich nur auf eine Sache spezialisieren, aber wir vermögen alles! Wir sind auserwählt und unterrichtet durch die Rothen, und so ist es nur gerecht, daß wir die Größten und Mächtigsten sind, selbst hier auf diesem Hang inmitten von Wilden.

Wenn wir den anderen Rassen zeigen, an welchen Platz sie gehören, lassen sich aus ihnen vielleicht noch ganz brauchbare Diener machen …

Ein Begriff kommt mir/uns in den Sinn: direkte emphatische Transmission – eine Technik, die von der Galaktischen Wissenschaft seit über einer halben Milliarde Jahren eingesetzt wird.

Das wiedergefundene Wissen darum läßt den vielfältigen Strom von Stimmen noch künstlicher und blecherner erscheinen. Wir entdecken in ihm sogar so etwas wie unbeabsichtigte Selbstironie. Natürlich war von den Rothen vorgesehen, diese Botschaft durch das Ei zu schicken, um von ihm verstärkt zu werden. Und dies wohl zu ebendem Zeitpunkt, an dem wir alle am empfänglichsten für die »Geheiligten Worte« gewesen wären. Doch auch in dem Fall wäre es kaum vorstellbar, daß solches Gefasel viele Anhänger gefunden hätte.

Glaubten die Rothen wirklich, wir würden auf so etwas hereinfallen?

Dann fällt mir/uns etwas anderes auf: *Es gibt keine Ansprache für die Räderwesen.* Warum nicht? Wieso haben sie die g'Kek ausgelassen? Weil sie für das geplante Völkermordprogramm so offensichtlich kaum zu gebrauchen sind?

Oder weil ihre Rasse zwischen den Sternen bereits ausgestorben ist?

Aber ein Rhythmus bleibt noch. Ein dumpfes Trommeln, als würde man auf einen Stapel harter, runder Röhren einschlagen. Ein Wirbel, der auf eine Weise heult, die diesem zusammengesetzten Selbst erschreckend bekannt vorkommt.

Und doch auf seine Weise die befremdlichste Manipulation von allen ist.

< MAKRO-ENTITÄT PRIESTERLICHE ERKLÄRUNG – DIREKT VOM ORAKEL-GIPFEL DES WISSENS. SENDE ZÜRNENDE FEINDSELIGKEIT:

< REAKTION = GESCHWORENES ENDE DER PERSÖNLICHEN DEMÜTIGUNGEN! EINDRINGLINGE (ERDLINGE) SOLLEN DEN TOD ERFAHREN ...>

Wir zucken enttäuscht zurück. Die Egomanie dieser Ansprache übertrifft noch die aller vorangegangenen Sendungen, selbst diejenigen, die an die Adresse der Urs und der Menschen gerichtet waren. Und doch ist sie unbezweifelbar an uns, an die Traeki gerichtet!

Erkennt ihr, was hier geschieht, meine Ringe? War dies der Geschmack der stolzen Willenskraft, die einst durch die grausamen Despoten-Stapel strömte? Jene Tyrannen-Psychen, die früher unsere Erkenntnisringe dominierten? Die Oberherrkragen, die die Traeki-Gründer nach ihrer Ankunft auf Jijo sofort ablegten, um sie für immer loszuwerden?

Hat den großmächtigen, unbezwinglichen Jophur so die Verachtung der anderen geschmeckt? Wir erbeben beim Klang ihres gewaltigen Namens.

Nach unserer Vorstellung sind sie Giganten, die immer noch durch die Galaxien ziehen. Unsere Ringvettern, deren wächserne Zentren von monomanischem Wüten beherrscht werden.

Doch wenn dem wirklich so sein sollte, warum bedeuten die Worte dieser Ansprache dann unseren vielfarbigen Ringen so wenig? Da wir wissen, wer dahintersteckt, klingen die Phrasen furchtbar banal und haben nicht die geringste Wirkung auf uns.

Die Demonstration ist beendet. Die scharrenden, plärrenden Ausstrahlungen vergehen, ohne daß wir alles gehört haben. Doch das spielt jetzt keine Rolle, denn wir kennen nun den Sinn und Zweck dieser Ansammlung von Drähten und Kugeln. Sie sollte uns vergiften, verstärkt und glaubwürdig gemacht durch den Anschein, die Worte kämen direkt vom heiligen Ei.

Überall auf der Wiese ist Wut über eine solche Blasphemie zu spüren. Zorn auf diesen kindischen Versuch, die zweifellos immer noch vorhandenen Animositäten anzustacheln.

Denkt ihr so gering von uns, ihr Sternengötter? Habt ihr tatsächlich angenommen, ihr könntet uns so leicht übertölpeln, damit wir für euch die Drecksarbeit erledigen?

Wir erkennen, daß die Menge sich auflöst. Ein murmelndes, kochendes Geschiebe entsteht, und man wirft nur zögerliche Blicke auf die zischenden, auf und ab schwebenden Roboter. Menschen, Urs und andere tun sich ungezwungen zusammen, kein Vergleich zu der Abschottung der letzten Zeit. Alle Bürger fühlen sich so erleichtert, daß es ihnen zu Kopf steigt – und es scheint, als hätten die Sechs einen besonders schwierigen Test bestanden, aus dem sie stärker und geeinter denn je zuvor hervorgegangen sind.

Ist das das Schlimmste, was die Invasoren uns antun können?

Diese Frage hörte ich aus allen Ecken.

Ja, meine Ringe, es kommt uns in den Sinn, daß die Lichtung nur ein kleiner Teil des Hangs ist und wir, die hier versammelt sind, nur einen Bruchteil der Gemeinschaften ausmachen.

Ist das das Schlimmste, was die Invasoren uns antun können?

Ach, wäre es doch nur so.

Sara

Die Urunthai reisten gern rasch und mit leichtem Gepäck. Sie beluden ihre Esel nur mit dem Notwendigsten. Diese Kriegerinnen waren auch Anhängerinnen des Weges zur Erlösung. Deswegen hielten sie von Büchern nicht viel.

Die Bibliothekare konnten nichts dagegen tun.

Natürlich protestierte unser Trio von Graugewandeten lautstark, als die Urs mit den Büchern ein Freudenfeuer entzündeten.

Zwei Menschen und ein Schimpanse zerrten verzweifelt an ihren Fesseln, flehten, schimpften und versuchten, sich auf die wachsversiegelten Kisten zu werfen, die sie in Sicherheit bringen sollten.

Doch waren es gerade die Stricke, die ihnen das Leben retteten. Die kriegsbemalten Urunthai-Wächterinnen richteten die gespannten Armbrüste auf sie und hätten wohl keinen Moment gezögert, die bleichhäutigen Bücherwürmer auf der Stelle niederzuschießen.

»Du mögen Feuer?« höhnte eine Brigantin in gebrochenem Englik. »Feuer reinigen. Brennen weg allen Abfall. Können dasss auch mit Fleisss. Hoonssses Fleisss braten wirklisss lecker.«

Den Bibliothekaren blieb nichts weiter übrig, als still vor sich hin zu weinen, während die Flammen erst das Wachs schmolzen, dann die Holzkisten aufplatzen ließen und endlich an den Kaskaden der herausfallenden Bücher leckten, die wie sterbende, flatternde Vögel niedersanken. Blätter flammten kurz wie Meteore auf und gingen mit der jeweiligen in Tinte gefaßten Weisheit nieder, die sie über Jahrhunderte konserviert hatten.

Sara war froh, daß Lark und Nelo das nicht mit ansehen mußten.

Viele Texte wurden während des Großen Drucks und auch danach kopiert und abgeschrieben. Der Verlust dieser Bände ist vielleicht nicht ganz so dramatisch, wie es jetzt den Anschein hat.

Doch wie lange würden die Duplikate diese Zeiten überstehen, in denen selbstgerechte Sekten und fanatische Kreuzzügler ihr Unwesen trieben und ihre jeweilige Sicht der Dinge für die allein seligmachende Wahrheit hielten.

Selbst wenn die Sternengötter Biblos verschonen, wird die Zahl der Fanatiker wie Jop und UrKachu anwachsen. Und je stärker die sozialen Unruhen werden, desto frecher werden sie auch ihre Ziele durchzusetzen versuchen.

Als wollten sie diese These untermauern, erreichte kurz vor Sonnenaufgang eine Abteilung von Jops Kameraden das Lager: ein Trupp hartgesichtiger Männer mit Bögen und Schwertern, die ihre ausgedörrten Kehlen gleich an der Quelle benetzten, ohne jedoch UrKachus-Kriegerinnen auch nur für einen Moment den Rücken zuzukehren. Das Feuer mit den sterbenden Büchern betrachteten sie mit Wohlgefallen.

Beide Banden eint ein gemeinsames Ziel: der Eitelkeit der Literatur den Garaus zu machen, die jetzigen Weisen zu ersetzen und alle zu einem den Schriftrollen gefälligeren Leben zu zwingen.

Und später, wenn wir uns alle brav auf dem Pfad der Erlösung befinden, kann man ja das gegenseitige Abmurksen und Übertölpeln wiederaufnehmen, um festzustellen, wer in den Reihen der erlösten Tiere der oberste Schlächter ist.

Das Feuer brach zusammen und spuckte Funken und zusammengerollte Papierfetzen aus, die von den wirbelnden Luftströmungen davongetragen wurden. Der Fremde, der neben Sara stand, fing einen davon mit der Hand und starrte darauf, als wolle er entziffern, was einst dort geschrieben gewesen war. Vielleicht erkannte er darin etwas wieder, das ihn an ihn selbst erinnerte, und zwar auf sehr schmerzliche Weise. Das, was einst so beredt gewesen war, hatte nun die Magie der Sprache verloren.

Die Bibliothekare waren nicht allein mit ihrem Entsetzen, als sie mit rußgeschwärzten Gesichtern auf die Flammen starrten. Ein jungvermähltes Paar hoonscher Pilger klammerte sich aneinander und brummte ein tiefes Beerdigungslied, als läge da das Herzgrat eines Geliebten im Feuer. Auch einige Qheuen standen in der Nähe, die ihren Kummer nicht verbargen. Und nicht zu vergessen eine Gruppe trauriger ursischer Händlerinnen.

Der Qualm und der beißende Geruch ließen Sara an Dunkelheit denken, an die Art von Finsternis, die nicht mit dem Morgengrauen endet.

»Achtung, alle herhören. Darf ich um eure Aufmerksamkeit bitten? Ich erzähle euch jetzt, wie es weitergeht.«

Es war Jop, der die düstere Stille durchbrochen hatte. Er trat mit UrKachu, Ulgor und einem finster dreinblickenden Mann mit sonnenverbrannter Haut heran. Letzterer sah so verrunzelt und hart aus, daß man kaum glauben mochte, daß er derselben Rasse wie die weichen und bleichen Bibliothekare angehörte. Sogar die Urunthai behandelten diesen Mann mit grimmigem Respekt. Die bemalten Kriegerinnen machten ihm rasch Platz, als er heranschritt. Sara kam er irgendwie bekannt vor.

»Wir verlassen das Lager in zwei Gruppen«, erklärte der Baumfarmer. »Die größere wird zur Salzhuf-Marsch aufbrechen. Wenn irgendwelche Milizeinheiten von diesem Überfall erfahren und die Mühe auf sich nehmen wollen, uns zu verfolgen, werden sie am ehesten dort nach uns suchen. Einige von euch könnten also innerhalb einer Woche gerettet werden. Das ist uns eigentlich egal.

Die kleinere Gruppe wird schneller reisen. Die Menschen werden reiten und alle halbe Midura auf frische Esel umsteigen. Wer von euch dabei ist, sollte sich davor hüten, uns Schwierigkeiten zu machen oder sich in der Dunkelheit davonstehlen zu wollen. Die Urunthai sind erfahrene Fährtensucher, und ihr würdet nicht weit kommen.

Gibt's noch Fragen?«

Als sich keiner zu Wort meldete, zeigte Jop mit einem Finger auf den Fremden. »Du, dorthin.« Er deutete auf die stärksten und größten Tiere, die neben der Quelle in einer Reihe angebunden waren. Der Fremde zögerte und sah Sara an.

»Keine Bange, die kann mit dir kommen. Wir wollen doch nicht, daß unsere wichtigste Geisel an Herzeleid eingeht, was?« Er wandte sich an Sara. »Ich nehme an, du hast nichts dagegen, dich noch ein Weilchen länger um dein Mündel zu kümmern.«

»Nur wenn ich meine Taschen mitnehmen darf. Und Prity natürlich.«

Die vier Führer mußten sich darüber erst beraten. UrKachu zischte Einwände, aber Uriel schlug sich auf die Seite der Menschen, auch wenn das bedeutete, etwas von der Beute zurücklassen zu müssen, die man den Kaufleuten abgenommen hatte. Schließlich hatte man sich geeinigt, und die Freischärlerinnen schnallten zwei Eseln ihre Last ab, um sie Sara zur Verfügung zu stellen. Die Kisten blieben einfach liegen, wo sie hingefallen waren.

Zum nächsten Streit kam es, als der Fremde aufsaß – seine Füße erreichten fast den Boden – und sich weigerte, sein Hackbrett herauszurücken. Er preßte das Instrument fest an sich, als die Urunthai ihn umringten, und schließlich gab UrKachu wutschnaubend nach und ließ ihm seinen Willen.

Sara beobachtete vom Rücken ihres kräftigen Esels aus, wie der Hartgesichtige auf den Sprengmeister Kurt zeigte, der zusammen mit seinem Neffen schon die ganze Zeit etwas abseits gesessen und die Geschehnisse schweigend verfolgt hatte.

»Nun zu dir, verehrter Fürst der Explosivstoffe«, sprach Jop ihn an und verbeugte sich vor ihm. »Ich fürchte, mein Freund hier muß dir ein paar Fragen stellen, und es liegt leider nicht in meiner Macht, dich lange darum zu bitten, sie ihm zu beantworten.«

Kurt beachtete die Drohung nicht, die in diesen Worten mitschwang, sondern begab sich mit seinem Neffen zum Eselszug, ohne seine Satteltasche loszulassen. Als ein paar Urunthai ihm die große Tasche abnehmen wollten, erklärte der Meister leise, aber bestimmt:

»Der Inhalt ist hochempfindlich.«

Die Brigantinnen fuhren zurück, und niemand hielt ihn mehr auf, als er sich ein Tier aussuchte, dessen Last, die aus Beutestükken bestand, zu Boden fallen ließ und dafür seine Tasche auflud und festzurrte.

Die menschlichen Fanatiker und die Urunthai bildeten die schnellere Gruppe. Die Männer wirkten auf ihren Eseln fast so lachhaft wie der Fremde. Viele von ihnen machten ein unglückliches Gesicht. Es schien ihr erster Ritt zu sein.

»Kommst du nicht mit?« fragte Sara Jop.

»Ich bin schon viel zu lange von meiner Farm fort«, antwortete er. »Außerdem gibt es da noch etwas in Dolo, das dringend auf seine Erledigung wartet. Ein Damm steht da, um den man sich kümmern muß, je eher, desto besser.«

Sara drehte rasch den Kopf zur Seite. Doch nicht etwa Jops Ankündigung, das Zerstörungswerk fortzusetzen, hatte sie erschreckt, sondern etwas, das sie hinter ihm bemerkte: Bläschen, die im Wasser aufstiegen.

Klinge. Er liegt immer noch auf dem Grund und hat wohl alles mitbekommen.

»Mach dir keine Sorgen, Mädchen«, fuhr der Baumfarmer fort, der ihre Reaktion falsch interpretierte. »Ich sorge dafür, daß dein Vater rechtzeitig rauskommt, bevor das verdammte Ding in die Luft fliegt.«

Bevor Sara etwas darauf entgegnen konnte, mischte sich UrKachu ein.

»Nun ist/wird es aber höchste Zeit, die endlosen Verzögerungen zu beenden und Taten folgen zu lassen. Laßt uns aufbrechen!«

Einer ihrer Schweife klatschte an die Seite des Führungsesels, und schon setzte sich der Zug in Bewegung.

Doch unvermittelt ließ Sara sich aus dem Sattel gleiten, stellte sich breitbeinig hin und brachte ihr Tier aus dem Takt. Diese Störung setzte sich wellenförmig in beide Richtungen der Karawane fort. Einer der menschlichen Freischärler rutschte von seinem Tier und fiel auf den Boden, was unter den Urunthai amüsiertes Schnauben auslöste.

»Nein!« erklärte Sara mit grimmiger Entschlossenheit. »Zuerst will ich wissen, wohin die Reise gehen soll.«

»Miss Sara, bitte«, drängte Jop gefährlich leise. »Ich weiß doch selbst nicht …«

Er unterbrach sich rasch und sah sich nervös um, als der Mann mit dem harten Gesicht auf sie zukam.

»Was gibt es denn schon wieder für ein Problem?« Seine kultivierte dunkle Stimme stand in offenem Widerspruch mit seinem wilden Äußeren. Sara sah ihm in die kalten steinfarbenen Augen.

»Ich steige erst wieder auf, wenn du mir sagst, wohin wir ziehen.«

Der Jäger hob eine Braue. »Wir könnten dich auch auf dem Esel festbinden.«

Die Tochter des Papiermachers lachte. »Die armen kleinen Esel haben schon genug damit zu tun, einen Reiter nicht zu verlieren, der mitkommen will. Was sollen sie da erst gegen jemanden tun, der sich hin und her wirft und sie selbst zum Sturz bringen will? Und wenn du mich wie einen Sack Kartoffeln auf den Rücken schnallst, werde ich mir bei dem Auf und Ab die Rippen brechen.«

»Vielleicht lassen wir es darauf ankommen«, begann der Mann, runzelte dann aber die Stirn, als der Fremde, Kurt und Prity ebenfalls abstiegen, die Arme vor der Brust verschränkten und sich wie Sara neben ihre Tiere stellten.

Der Hartgesichtige seufzte. »Was bringt es dir schon, wenn du jetzt erfährst, wohin es geht?«

Je öfter sie ihn hörte, desto bekannter kam ihr seine Stimme vor. Sara war sich jetzt ganz sicher, diesem Mann schon einmal begegnet zu sein.

»Mein Schutzbefohlener braucht medizinische Versorgung. Bislang haben wir dank der Spezialsalben, die unser Traeki-Apotheker hergestellt hat, Infektionen seiner Wunden abwehren und verhindern können. Da du aber nicht vorhast, Pzora mit seinem Wagen unserem ›schnelleren‹ Trupp einzugliedern, müssen wir ihn wohl bitten, uns einen größeren Vorrat für die Reise zur Verfügung zu stellen.«

Der Freischärler nickte. »Das läßt sich arrangieren.« Er bedeutete dem Fremden, sich zu dem Apotheker zu begeben.

Der Sternenfahrer nahm den Rewq ab, den er in den letzten Tagen anstelle des Verbands getragen hatte, und legte die klaffende Wunde an der Seite seines Kopfes frei. Kaum bekamen sie das zu sehen, fingen die Wüstenläufer an zu zischen und machten Handzeichen zur Abwehr von Pech und Magie.

Während sein Symbiont sich mit dem des Traeki vereinte und die beiden sich zu einem Ball verklumpten und Enzyme austauschten, vollführte der Fremde vor Pzora ein paar rasche Handgesten – Sara glaubte, ähnliche schon einmal beobachtet zu haben, als ihr Mündel gesungen hatte –, bevor er sich vor dem Wulstwesen verbeugte, um die Wunde begutachten und reinigen zu lassen.

Sie wandte sich wieder an den Führer der Wüstenmänner.

»Darüber hinaus wird jeder Vorrat, den Pzora für uns zubereitet, nur für ein paar Tage halten. Also solltest du uns besser an einen Ort führen, an dem wir einen anderen erfahrenen Apotheker aufsuchen können. Bedenke, daß die Sternengötter wenig bis gar nichts für einen Mann geben werden, der seiner Verletzung erlegen ist, sei er nun ihr Freund oder Feind.«

Der Brigantenchef musterte sie für einen scheinbar endlosen Moment, ehe er sich zu UrKachu und Ulgor begab, um sich mit den beiden zu beraten. Als er zurückkehrte, setzte er ein leises Lächeln auf.

»Das bedeutet zwar einen leichten Umweg für uns, aber wir könnten zu einer Stadt abbiegen, die nicht allzu weit von unserem Ziel liegt und über die nötige pharmazeutische Ausstattung verfügt. Du hattest natürlich recht, uns auf diesen Punkt hinzuweisen. Aber wenn dir wieder eine gute Idee kommt, dann teile sie uns doch bitte einfach mit, statt noch einmal einen solchen Aufstand zu entfachen.«

Sara starrte ihn an und begann dann schallend zu lachen, und als er schließlich zu grinsen begann, schien sich ein Großteil der Spannung zu lösen. Sein Gesicht kam ihr dabei noch bekannter vor. Sie erinnerte sich ihrer ersten Tage als Studentin. Damals hatte sie ihn unter dem Steinbaldachin in Biblos schon einmal so erlebt.

»Dedinger«, sagte sie tonlos.

Er lächelte immer noch, doch ein Zug Bitterkeit war dazugekommen.

»Ich habe mich schon gefragt, wann du mich endlich wiedererkennen würdest. Wir haben in verschiedenen Abteilungen gearbeitet, aber ich habe deine Arbeit verfolgt, seit man mich aus dem Paradies verstoßen hat.«

»Wenn ich mich recht entsinne, hat man dich verjagt, weil du dieses Paradies zerstören wolltest.«

Der Freischärler zuckte die Achseln. »Ich hätte gleich zuschlagen sollen, statt vorher zu versuchen, einen Konsens herzustellen. Leider sind die akademischen Gewohnheiten nur schwer abzulegen. Als ich endlich soweit war, wußten schon zu viele von meinen Überzeugungen. Man hat mich vor der Verbannung Tag und Nacht observiert.«

»Mir kommen gleich die Tränen. Stellt diese Aktion hier deinen Versuch dar, in Biblos eine zweite Chance zu erhalten?« Sara nickte in Richtung des Bücherfeuers.

»Dem ist tatsächlich so. Nach all den Jahren in der Wildnis, in denen ich mich um das Wohlergehen einer Gemeinschaft gefallener Menschen kümmern mußte – übrigens allesamt Personen, die auf dem Pfad der Erlösung schon sehr weit vorangekommen sind –, habe ich genug gelernt, um ...«

UrKachus kurzer, ungehaltener Pfiff entstammte zwar keiner der bekannten Sprachen, wurde aufgrund der darin mitschwingenden Verärgerung aber allgemein verstanden. Dedinger lächelte freundlich und fragte:

»Können wir jetzt aufbrechen?«

Sara suchte nach einem anderen Weg, um von ihm das Ziel zu erfahren – um Klinges Willen mußte er den Namen laut aussprechen –, aber mochte Dedinger auch noch so ein verbohrter Fanatiker sein, als Dummkopf durfte man ihn nicht abtun. Wenn sie jetzt weiter insistierte, würde er womöglich mißtrauisch werden und Verdacht schöpfen, was dann zur Entdeckung des Qheuen im Wasser führen könnte.

So zuckte sie nur die Achseln, fügte sich und stieg wieder auf den geduldig wartenden Esel. Der Fremde beobachtete sie aus zusammengekniffenen Augen und folgte dann ihrem Beispiel ebenso wie Kurt und Prity.

Die zurückbleibenden Überlebenden der unter einem so schlechten Stern stehenden Karawane verfolgten den Abzug der schnelleren Gruppe mit gemischten Gefühlen. Sie bemitleideten Sara und ihre Gefährten, waren aber gleichzeitig erleichtert, von den Urunthai als nicht so wichtig angesehen zu werden. Als der erste Trupp die Oase in Richtung Süden verließ, verbreitete das vergehende Feuer einen bitteren Gestank, der sich mit dem des Staubs und den tierischen Gerüchen vermischte.

Sara warf einen Blick zurück auf die von Mondlicht beschienene Wasserstelle.

Hast du genug mitbekommen, Klinge? Hoffentlich hast du nicht alles verschlafen. Konntest du da unten überhaupt etwas hören, oder hat nur gurgelndes Blubbern dein Hörsystem erreicht?

Und wenn er alles verstanden hatte, was konnte ein einzelner blauer Qheuen schon gegen die beiden Banden ausrichten, und das auch inmitten einer sonnenverbrannten Ebene? Am ehesten könnte er in der Oase warten, bis Hilfe eintraf.

Schnauben und Scharren ließen sich hinter Sara vernehmen. Die zweite Gruppe setzte sich in Bewegung und folgte viel langsamer der Route der ersten.

Gar nicht so dumm. Der größere zweite Zug wird die Spuren des ersten zertrampeln und zunichte machen. An einer Stelle wird Ur-Kachu mit uns abbiegen, und etwaige Verfolger werden nichts davon entdecken und weiter hinter dem Haupttrupp herziehen.

Bald waren sie allein auf der Hochsteppe. Einige Urunthai trabten neben dem Zug auf und ab und behielten die Menschen im Auge, denen der ungewohnte Ritt zu schaffen machte. Ständig verzogen sie schmerzlich das Gesicht und zogen die Zehen ein, um sie sich nicht erneut irgendwo anzustoßen. Bald gingen die meisten der menschlichen Freischärler dazu über, von ihren Tieren abzusteigen, ein paar Bogenschüsse weit zu Fuß zu laufen und dann wieder aufzusitzen. Das schien die mißtrauischen Kriegerinnen zu beruhigen und gleichzeitig ein gutes Mittel gegen einen wundgerittenen Hintern zu sein.

Sara aber wußte, daß sie sich nicht in der körperlichen Verfassung befand, es ihnen gleichzutun. *Wenn ich mit heiler Haut aus dieser Geschichte herauskomme, fange ich definitiv mit dem Fitneßtraining an,* nahm sie sich fest vor, übrigens nicht zum ersten Mal in den letzten Monaten.

Der Mann mit den Steinaugen ritt ein paar Dura lang neben ihr her und bedachte sie des öfteren mit einem vielsagenden Lächeln. Er sah so muskulös, sehnig und stark aus, daß Sara sich wunderte, ihn überhaupt wiedererkannt zu haben. Als sie den Gelehrten Dedinger das letzte Mal gesehen hatte, war er ihr als bleiches, intellektuelles Bürschchen erschienen, das einen Bauch wie ein alter Mann vor sich hergetragen hatte. Aber er war Experte für die ältesten Schriftrollen gewesen, und eine seiner Forschungsarbeiten trug sie sogar jetzt in ihrem Handgepäck mit sich. Dieser Mann war einst mit Status und Ehren überhäuft worden, bis er mit seinem orthodoxen Fundamentalismus für den toleranten Hochrat zu viel geworden war.

In jenen Tagen predigten die Weisen einen komplexen Glauben, der eine doppelte Loyalität forderte, einerseits zu Jijo, andererseits aber auch hinsichtlich der Pläne der Vorfahren, die im offenen Widerspruch zum Gesetz standen. Die Weisen suchten auf diese Art einen goldenen Mittelweg zu finden. Doch manche kamen nicht damit zurecht, ihre Treue zu gleichen Teilen aufteilen zu müssen, und lösten für sich das Dilemma, indem sie sich entweder dem einen oder dem anderen vollständig verschrieben.

Saras Bruder Lark widmete sich nur noch der Welt Jijo. Für ihn steckte tiefe Weisheit und Gerechtigkeit in dem Milliarden Jahre alten ökologischen Kodex der Galaktiker. In seinen Augen konnte es kein Pfad der Erlösung jemals rechtfertigen, diese Regeln zu brechen.

Dedinger hingegen hatte sich auf das andere Extrem zubewegt. Ihn scherten Ökologie oder die Erhaltung der Arten wenig, und er stritt nur für die Erhöhung der Rassen, die durch Vergessen Erlösung erlangen sollten, wie es von den alten Schriftrollen verheißen wurde. Die angestrebte reine Unschuld war für ihn auf jeden Fall der Weg zu besseren Zeiten. Nicht auszuschließen, daß er in der gegenwärtigen Krise eine Möglichkeit sah, die verlorene Ehre so vieler Bürger der Gemeinschaften wiederherzustellen.

Sara beobachtete, wie der verbannte Weise mit Würde und Kraft dahinritt. Ganz Wachsamkeit, Stärke und Entschiedenheit – ein lebendes Zeugnis für den simpleren Lebensstil, den er predigte.

Auf verführerische Weise simpel, dachte sie. *Die Welt kennt zahllose Wege, nicht so zu erscheinen, wie sie tatsächlich ist.*

Nach einer Weile verlangsamten die Urunthai ihren Trab und legten schließlich eine Rast ein, um sich zu stärken. Die Kriegerinnen, deren Beutel mit einem Ehemann oder einer Larve gefüllt waren, brauchten alle halbe Midura warmes Simlablut. Die menschlichen Wüstenläufer beschwerten sich darüber. Ihnen wäre es lieber gewesen, kontinuierlich und zügig voranzukommen, anstatt sich nach Urs-Manier ständig abhetzen und in regelmäßigen Abständen eine Rast einlegen zu müssen.

Nach der zweiten Pause führte UrKachu die Gruppe auf ein Steinsims, das sich wie das Rückgrat eines Monsterfossils in südöstlicher Richtung erstreckte. Das Terrain wurde rauher, und man kam langsamer voran. Sara nutzte die Gelegenheit, von ihrem Tier abzusteigen und damit sowohl dem Esel als auch ihren Pobacken Erleichterung zu verschaffen. Der Fußmarsch war sicher auch eine gute Übung für ihre steifgefrorenen Glieder. Sie legte jedoch sicherheitshalber den rechten Arm auf den Sattel, damit sie Halt finden konnte, wenn ein Stein sich unter ihrem Tritt löste und sie aus dem Gleichgewicht brachte.

Der Zug kam etwas besser voran, nachdem der zweite Mond

aufgegangen war. Beleuchtet vom silbernen Torgen schienen die Berge höher als sonst aufzuragen. Die Gletscher im Norden schienen das schräg einfallende Licht des Trabanten zu schlucken und dann als eigentümliches blaues Leuchten zu reflektieren.

Der Fremde fing an zu singen, eine süße, leise Melodie, die Sara Einsamkeit fühlen ließ.

Ich bin eine Insel, öde,
fernab unter Sonnen Stich
und die einz'ge Erinnerung an Land
ist mein starkes Denken an dich.

Oh, rollte ich doch frank und frei,
als wenn ich wär ein Meteor
wärst du dann mir der Korb
so wir wären wieder zwei?

Er sang in Englik, aber in einem Dialekt, den Sara noch nie vernommen hatte. Einige der Worte waren so eigenartig betont, daß sie sie nur raten konnte. Verblüffend und sogar problematisch, wieviel der Sternenmann mitbekam und dann in Liedform verarbeitete. Die Verse mußten doch sicher starke Gefühlsregungen in ihm auslösen.

Bin ich das Eis, das dir löscht den Durst,
das bringt deinen Ringen Helligkeit,
du bist die Schönste, die Engelsgleiche,
deren Kuß den Welten Flügel verleiht ...

Der Gesang kam abrupt zu einem Ende, als UrKachu herantrabte und sich mit geblähter Nüster über die »unsägliche Katzenmusik« beschwerte. Sara gewann den Eindruck, daß es sich dabei allein um ihre persönliche Meinung handelte, denn von den anderen Urs schien sich keine an dem Lied gestört zu haben. Musik gehörte zu den wenigen Dingen, bei denen die beiden Rassen so etwas wie Konsens oder Übereinstimmung finden konnten. Einige Urs äußerten sich sogar dahingehend, daß allein die Einführung der Geige auf Jijo sie den menschlichen Gestank fast vergessen ließ.

Für eine Tante schien UrKachu jedoch extrem reizbar und nichtsnutzig zu sein.

Der Fremde verfiel in Schweigen, und die Gruppe marschierte in dumpfer Stille weiter, die nur vom Geklapper der Hufe auf dem bloßen Fels unterbrochen wurde.

Die nächste Rast fand an der windgeschützten Seite einiger hoch aufragender Felsblöcke statt, bei denen es sich vermutlich um eine natürliche Formation handelte – doch in der Finsternis der Nacht erschienen sie eher wie die Ruinen einer uralten Festung, die vor langer Zeit nach irgendeiner Katastrophe eingestürzt war. Einer der Wüstenläufer gab Sara ein Stück altbackenen Brotes und einen Klumpen harten Buschkuhkäses. Beides war nur von jemandem hinunterzubekommen, der so furchtbar hungrig war wie die Papiermachertochter. Die Wasserration, die sie erhielt, war enttäuschend klein. Aber die Urs hielten ja nicht viel davon, sich mit allzuviel Ballast zu beladen.

Gegen Mitternacht mußte der Trupp einen Wasserlauf an einer flachen Stelle überqueren, einen breiten Bach, der ein Wüsten-Wadi durchlief. Wie stets auf alle Eventualitäten vorbereitet, trabte Ulgor mit dicht schließenden Stiefeln durch die Furt und kam trockenen Hufes auf der anderen Seite an. Die anderen Kriegerinnen waren nicht so gewitzt und schoben sich zusammen mit den Menschen und den Eseln durchs Wasser, um einander am anderen Ufer die nassen Flanken mit Tüchern und Lappen abzureiben. Danach liefen die Urunthai für eine Weile ziellos umher, um sich vom Wind die letzte Feuchtigkeit aus den feinen Beinhärchen pusten zu lassen.

Später ging es wieder langsamer voran, und Sara stieg erneut ab, um neben ihrem Tier herzulaufen. Nach ein paar Momenten hörte sie von rechts eine leise Stimme.

»Ich wollte es dir schon die ganze Zeit sagen: Ich habe deine Arbeit über die linguistische Devolution des Indo-Europäischen gelesen.«

Dedinger, der ehemalige Weise und heutige Wüstenläufer, war neben sie getreten und marschierte nun auf der anderen Seite ihres Esels. Sie betrachtete ihn eine Weile, ehe sie antwortete:

»Das verwundert mich. Bei den fünfzig Seiten, die der Text ausmacht, konnte ich nur fünf Kopien anfertigen lassen, und eine davon habe ich selbst behalten.«

Der Mann lächelte. »Ich besitze immer noch Freunde in Biblos, die mich ab und an mit interessanten Artikeln oder fundamental neuen Gedanken versorgen. Was nun deine These angeht, so meine ich dazu folgendes: Während ich deine Theorien über den grammatikalischen Schub bei den präliterarischen Handelssippen mit Genuß verfolgt habe, konnte ich mich deiner Hauptthese nicht anschließen.«

Das überraschte Sara nicht. Ihre Schlußfolgerungen stellten das Gegenteil all dessen dar, an das Dedinger glaubte.

»Aber so verhält es sich nun einmal mit der Wissenschaft. Sie ist ein Zyklus von Geben und Nehmen. Keine endgültigen, dogmatischen Antworten, keine rigiden Feststellungen, die von jemand anderem übernommen werden.«

»Im Gegensatz also zu meiner eigenen sklavischen Unterwerfung unter ein paar alte Schriftrollen, die nicht einmal von Menschenhand geschrieben worden sind?« lachte der Mann mit steinernen Augen. »Ich glaube, unter dem Strich steht im Vordergrund, in welche Richtung die Menschen deiner Ansicht nach streben. Selbst unter den konservativen Galaktikern herrscht die Ansicht vor, daß es bei der Wissenschaft um die allmähliche Verbesserung deiner Weltenmodelle geht. Sie ist als zukunftsorientiert bestimmt. Deine Kinder werden mehr wissen als du, und allein deshalb kann die Wahrheit, in deren Besitz du dich wähnst, keinesfalls perfekt genannt werden.«

Er lächelte durchaus freundlich, als er nach einem Moment fortfuhr:

»Dagegen ist ja auch nichts zu sagen, Sara, wenn die eigene Bestimmung hinauf, nach oben führt. Aber Tradition und ein fester Glaube sind dem vorzuziehen, wenn man sich auf dem schmalen und heiligen Pfad nach unten hin fortbewegt, zur Erlösung hin. In dem Fall sind Argumentation und wissenschaftliche Unsicherheit nur dazu geeignet, die Gemeinde um einen herum zu verwirren.«

»Deine Gemeinde macht nicht gerade einen sonderlich verwirrten Eindruck.«

Dedinger lächelte immer noch. »Ich hatte einigen Erfolg in meinem Bemühen, diese hartgesottenen Wildmänner für die wahre Orthodoxie zu gewinnen. Die meiste Zeit über hausen sie auf der Ebene des Scharfen Sandes, wo sie das wilde Stachelfaultier in Höhlen oder unter den Dünen fangen. Kaum einer unter ihnen kann lesen oder schreiben, und die Mehrzahl ihrer Werkzeuge ist selbstgebaut. Daher fiel mir meine Überzeugungsarbeit nicht allzu schwer, befanden sie sich doch schon längst auf dem wahren Weg. Bei anderen Gruppen dürfte es mir sicher mehr Mühe bereiten.«

»Wie zum Beispiel bei der Sprengmeister-Zunft?«

Der exilierte Weise nickte.

»Ein rätselhaftes Völkchen. Ihr Zögern, während dieser allgemeinen Krise ihre Pflicht zu tun, kommt einem doch recht verstörend an.«

Sara warf einen Blick auf Kurt und Jomah. Während der Meister auf einem dahintrottenden Esel schnaufte, führte sein Neffe wieder eine seiner einseitigen Konversationen mit dem Fremden, der zu allem, was der Junge vor sich hin plapperte, freundlich lächelnd nickte. Der Sternenmann war das ideale, aller kritischen Fragen bare Publikum für den schüchternen Jomah, der gerade erst zu lernen begann, sich vor anderen auszudrücken.

»Vielleicht sind sie ja zu der Erkenntnis gelangt, daß sich alles nur einmal in die Luft sprengen läßt«, entgegnete Sara. »Und danach müssen sie sich, wie wir anderen auch, mit Arbeit ihren Lebensunterhalt sichern.«

»Wenn sie tatsächlich solche Gedanken hegen sollten«, bemerkte der Bandenführer ungehalten, »dann wird es höchste Zeit, daß jemand sie an ihre verdammte Pflicht erinnert!«

Sara erinnerte sich an Jops Worte vom vorigen Abend, als er davon geredet hatte, Kurt an einen Ort zu bringen, an dem man ihn »überreden« werde. In gewalttätigeren Zeiten bekam ein solcher Ausdruck etwas Bedrohliches, das einen frösteln ließ.

Wahrscheinlich sind wir längst auf dem besten Weg zu einer solchen Epoche.

Der Brigand schüttelte den Kopf.

»Aber das spielt jetzt keine Rolle. Ich würde viel lieber mit dir über deine faszinierende Arbeit diskutieren. Du hast doch nichts dagegen, oder?«

Sara zuckte die Achseln, und Dedinger schlug einen zuvorkommenden Tonfall an, als säßen sie im Aufenthaltsraum der Fakultät.

»Du stellst fest, daß das Proto-Indo-Europäisch, genau wie andere menschliche Muttersprachen, viel rigoroser und rationaler aufgebaut war als die Sprachen und Dialekte, die aus ihm entstanden sind.«

»Ja, gemäß den Büchern, die die *Tabernakel* mit hierhergebracht hat, verhält es sich so. Allerdings stehen uns nur inhärente Daten zur Verfügung.«

»Aber wieso erkennst du dann nicht die Zusammenhänge? Siehst du diese Entwicklung nicht als offenkundigen Beleg für den Umstand an, daß aus Perfektion Zerfall erwächst? Daß die ursprünglichen Grammatiken für den Gebrauch durch eine Patronatsrasse entwickelt worden waren?«

Sara seufzte. Es gab sicher absurdere Dinge im Universum, als mit dem Mann, der einen gefangengenommen hatte, mitten in einer Wüstennacht abstrakte Dispute zu führen – doch im Moment wollte ihr keines einfallen.

»Die Struktur dieser frühen Sprachen könnte aus dem Selektionsdruck entstanden sein, der über Generationen hinweg wirksam war. Primitive Völker benötigen rigide Grammatiken, weil es ihnen an der Fähigkeit zu schreiben oder anderen Mitteln gebricht, Fehler und linguistisches Abdriften zu korrigieren.«

»Ah ja. Deine Analogie zu dem Telefonspiel, bei dem die Sprache mit dem höchsten Grad von Schamanenkodierung –«

»Nein, nicht *Schamanen-*, sondern Shannonkodierung. Claude Shannon hat ausgeführt, daß jede Nachricht in sich selbst die Mittel birgt, Fehler zu korrigieren, die sich während der Übertragung einschleichen. Bei einer gesprochenen Sprache ist diese Redundanz meist in den grammatischen Regeln eingebettet – Kasus, Deklination und sonstige Modifikationen. Aber das lernt man schon mit den Grundlagen der Informationstheorie.«

»Gut«, nickte der Freischärler. »Damit könntest du recht haben. Ich muß auch gestehen, daß ich deinen mathematischen Ausführungen nicht recht folgen konnte.« Er grinste. »Aber gehen wir einmal davon aus, daß du damit richtig liegst. Beweist dann nicht gerade diese kluge, sich selbst korrigierende Struktur, daß die frühen menschlichen Sprachen von genialen Köpfen sozusagen am Reißbrett entwickelt worden sind?«

»Nicht im mindesten. Dasselbe Argument wurde übrigens auch schon gegen die biologische Evolutionslehre ins Feld geführt. Und später auch gegen die Theorie von der Intelligenz, die sich aus sich selbst heraus und ohne Hilfe von außen entwickelt. Manche Geister haben eben die größte Mühe damit, den Umstand zu akzeptieren, daß Komplexität durchaus aus der Selektion nach Darwin entstehen kann – aber so etwas ist tatsächlich möglich.«

»Dann behauptest du also –«

»Daß das gleiche mit den präliterarischen Erdsprachen geschehen ist. Kulturen mit einer strikteren Grammatik konnten über größere Distanzen und längere Zeiträume bestehen. Gemäß einigen Linguisten der Erde könnte sich der indoeuropäische Sprachraum von Europa bis tief nach Zentralasien erstreckt haben. Die rigide Struktur dieser Sprache machte kulturelle und wirtschaftliche Beziehungen über Distanzen möglich, wie sie ein Mensch in seinem ganzen Leben nicht durchwandern konnte. Nachrichten, Gerüchte oder eine gute Geschichte reisten sicher nur langsam über den gesamten europäischen Kontinent, da sie ja nur mündlich weitergegeben werden konnten, und wenn sie Jahrhunderte später am anderen Ende angekommen waren, hatten sie sich in ihrer Struktur kaum verändert.«

»Wie bei dem von dir angeführten Telefonspiel.«

»Ja, deswegen habe ich es erwähnt.«

Müdigkeit prickelte in Saras Unter- und Oberschenkeln, und sie entdeckte, daß sie sich immer schwerer an ihren Esel lehnte. Dennoch schien ihren schmerzenden Muskeln diese Fortbewegungsart immer noch angenehmer zu sein als die Alternative, nämlich auf einem wundgerittenen Steißbein hin und her zu rutschen. Außerdem war es für den armen Esel sicher besser, wenn er noch eine Weile ohne zusätzliche Last laufen konnte.

Der Wüstenläufer hatte sich festgeredet und ließ nicht locker.

»Wenn all das, was du gerade gesagt hast, stimmen sollte, wie kannst du dann abstreiten, daß diese frühesten Grammatiken den schäbigen und schlecht organisierten Dialekten, die aus ihnen erwuchsen, haushoch überlegen waren?«

»Was meinst du denn genau mit ›überlegen‹? Ganz gleich, ob du das Proto-Indoeuropäisch, das Proto-Bantu, das Proto-Semitisch oder sonst eine der Ursprachen anführst, jede von ihnen diente exakt den Bedürfnissen einer konservativen und sich im Verlauf von Hunderten oder Tausenden von Jahren kaum verändernden Kultur von Nomaden und Hirten. Das strenge Regularium wurde erst aufgeweicht, als unsere Vorfahren Ackerbau und Metallverarbeitung erlernten und eine Schrift entwickelten. Der Fortschritt veränderte die eigentliche Bedeutung der Sprache für eine Kultur.«

Ein Ausdruck ehrlicher Konfusion weichte kurz die harten Züge des Mannes auf.

»Bitte, wofür soll eine Sprache denn gut sein, wenn nicht dazu, den Zusammenhalt einer Kultur zu stärken und die Kommunikation ihrer Mitglieder zu fördern?«

Dieselbe Frage hatten die Mitglieder von Dedingers früherer Fakultät Sara auch gestellt, nachdem sie ihre Theorie gehört und sie sogleich verworfen hatten. Vor den Weisen Bonner, Taine und Purofsky hatte man sie lächerlich gemacht. Hatte nicht die majestätische Zivilisation der Fünf Galaxien, so argumentierten ihre Gegner, ihre gut zwanzig Standardsprachen seit den Tagen der sagenhaften Progenitoren geläutert und veredelt, und das zu einem einzigen Zweck, nämlich um unter den Myriaden zivilisierter Rassen einen klaren Meinungsaustausch zu fördern?

»Sprache trachtet noch nach einem anderen wünschenswerten Ergebnis«, entgegnete sie dem Fundamentalisten. »Es handelt sich dabei um ein weiteres ihrer Produkte, und es ist, auf lange Sicht betrachtet, ebenso bedeutend wie der kulturelle Zusammenhalt.«

»Und was wäre das?«

»Die Kreativität. Wenn ich richtig liege, erfordert sie eine andere Form von Grammatik. Eine komplett andere Herangehensweise an Fehler und Irrtümer.«

»Ja, sie heißt Fehler sogar willkommen, begrüßt sie geradezu«, nickte Dedinger. »Bei diesem Teil deiner Arbeit hatte ich einige Verständnisschwierigkeiten. Du behauptest, das Englik zeichne sich dadurch aus, daß ihm die Redundanzkodierung fehle. Weil eben Fehler und Mehrdeutigkeit in jeden seiner Sätze oder Ausführungen kriechen. Doch wie soll aus Chaos Erfindungsreichtum entstehen?«

»Indem vorgefaßte Meinungen oder schlichte Vorurteile zertrümmert werden. Indem man zuläßt, unlogische, widersinnige, ja sogar offen falsche Erklärungen in vernünftig klingende grammatikalische Formen zu bringen und zu zerlegen. Nimm zum Beispiel nur das Paradoxon der Aussage: ›Dieser Satz ist eine Lüge.‹ In den formaleren Galaktischen Sprachen kann er nicht ausgedrückt werden. Wenn wir jedoch offene Widersprüche auf dieselbe Stufe mit den von der Tradition abgesegneten und weithin akzeptierten Voraussetzungen stellen, bringt uns das in Verwirrung, und unsere Gedanken geraten aus dem Tritt.«

»Und das hältst du für etwas Gutes?«

»Das zeigt uns auf, wie Kreativität vor allem bei den Menschen funktioniert. Vor jeder guten Idee müssen erst zehntausend idiotische kommen, die aufgestellt, sortiert, ausprobiert und dann verworfen werden. Ein Geist aber, der sich davor fürchtet, mit dem Lächerlichen zu spielen, wird nie etwas wirklich Brillantes, Neues und Originelles entwickeln – wie zum Beispiel irgendein derzeit absurdes Konzept, von dem später Generationen aber sagen werden: ›Warum ist bloß früher keiner darauf gekommen, es liegt doch wirklich auf der Hand.‹«

Jetzt war es an ihr zu lächeln, als sie fortfuhr:

»Ein Resultat davon ist ein Überreichtum an neuen Wörtern – ein Vokabular, das sich durch seine immense Fülle von allen vorhergegangenen Sprachen unterscheidet. Begriffe für neue Dinge, neue Sachverhalte und neue Möglichkeiten des Vergleichs und der Begründung.«

»Und für neue Desaster und neue Mißverständnisse«, murmelte der Brigand.

Sara nickte, denn auch das gehörte zwangsläufig dazu:

»Natürlich handelt es sich dabei um einen gefährlichen Prozeß. Die blutige Vergangenheit der Erde zeigt an viel zu vielen Beispielen, wie Phantasie und Glaube sich zu einem Fluch entwickelt haben, wenn sie nicht von einer kritischen Beurteilung begleitet worden sind. Die Schrift, die Logik und diverse Experimente helfen dabei, einige der Fehlerkorrekturen zu ersetzen, die in den alten

Grammatiken eingebettet waren. Und davon ganz abgesehen müssen reife Menschen sich ständig den am wenigsten erfreulichen Umstand vergegenwärtigen, daß die von ihnen bevorzugten Doktrinen sich als falsch erweisen könnten.«

Sie beobachtete Dedinger genau. Würde er diesen Köder schlucken und in ihre kleine Falle tappen?

Der Verbannte bedachte sie mit einem schiefen Grinsen.

»Ist dir schon aufgegangen, verehrte Sara, daß man dein letztes Statement genausogut auf dich und deine geliebte Hypothese anwenden könnte?«

Sara mußte schlucken, lachte dann aber laut.

»So verhält es sich eben mit der menschlichen Natur. Jeder glaubt, er wisse genau, wovon er redet, und daß es sich bei allen, die einem nicht zustimmen, um Narren handelt. Kreative Menschen sehen sich im Spiegel stets als Prometheus, niemals aber als Pandora.«

»Manchmal kann einem die Fackel, die man hochhält, auch die Finger verbrennen«, bemerkte Dedinger amüsiert.

Sara konnte nicht abschätzen, ob er nur einen Scherz hatte machen wollen. Manchmal fiel es ihr leichter, die Gefühle eines Hoon oder gar eines g'Kek zu deuten als die ihrer oft so rätselhaften Rassegefährten. Dennoch genoß sie diesen wissenschaftlichen Disput. Wie lange war es her, daß sie zum letzten Mal ein solches Gespräch hatte führen können?

So setzte sie es gern fort: »Und was die Trends hier auf Jijo angeht, so sieh dir doch bloß einmal die neuen rhythmischen Romane an, die von einigen der nördlichen ursischen Stämme veröffentlicht werden. Oder der neue Boom der hoonschen romantischen Poesie. Oder die in Galaktik Zwei verfaßten Haikus aus dem Tal ...«

Ein scharfer Pfiff brachte sie zum Schweigen. Ein gutturaler Haltebefehl, der aus UrKachus nach oben gestreckter Kehle gekommen war. Die Schlange der übermüdeten Tiere kam ruckend, gegeneinander prallend und sich windend zum Stehen. Die oberste

Kriegerin zeigte nach Norden auf eine Felsspitze und ordnete an, daß in deren langgezogenem Schatten ein getarntes Lager errichtet werden solle.

Im Schatten …

Sara blinzelte und stellte überrascht fest, daß die Nacht längst vorüber war. Erstes Tageslicht stieg über die Gipfel und durchdrang den Morgennebel. Sie waren ins Gebirge hinaufgestiegen, oder zumindest in die Hügelketten davor, und hatten die Warril-Ebene hinter sich gelassen. Damit befanden sie sich mittlerweile weit südlich von dem ausgetretenen Pfad, der zur Versammlungslichtung führte.

Dedingers Höflichkeit stand ganz im Gegensatz zu seinem rauhen Erscheinungsbild, als er sich bei ihr entschuldigte, weil er zu seinen Männern müsse. »Ich habe es sehr genossen, wie wir beide die geistige Klinge gekreuzt haben«, versicherte er ihr mit einer Verbeugung. »Vielleicht können wir das ja später fortsetzen.«

»Vielleicht.«

Obwohl die Debatte für eine angenehme Ablenkung gesorgt hatte, zweifelte Sara nicht einen Augenblick daran, daß dieser Mann sie mitsamt ihren Ideen und Thesen auf dem Altar seines Glaubens opfern würde. Sie nahm sich fest vor, die erstbeste Gelegenheit zu nutzen, um sich mit ihren Freunden von diesen Fanatikern fortzuschleichen.

Großartig. Ein alter Mann, ein Jüngling, ein Schimpanse, ein verwundeter Fremder und eine Intellektuelle, die schon sehr lange nichts mehr für ihre Fitneß getan hat. Selbst wenn wir einen mächtigen Vorsprung bekommen, holen uns diese ursischen Kriegerinnen und Wüstenläufer schneller ein, als man eine Sinuskurve transformieren kann.

Trotzdem blickte sie nach Norden zu den höchsten Gipfeln, wo sich in den Tälern große Dinge taten, und dachte: *Wir bewegen uns besser rasch voran, sonst machen Jafalls, Gott und der Rest des Universums ohne uns weiter.*

Nun ist die Reihe an uns, Drohungen auszustoßen.

Die Ordner haben alle Hände voll damit zu tun, die aufgebrachte Menge zurückzuhalten. Unsere ehemaligen Gäste sind von einem Ring des Volkszorns eingeschlossen. Die wenigen noch übriggebliebenen Anhänger der Sternenmenschen, meist Menschen, bilden einen Schutzwall um die Invasoren, während die beiden Roboter aufgestiegen sind, immer wieder hinabstoßen und mit ihren blendenden Blitzen eine Pufferzone errichten.

Lester Cambel tritt nun vor und hebt beide Hände, um Ruhe zu schaffen. Das Gelärme verebbt, und der Mob bedrängt die um ihr Leben fürchtenden Polizisten nicht mehr gar so arg. Bald tritt tatsächlich Stille ein, wenn auch nur aus dem Grund, weil niemand den nächsten Zug in diesem Spiel verpassen will, in dem wir alle hier auf Jijo der Einsatz sind, um den gewürfelt wird. Und es kommt ganz auf unser Glück und Geschick an, ob wir verlieren oder gewinnen.

Der menschliche Weise verbeugt sich vor dem Abgesandten der Rothen. In einer Hand hält er einen Stapel Metallplatten.

»Wir wollen nun damit aufhören, uns gegenseitig etwas vorzumachen«, erklärt er dem Sternengott. »Wir wissen jetzt, wer ihr seid. Ihr könnt uns auch nicht mehr zum Völkermord anstiften und uns dazu bringen, die Drecksarbeit für euch zu erledigen.

Solltet ihr immer noch vorhaben, diese Tat zu vollbringen, und falls ihr euch selbst die Hände schmutzig machen wollt, dann laßt euch gesagt sein, daß es euch nicht gelingen wird, alle Beweise für euer kriminelles Erscheinen zu vernichten.

Wir raten euch dringend, es nun gut sein zu lassen und der Liste eurer Verbrechen keine weiteren hinzuzufügen. Nehmt von dieser Welt, was ihr wollt, und dann verschwindet.«

Der Sternenmann trat empört vor. »Wie kannst du es wagen, so mit einem Patron deiner Rasse zu reden!« Ranns Gesicht ist rot angelaufen. »Entschuldige dich sofort für deine unerhörten Unverschämtheiten.«

Aber Lester ignoriert ihn. Ranns Status hat in den Augen der Sechs ohnehin deutliche Abstriche hinnehmen müssen. Ein Diener und Speichellecker diktiert einem Weisen nichts mehr, ganz gleich, welche Macht auch hinter ihm stehen mag.

So stellt sich Cambel vor den Rothen und reicht ihm eine der Metallplatten.

»Wir sind nicht stolz auf diese Fertigkeit, denn es werden Materialien verwendet, die nicht altern oder sich in Mutter Jijos Boden auflösen. Dieser Stoff hier ist so hart, daß er resistent ist gegen den Zahn der Zeit. Wenn man ihn richtig lagert, bleiben die auf ihm befindlichen Abbildungen mindestens so lange erhalten, bis sich auf dieser Welt wieder legal sapientes Leben tummelt.

Normalerweise würden wir solchen Abfall an einen Ort bringen, wo Jijo ihn in ihren Feuern recyclen kann. Doch unter den gegebenen Umständen wollen wir eine Ausnahme machen.«

Der Abgesandte dreht die Platte im Morgenlicht. Anders als bei einer Papierfotografie kann man solche Abbildungen erst richtig erkennen, wenn man sie im richtigen Winkel zum einfallenden Licht hält.

Wir wissen genau, was auf diesem Viereck zu sehen ist, nicht wahr, meine Ringe? Die Platte zeigt Ro-kenn und seine Gefährten kurz vor dem Aufbruch des Pilgerzuges, der in einer solchen Katastrophe endete. Eine Reise, deren Schrecken in unser wächsernes Zentrum einsickern und sich dort als ständige Quelle des Verdrusses festsetzen werden.

Bloor hat diese Aufnahme gemacht, um sie als Mittel zur Erpressung der Fremden einzusetzen.

»Andere Ablichtungen zeigen deine Gruppe bei verschiedenen Tätigkeiten – wie sie Erkundungsflüge unternehmen, Kandidaten-Spezies testen und so weiter. Richte dein besonderes Augenmerk auch bitte auf den jeweiligen Hintergrund. Du erkennst dort Merkmale, die eindeutig auf diese Welt schließen lassen. Die Form der Gletscher und der Erosionsgrad der Klippenwände zum Beispiel ermöglichen es späteren Bewohnern, den Zeitpunkt eurer illegalen Anwesenheit auf ein paar Jahrhunderte genau zu datieren, vielleicht läßt sich das sogar noch weiter einengen.«

Der Rewq, der meinen Sichtring umhüllt, zeigt uns Wellenbewegungen an, die sich kreuz und quer über Ro-kenns Gesicht ausbreiten. Wieder erkennen wir eine Dissonanz widerstreitender Gefühle. Wenn wir sie doch nur genauer erkennen könnten! Haben wir unsere Fähigkeit, diese Lebensform lesen zu können, denn noch nicht verbessert? Unser zweiter kognitiver Wulst verfolgt die sich überlagernden Emotionsfarben jedenfalls mit größtem Interesse.

Der Rothen streckt eine seiner eleganten Hände aus.

»Darf ich mir auch die anderen ansehen?«

Lester gibt sie ihm. »Das hier ist nur eine Auswahl. Selbstverständlich haben wir auch eine detaillierte Darstellung unserer Begegnung mit euch und eurem Schiff in haltbares Metall geätzt, und sie wird zusammen mit den anderen Ablichtungen an einen sicheren Ort gebracht werden.«

»Natürlich«, entgegnet der Abgesandte ganz ruhig, während er eine Platte nach der anderen im Sonnenlicht dreht. »Für Sooner, die ihr Schicksal so gewollt haben, habt ihr euch eine eigentümliche Kunstfertigkeit erworben. So etwas habe ich noch nie gesehen, selbst im zivilisierten Raum nicht.«

Dieses Lob löst in der Menge einiges Gemurmel aus. Ro-kenn ist wieder ganz der alte Charmeur.

»Jeder Akt der Rache an der Sechsheit oder auch die Anstiftung zum Völkermord wird auf diese Weise für die Nachwelt aufgezeichnet werden«, fährt der menschliche Weise fort. »Ich möchte bezweifeln, daß ihr uns alle auslöschen könnt, ehe ein paar von uns einen solchen Vorfall festgehalten haben.«

»Ja, das dürfte in der Tat zu bezweifeln sein ...« Der Rothen spricht nicht weiter und scheint zu überlegen, welche Möglichkeiten ihm jetzt noch bleiben. Eingedenk seiner früheren Arroganz haben wir eigentlich mit einem Wutanfall darüber gerechnet, auf solche Weise erpreßt zu werden – verbunden natürlich mit dem allergrößten Zorn, mit so wenig Respekt behandelt zu werden. Es würde uns auch nicht überraschen, wenn diese Götter uns auslachen würden, weil wir Halbwilden es gewagt haben, ihnen zu drohen.

Doch nehmen wir jetzt tatsächlich so etwas wie vorsichtiges Abwägen in seinen Zügen wahr? Macht er sich gerade klar, daß wir ihn in die Ecke gedrängt haben? Aber dann zuckt er in einer Weise die Achseln, wie wir sie von den Menschen kennen. »Was soll nun also weiter geschehen? Wenn wir auf eure Bedingungen eingehen, woher wissen wir dann, daß diese Chroniken nicht doch eines Tages auftauchen und unsere Nachfahren plagen werden? Wollt ihr uns diese Platten nicht für das Versprechen überlassen, daß wir in Frieden von hier abziehen?«

Nun lächelt Lester. Er wendet sich halb der Menge zu und holt zu einer weiten Handbewegung aus. »Wenn ihr erst hier erschienen wärt, wenn die Gemeinschaft ein oder zwei weitere Jahrhunderte Frieden hinter sich gehabt hätte, wären wir womöglich bereit gewesen, auf diese Bedingungen einzugehen. Aber hier und jetzt ist unter uns keiner, der nicht die Geschichten von den Alten gehört hat, die dabeigewesen sind, als Gebrochener Zahn am Ende der Kriege Ur-xouna bei der Falschen Brücke getäuscht und überrumpelt hat. Und welcher Mensch hätte nicht die bewegenden Geschichten seines Ur- oder Ururgroßvaters darüber gelesen, wie dieser im Jahr der Lügen dem Gemetzel in der Schlucht der Waffenruhe entkommen konnte?«

Damit dreht er sich wieder zu Ro kenn um: »Wir wissen über die Täuschung Bescheid, weil wir sie selbst erfahren, sie unter uns selbst angewandt haben. Unseren Frieden mußten wir uns hart erkämpfen, und die Lektionen, die wir dabei lernen mußten, sind längst noch nicht vergessen.

Nein, mächtiger Rothen. Bei allem gehörigen Respekt weigern wir uns, deinem Wort zu vertrauen.«

Ro-kenn hält Rann mit einer raschen Handbewegung zurück, weil dieser wieder so in Wut geraten ist, daß er sich auf den Weisen stürzen will. Den Rothen selbst scheint all das zu amüsieren, obwohl erneut eine befremdliche Dissonanz über seine Miene huscht.

»Welche Garantie könnt ihr uns denn geben, daß ihr diese Platten und Berichte zerstören und nicht doch an einem Ort aufbewahren werdet, wo sie von den zukünftigen Bewohnern dieser Welt gefunden werden können? Oder, schlimmer noch, in tausend Jahren von den Galaktischen Instituten?«

Darauf weiß Cambel eine Antwort.

»Die Situation entbehrt nicht einer gewissen Ironie, mächtiger Rothen. Wenn wir uns als Volk an euch erinnern, sind wir immer noch Zeugen, die über eure Verbrechen Zeugnis abgeben können. Sollten wir also auch in tausend Jahren noch über ein funktionierendes Gedächtnis verfügen, habt ihr allen Grund, etwas gegen uns zu unternehmen.

Wenn wir jedoch bis dahin erfolgreich auf dem Weg der Erlösung vorangekommen sein sollten, auf dem uns Vergessen erwartet, mögen wir unter Umständen in tausend Jahren bereits wie die Glaver und damit für euch vollkommen harmlos geworden sein – denn dann vermögen wir nicht mehr als Zeugen auszusagen. Ihr hättet keinen Grund mehr, uns irgend etwas zuleide zu tun; im Gegenteil, es wäre höchst töricht und auch riskant, uns dann noch töten zu wollen.«

Ro-kenn hält eine Platte hoch. »Das ist wohl wahr, aber wenn ihr bis dahin vergessen habt, daß wir hier gewesen sind, so werdet ihr euch auch nicht mehr daran erinnern können, wo eure Vorfahren diese Abbildungen versteckt haben. Sie liegen dann irgendwo und warten wie Lauer-Raketen geduldig auf einen Zeitpunkt in der Zukunft, um dann unseren Nachkommen das Leben schwerzumachen.«

Lester nickte. »Das ist ja die Ironie, von der ich eben gesprochen habe. Aber vielleicht gibt es doch eine Lösung. Wir versprechen, unseren Nachfahren ein Lied beizubringen, etwas Einfaches, ein lustiges Rätsel vielleicht, das sie selbst dann noch lösen können, wenn ihr Verstand längst schwach geworden ist.«

»Und was soll ein solches Rätsellied bewirken?«

»Wir bringen unseren Kindern bei, daß sie, sobald Wesen vom Himmel kommen, die die Antwort auf das Rätsel kennen, sofort zu den geheiligten Stätten aufbrechen sollen, dort bestimmte Gegenstände herausholen und diese dann den Besuchern aushändigen müssen – diese wären dann natürlich eure Nachfolger, o mächtiger Rothen.

Selbstverständlich sieht die Sache ganz anders aus, wenn die Gemeinschaften sich detailliert an eure Verbrechen erinnern. Wir Weisen werden in diesem Fall die Aushändigung der Beweise verhindern, denn dafür wäre es dann noch zu früh. Aber diese Erinnerung wollen wir nicht an unsere Kinder weitergeben, und wir würden sie nicht so sorgfältig lehren wie das Rätsel, von dem ich vorhin gesprochen habe. Denn die Erinnerung an eure Verbrechen wäre wie ein Gift, das uns selbst umbringen könnte.

Wir würden lieber vergessen und begraben, wann und warum ihr auf Jijo erschienen seid; denn erst dann werden wir vor eurer Vergeltung sicher sein.«

Ein wirklich kunstvoll ausgetüfteltes Angebot, das Lester da unterbreitet. Im Rat der Weisen hatte er es dreimal erklären müssen, bis auch der letzte es begriffen hatte. Nun kommt Getuschel und Gemurmel unter den Umstehenden auf, die sich Cambels Vorschlag Stückchen für Stückchen gegenseitig erläutern, bis nach einer Weile eine Woge von bewundernden »Ahs«

und »Ohs« aus der dichtgedrängten Menge aufsteigt. Nun haben alle verstanden, welche Eleganz Lesters Vorschlag innewohnt.

»Woher aber sollen wir wissen, daß ihr all das genauso tun werdet, wie du es gerade ausgeführt hast?« will der Rothen nun jedoch wissen.

»Bis zu einem bestimmten Grad wirst du es wohl darauf ankommen lassen müssen. Aber das dürfte euch nicht zu schwer fallen, schließlich seid ihr wie Glücksritter hier erschienen, um nach etwas zu suchen, von dem ihr euch etwas versprochen habt, nicht wahr?

Ich kann euch jedoch dies versichern: Wir haben kein großes Interesse daran, daß diese Bildplatten irgendwann einmal in die Hände von Instituts-Anwälten gelangen, die darüber ins Nachdenken geraten und schließlich zu dem Schluß kommen könnten, daß unsere Raum-Vettern, die immer noch zwischen den Sternen reisen, zu bestrafen seien. In ihrer Härte und Unzerstörbarkeit stehen diese Metallplatten in offenem Widerspruch zu unserem großen Ziel auf dieser Welt, nämlich zu vollkommener Unschuld hinabzusinken und uns so eine zweite Chance zu verdienen.«

Ro-kenn denkt darüber nach.

»Es hat tatsächlich den Anschein, daß wir ein paar tausend Jahre zu früh auf dieser Welt erschienen sind. Wenn ihr erst weit genug auf eurem Pfad vorangeschritten seid, wird sich uns hier eine wahre Schatzkammer auftun.«

Zuerst versteht kaum einer, was er damit meint. Dann erzählt es in der Menge einer dem anderen, und schließlich ist von den Urs Schnauben, den Qheuen Zischen und etwas später von den Hoon dröhnendes Gelächter zu vernehmen. Die einen sind von Rokenns Esprit begeistert, während die anderen sich über das Kompliment freuen, das er mit diesen Worten gemacht hat: Offenbar würden die Rothen jede präsapiente Spezies adoptieren, die sie hier vorfinden würden, also auch die, zu denen wir Sechs dann vielleicht geworden wären.

Aber nicht alle sind derart angetan. Einige unter den Bürgern ärgern sich sehr über die – in ihren Augen – Zumutung, von einer Rasse wie der Ro-kenns adoptiert zu werden.

Finden wir diese Empörung nicht dumm, meine Ringe? Haben Klientenrassen auch nur den geringsten Einfluß darauf, von welchen Patronen sie angenommen werden? In all den Büchern und Geschichten, die wir gelesen haben, ist ein solcher Fall nicht einmal erwähnt worden.

Aber diese Bücher und Texte werden längst zu Staub zerfallen sein, bevor irgendeines von diesen Ereignissen eintreten wird.

»Sollen wir nun beide einen Eid schwören?« fragte Ro-kenn. »Diesmal vielleicht auf der pragmatischsten Grundlage, die sich uns bietet – unserer gegenseitigen Abschreckung nämlich?

Also gut, nach dieser Regelung besteigen wir unser Schiff und warten nur noch so lange, bis unser Aufklärer von seiner letzten Mission zurückkehrt. Außerdem schlucken wir allen Zorn über die feige Ermordung unserer Kameraden hinunter.

Im Gegenzug schwört ihr, unser Eindringen und unseren dummen Versuch, durch euer heiliges Ei zu euch zu sprechen, zu vergessen.«

»Abgemacht«, antwortet Messerscharfe Einsicht und klickt zur Bestätigung mit zwei ihrer Scheren. »Heute nacht werden wir beraten und uns auf das Rätsel einigen, dessen Auflösung wir euch dann erzählen. Wenn eure Leute dann das nächste Mal nach Jijo kommen, könnte es durchaus sein, daß sie eine Welt voller Unschuldiger vorfinden. Mit der Rätsellösung halten sie dann den Schlüssel in der Hand, der sie zu den Verstecken führt. Euch bleibt es dann überlassen, die Platten und alles andere der Entsorgung zuzuführen, und unsere Abmachung wäre damit erledigt.«

Hoffnung entströmt der Bürgerschar und erreicht unseren Rewq als weiches grünes Beben.

Dürfen wir die Möglichkeit schon feiern, meine Ringe? Daß die Sechsheit überleben wird, um ein glückliches Ende miterleben zu können? Den Fundamentalisten muß es als das erscheinen, was sie immer angestrebt haben. Ihr junger Anführer vollführt bereits einen Freudentanz. Schließlich wird es keine Bestrafung für ihre Gewaltakte geben. Statt dessen wird man sie unter den Gemeinschaften ob ihrer Heldentaten rühmen.

Was sagt ihr dazu, meine Ringe?

Unser zweiter Kognitivring erinnert uns daran, daß die Häretiker wohl eher Feuer und Plagen über diesen Eiterherd wünschen würden, der sich die Sechsheit nennt. Und ja, da gibt es noch eine Splitterpartei der Häretiker, Exzentriker, die prophezeien, daß unser Schicksal einen anderen Verlauf haben wird – in eine Richtung nämlich, die selbst von den Schriftrollen nur vorsichtig angedeutet wird. Warum erinnerst du uns daran, Wulst? Welche Relevanz könnte solcher Unsinn an diesem Ort und zu dieser Zeit haben?

Schon machen sich Schreiber daran, die einzelnen Bedingungen des Pakts festzuhalten. Danach werden die Weisen hinzutreten und ihn beglaubigen (auch wir müssen uns darauf vorbereiten, meine Ringe). Bis dahin grübeln wir wieder über die Anomalie nach, die der Rewq zu unserer wächsernen Kenntnis brachte; denn in unserem Kern zeigen wir uns immer noch irritiert über die sonderbaren Farbspiele auf dem Gesicht des Rothen. Was haben sie zu besagen? Etwa, daß er ein falsches Spiel mit uns treibt? Daß ihn unsere Einfalt belustigt, daß er nach außen hin so tut, als nehme er unser Angebot dankbar an, weil er in Wahrheit aber nur Zeit gewinnen will, um ...

Aufhören! befehlen wir unserem zweiten Ring, der sich viel zu leicht in etwas hineinsteigert, was daran liegt, daß er zu viele Schicksalsromane gelesen hat. Wir kennen Ro-kenn zu wenig, um die subtilen und komplexen Bedeutungen seines fremden Mienenspiels deuten zu können.

Aber haben wir Ro-kenn nicht in der Falle? Hat er nicht allen Grund, diese Abbilder auf den Platten aus hartem Metall zu fürchten? Wenn man logisch folgert, kann er es nicht riskieren, daß sie ans Licht der Öffentlichkeit gelangen, denn sie würden ihn und die Seinen belasten.

Oder weiß er etwas, was wir nicht wissen?

Ach, welch dumme Frage, die wir uns da stellen, immerhin handelt es sich schließlich um einen Sternengott!

Während die Menge Hoffnung schöpft, werden wir/ich mit jeder Dura unruhiger.

Und wenn sie sich nun keinen Deut um die Fotografien scheren? Dann könnte Ro-kenn allem bedenkenlos zustimmen, denn wenn nur erst sein allmächtiges Sternenschiff erschienen ist, kann es ihm vollkommen gleichgültig sein, welche Vereinbarungen er vorher getroffen hat. Von diesem Moment an wäre er ja in Sicherheit ...

Wir bekommen keine Gelegenheit mehr, diese langsam einsikkernde Überlegung zu beenden. Denn jetzt ereignet sich plötzlich etwas Unerwartetes!

Es passiert viel zu schnell, als daß es in unserem Wachs Spuren hinterlassen könnte.

...

Es beginnt mit dem gellenden Aufschrei aus einer menschlichen Kehle.

Einer der Speichellecker der Rothen deutet auf eine Stelle *hinter* den Sternenwesen, dorthin, wo die Bahren für ihre beiden toten Kameraden errichtet worden sind. Seidene Tücher sind über die beiden drapiert worden, die in der Explosion umgekommen sind. Aber jetzt sehen wir, daß diese Hüllen zurückgerissen worden sind und die Toten, die Rothen und die Sternenfrau, entblößt daliegen –

Und erkennen wir jetzt nicht Bloor, den Portraitisten, der sich ihnen mit seiner Ausrüstung nähert? *Hat er etwa vor, die Gesichter der Toten zu fotografieren?*

Bloor scheint das empörte Murmeln jener zu ignorieren, die die Rothen als ihre Patrone ansehen. Ruhig wechselt er eine belichtete Platte gegen eine neue aus. Er scheint ganz auf seine Arbeit konzentriert zu sein, auch dann noch, als sich die allgemeine Aufmerksamkeit erst Rann, dann dem empörten Ro-kenn zuwendet, der in knappem Galaktik Sechs Befehle herausschreit –

Bloor blinzelt in die Richtung des sich herabstürzenden Roboters und hat gerade noch genug Zeit, um einen letzten Akt seines Professionalismus auszuführen – der Fotograf schirmt mit seinem zerbrechlichen Körper seine kostbare Kamera ab … und stirbt.

Habt Geduld, meine geringeren Ringe, die ihr am weitesten vom Zentrum meiner Sinne entfernt seid. Ihr müßt noch warten, bis ihr diese Erinnerungen mit unserem inneren Atem umhauchen könnt. Für jene, die sich an der Spitze unseres sich nach oben verjüngenden Kegels befinden, erscheinen die Ereignisse wie eine Flut verwaschener Bilder.

Und sehet den rasenden Zorn der Sternengötter, die fast zerrissen werden von der Wut, die wir herausgefordert haben!

Vernehmet Lesters, Vubbens und Phwhoon-daus vergebliches Flehen um Gnade!

Bezeugt, wie Bloors Überreste als schwelendes Häuflein daliegen!

Vermerkt, daß die Menge vor all der Gewalt zurückschreckt, während dunkelgekleidete Gestalten vom Waldrand herbeieilen!

Erbebt vor den brüllenden Robotern, die nur noch auf den Befehl zum Abschlachten warten!

Und *starrt* vor allem auf die Szene, die sich genau vor euren Augen darbietet, diejenige, die Bloor fotografiert hat, als er starb …

Ein Bild, das erhalten bleiben wird, solange dieser Turm von Wülsten steht.

Zwei Wesen, die Seite an Seite daliegen.

Das eine, die Menschenfrau, scheint sich im Tode entspannt zu haben, und ihr vom Schmutz befreites Gesicht zeigt den Ausdruck friedlicher Gelassenheit.

Die andere Gestalt war uns ähnlich ruhig erschienen, als wir sie vor der Dämmerung zum letzten Mal gesehen haben. Ro-pols Antlitz war das eines idealisierten Menschen gewesen, langgezogen und mit anmutig geschwungenen Augenbrauen, ausgeprägten Wangenknochen und einer sehr weiblichen Linie des Kinns, ein Gesicht, das, solange Ro-pol lebte, ein gewinnendes Lächeln zur Schau trug.

Aber das sehen wir jetzt nicht mehr.

Wir sehen statt dessen ein zitterndes Ding, das – sich in Todesqualen windend – von Ro-pols Gesicht herunterkriecht – wobei es viel von diesem Gesicht mit sich nimmt! Jene Augenbrauen, jene Wangen und jenes Kinn, an die wir gerade gedacht haben – sie sind der Körper des Wesens, das auf dem Gesicht der Rothen gewesen sein muß, so wie die Rewq sich auf den Gesichtern der Sechs Rassen festsetzen, und zwar so eng, daß kein Ansatz oder Saum zu sehen ist …

Erklärt das die Dissonanz? Die Kollision der Farben, die uns der ältere Rewq übertragen hatte? Als einige von Ro-kenns Gesichtspartien abweisende Gefühle offenbart, andere hingegen nur kühle, ruhige Freundlichkeit ausgedrückt hatten?

Das Etwas kriecht zur Seite, und die Zuschauer starren auf das, was übriggeblieben ist – ein scharfes schmales Gesicht, kinnlos und langustenähnlich, und der Schädel sieht ganz anders aus als der eines Menschen.

Verschwunden ist das Wunder der vom Himmel gesandten Ähnlichkeit mit den Erdlingen. Sicher, die Grundform ist immer noch humanoid, aber sie ist eine spitze, raubtierhafte Karikatur unserer jüngsten Rasse.

»Hmmm … ich habe dieses Gesicht schon einmal gesehen«, sagt Phwhoon-dau leise, während er über seinen Bart streicht. »Als ich damals in Biblos meine Lesungen gehalten habe. Eine obskure Rasse, die den Ruf hatte –«

Ro-kenns schrille Stimme unterbricht ihn, während Rann hastig die Tücher wieder über die beiden Leichname zieht. *»Das war eure letzte Schandtat!«*

Unsere Rewq zeigen uns nun ganz deutlich, daß Ro-kenn aus zwei Wesen besteht. Und eines davon ist eine lebende Maske. Verschwunden ist sein geduldiges Amüsement, seine scheinbare Nachgiebigkeit, sich auf unsere Erpressung einzulassen. Und bis jetzt hatten wir auch eigentlich gar nichts, mit dem wir ihn hätten erpressen können. Bis jetzt.

Der Rothen deutet auf Rann, gibt ihm ein Kommando: *»Unterbreche die Funkstille und stelle eine Verbindung mit Kunn her. Sofort!«*

»Unsere Beute wird dadurch gewarnt«, wendet Rann sichtlich erschüttert ein. »Und die Jäger auch. Können wir es wagen –?«

»Das müssen wir riskieren! Gehorche meinem Befehl! Rufe Kunn, und dann wird hier aufgeräumt!«

Ro-kenn macht eine Handbewegung, die alle Anwesenden umfaßt, die Menge, die Speichellecker, alle sechs Rassen.

»Kein einziger Zeuge darf übrigbleiben!«

Die Roboter steigen auf, und elektrisches Knistern läßt uns ihre entsetzliche Stärke ahnen ... Ein verzweifelter Seufzer entringt sich der Menge.

Und dann bricht – wie es manchmal in den Erzählungen der Erdlinge heißt – *die Hölle* ...

Der Fremde

Er klimpert langsam auf dem Hackbrett herum, schlägt einen tiefen Ton nach dem anderen an und wird unruhig, als er an das zu denken versucht, was er ausprobieren will. Aber es freut ihn auch, daß er sich überhaupt an so vieles erinnern kann.

An Urs zum Beispiel. Seitdem er an Bord des kleinen Bootes das Bewußtsein wiedererlangt hat, versucht er herauszufinden, warum er die vierfüßigen Kreaturen so gerne mag, trotz ihres kratzbürstigen und ungeduldigen Wesens. Vor dem blutigen Überfall hatte er im Lager in der Wüste der Ballade der verräterischen Ulgor gelauscht, und obwohl er wegen all der Klick- und Zischlaute kaum einen Satz richtig verstanden hatte, so war ihm der rhythmische Singsang doch seltsam vertraut erschienen, hatte Erinnerungen in seinem verletzten Gehirn wachgerüttelt.

Und ganz plötzlich wußte er wieder, wo er die Ballade schon einmal gehört hatte. In einer Bar. Weit weg von hier. Weit, weit weg …

Es gelingt ihm einfach nicht, sich an Namen zu erinnern. Aber jetzt hat er wenigstens ein Bild vor Augen, das aus dem Gefängnis, in dem seine Erinnerungen festgehalten werden, entkommen ist. Eine Szene in einer Bar für niedere sapiente Rassen wie seiner eigenen, und die Gäste sind Sternenreisende, die alle denselben Geschmack haben, was Essen, Musik und Unterhaltung anbetrifft. An solchen Orten konnte man die Rechnung mit Liedern begleichen. Und mit einem besonders guten Lied konnte man sogar eine Lokalrunde ausgeben, und er hatte selten anders bezahlen müssen, so begehrt waren seine Melodien unter seinen begeistert mitsingenden Mannschaftskameraden gewesen.

Mannschaftskameraden …

Er sieht sich mit einem weiteren Hindernis konfrontiert, mit der höchsten und schroffsten aller Wände in seinem Geist. Er versucht es abermals, aber es gelingt ihm nicht, eine Melodie zu finden, die diese Mauer zum Einstürzen bringen könnte.

Also zurück zur Bar. Mit diesem Erinnerungsbild vor Augen waren ihm doch Dinge eingefallen, die er über Urs wußte. Und vor allem ein Spaß, den er sich mit seinen ursischen Kameraden zu machen pflegte, wenn sie nach einem abendlichen Gelage eingedöst waren. Manchmal hatte er sich eine Erdnuß geschnappt, sorgfältig gezielt, und dann –

Der Gedankenfluß des Fremden wird jäh unterbrochen, als er bemerkt, daß er beobachtet wird. UrKachu starrt ihn an, sichtlich irritiert von den immer lauter werdenden Tönen, die er dem Hackbrett entlockt. Schnell versucht er, die Anführerin der Freibeuterinnen zu besänftigen, indem er sanftere Töne anschlägt. Er spielt weiter. Der jetzt langsamere Rhythmus wirkt ruhiger und geradezu hypnotisch, und genau das liegt auch in seiner Absicht.

Die Wegelagerer, sowohl die Urs als auch die Männer, haben sich auf dem Boden niedergelassen, und einige unter ihnen sind in der Hitze des Mittags bereits eingedöst. Auch Sara, Prity und die anderen Gefangenen ruhen sich aus. Er weiß, daß er ihrem Beispiel folgen sollte, aber er fühlt sich viel zu aufgewühlt.

Er vermißt Pzora, obwohl es ihm seltsam erscheint, sich nach der heilenden Berührung ausgerechnet eines Jophurs zu sehnen.

Aber nein, Pzora ist ja kein Jophur, Pzora ist keines dieser furchteinflößenden grausamen Wesen, er ist ein Traeki, also etwas vollkommen anderes. Und weil er inzwischen ja ein wenig besser mit Namen zurechtkommt, sollte er sich diesen Umstand wirklich merken.

Aber jetzt muß er sich an die Arbeit machen. In der Zeit, die noch zur Verfügung steht, muß er sich an den Rewq gewöhnen, den Sara für ihn gekauft hat, jenes seltsame Geschöpf, dessen durchscheinender Körper sich einem über die Augen legt und Urs und Menschen mit einer Aura weicher Farben umgibt und das schäbige Zelt in einen Pavillon voller aufschlußreicher Farbschattierungen verwandelt.

Die Art und Weise, wie der Rewq über seinem Gesicht zittert, stört ihn erheblich, und außerdem saugt die Kreatur ihre Nahrung aus den Blutgefäßen direkt neben der klaffenden Wunde an seinem Schädel. Trotzdem aber kann er nicht auf dieses Hilfsmittel verzichten, will er doch alle Möglichkeiten der Kommunikation ausschöpfen, die sich ihm bieten. Manchmal verbinden sich die verwirrenden Farbenspiele miteinander und erinnern ihn daran, wie er das letzte Mal Zwiesprache mit Pzora gehalten hat, damals, in der Oase. Es hatte einen Moment seltsamer Klarheit gegeben, als ihre miteinander verbundenen Rewq es zustande gebracht hatten, exakt das weiterzuleiten, was er gewollt hatte.

Und Pzoras Antwort hatte darin bestanden, ihm etwas zu geben, das er nun innerhalb seines Schädels *aufbewahrte, der einzigen Stelle, an der die Freibeuter bestimmt nicht suchen würden.*

Er widersteht der Versuchung, die Hand zum Kopf zu heben und nachzutasten, ob es auch noch da war.

Alles zu seiner Zeit.

Während er dasitzt und auf den Saiten klimpert, wird die Hitze immer schrecklicher. Die Köpfe der Urs und der Menschen sinken langsam zu Boden, wo sich noch ein Rest der nächtlichen Kühle erahnen läßt. Er sitzt da, wartet und versucht, sich noch ein wenig genauer zu erinnern.

Es ist nicht nur die Sprache – auch da, wo die jüngste Vergangenheit sein sollte, tut sich ein schwarzes Loch auf.

Wenn er aus seinen Träumen erwacht, sind ein paar Erinnerungsfetzen das einzige, was ihm noch bleibt. Immer noch genug, um ihn wissen zu lassen, daß er einst die Galaxien durchquert und Zeuge von Dingen geworden ist, die keiner seiner Spezies je zuvor gesehen hat. Aber die Schlösser von diesen Erinnerungen haben allem standgehalten, was er bis jetzt aufge-

boten hat – all die Zeichnungen, die mathematischen Denkspiele mit Prity, das Schwelgen in Pzoras Geruchsbibliothek. Er ist fast sicher, daß Musik der Schlüssel ist. Aber welche Musik?

Neben ihm schnarcht Sara leise vor sich hin, und er fühlt Dankbarkeit und Zuneigung in sich aufsteigen ... aber er hat gleichzeitig das bohrende Gefühl, daß er dabei eigentlich an jemanden anderen als Sara denken sollte. Jemanden, den er verehrte, bevor ihn ein grausames Schicksal vom Himmel gefegt hat. Am Rande seiner Erinnerungen taucht das Gesicht einer Frau auf, zu schnell, um es zu erfassen. Aber auch so löst es in ihm eine Flut starker Gefühle aus.

Er vermißt sie ... obwohl er sich nicht vorstellen kann, daß sie genauso fühlt, wo immer sie auch sein mag.

Wer immer sie sein mag.

Mehr als je zuvor wünscht er sich, seine Gefühle in Worte kleiden zu können, obwohl er das während all der gefährlichen Zeit, die sie miteinander verbracht haben, nicht konnte ... einer Zeit, in der sie sich nach einem anderen verzehrte ... einem Besseren als ihm.

Diese Gedankenspur führt mich weiter, stellt er aufgeregt fest. Fast gierig folgt er ihr. Die Frau in seinen Träumen ... sie sehnt sich nach einem Mann ... einem lange verschollenen Helden ... verschollen vor ein oder zwei Jahren ... vermißt, zusammen mit seinen Mannschaftskameraden und ... und seinem Captain ...

Ja, natürlich! Der für immer verschwundene Kommandeur, den sie alle seit der kühnen Flucht von jener erbärmlichen Wasserwelt so schmerzlich vermißten. Einer Welt der Katastrophen, aber auch des Triumphes.

Er versucht, ein Bild des Captain zu rekonstruieren. Ein Gesicht. Aber alles, was ihm in den Sinn kommt, ist verwischtes Grau, ein Gewirr von Luftblasen, und dann das weiße Glitzern nadelspitzer Zähne. Ein Lächeln, das keinem anderen gleicht. Weise und ernst.

Nicht menschlich.

Und wie aus dem Nichts kommt ein sanftes Trällern, wie man es auf dem Hang noch nie gehört hat.

Mein stiller guter Freund
Verloren im Schrecken der Wintersturmwolke …
Einsam … so wie ich …

Pfeiftöne. Knack- und Knallaute. Sie kommen aus seinem Mund, noch bevor er überhaupt weiß, daß er sie ausgestoßen hat … Es reißt ihm den Kopf zurück, als ein Damm in seinem Innern zu brechen scheint und eine Flut von Erinnerungen über ihn hereinstürzen läßt.

Die Musik, nach der er so verzweifelt gesucht hat, stammt nicht von Menschen. Sie ist die Sprache der dritten sapienten Rasse auf der Erde. Eine Sprache, die Menschen nur ungeheuer mühsam erlernen , die jedoch diejenigen belohnt, die diese Mühe auf sich nehmen. Trinary *ähnelt in keiner Hinsicht Galaktik Zwei oder irgendeiner anderen Sprache, abgesehen von den dröhnenden Balladen vielleicht, die die großen Wale der Erde singen, wenn sie die zeitlosen Meerestiefen ihres Heimatplaneten durchpflügen.*

Trinary.

Er blinzelt vor Erstaunen, und sein Geklimper auf dem Hackbrett kommt aus dem Takt. Einige Urs heben erstaunt die Köpfe, bis er die Kadenz wiederaufnimmt und reflexartig weiterspielt, während er über seine erstaunliche Wiederentdeckung nachgrübelt. Die vertraute und gefährliche Tatsache, die sein Geist bislang nicht hatte festhalten können.

Seine Mannschaftskameraden – vielleicht warteten sie immer noch auf ihn an jenem dunklen, trüben Ort, wo er sie verlassen hatte.

Seine Mannschaftskameraden, die Delphine.

IX.

DAS BUCH VOM MEER

Hütet euch, Verdammte,
die ihr Erlösung sucht.
Die Zeit ist euer Freund,
aber auch euer mächtiger Feind.

Wie die Feuer von Izmunuti
kann sie vergehen,
bevor ihr bereit seid,
und einmal mehr
Dinge hereinlassen,
vor denen ihr geflohen seid.

Die Schriftrolle der Gefahr

Alvins Geschichte

Ich habe einmal versucht, *Finnegan's Wake* zu lesen.

Letztes Jahr.

Vor einer Ewigkeit.

Es heißt, daß kein Nicht-Erdling dieses Buch je begreifen könne. Und selbst die wenigen Menschen, die dieses Unterfangen gemeistert haben, blicken meist auf viele Jahre zurück, in denen sie Joyces Meisterwerk Wort für Wort auf seinen obskuren Inhalt abgeklappert und sich dabei der Analysen anderer Gelehrter bedient haben, die von diesem Bemühen ebenso besessen gewesen sind wie sie. Mr. Heinz hat gesagt, niemand am Hang dürfe sich je Hoffnung darauf machen, in die Tiefe dieses Werkes vorzudringen.

Natürlich war das für mich eine Herausforderung, und als unser Lehrer das nächste Mal zur Versammlung gereist ist, habe ich ihn mit der Bitte gelöchert, mir ein Exemplar dieses Buches mitzubringen.

Nein, ich will hier gar nicht behaupten, daß mir das Undenkbare gelungen sei. Schon nach der ersten Seite wußte ich, daß diese Geschichte erheblich anders war als *Ulysses,* obwohl dieser Roman doch auch von diesem Autor stammt. Obwohl die Worte und Sätze einem so vorkommen, als seien sie im Englisch des Vorraumfahrtzeitalters geschrieben, setzt Joyce hier doch eine ganz andere Sprache ein, die er für dieses einzigartige Kunstwerk geschaffen hat. Selbst hoonsche Geduld muß sich davor als machtlos erweisen. Um überhaupt mit dem Verstehen beginnen zu können, muß man erst den Kontext dieses Schriftstellers erfassen, und das bedeutet mehr, als sich nur kurz Einblick zu verschaffen.

Welche Hoffnung blieb mir noch? Das irische Englisch war nicht einmal meine Muttersprache. Ganz zu schweigen davon, daß ich nicht im Dublin des frühen zwanzigsten Jahrhunderts gelebt habe. Ich bin ja nicht einmal ein Mensch und habe weder einen »Pub« von innen gesehen noch mir ein »Quark« angeschaut – obwohl die Physik diesen Ausdruck doch aus *Finnegan's Wake* übernommen hat. Bestenfalls kann ich versuchen mir vorzustellen, was in beiden vor sich geht.

Ich erinnere mich, mir damals, sicher in einem leisen Anflug von Arroganz, überlegt zu haben: *Wenn ich diesen Wälzer schon nicht lesen kann, vermag das sicher auch niemand sonst am Hang.*

Der Band sah auch noch recht ungelesen aus, und das legte die Vermutung nahe, daß sich daran vor mir nur wenige seit dem Großen Druck versucht hatten. Warum hatten die menschlichen Gründer dann Platz in ihrer Bibliothek in Biblos vergeudet für ein solch bizarres intellektuelles Experiment aus längst vergangenen Zeiten?

Nach dieser Überlegung glaubte ich, zumindest eine erste Ahnung davon zu haben, warum die Besatzung der *Tabernakel* ausgerechnet diese Welt angeflogen hatte. Ganz gewiß nicht aus den Gründen, die man uns an den heiligen Feiertagen erzählt, wenn die Weisen und Priester aus den gesegneten Schriftrollen vorlesen. Es ging den Erdlingen nicht darum, irgendeine abgelegene Ecke im Universum zu finden, um sich dort auf kriminelle Weise ungehemmt fortpflanzen zu können. Sie hatten auch nicht angesichts des Alls resigniert und waren auch nicht gekommen, um hier den Pfad zur Unschuld zu finden. In diesen Fällen wäre es sicher sinnvoll gewesen, Handbücher zu drucken oder Geschichten zu erzählen, die ein wenig Licht ins Dunkel des Daseins bringen konnten. Zur rechten Zeit würden die Bücher zerbröseln und zu Staub zerfallen, sobald die Menschen und wir anderen bereit waren, auf sie zu verzichten. So ähnlich wie bei den Eloi in H. G. Wells' *The Time Machine.*

Aber welchen Sinn hatte es, unter solchen Voraussetzungen ein Buch wie *Finnegan's Wake* zu drucken?

Als mir das klargeworden war, nahm ich den Band noch einmal zur Hand. Und wenn auch weder die Handlung noch die vielen Andeutungen für mich diesmal mehr Sinn ergaben als zuvor, so genoß ich doch den Fluß der Worte, ihren Rhythmus, ihren Klang und ihre Extravaganz. Für mich war es überhaupt nicht mehr wichtig, mir zu beweisen, der einzige zu sein, der diesen Stoff verdauen konnte.

Während ich Seite um Seite las, kam ein warmes Gefühl über mich, und ich dachte: *Eines Tages wird irgend jemand mehr aus dieser Geschichte herausholen, als ich es vermag.*

Auf Jijo werden die Dinge, die tot scheinen, weggeräumt, auch dann, wenn sie nur schlafen.

Die Erinnerung an dieses Leseabenteuer ging mir die ganze Zeit durch den Kopf, als ich in ständigem Schmerz dalag und versuchte, es stoisch über mich ergehen zu lassen, daß stille Wesen in meine Zelle kamen und mich mit Wärme, Kälte und einem spitzen Ding abtasteten. Ich bitte euch, hätte ich denn Hoffnung verspüren sollen, während Metallfinger meine Wunden abtasteten? Oder in beleidigtes Schweigen verfallen, weil diese Wesen mit den leeren Gesichtern sich beharrlich weigerten, mir auch nur eine meiner Fragen zu beantworten und in meiner Gegenwart überhaupt keinerlei Äußerung taten? Oder sollte ich mich gar in meinem schrecklichen Heimweh ergehen? Oder, andersherum, voller Begeisterung darüber jubeln, etwas Wunderbares und Fremdes entdeckt zu haben, von dem niemand am Hang je etwas geahnt hatte, seit die g'Kek als erste ihr Schleichschiff in die Tiefe hatten plumpsen lassen?

Na ja, ein paar Fragen habe ich mir natürlich doch gestellt. Vor allem diese: Bin ich hier Gefangener, Patient oder Gewebeprobe?

Bis mir dann klar wurde, daß mir jeglicher Rahmen fehlte, um eine Antwort darauf zu finden. Wie bei den Sätzen in Joyces Buch erschienen mir diese Wesen gleichzeitig unheimlich vertraut und auf der anderen Seite komplett unverstehbar.

Waren sie Maschinen?

Waren sie die Abkömmlinge irgendeiner uralten unterseeischen Zivilisation?

Sahen sie vielleicht in uns Invasoren?

Waren sie am Ende gar Buyur?

Ich weigere mich schon seit einiger Zeit, auf das einzugehen, was mich in meinem Innern permanent plagt.

Reiß dich zusammen, Alvin. Stell dich dieser Sache.

Ich erinnere mich an die letzten Duras, als unsere wunderschöne *Wuphons Traum* in viele Stücke zerbrochen ist. Als ihre Hülle gegen mein Rückgrat krachte. Als meine Freunde in das Maul des Metallmonsters gespült wurden und in dem kalten, bitterkalten, saukalten und grausamen Wasser untergingen.

Da waren sie noch am Leben gewesen. Verletzt und ohnmächtig zwar, aber lebendig.

Und auch dann noch nicht tot, als ein Hurrikan aus Luftströmen uns aus dem schrecklichen dunklen Meer schleuderte und verwundet und halb vergangen auf eine harte Fläche warf. Dort blendeten uns sonnenhelle Lichter, und spinnenartige Wesen krabbelten in die Kammer, um sich ihren Fang anzusehen.

Von da an setzte meine Erinnerung aus, verging in einem Nebel von verwaschenen Bildern – bis ich hier erwachte und mich ganz allein wiederfand.

Allein und voller Sorge um meine Gefährten.

X.

DAS BUCH VOM HANG

Legenden

Wir wissen, daß in den Fünf Galaxien jede sternenfahrende Rasse ihre Befähigung dazu aufgrund des Prozesses namens Schub erhielt. Die Patrone, die sie adoptiert hatten, verhalfen ihrer Sapiens zu einem mächtigen Sprung nach vorn. Diesen Patronen war die gleiche Wohltat von früheren Adoptionsrassen erwiesen worden ... und so weiter und so fort. Die Kette des Schubprozesses reicht zurück bis in den Nebel der Geschichte, als es mehr als fünf miteinander verbundene Galaxien gab, und weiter bis zu den sagenhaften Progenitoren, die vor sehr, sehr langer Zeit mit diesem Prozeß begonnen haben.
Aber wo stammten die Progenitoren eigentlich her?
Für einige Religionsgruppen, die einander entlang der Sternenstraßen eifersüchtig beobachten, stellt allein schon diese Frage ein Tabu dar und löst oft genug einen Kampf aus.
Andere haben darauf die Antwort gefunden, daß diese Ur-Rasse von »woanders« hergekommen sein muß; oder daß es sich bei den Progenitoren um transzendentale Wesen gehandelt haben muß, die in aller Pracht und Herrlichkeit von einem höheren Ort herabgestiegen sein müssen, um dem hiesigen sapienten Leben zu einem Start zu verhelfen.
Natürlich mag man einwenden, daß solche treuherzigen Erklärungsversuche sich in Wahrheit nur um die Antwort herumdrücken, aber jedem sei geraten, diese Vermutung nicht laut zu äußern. Einige der erhabenen Galaktiker können ziemlich säuerlich reagieren, wenn man sie auf ihre inneren Widersprüche hinweist.

Aber dann gibt es da ja noch einen Kult – die Bejaher –, der die Ansicht vertritt, die Progenitoren müßten aus eigener Kraft auf ihrer Heimatwelt, wo immer die auch gelegen haben mag, Intelligenz und Raumfahrt entwickelt haben, ihren Intellekt sozusagen am eigenen Zopf aus dem Sumpf der Unwissenheit gezogen haben. Eine ungeheuerliche und so gut wie ausgeschlossene Idee.
Man sollte eigentlich annehmen, daß die Bejaher den Erdlingen freundlicher gesonnen sein müßten als die anderen fanatischen Religionsgemeinschaften. Immerhin glaubt die Mehrheit der Menschen ja immer noch, daß ihre Rasse das gleiche vollbracht, sich nämlich selbst den Schub verpaßt und sich ohne Hilfe von außen aus der Isolation befreit habe.
Doch aufgemerkt, ihr Terraner, erhofft euch nicht zuviel Sympathie von den Bejahern, die nämlich die Ansicht vertreten, daß eine solche Wölflings-Rasse eine ganz schön dicke Lippe riskiere, wenn sie eine so arrogante Behauptung aufstelle. Der selbstversetzte Schub, argumentieren die Bejaher, sei nämlich ein Phänomen der allerhöchsten und geheiligsten Ordnung – und Kreaturen wie die Menschen seien dazu nicht fähig.

– Eine pragmatische Einführung in die Galaktologie –
von Ja-kob Demwa –
Nachdruck des Originals durch die Drucker-Innung
von Tarek, im Jahr des Exils 1892

Dwer

Es half nicht, die Glaver anzuschreien oder Steine nach ihnen zu werfen. Das Pärchen zog sich einfach weiter zurück, um mit seinen leeren, halbkugelförmigen Augen aus der Distanz zu glotzen. Und wenn die Menschengruppe weiterzog, folgten die beiden ihr einfach in einiger Entfernung. Der Jäger mußte sich eingestehen, daß man die Glaver nicht so leicht loswerden würde. Er konnte sie nur niederschießen oder ignorieren.

»Mein Sohn, du hast noch genug andere Dinge zu tun, die dich mehr als beschäftigt halten«, ermahnte ihn der Oberförster.

Und das war wirklich eine Untertreibung.

Die Lichtung am Wasserfall stank immer noch nach Urs, Eseln und Simlas, als Dwer vorsichtig Danels Gruppe über die Furt führte. Von da an bediente er sich einer Taktik aus den alten Kriegen, indem er jede Nacht loszog, um den Weg zu erkunden, den sie am folgenden Tag einschlagen wollten. Er vertraute auf die ursische Bevorzugung der Tagesstunden und wähnte sich so sicher vor einem Hinterhalt. Aber die Vierbeiner waren Wesen, die ihr Verhalten den Gegebenheiten anpassen konnten. Sie konnten auch des Nachts tödlich zuschlagen, wie die Menschen schon früher unter schweren Verlusten hatten herausfinden müssen.

Dwer konnte nur hoffen, daß die Urs-Gruppe vor ihnen nach den langen Dekaden des Friedens nachlässig geworden war.

Gegen Mitternacht stand er auf und setzte sich im Licht der beiden kleineren Monde in Bewegung. Er folgte der Spur der Hufe und blieb jedesmal stehen, wenn er an eine Stelle gelangte, die sich für eine Falle eignete. Dort schnüffelte er so lange, bis er sich davon überzeugt hatte, daß die Kriegerinnen keinen Hinterhalt gelegt hatten. Kurz vor der Morgendämmerung kehrte er dann zum Lager zurück und führte bei Tagesanbruch Danels Esel über die Strecke, die er zuvor abgesucht hatte.

Der Oberförster hielt es für geboten, rasch zu der ursischen Gruppe aufzuschließen und mit Verhandlungen zu beginnen. Aber Dwer bereitete das Magenschmerzen. *Was glaubt Ozawa denn, wie sie auf uns reagieren werden? Denkt er, sie werden uns wie Brüder in die Arme schließen? Bei diesen Kriegerinnen handelt es sich um Banditen und Kriminelle, die keinen Deut besser sind als Retys Sippe – oder wie wir.*

Die Spur wurde bald frischer. Die Urs schienen ihnen nur noch eine Woche voraus zu sein, vielleicht noch weniger.

Nun bemerkte er auch andere Fährten. Leichte Abdrücke im Sand, herausgebrochene Steinchen, abgerissene Enden von Mokassinfransen oder die Reste von Lagerfeuern, die vor über einem Monat entzündet worden waren.

Retys Klan. Die Urs dringen direkt ins Herz ihres Territoriums ein.

Danel reagierte recht gelassen auf diese Neuigkeit. »Sie müssen zu den gleichen Schlußfolgerungen gelangt sein wie wir. Die menschlichen Sooner kennen sich in diesem Hügelland am besten aus. Auf solches Wissen darf man nicht verzichten, gleich, ob man es sich erkauft, es den anderen abluchst oder …«

»Oder es durch Folter herauspreßt«, beendete Lena Strong den Satz, während sie eines ihrer Messer im roten Schein des Nachtfeuers wetzte. »Einige ursische Stämme haben menschliche Gefangene als Sklaven gehalten, bevor wir ihnen diese Angewohnheit austreiben konnten.«

»Das haben sie von den Königinnen gelernt«, entgegnete Ozawa. »Es gibt also überhaupt keinen Grund, den Urs zu unterstellen, die Versklavung gehöre zu ihren ureigensten Eigenschaften. Und wo wir schon einmal beim Thema sind, auf der alten Erde hat man auch …«

»Na ja, wir hätten da eigentlich noch ein anderes Problem«,

unterbrach Dwer die beiden. »Wie gehen wir vor, wenn wir sie eingeholt haben?«

»Ganz genau!« Lena begutachtete die Schärfe der Messerklinge. »Schlagen wir gleich mit Macht zu, überrumpeln sie und nehmen sie allesamt gefangen? Oder machen wir es so wie die Hoon und nehmen uns einen nach dem anderen vor?«

Jenin seufzte unglücklich. »Würdest du bitte damit aufhören, Lena?« Sie war die ganze Reise über immer vergnügt und gut gelaunt gewesen, bis sie von den bevorstehenden Kämpfen erfahren hatte. Jenin hatte sich diesem Treck angeschlossen, um die Mutter einer neuen Rasse zu werden, nicht aber, um Wesen zur Strecke zu bringen, die bis vor kurzem ihre Nachbarn gewesen waren.

Dwers Herz stimmte Jenin durchaus zu, aber sein Verstand unterstützte Lena.

»Wenn es denn schon sein muß, dann lieber auf die rasche Art«, murmelte er und warf einen Blick auf den Esel, der ihr größtes Geheimnis trug, die »unaussprechlichen« Werkzeuge.

»So weit muß es doch nicht kommen«, wandte Danel ein. »Zuerst sollten wir feststellen, wer sie sind und was sie vorhaben. Vielleicht können wir uns ja mit ihnen zusammentun.«

»Willst du etwa einen Boten zu ihnen schicken?« schnaubte Lena. »Und damit unsere Anwesenheit verraten? Du hast Dwer doch gehört. Es sind mehr als ein Dutzend.«

»Haltet ihr es denn nicht für besser, wenn wir auf die zweite Gruppe warten?« fragte Jenin. »Die müßte doch eigentlich nicht weit hinter uns sein.«

Lena zuckte die Achseln. »Wer weiß schon, wie lange sie noch braucht? Vielleicht hat der Trupp sich längst verirrt. Außerdem könnten die Urs uns vorher entdecken. Ganz zu schweigen von dem Menschenstamm, über den wir uns auch Gedanken machen müssen.«

»Du meinst Retys Sippe?«

»Richtig. Willst du zulassen, daß sie von den Urs ermordet oder versklavt werden? Bloß weil wir zu feige sind, um ...«

»Lena, das reicht jetzt!« schnitt ihr der Oberförster das Wort ab. »Wir entscheiden, wie wir vorgehen, wenn die Zeit dazu gekommen ist. Und in der Zwischenzeit legt der arme Dwer sich hin. Wir schulden ihm soviel Schlaf, wie er nur kriegen kann.«

»Das ist noch nicht die Hälfte von dem, was er uns schuldet«, murmelte Lena. Dwer sah zu ihr hinüber, aber in der Finsternis vor Mondaufgang konnte er nur Schatten ausmachen und nicht in ihren Zügen lesen.

»Gute Nacht alle zusammen«, verabschiedete er sich und machte sich auf den Weg zu seinem Lagerplatz.

Schmutzfuß sah von der Decke auf, auf der er sich zusammengerollt hatte, und reagierte ausgesprochen ungehalten, als er ein Stück beiseite rücken sollte. Der Noor spendete in der Nacht wirklich Wärme, und deshalb ließ der Jäger es auch über sich ergehen, daß er ihm im Schlaf immer wieder das Gesicht ableckte, um die leckeren Schweißperlen auf Stirn und Oberlippe zu erhaschen.

Dwer rollte sich ein, drehte sich herum und starrte auf zwei Paare riesiger Augen, die ihn aus nur drei Metern Entfernung anglotzten.

Ihr verdammten Glaver!

Unter normalen Umständen beachtete man die phlegmatischen Wesen am besten überhaupt nicht. Aber Dwer wurde einfach die Erinnerung an den Anblick nicht los, als eine Gruppe von ihnen um einen toten Gallaiter gehockt und mit seiner Hilfe Ungeziefer angelockt hatte.

Der Jäger schleuderte einen Erdklumpen in ihre Richtung. »Lauft weiter! Haut schon ab!«

Langsam und gemächlich drehte sich das Paar um und schlenderte fort. Dwer sah den Noor an.

»Warum machst du dich nicht ausnahmsweise mal nützlich und verscheuchst diese Biester?«

Schmutzfuß grinste ihn nur an.

Der Jäger zog sich die Decke bis übers Kinn und versuchte, in Schlaf zu sinken. Er war müde, seine Schrammen schmerzten ihn, und er hatte Muskelkater. Doch der Schlummer wollte sich nur langsam einstellen und brachte haufenweise beunruhigende Träume mit sich.

Er erwachte von einer leichten Berührung. Etwas strich ihm übers Gesicht. Ärgerlich versuchte er, den Noor fortzuschieben.

»Hör auf damit, du Flohfänger. Wenn du unbedingt Salz brauchst, dann schleck doch einen Eselshaufen ab!«

Nach einer kurzen Pause entgegnete eine tiefe, weibliche Stimme: »Also, ich muß schon sagen! Noch nie hat mich ein Mann so galant in seinem Bett willkommen geheißen.«

Dwer stützte sich auf einen Ellenbogen und rieb sich die Augen, um die verwischte Silhouette besser wahrnehmen zu können. Das war tatsächlich eine Frau.

»Jenin?«

»Hättest du die lieber? Ich habe bei unserem Fingerhakeln gewonnen, aber wenn du sie vorziehst, hole ich sie dir.«

»Lena! Was … was kann ich für dich tun?«

Er machte ein weißes Leuchten aus. Sie zeigte ihre Zähne und lächelte, ein wahrlich seltener Anblick.

»Nun, du könntest mich zu dir bitten, damit ich nicht mehr in der Kälte stehen muß.« Ihre Stimme klang ungewohnt sanft, fast so, als wäre sie schüchtern.

Lena war eine Frau, die man nicht als klapperdürr bezeichnen konnte, und auf ihre Weise war sie durch und durch weiblich, aber *sanft* oder *schüchtern* waren nicht unbedingt Eigenschaften, die er sofort mit ihr verbunden hätte. »Äh, ja … natürlich.« *Befinde ich mich mitten in einem Traum?* fragte er sich, als sie neben ihn glitt und ihre starken Hände sich gleich daranmachten, seine Kleider zu öffnen. Ihre glatte Haut schien zu glühen.

Ja, das muß ein Traum sein. Die Lena, die ich kenne, hat noch nie so gut gerochen.

»Du bist ja ganz verkrampft«, bemerkte sie und fing schon an, ihm mit geradezu unheimlicher Erfahrung und Kraft den Nacken und den Rücken zu kneten. Zuerst ächzte Dwer nur von der Tortur. Doch irgendwie ging von den Bewegungen ihrer schwieligen Finger etwas unglaublich Feminines und Erotisches aus.

Sie hatte die Massage noch lange nicht beendet, als der Jäger sich nicht länger beherrschen konnte und sich umdrehte, um ebenso sanft wie resolut ihre Positionen zu wechseln. Er schob sie unter sich und erwiderte ihre Vitalität mit der Kraft der seit Wochen aufgestauten Anspannung. Die Sorgen und die Müdigkeit schienen in die Luft, den Wald und in sie zu explodieren, als sie sich an ihn klammerte, stöhnte und ihn an sich zog.

Später, nachdem sie sich leise von ihm entfernt hatte, gingen ihm alle möglichen Gedanken durch den Kopf. *Lena hat bestimmt befürchtet, ich würde bald sterben, da ja meine Aufgabe darin besteht, mich als erster dem Feind zu nähern … Und da dachte sie wohl, das sei womöglich ihre letzte Chance …*

Er versank in einen tiefen, traumlosen Schlaf, der so ungestört verlief und ihn so sehr entspannte, daß er sich tatsächlich erholt fühlte, als ein neuer warmer Körper zu ihm unter die Decke schlüpfte. Zu diesem Zeitpunkt hatte sein Unterbewußtsein die Antwort gefunden, und er konnte den Frauen für ihren absoluten Pragmatismus nur Anerkennung zollen.

Danel wird bestimmt auch bald kommen. Also wäre es doch wohl das beste, alles zu geben, was ich noch in mir habe, bevor es zu spät ist.

Es stand ihm nicht zu, über die beiden Frauen zu richten. Ihre Aufgabe hier in der Wildnis war zweifellos die härtere. Seine Aufgabe war simpel: jagen, kämpfen und, wenn nötig, sein Leben geben. Lena und Jenin aber mußten immer weiter durchhalten, ganz gleich, was auf sie zukam.

Dwer mußte nicht einmal richtig aufwachen. Und Jenin schien auch nicht beleidigt darüber zu sein, daß er im Halbschlaf blieb. Sein Körper hingegen reagierte hellwach. In den nächsten Tagen erwarteten ihn alle möglichen Pflichten. Wenn er sich ihnen stellen wollte, mußte er sich jede Ruhe gönnen, die er finden konnte.

Als Dwer erwachte, war es bereits eine Midura nach Mitternacht. Er fühlte sich zwar deutlich besser, mußte aber gegen eine bleierne Lethargie ankämpfen und sich dazu zwingen, sich anzuziehen, seine Sachen zusammenzusuchen – Bogen, Köcher, Kompaß, Notizblock und Feldflasche – und dann am verglimmenden Feuer das in Blätter gewickelte Päckchen an sich zu nehmen, das Jenin ihm jede Nacht dorthin legte; die einzige richtige Mahlzeit, die er auf der Fährtensuche genießen konnte.

Die meiste Zeit seines Erwachsenenlebens war er allein umhergestreift und hatte die Ruhe und die Einsamkeit genossen. Doch mittlerweile mußte er sich eingestehen, daß es auch seine Vorteile hatte, in Gesellschaft zu reisen. Vor allem war da die Gemeinschaft zu nennen. Und vielleicht würden sie es unter Danels Führung sogar noch zu einer Art Familie bringen.

Das würde etwas von der bitteren Schärfe von ihm nehmen, die die Erinnerung an sein bisheriges Leben und die Lieben, die sie in den wunderbaren Wäldern am Hang zurückgelassen hatten, in ihm auslöste, oder?

Dwer wollte gerade aufbrechen und der ursischen Fährte in Richtung der aufgehenden Monde folgen, als ein leises Geräusch ihn innehalten ließ. Da war jemand wach und redete. Dabei war er eben an den beiden Frauen vorbeigekommen und hatte ihr friedliches Schnarchen vernommen (er hoffte doch, daß sie zufrieden waren und angenehme Träume hatten). Der Jäger nahm den Bogen von der Schulter und schlich sich eher neugierig als angespannt auf die leisen Laute zu. Bald erkannte er, wer da murmelte.

Natürlich Ozawa, der Oberförster. Aber mit wem mochte er sich unterhalten?

Er blieb an einem dicken Stamm stehen, spähte an ihm vorbei und entdeckte im weich schimmernden Mondlicht ein sonderbares Paar auf einer kleinen Lichtung. Danel hatte sich niedergekniet und bückte sich auch noch, um mit dem kleinen schwarzen Wesen zu sprechen, das auf den Namen Schmutzfuß hörte (oder auch nicht). Der Jäger bekam nur wenig von den Worten mit, die der Oberförster von sich gab, aber aus dessen Tonfall war zu schließen, daß er immer wieder die gleichen Fragen stellte, und zwar jeweils in einer anderen Sprache.

Der Noor antwortete darauf, indem er sich hier und da leckte. Schließlich hob er den Kopf und blickte in die Richtung, in der Dwer hinter dem Baum stand.

Als Ozawa es mit Galaktik Zwei versuchte, grinste Schmutzfuß zunächst, biß sich dann in die Schulter, wo ihn etwas zu jucken schien, und schenkte dem Weisen dann sein ausgiebigstes Grinsen.

Danel seufzte tief, so wie jemand, der nicht erwartet hatte, daß sein Bemühen Erfolg haben würde, es aber dennoch versucht hatte.

Was hatte sein Vorgesetzter eigentlich vor? fragte sich der Jäger. Suchte der Weise etwa magischen Beistand, so wie es die abergläubischen Tieflandbewohner manchmal taten und Noor wie Geister aus dem Märchen behandelten? Oder wollte er Schmutzfuß gar zähmen, so wie es die hoonschen Seeleute taten, um bewegliche Helfer an Bord zu haben? Das war bislang nur sehr wenigen Nicht-Hoon gelungen. Aber selbst wenn Danel damit Erfolg haben würde, wozu sollte ein Noor-Assistent eigentlich gut sein? Bestand am Ende die nächste Aufgabe des Jägers darin – nachdem sie mit den ursischen Soonern und Retys Sippe fertig waren –, zum Hang und zu den Ortschaften zurückzukehren und mehr Noor hierher zu bringen?

Aber das ergab doch überhaupt keinen Sinn. Wenn die Gemeinschaften durch irgendein Wunder überleben sollten, würde man ihnen sofort einen Boten hinterherschicken, der sie nach Hause holen würde. Und falls es zum Schlimmsten kam, hatte die Gruppe sich so weit wie möglich vom Hang fernzuhalten.

Nun ja, Danel wird mir schon irgendwann all das mitteilen, was ich seiner Meinung nach erfahren soll. Ich kann nur hoffen, daß der Mann nicht den Verstand verloren hat.

Dwer schlich sich davon und fand rasch die ursische Fährte wieder. Er bewegte sich im Dauerlauf, der bald ein Eigenleben zu entwickeln schien und ihn immer weiter vorantrieb, als könne er es nicht erwarten zu sehen, was hinter der jeweils nächsten Höhe lag. Zum ersten Mal seit Tagen fühlte der Jäger sich stark und frisch. Dabei waren längst nicht alle Sorgen von ihm abgefallen. Die Zukunft der Gruppe hing immer noch an einem seidenen Faden. Zu viele Gefahren lauerten auf sie, und zu leicht konnten sie untergehen. Doch für heute lief er machtvoll weiter und strotzte vor Kraft.

Rety

Der Traum endete immer gleich. Kurz bevor sie

zitternd erwachte und die feuchte Decke an ihre Brust preßte.

Sie träumte von dem Vogel.

Doch er erschien ihr nicht so, wie sie ihn das letzte Mal gesehen hatte, als kopfloses Wesen nämlich, das ausgebreitet auf Ranns Labortisch in der unterirdischen Station lag, sondern so, wie sie ihn zum ersten Mal erblickt hatte. Ein wundersames Tier, das sich sehr rasch bewegte und ein Gefieder wie glänzendes Waldlaub besaß. Es strahlte und agierte in einer Weise, die das Mädchen zutiefst berührte.

Als Kind schon hatte sie gern den einheimischen Vögeln bei ihrem Treiben zugesehen. Stundenlang beobachtete sie ihre ausgelassenen Flüge, ihr Abtauchen und Aufsteigen und beneidete sie um die Freiheit der Lüfte und ihr Vermögen, einfach die Flügel auszubreiten, davonzufliegen und alle Sorgen hinter sich zu lassen.

Eines Tages war Jass von einem Jagdausflug in den Süden zurückgekehrt und hatte mit all den Tieren angegeben, die er dort erlegt hatte. Bei einem davon hatte es sich um ein unglaubliches Flugwesen gehandelt, dem sie aufgelauert hatten, um es dann zu beschießen, sobald es aus dem Marschland am Strand aufgetaucht war. Es konnte im letzten Moment entkommen, obwohl ihm doch ein Pfeil den Flügel aufgerissen hatte. Hüpfend und flatternd war es nach Nordwesten geflohen und hatte nur eine Feder zurückgelassen. Und die war härter als Stein.

In der folgenden Nacht hatte Rety die härteste Bestrafung riskiert und die metallene Feder aus dem Zelt gestohlen, in dem die Jäger schnarchten, und war dann mit einem Sack Nahrungsmittel davongelaufen, weil sie dieses Wundertier unbedingt mit eigenen Augen sehen wollte. Zum ersten Mal hatte sie Glück, rannte in die richtige Richtung und lief ihm tatsächlich über den Weg. Sie machte den Metallvogel schon aus einiger Entfernung an seinen mühsamen und gleitenden Vorwärtssprüngen aus. Der Anblick schnürte ihr für einen Moment die Kehle zu, und sie wußte nicht nur, daß sie das Fabelwesen gefunden hatte, sondern auch, daß sie beide sich sehr ähnlich waren – beide vom selben Mann und seiner Vorliebe für Gewalt verwundet.

Während sie verfolgte, wie der Vogel, ohne einmal auszuruhen, immer weiter nach Westen hüpfte, entdeckte sie eine weitere Gemeinsamkeit: Beide waren gleich hartnäckig.

Rety wollte nichts lieber, als den Vogel einholen, ihn heilen und mit ihm reden. Um von ihm zu erfahren, aus welcher Quelle er seine unglaubliche Energie bezog. Um ihm zu hel-

fen, sein Ziel zu erreichen. Oder nach Hause zu finden. Doch trotz seiner Behinderung ließ das Wesen sie immer weiter hinter sich zurück. Schließlich blieb sie stehen, weil es ihr das Herz zuschnürte und sie glaubte, ihn für immer verloren zu haben …

In diesem Moment der höchsten emotionalen Not wechselte der Traum übergangslos zu einer neuen Szene über. Mit einem Mal hüpfte der Vogel direkt vor ihr, war ihr näher als je zuvor – er flatterte in einem juwelenbesetzten Käfig, schüttelte einen Nebel von klebrigen goldenen Tropfen von sich und kauerte sich plötzlich in die hinterste Ecke, um zischenden Flammendolchen zu entgehen.

Hilfloser Ärger bemächtigte sich Retys. Sie konnte dem Wesen nicht helfen. Unmöglich, es zu retten.

Und schließlich, als alles verloren schien, tat der Vogel genau das, was Rety in dieser Situation auch getan hätte. Mit letzter Verzweiflung sprang er vor und starb bei dem Versuch, seinen Peiniger, die Ursache seiner Folter, zu bezwingen.

Etliche Nächte in Folge hörte der Traum immer auf dieselbe Weise auf, indem nämlich jemand sie mit starken Armen in der Schande der Sicherheit zurückhielt, während der Vogel seinen Kopf nach oben gegen eine über ihm schwebende, schattenhafte Gestalt schleuderte. Den dunklen Rivalen mit den herabhängenden, todbringenden Armen.

Zu Retys Verdruß hatte es den Anschein, als gehöre die Rache auch in die lange Reihe der Dinge, die sich in der Wirklichkeit nicht so entwickeln wollten, wie sie sich das ausgemalt hatte.

Vor allem hätte Rety nie damit gerechnet, daß Jass so viele Schmerzen ertragen konnte.

Der Jäger lag gefesselt auf einer Liege im Innern des kleinen Aufklärungsfliegers. Seine vernarbten, aber ganz bestimmt nicht häßlichen Züge verzogen sich jedesmal, wenn Kunn wieder das

Versprechen einlöste, das er dem Mädchen gegeben hatte. Die Soonerin bedauerte es mittlerweile sehr, es überhaupt von dem Sternenmenschen verlangt zu haben, da sie jetzt zusehen mußte, wie Jass das nächste Stöhnen hinter zusammengebissenen Zähnen zurückhielt.

Woher hätte ich denn wissen sollen, daß er so tapfer und zäh ist? fragte sie sich hilflos und dachte an all die Male zurück, bei denen er mit ebendiesen Fähigkeiten geprahlt und dann andere Mitglieder des Stammes gepeinigt und gequält hatte. Rety hatte immer geglaubt, daß diejenigen, die sich an Kleineren und Schwächeren vergriffen, eigentlich Feiglinge waren. Zumindest hatte ihr das einmal einer der betagten Großväter der Sippe leise erklärt, als er glaubte, daß gerade keiner von den Jägern zuhörte. Zu dumm, daß der alte Trottel nie erfahren würde, wie falsch er mit seiner Ansicht lag. Der Greis war nämlich in den Monaten gestorben, in denen Rety sich bei den Sechsen aufgehalten hatte.

Sie versuchte, sich abzuhärten, weil der Wettstreit der Willensstärke zwischen Jass und Kunn in seine entscheidende Phase trat und der Jäger keine Chance mehr auf einen Sieg hatte. *Du willst doch herausfinden, woher der Vogel gekommen ist, oder etwa nicht?* versuchte sie, sich abzulenken. *Und außerdem, hat Jass nicht jede einzelne Pein verdient, die jetzt über ihn kommt, und noch viel mehr? Ist er mit seiner Dickköpfigkeit nicht selbst schuld daran, daß er jetzt so sehr leiden muß?*

Nun ja, in Wahrheit war Rety natürlich nicht ganz unschuldig daran, hatte sie doch den Jäger in Rage gebracht und ihm so die Kraft für seinen verlängerten Widerstand verliehen. Auf Kunns geduldig, aber beharrlich gestellte Fragen reagierte Jass stets mit glaverartigen Grunzern, um dann wieder einen Energiestoß vom Roboter an Kunns Seite einstecken zu müssen.

Als Rety es nicht länger mit ansehen konnte, ohne sich übergeben zu müssen, glitt sie leise durch die Luke nach draußen. Falls sich etwas Neues ergab, konnte der Pilot sie immer noch über den winzigen Kommunikationsknopf erreichen, den die Sternenmenschen ihr unter dem rechten Ohr eingepflanzt hatten.

Sie spazierte auf das Lager zu und bemühte sich, ganz cool und selbstbewußt zu erscheinen, für den Fall, daß die Sooner sie aus dem Unterholz beobachteten.

Ja, machte sie sich klar, so sah sie mittlerweile ihre Sippengenossen, als Sooner und Wilde. Als Wesen, die sich kein bißchen von den aufgeblasenen Barbaren am Hang unterschieden, die sich wegen ihrer Bücher soviel besser dünkten. Dabei waren sie doch auch nichts anderes als halbwilde Tiere, die auf diesem Dreckloch von einer Welt festsaßen und sie nie verlassen konnten. Für einen Sternenmenschen wie Rety waren sie alle gleich, ganz egal, auf welcher Seite der Rimmers sie sich im Dreck suhlten.

Sie roch das Lager schon lange, bevor sie es erreichte. Der vertraute Gestank von Holzfeuer, Exkrementen und primitiv gegerbtem Leder. Und über allem lag das beißende Schwefelaroma, das den dampfenden Erdlöchern entstieg, zu denen der Stamm jedes Jahr zu dieser Zeit wanderte. Und gerade diese Rauchschwaden hatten es ihr leichtgemacht, Kunn zu diesem vergessenen Tal hoch oben in den Grauen Hügeln zu führen.

Rety blieb auf halbem Weg stehen und strich den schicken glänzenden Raumanzug glatt, den Ling ihr gegeben hatte, nachdem sie als erste Bewohnerin Jijos Zutritt zu der unterirdischen Station erhalten hatte, jenem Wunderland von Luxus und leuchtenden Kostbarkeiten. Ling hatte sie auch gebadet, ihre Kopfhaut von den Parasiten befreit, sie mit Ölen eingerieben und durch Strahlenschauer geschickt, bis Rety sich sauberer, gesünder und größer als zuvor fühlte. Nur die Narbe auf ihrem Gesicht beeinträchtigte noch das veränderte Abbild ihrer selbst, das sie im Spiegel zu sehen bekam. Aber man versicherte ihr, daß man sich auch darum kümmern werde, sobald sie wieder »zu Hause« seien.

Nun auch mein Zuhause, dachte sie heiter, nahm den Spaziergang wieder auf, und nach einer Weile konnte sie vom Ächzen und

Stöhnen des gemarterten Jägers nichts mehr hören. Sie verdrängte alle Erinnerungen an Jass' verzerrtes Gesicht, indem sie sich die Bilder ins Gedächtnis zurückrief, die die Vier von den Sternen ihr gezeigt hatten. Von einer prächtigen Stadt, die wie ein Juwel aussah und in einem Tal stand, das von hohen Wänden umschlossen war, einem Ort mit schwindelerregenden Türmen und schwebenden Palästen, wo der sich glücklich preisende Teil der Menschheit mit den geliebten Patronen zusammenlebte, den weisen und wohlwollenden Rothen.

Nun ja, dieser Teil der Geschichte behagte ihr weniger, genauer gesagt die Aussicht, wieder einen Herren über sich zu haben, der ihr ständig sagte, was sie zu tun oder zu lassen habe. Außerdem war ihr aufgefallen, daß die beiden Rothen, denen sie an Bord der Station begegnet war, irgendwie zu schön, zu proper und zu glücklich auf sie gewirkt hatten. Doch wenn Ling und Besh diese Wesen schon liebten, warum sollte sie sich ihnen dann nicht anschließen? Irgendwie würde sie sich auch daran gewöhnen. Rety war jedenfalls fest entschlossen, alles zu tun oder auf sich zu nehmen, um zu dieser Stadt der Lichter zu gelangen.

Ich habe schließlich immer schon gewußt, daß ich eigentlich ganz woanders hingehöre, dachte sie und lief um einen Waldausläufer herum. *Was soll ich hier? An einem solchen Ort habe ich wirklich nichts verloren.*

Vor ihr breitete sich eine mit Abfall und Schmutz übersäte Lichtung aus, auf der sich ein halbes Dutzend elender Hütten erhob – Tierhäute, die man über ineinandergeschobene, gebogene Stangen gespannt hatte. Sie waren um ein Lagerfeuer gruppiert, an dem ein paar verdreckte und rußbeschmierte Gestalten über einem toten Tier hockten. Ihr Abendessen bestand aus einem Esel mit einem kreisrunden Loch, das sich bis zu seinem Herzen gebrannt hatte. Ein freundliches Gastgeschenk von Kunns Killer-Roboter.

Die Bewohner, die in erbärmlich gefärbte Tierhäute gehüllt waren, gingen ihren alltäglichen Beschäftigungen nach oder vertrödelten die heißen Mittagsstunden. Ihre Gesichter waren dreckverkrustet, ihr Haar klebte zusammen. Und fast alle stanken zum Himmel. Nachdem Rety die Hangleute kennengelernt hatte und etwas später Ling und Besh, konnte sie sich heute kaum noch vorstellen, daß diese Wilden zu ihrer eigenen Rasse gehörten und einmal sogar ihre Sippe gewesen waren.

Einige männliche Jäger hielten sich in der Nähe eines primitiven Geheges auf, in dem man die neuen Gefangenen untergebracht hatte. Sie hatten sich kaum von der Stelle gerührt, seit man sie vor ein paar Nächten hierhergetrieben hatte. Die Jäger hackten mit Macheten auf Baumstümpfe ein und bewunderten die scharfen und anscheinend unzerstörbaren Klingen aus Buyur-Metall. Die Breitmesser stammten aus dem Gepäck der Gefangenen, das die Wilden geplündert hatten. Die Männer hielten sich aber von den Kisten fern, die zu berühren Kunn ihnen strengstens verboten hatte.

Einige Jungen hockten auf dem neuen Zaun aus lasergespaltenen Brettern, den man um das Gehege aufgestellt hatte, und verbrachten ihre Zeit mit einem Spuckwettbewerb. Sie lachten laut, als die Gefangenen sich laut beschwerten.

Das sollte man den Bengels verbieten, sagte sich Rety. *Auch wenn es sich bei ihnen um neugierige Narren handelt, die nie hierher hätten kommen dürfen.*

Kunn hatte ihr die Aufgabe übertragen, von den Gefangenen in Erfahrung zu bringen, was sie in dieses verbotene Land geführt hatte, wo ihre heiligen Gesetze dies doch schärfstens untersagten. Aber Rety behagte das nicht. Sie verspürte regelrechten Widerwillen.

So schlenderte sie durchs Lager und betrachtete eine Art zu leben, von der sie einmal geglaubt hatte, daß sie ihr nie entkommen würde.

Trotz allen Tumults während der vergangenen Tage ging das Stammesleben wie gewohnt seinen Gang. Kallish, der alte Klumpfuß, arbeitete immer noch im Bachbett und schlug Pfeilspitzen in Schäfte und Werkzeuge; schließlich war er davon überzeugt, daß es sich bei dem gegenwärtigen Auftauchen von Eisengeräten nur um eine vorübergehende Modetorheit handelte. Vielleicht lag er damit gar nicht einmal so falsch.

Flußaufwärts wateten Frauen durch die seichten Stellen und suchten nach den saftigen, dreischaligen Austern, die zu dieser Jahreszeit in der vulkanischen Hitze, die aus der Erde nach oben strömte, gediehen. Und ein Stück den Hügel hinauf schlugen Mädchen mit langen Stangen in Illoes-Bäume und sammelten dann die herabgefallenen sauberen Beeren in ihren geflochtenen Körben ein.

Wie üblich erledigten die Frauen die meisten Arbeiten. Das wurde besonders am Feuer offenkundig, wo die mürrische alte Bini den Esel ausnahm und zerteilte. Ihre Arme waren bis zu den Ellenbogen von Blut gerötet. Das Haar der Häuptlingsfrau war seit dem letzten Jahr noch grauer geworden. Ihr letztes Baby war kurz nach der Geburt gestorben, und so gebärdete sich Bini mit ihren geschwollenen Brüsten noch griesgrämiger als sonst und zischte ihren beiden Helferinnen ungnädige Befehle zu. Weite Lücken zeigten sich in den Reihen ihrer gelbbraunen Zähne.

Trotz dieses Anscheins der Normalität verhielten sich die meisten Sippenangehörigen doch angespannt und abgelenkt. Wann immer einer in Retys Richtung blickte, zuckte er gleich zusammen, als sei sie das letzte auf Jijo, das er hier erwartet hatte, und noch schockierender als ein aufrecht gehender Glaver.

Ich bin Rety, die Göttin.

Sie hielt den Kopf hoch erhoben. *Erzählt allen euren stinkigen kleinen Bastarden an den Lagerfeuern davon. Verkündet es ihnen bis ans Ende aller Zeiten. Berichtet ihnen von dem Mädchen, das sich nicht alles von den großen und gemeinen Jägern hat gefallen lassen, ganz gleich, was sie ihr auch angetan haben. Nennt ihnen ihren Namen: Rety, das Mädchen, das sich nicht länger alles gefal-*

len lassen wollte. Das gewagt hat, das zu tun, was ihr euch nicht einmal im Traum getrauen würdet. Das den Weg gefunden hat, diese verfaulte Hölle zu verlassen und zu den Sternen zu ziehen.

Rety bereitete es immer mehr Spaß, wenn die Wilden immer wieder verstohlen nach ihr schauten und dann rasch den Kopf wegdrehten.

Ich bin keine mehr von euch. Eigentlich war ich das auch noch nie. Und das wißt ihr allesamt sehr gut.

Nur Bini schien nicht von der neuerworbenen Göttlichkeit Retys überwältigt zu sein. Immer noch lag die alte Verachtung und Enttäuschung in den metallisch grauen Augen. Mit ihren achtundzwanzig Jahren war sie jünger als die Sternenmenschen, sogar jünger als Ling. Trotzdem hatte es den Anschein, als könne nichts, weder auf Jijo noch etwas, das aus dem Himmel gekommen war, sie je aus der Fassung bringen.

Jahre war es nun her, seit Rety die alte Frau zum letzten Mal »Mama« genannt hatte. Und jetzt hatte sie keine Lust mehr, es sich wieder anzugewöhnen.

Erhobenen Hauptes und mit geradem Rücken stolzierte sie an den Küchenfrauen und ihrem unappetitlichen Tun vorbei. Doch in ihrem Innern bebte sie.

Vielleicht war es doch keine so gute Idee, hierher zurückzukehren. Warum sich unter diese Schattenwesen begeben, wenn sie doch in dem Flugapparat sein und sich an den Qualen ihres lebenslangen Feindes erfreuen konnte? Die Strafe, die Jass gerade erhielt, war nicht nur gut, sondern auch gerecht (vor allem, da sie jetzt nicht mehr sein gequältes Gesicht ansehen mußte). Dieser Widerspruch machte sie ganz kribbelig, als würde sie etwas vermissen – als würde man versuchen, in Mokassins ohne Schnürriemen herumzulaufen.

»Frau! Da du sein, Frau! Bös Weib, laßt Yee ganz allein viel lang Zeit!«

Einige Wilde sprangen sofort beiseite und machten einem kleinen vierbeinigen Wesen Platz, das zwischen ihren Füßen hindurchlief, als sei es ein unberührbares, gottgleiches Wesen. Und so etwas Ähnliches war der kleine ursische Mann ja auch, seit Rety jedem die schlimmsten Greuel angedroht hatte, der ihrem »Gatten« auch nur ein Haar krümmte.

Yee sprang gleich in ihre Arme und kuschelte sich an sie, was ihn jedoch nicht davon abhielt, weiter mit ihr zu schelten.

»Frau laßt Yee viel lang allein mit Weib-Feinde! Sie biet Yee weich, warm Beutel an, die Schlang!«

In Rety entflammte sofort die Eifersucht. »Wer hat dir seinen Beutel angeboten? Welches von diesen schamlosen Ludern ...«

Erst jetzt erkannte sie, daß er sie nur gefoppt hatte. Sie mußte lachen, und dabei löste sich etwas von ihrer inneren Verspannung auf. Der kleine Kerl tat ihr doch immer wieder gut.

»Nicht aufreg, Frau«, versicherte ihr Yee. »Für Yee geb nur ein Beutel. Darf jetzt rein?«

»Ab mit dir«, lächelte sie und zog den Reißverschluß des Gürtelbeutels auf, den Ling ihr zur Verfügung gestellt hatte. Der kleine Hengst glitt sofort hinein, drehte sich ein paarmal um sich selbst, bis er die bequemste Stellung gefunden hatte, und schob dann den Kopf und den langen Hals hinaus.

»Komm, Frau, besuch Ul-Tahni. Weis sein jetzt bereit zu red.«

»Ach, ist sie das? Das ist ja wirklich reizend von ihr.«

Rety hatte noch immer keine große Lust, die Führerin der Gefangenen aufzusuchen. Aber schließlich hatte Kunn ihr einen eindeutigen Auftrag gegeben, und den konnte sie genausogut jetzt erledigen.

»Gut, dann wollen wir uns anhören, was die alte Mähre zu sagen hat.«

Dwer

Allem Anschein nach hatten die Urs der kleinen menschlichen Expedition einen großen Gefallen getan. Indem sie nämlich Tod und Verheerung hinterlassen hatten, hatten sie den Erdlingen eine deutliche Warnung zukommen lassen.

Die Geschichte kaltblütigen Mordes war deutlich im Licht der Morgendämmerung zu lesen: in den angesengten und zerschmetterten Bäumen, den schwarzen Kratern und den abgebrochenen Zweigen und losen Laststücken, die vom aufkommenden Wind davongeweht wurden. Dwer schätzte, daß es hier vor ein paar Tagen zu dem Überfall gekommen war. Der Angriff mußte kurz und ziemlich gewalttätig gewesen sein.

Die Terrassenränder des Hochplateaus waren immer noch deutlich zu erkennen, obwohl Erosion und wuchernde Vegetation ihre Konturen weniger schroff gemacht hatten. Früher einmal hatte hier ein Ort der Buyur gestanden, und zwar zu einer Zeit, als die letzten legalen Bewohner dieser Welt die Lizenz zu ihrer Inbesitznahme erhalten hatten. Die Buyur hatten in himmelhohen Türmen gelebt, und sie hatten sich nicht vor dem offenen Himmel fürchten müssen.

Dwer untersuchte die Spuren des Schreckens, der sich hier erst kürzlich ereignet hatte. Zu deutlich erlebte er vor seinem geistigen Auge die Panik der ursischen Siedlerinnen, wie sie herumsprangen, vor Entsetzen husteten, die langen Hälse verdrehten und mit den winzigen Armen die Beutel zu schützen suchten, während rings um sie herum der Boden explodierte. Er vermeinte fast, ihre Schreie noch hören zu können, wie sie aus ihrem brennenden Lager flohen und einen steilen Hohlweg hinuntergaloppierten, an dessen Ende von beiden Seiten *menschliche* Fußspuren hinzukamen. Mokassinabdrücke vermischten sich auf chaotische Weise mit den Hufeindrücken.

Der Jäger fand Fetzen von selbstgemachten Lederschnüren. Daraus schloß er, daß Seile und Netze auf die Urs gefallen waren, um sie zu binden und als Gefangene abzuführen.

Haben sie denn nicht gespürt, daß man sie zusammentreiben wollte? Das Flugzeug hat so gezielt auf sie gefeuert, um sie in eine bestimmte Richtung zu lenken. Warum sind die Urs nicht auseinandergelaufen und haben sich verstreut, statt in einem Haufen zusammenzubleiben?

Dann stieß er auf klebrige Stellen im Sand und fand die Antwort. Anscheinend hatten die Angreifer vorgehabt, die Urs gefangenzunehmen, aber die Flugzeugbesatzung hatte wohl keine Skrupel, auch den einen oder anderen Vierbeiner niederzuschießen, um die Gruppe zusammenzuhalten.

Urteile nicht zu streng über diese Urs. Du weißt nicht, wie du reagieren würdest, wenn überall um dich herum sengende Blitze einschlagen würden, oder? Krieg ist eben eine schmutzige Angelegenheit, und wir alle sind ziemlich aus der Übung. Selbst Drake hatte sich nie einer solchen Herausforderung stellen müssen.

»Also stehen wir jetzt einer Allianz aus den menschlichen Soonern und den Fremden gegenüber«, bemerkte Lena. »Das ändert die Situation grundlegend, meint ihr nicht?«

Danel blickte düster drein. »Die gesamte Region ist ebenso betroffen wie der Hang. Was immer dort hinten auch geschehen mag, es wird auch über dieses Land hier kommen. Ob die Invasoren uns nun eine Seuche schicken, Feuer über uns bringen oder ihre Opfer mit ihren Flugapparaten zur Strecke bringen wollen, dieses Gebiet hier wird genauso sorgfältig durchkämmt werden wie der Hang.«

Ozawas Aufgabe bestand darin, das Vermächtnis der Sechsheit in die Wildnis zu tragen. Der menschliche Stamm, der hier lebte, sollte mit den Kenntnissen und den frischen Genen der Expedition gestärkt werden, damit wenigstens etwas vom Leben der Erdlinge erhalten bliebe, falls es am Hang zum Schlimmsten käme. Die Unternehmung war nie eine freudenreiche gewesen und hatte stets der Mission des Kapitäns eines Rettungsboots geähnelt, der nach einem Schiffsuntergang, wie man es in den alten Geschichten lesen konnte, die Überlebenden in Sicherheit bringen mußte. Doch die Schiffbrüchigen hatten stets wenigstens den Hauch einer Chance gehabt. Danels Augen zeigten jetzt keinen Funken Hoffnung mehr.

»Aber das heißt doch, daß die Sooner und die Fremden sich gegen die Urs verbündet haben«, wandte Jenin ein. »Die Sternengötter werden sich nach dem Sieg doch wohl nicht gegen ihre Waffengefährten wenden, oder?«

Sie schwieg, als sie die Blicke der anderen bemerkte. Ihre Mienen sagten mehr als tausend Worte.

»Ach so.« Jenin wurde blaß.

Doch schon ein paar Momente später meldete sie sich wieder zu Wort.

»Nun, sie wissen noch nichts von uns, nicht wahr? Warum verschwinden wir nicht einfach von hier? Wir alle vier? Wie wäre es zum Beispiel mit dem Norden? Du bist doch schon einmal dort gewesen, Dwer. Also, worauf warten wir noch?«

Der Oberförster trat mit der Stiefelspitze ein zerbrochenes Teil beiseite, das nach der Flucht der Urs und der anschließenden Plünderung des Lagers hier liegengeblieben war. Dann deutete er auf einen Felsspalt. »Dort können wir den Scheiterhaufen errichten.«

»Was habt ihr denn vor?« wollte Jenin wissen, als Dwer die Esel zu der Stelle führte und anfing, die Kisten abzuladen.

»Ich mache die Granaten klar«, sagte Lena und öffnete einen Behälter. »Wir brauchen auch Holz. Am besten die zerbrochenen Kisten, die hier überall herumliegen.«

»He! Ich habe euch gerade gefragt, was ihr eigentlich vorhabt!«

Danel führte Jenin am Arm fort. Dwer war schon damit beschäftigt, den Inhalt der Kisten auszuladen. Nahrungsmittel, Kleider und ein paar Werkzeuge – allesamt Gegenstände, die kein Metall aufwiesen – legte er auf die eine Seite, die Bücher und die Eisenwerkzeuge, die sie vom Hang hatten retten wollen, in die Spalte.

Der Oberförster erklärte es ihr.

»Wir haben all dieses Zeugs mitgenommen, um im Exil wenigstens ein Minimum an Zivilisation und Kultur aufrechterhalten zu können. Aber vier Menschen sind eindeutig zu wenig, um eine neue Zivilisation zu gründen, ganz gleich, wie viele Bücher und sonstige Sachen sie zur Verfügung haben. Wir müssen uns jetzt darauf vorbereiten, all das zu vernichten.«

Ozawa war deutlich anzumerken, wie wenig ihm das gefiel. Die Falten in seinem ohnehin schon hageren Gesicht schienen sich noch tiefer eingegraben zu haben. Dwer mied seinen Blick und beschäftigte sich lieber weiter damit, das Wenige beiseite zu legen, das einer Gruppe Flüchtiger bei ihrem Marsch nützlich sein würde.

Jenin machte diese Erklärung sichtlich zu schaffen. Schließlich nickte sie. »Nun gut, wenn wir schon ohne Bücher leben und unseren Nachwuchs großziehen müssen, bringt uns das eigentlich doch ein gehöriges Stück voran, oder? Ich meine, auf dem Pfad der ...«

Sie schwieg, als der Oberförster den Kopf schüttelte.

»Nein, Jenin, so wird es für uns nicht werden. Gut, wir vier können versuchen, so lange wie möglich zu überleben. Aber selbst wenn es uns gelingt, in irgendein abgelegenes Tal zu gelangen, wo selbst die Invasoren nicht mehr nach uns suchen, dürfte es doch unwahrscheinlich sein, daß wir uns an das fremde Ökosystem anpassen können. Rety hat uns erzählt, daß ihre Sippe die Hälfte ihrer ersten Generation durch Unfälle und allergische Reaktionen verloren hat. Solche Verluste sind typisch für Sooner-Gruppen, bis sie gelernt haben, was sie essen oder berühren dürfen und was nicht. Ein tödlicher Prozeß der Selbstversuche. Und vier Personen reichen da beim besten Willen nicht aus.«

»Ich dachte doch nur ...«

»Und damit haben wir noch nicht einmal das Problem der Inzucht in Betracht gezogen.«

»Du willst doch wohl nicht sagen …«

»Und selbst wenn wir all diese Schwierigkeiten meistern könnten, würde es immer noch nicht funktionieren, weil wir uns einfach nicht als Bande von Wilden irgendwo niederlassen können, um der Unwissenheit und dem Vergessen entgegenzudämmern, auch wenn die Schriftrollen ein solches Schicksal in den höchsten Tönen preisen.

Die Menschen sind nämlich nicht nach Jijo gekommen, um hier den Pfad der Erlösung zu beschreiten.«

Dwer sah von seinem Tun auf. Lena hielt ebenfalls inne. In ihrer Hand befand sich eine dicke Stange mit einem Zeitzünder an einem Ende. Alles, was der Oberförster bis jetzt von sich gegeben hatte, war Dwer längst bekannt. Doch seine letzten Worte waren neu gewesen. Stille senkte sich über die Stätte der Verwüstung. Keiner wollte auch nur einen Laut von sich geben oder sich von der Stelle rühren, ehe der Weise fortfuhr.

Danel seufzte ein zweites Mal.

»Dieses Geheimnis wird von Generation zu Generation nur wenigen weitergegeben. Ich sehe nun keinen Grund mehr, es länger vor euch dreien geheimzuhalten. Inzwischen sehe ich euch nämlich als eine Art Familie an.

Einige unter den fünf anderen Rassen waren entsetzt, als wir die Bibliothek von Biblos erbaut haben. Und der Große Druck schien deutlich anzuzeigen, daß wir überhaupt nicht vorhatten, hier das Vergessen zu finden. Unsere Gründerväter haben eine Menge Süßholz geraspelt, um die Flut der neuen Bücher schönzureden. Das sei doch nur eine Maßnahme auf Zeit, erklärten sie. Ein Weg, den Rassen ein wenig Hilfestellung zu bieten, wenn sie sich darauf konzentrieren, ihre Seelen weiterzuentwickeln, bis wir spirituell bereit sind, den Weg zu beschreiten.

Offiziell ist das natürlich das große Endziel der sechs Rassen.

Aber die Menschen auf der *Tabernakel* hatten für ihre Nachfahren nie den Abstieg in sprechunfähige Proto-Humanoide vorgesehen, die darauf warten, daß irgendwelche Sternengötter erscheinen, um sie zu adoptieren und ihnen den Schub zu verpassen.«

Der Oberförster legte eine Pause ein, damit die anderen das Gehörte erst einmal verdauen konnten. Dwer tat ihm den Gefallen, als Erster mehr hören zu wollen.

»Warum sind wir denn dann hier?«

Danel zuckte die Achseln. »Jeder weiß, daß jede der sechs Rassen aus anderen Gründen hierhergekommen ist, als sich nur auf den Pfad der Erlösung zu begeben. Die Völker, in deren Heimat eine strenge Geburtenkontrolle herrscht, suchten hier nach einem Ort, an dem sie soviel Nachwuchs in die Welt setzen konnten, wie sie wollten. Oder nehmen wir die g'Kek, die von den galaktischen Inkasso-Büros erzählen, die quer durch die Sternenstraßen hinter ihnen her seien.«

»Sind die Menschen dann nach Jijo geflohen, weil die Bewohner der Erde sich nicht sicher waren, ob sie im galaktischen Konzert überleben würden?« fragte der Jäger.

Ozawa nickte. »Na ja, wir haben ein paar wenige Freunde finden können, die der Erde immerhin zu einem eigenen Trakt in der großen Bibliothek verholfen haben. Und da wir zwei Klientenrassen den Schub verliehen haben, kamen wir in den Genuß des Niederpatronats-Status. Aber aufgrund der Galaktischen Geschichte findet sich wenig Hoffnung für eine Wölflings-Rasse wie der unseren. Außerdem haben wir uns bereits mehr Feinde als Freunde gemacht. Der Terragens-Rat wußte, daß die Erde noch für sehr lange Zeit ziemlich verwundbar sein würde.«

»Also waren die Menschen an Bord der *Tabernakel* gar keine Ausgestoßenen?«

Der Oberförster lächelte matt. »Das war nur die offizielle Version, ein Ablenkungsmanöver, um die Erde zu schützen. Wenn die Kolonisten unterwegs aufgebracht und festgenommen worden wären, hätte der Erd-Rat sie als Renegaten klassifizieren und seine eigenen Hände in Unschuld waschen können. In Wahrheit aber wurde die *Tabernakel* ausgesandt, um irgendwo einen geheimen Fluchtpunkt für die Menschheit zu finden und vorzubereiten.« Danel hob kurz beide Hände. »Aber wo sollte man nach einem solchen Ort suchen? Trotz gegenteiliger Gerüchte sind keine Routen jenseits der Fünf Galaxien bekannt. Und innerhalb dieses Bereichs hat man jeden einzelnen Stern katalogisiert. Die meisten sind geleast, und die betreffenden Inhaber der Nutzungsrechte wachen eifersüchtig darüber, daß sich keine ungebetenen Gäste bei ihnen einschleichen. Also hat der Terragens in der Großen Bibliothek geforscht, um festzustellen, was andere Rassen in einem solchen Fall unternommen haben.«

Ozawa blickte von einem zum anderen.

»Trotz einiger damit verbundener Nachteile erschien ihnen das ›Sooner-Phänomen‹ immer noch am vielversprechendsten.«

Lena wollte das nicht einfach so akzeptieren. Sie schüttelte den Kopf und sagte dann: »Da bleiben aber noch viele Fragen offen. Zum Beispiel: Womit sollen wir uns denn hier die Zeit vertreiben, wenn unsere Aufgabe nicht darin besteht, uns auf den Pfad vorzubereiten und ihn schließlich zu beschreiten?«

»Wenn Lester oder die anderen eine Antwort darauf wissen, dann haben sie es versäumt, sie mir mitzuteilen«, entgegnete der Oberförster. »Vielleicht sollen wir hier nur herumsitzen und abwarten, bis das Universum bereit ist, die Menschheit zu akzeptieren oder sie mit aller Macht zu vernichten. Tja, aber ich fürchte, das spielt für uns keine Rolle mehr. Wenn unsere Kultur tatsächlich am Ende ist, will ich nichts damit zu tun haben, den kläglichen Rest in die Ignoranz und Verblödung zu schicken, bis sie Wilde und kaum noch von Tieren zu unterscheiden sind.«

Jenin wollte etwas anmerken, schwieg dann aber doch.

»Wenigstens wissen wir, daß die Erde bis heute überlebt hat«, sagte Dwer.

»Ja, aber die Piraten haben auch davon gesprochen, daß es zu einer Krise gekommen ist«, entgegnete Lena, »und daß die Erde mittendrin steckt.«

Danel biß die Zähne zusammen und wandte sich ab.

»Moment mal«, rief Dwer, »sind diese Sternenmenschen nicht genau das, was der Erd-Rat gewollt hat? Eine Gruppe Menschen, die irgendwo in Sicherheit gebracht worden ist, damit unsere Rasse nicht untergeht, ganz gleich, was mit der Heimat passiert? Diese Invasoren auf der Lichtung stehen doch unter dem besonderen Schutz der Rothen.«

Der Weise atmete vernehmlich aus. »Das könnte sein. Aber wer weiß, ob sie unter deren Einfluß auch Menschen bleiben? Und ausgerechnet von den eigenen Vettern ermordet zu werden ist für mich mit einer Ironie des Schicksals verbunden, die ich nicht ertragen kann.«

Der Oberförster schüttelte sich, als wolle er sich von Spinnweben befreien.

»Kommt, bereiten wir alles für das Feuer vor. Wenn diese Dinge dort nicht dabei mithelfen können, einem zivilisierten Stamm von Erdlings-Exilanten etwas Kultur zu geben, sollten wir wenigstens unsere Pflicht gegenüber dieser Welt erfüllen und keinen Abfall herumliegen lassen. Lena, stell die Zündschnur auf einen Tag ein. Für den Fall, daß wir bis dahin nicht wieder zurück sind.«

»Zurück sind?« Sie sah ihn verblüfft an. »Ich dachte, wir wollten das alles hier aufgeben ...«

Lena staunte noch mehr, als der Oberförster sich jetzt zu ihr umdrehte und sie entdeckte, daß das alte Feuer wieder in seinen Augen entflammt war.

»Wer hat denn hier etwas von aufgeben gesagt? Was ist denn mit euch dreien los? Ihr macht ein Gesicht, als hätte es euch die Petersilie verhagelt. Laßt ihr euch denn von jedem kleinen Rückschlag gleich entmutigen?«

Ein kleiner Rückschlag? fragte sich Dwer, und was ist eigentlich

›Petersilie‹? Er betrachtete die zerschmetterten Bäume und die zerfetzte Habe der Urs. »Irgendwie komme ich jetzt nicht mehr mit. Du hast doch vorhin gesagt, wir können unsere Mission nicht beenden.«

»Na und?« lächelte der Weise. »Wir sind doch flexibel. Wenn es mit der einen Sache nicht klappt, verlegen wir uns eben auf eine andere. Da wir keine Kolonisten mehr werden können, betätigen wir uns eben als – als was? Na?

Richtig, als Krieger!«

Rety

Die Gefangenen hockten niedergeschlagen in den Suhlgruben, ließen die Hälse und Köpfe hängen und stanken nach den zwei Tagen, die sie bereits eingesperrt waren, fürchterlich. Dreizehn Urs, die jetzt sicher wieder auf dem öden Hochplateau wären, auf dem sie sich niedergelassen hatten, bis ein Fluggerät über ihr Lager gekreischt kam und sie ohne Warnung mit seinen Blitzen auf Jass und seine Jäger zugetrieben hatte, die mit Stricken und Netzen auf sie gewartet hatten.

Damit hatte Kunn seinen Teil der Abmachung erfüllt und die Hügel von den verhaßten Urs gesäubert, die erst vor kurzem dort eingedrungen waren. Im Gegenzug sollte Jass Kunn zu der Stelle führen, an der er und Bom zum ersten Mal die Vogelmaschine erblickt hatten. Niemand wußte, warum der Handel später gebrochen worden war und warum Jass es sich anders überlegt hatte und sich lieber von dem Roboter mißhandeln ließ, als dem Sternenmenschen seinen Wunsch zu erfüllen.

Nur Rety wußte mehr darüber.

Bini hat immer gesagt, warum den Männern trotzen, die einen furchtbar verprügeln, wenn man sie wütend macht? Da ist es doch viel besser, sie mit Worten zu beeinflussen, bis die blöden Kerle genau das tun, was man will, und sich auch noch einbilden, das sei ganz allein ihre Idee gewesen.

Aber ich konnte ja nie meine große Klappe halten und habe ihnen getrotzt, nicht wahr?

Nun, Bini, ich habe es mit deiner Methode versucht, und soll ich dir was sagen? Du hattest von Anfang an recht. Nichts von dem, was ich getan habe, konnte Jass so zusetzen wie das, was er sich jetzt selbst eingebrockt hat.

Bom bewachte das Koppelgatter. Der stämmige Jäger beeilte sich, das Tor zu öffnen, als sie es ihm befahl, und wagte dabei nicht einmal, sie anzusehen. Anscheinend wußte er, wie es gerade seinem Kumpel erging. Zwei Dinge bewahrten ihn vor dem gleichen Schicksal. Erstens sein wirklich miserabler Orientierungssinn. Allein hätte er nie den Ort gefunden, an dem er und Jass das gefiederte Metallwesen beschossen hatten.

Zweitens Retys gerade vorherrschende Laune. Zur Zeit begeisterte sie Boms furchtsame Unterwürfigkeit mehr als Jass' Stöhnen. Dieser Grobian hatte vor Schiß den Lendenschurz bis oben voll.

Als sie den Bengels, die die Gefangenen bespuckten, einen finsteren Blick zuwarf, sprangen die gleich von der Mauer und rannten davon. Sie schickte ihnen ein lautes Lachen hinterher. Die verdammten Kinder der Sippe hatten früher nicht einmal mit ihr geredet, und jetzt konnte sie ihnen das heimzahlen.

Sie betrat die Koppel.

Ul-Tahni, die Anführerin des unglücklichen Stamms, begrüßte sie mit einer tiefen Halsverbeugung. Dann ertönten aus ihrer von grauen Haaren umrahmten Schnauze eine ganze Serie von Pfiffen, Schnalzlauten und Klickgeräuschen, bis Rety es nicht mehr aushielt.

»Schluß damit!« mahnte sie. »Ich habe kein Wort von dem Gestammel verstanden.«

Ul-Tahni zuckte zusammen und wechselte sofort zu Englik über.

»Isss musss misss entsssuldigen. Dein Auftreten und deine Aufmachung verleiten dasss Auge, in dir ein Galaktisssesss Wesssen sssu sssehen.«

Rety warf den Kopf in den Nacken. »Dein Auge hat dich nicht getäuscht. Genau das bin ich nämlich.«

Ich hoffe jedenfalls, daß man mich so sieht, fügte sie in Gedanken hinzu. Rann und die anderen konnten immer noch ihre Meinung ändern, bis das Schiff zurückkehrte – vor allem dann, wenn sie ihnen alles gegeben hatte, was sie zu bieten hatte. Falls die Sternenmenschen aber Wort halten sollten, würde sie beizeiten all die verrückten und verdrehten Sprachen lernen müssen, die in den Galaxien in Gebrauch waren.

»Dann musss isss misss gleisss nochmalsss dafür entsssuldigen, disss mit meinen Worten beleidigt sssu haben. Ssso hat man disss alsssо tatsssässslisss ausss Jijosss verlorener Wüssste adoptiert und in diesssen Klan der Sssternenwesssen aufgenommen? Wasss für ein aussserordentlisss vom Sssicksssal begünssstigtesss Fohlen du doch bissst.«

»Ja, kann man wohl sagen«, entgegnete Rety vorsichtig, weil sie nicht wußte, ob die Urs sie auf den Arm nehmen wollte. »Nun, Yee hat mir mitgeteilt, daß du jetzt bereit bist, uns zu sagen, was dein Stamm eigentlich hier draußen auf der anderen Seite der Rimmers gewollt hat.«

Ein langer Seufzer ließ die grauen Haare vibrieren.

»Wir haben unsss in aller Sssande auf den Weg gemacht, um hier eine Kolonie zu gründen und unsssere Rassse an einem gesssütsssten, geheimen Ort zu erhalten.«

Rety schnaubte. »Das ist ja wohl jedem klar. Aber warum hier? Und warum gerade jetzt?«

»Weil esss sssisss bei diesssem Ort um einen handelt, desssen Bewohnbarkeit bereitsss bewiesssen war. Wenn Erdlinge sssisss hier sssson niederlasssen können, dann sssissser auch die Esssel, auf die wir ssso angewisssen sssind. Du ssselbssst hassst dasss ausssgesssagt und bessstätigt.«

»Ach so.« Ul-Tahni mußte sich unter den Junior-Weisen im Pavillonzelt befunden haben, als Rety dem Hohen Rat ihre Geschichte erzählt hatte. »Weiter.«

»Nun, wasss den Ssseitpunkt unsssseresss Absssugsss angeht ... wir wollten ssso rasss wie möglisss dem Sssicksssal entrinnen, dasss wohl bald den Hang befallen wird: die Ausssslösssung durss die Hand der Sssternenpiraten!«

Rety wurde gleich wütend. »Diese verdammte Lüge habe ich schon vorher hören müssen. Die Sternengötter würden so etwas nie tun!«

Ul-Tahni schwang den Kopf langsam hin und her. »Du hassst wie ssstetsss ressst. Ssselbssstverssständlisss werden ssso wunderbare Wesssen nissst die Hand gegen Bürger erheben, die ihnen nie etwasss getan haben, oder ihnen gar ohne Vorwarnung den Tod ausss dem Himmel sssicken.«

Diesmal bekam sogar Rety den Sarkasmus mit, konnte sie doch gut das Füllen mit der häßlichen Brandwunde an der Flanke sehen, die nur vom Hitzestrahl des Roboters herrühren konnte.

»Tja, ich schätze, da habt ihr eben einfach verdammtes Pech gehabt, daß wir gerade vorbeigekommen sind, um uns nach dem Weg zu erkundigen, und dabei erfahren mußten, daß ihr euch im Krieg mit meiner alten Sippe befandet.«

»Nein, kein Krieg. Nur ein momentanesss Missssverssständnisss. Aussserdem haben wir nissst damit angefangen. Natürlisss war dein Ssstamm sssockiert, unsss ssso unvermittelt vor sssisss sssu sssehen. Dabei hatten wir nissstsss anderesss vor, alsss ihre reflesssbedingte Feindssseligkeit mit resssoluter Freundsssaft sssu überwinden – und mit Gesssenken und Beissstandsssbekundungen für eine herrssslissse Atmossphäre sssu sssorgen.«

»Ja, das glaube ich dir aufs Wort«, murmelte Rety. Sie wußte aus alten Erzählungen, wie menschliche Siedler früher von den ursischen Stämmen behandelt worden waren. »Ich wette, es fiel euch nicht schwer, eine freundliche Miene aufzusetzen, weil ihr doch über bessere Waffen als diese Barbaren hier verfügt habt.«

Die Führerin schnaubte indigniert. »Und deine Verbündeten haben dann unsss mit noch ssstärkeren Waffen überwältigt. Dasss bringt unsss doch insss Grübeln. Wie weit lässst sssisss diessse Kette der ungleisssen Kräfteverhältnisssse eigentlisss fortsssetsssen?«

Rety gefiel der belustigte Ausdruck in den kleinen Knopfaugen ihres Gegenübers nicht. »Was meinst du damit?«

»Ach, nur eine Mutmasssung. Könnte unter Umsssständen eine Macht eksssissstieren, die deinen neuen Freunden ssso überlegen issst wie diessse unsss? Die Galaksssien sssind ssso endlosss, wie kann man da sssissser sssein, sssisss für die rissstige Ssseite entsssieden sssu haben?«

Diese Worte sandten Rety einen kalten Schauer über den Rükken, riefen sie ihr doch gleich die verstörenden Träume der jüngsten Zeit ins Gedächtnis zurück.

»Was weißt du denn schon von Galaxien! Tu jetzt bloß nicht so, als sei dir was Schlaues eingefallen ...«

In diesem Moment stieß der kleine Hengst einen schrillen Schrei aus, und Rety vergaß, was sie noch sagen wollte. Yee schob den Kopf aus dem Beutel und gab jämmerliche Laute von sich. Die Ehemänner der Gefangenen taten es ihm sofort gleich, heulten im Chor und starrten nach Süden. Nun kam auch Bewegung in die Stuten. Alle erhoben sich.

Rety bekam einen Schrecken. Planten die Gefangenen einen Aufstand? Nein, aber irgend etwas schien vorzugehen, was sie zutiefst beunruhigte.

»Was hörst du denn?« wollte sie von Yee wissen.

»Maschin!« antwortete der kleine Hengst und verdrehte seinen beweglichen Hals wie einen Korkenzieher.

Einen Moment später hörte sie es auch – ein fernes leises Heulen. Sie berührte den implantierten Knopf unter dem Ohr und drückte darauf.

»He, Kunn, was geht hier vor?«

Für eine Weile hörte sie nur Kabinengeräusche aus dem Aufklärer. Schalter wurden bedient und Triebwerke angelassen. Endlich vernahm sie seine Stimme.

»Jass hat sich endlich zur Zusammenarbeit entschlossen. Wir starten jetzt und fliegen zu dem Ort, an dem dein Vogel aufgetaucht ist.«

»Aber ich möchte mitkommen.«

Kunns Antwort gefiel ihr nicht.

»Jass hat ausgepackt und alles erzählt. Auch den Grund dafür, warum er so hartnäckig geschwiegen hat. Demnach hast du ihm wohl eingeredet, daß wir ihn sofort grausam hinrichten würden, sobald er alles preisgegeben hätte. Warum hast du das getan, Rety? Warum hast du diesem armen Mistkerl weisgemacht, sein Leben sei verwirkt, sobald er den Mund aufmacht? Das hat uns Unannehmlichkeiten verursacht und viel Zeit gekostet.«

Für dich waren das vielleicht Unannehmlichkeiten, dachte sie, *aber ein verdammt großes Vergnügen für mich!* Rache zu nehmen, war natürlich nur die halbe Erklärung dafür, warum sie dem Jäger das erzählt hatte. Eigentlich hätte es ihr schon vollauf gereicht, wenn er nur einen tüchtigen Schrecken bekommen hätte.

»Kunn, laß mich bitte nicht hier zurück! Ich gehöre doch jetzt zu euch. Rann und Beth haben das gesagt, und Ro-pol auch!«

Plötzlich fühlte sie sich klein, häßlich und verletzlich – die Urs vor ihr, Bom hinter ihr am Tor und links und rechts die anderen Sooner, die ihr liebend gern ihren Hochmut heimgezahlt hätten. Sie legte eine Hand vor den Mund und flüsterte mit dringlicher Stimme in den kleinen Transmitter: »Kunn, die Wilden hier werden sich gegen mich wenden. Glaub mir, das spüre ich!«

»Das hättest du dir wirklich früher überlegen sollen.« Wieder

Schweigen, bis er sich unerwartet noch einmal meldete: »Wenn Rann nicht Funkstille befohlen hätte, könnte ich mich jetzt mit den anderen beraten, bevor ich eine endgültige Entscheidung treffe.«

»Was für eine endgültige Entscheidung?«

»Ob ich dich mitnehmen oder hier bei deinesgleichen zurücklassen soll.«

Rety kämpfte hart gegen das Zittern an, das ihren ganzen Körper nach diesen Worten befiel und nicht vergehen wollte. Ihre hochgeschraubten Erwartungen und Hoffnungen kamen ihr jetzt wie ein Kartenhaus vor, das kurz vor dem Einsturz stand.

»Paß auf, ich schließe einen Kompromiß und laß dir einen der Roboter zum Schutz hier. Er tut alles, was du ihm sagst, bis ich zurückgekehrt bin. Laß dir das aber nicht zu Kopf steigen. Mißbrauche den Roboter nicht.«

Ihr Herz klopfte bis zum Hals. ›*... bis ich zurückgekehrt bin*‹ hatte er gesagt.

»Ja, das verspreche ich«, antwortete sie eifrig.

»Dann sieh das als deine zweite Chance an. Frag die Urs aus. Zerstöre ihre Waffen, und laß niemanden ins Tal. Wenn du hier gute Arbeit leistest, haben wir bei unserer Rückkehr deine dumme Einmischung vergessen. Vorausgesetzt natürlich, daß ich auf dieser Jagd endlich die gewünschte Beute mache.

Kunn. Ende.«

Die Verbindung wurde abgebrochen, und die Hintergrundgeräusche aus der Kabine waren fort. Rety unterdrückte nur mit Mühe den Drang, wieder auf den Knopf zu drücken und noch einmal darum zu flehen, mitgenommen zu werden.

Dann biß sie die Zähne zusammen, kletterte auf die Mauer und starrte hinter dem silbernen Pfeil her, der sich aus dem engen Tal erhob, sich im Sonnenlicht drehte, dann in Richtung Süden verschwand und sie hier ganz allein mit ihrem zu Eis gefrorenen Herzen zurückließ.

Dwer

Das Sooner-Dorf lag wie schlafend am Eingang einer Schlucht, die mit dichtem, schwefelhaltigem und unbeweglichem Dunst angefüllt war.

Die Hölle auf Erden, zumindest aus Sicht der Urs.

Dwer hockte hoch in den Hügeln, und von dort konnte er auf die Gefangenen hinabsehen, die auf einer Koppel zusammengepfercht worden waren. Sie ließen die Köpfe und Hälse hängen und wirkten so unbeweglich wie die Atmosphäre.

»Ich zähle ungefähr ein Dutzend«, meinte Lena, während sie durch ihr Kompaktteleskop blickte. »Die Toten nicht eingerechnet. Genau wie du gesagt hast. Schätze, als Fährtensucher bist du ganz brauchbar.«

»Tausend Dank, du Herrin der verbotenen Gerätschaften«, entgegnete der Jäger. Er gewöhnte sich immer mehr an Lena und ihre Art. Sie war stets bissig, und selbst wenn sie ein Kompliment machte, war darin ein kleiner Widerhaken versteckt. So erinnerte sie ihn oft an einen Noor, den man im Schoß liegen hatte und streichelte – und der einem als Lohn für diese Liebkosung die langen Krallen in den Oberschenkel bohrte.

Für ihn selbst überraschend war jedoch die Erkenntnis, daß er sich ein Leben an ihrer Seite und zusammen mit Jenin, Danel und dem Stamm der abgefallenen Menschen immer besser vorstellen konnte. Selbst als sie auf die Invasion der Urs gestoßen waren, hatte das seine Zukunftspläne nicht beeinträchtigt. Ozawa hatte nämlich gar nicht so unrecht gehabt. Es bestand immer noch die Möglichkeit, daß man sich zusammentat oder sonst ein Arrangement traf.

Doch solche Gedanken wirkten im Augenblick unpassend. Der Grund dafür war links zu sehen – eine silbergraue Maschine, die wie eine hoonsche Zigarre mit Stummelflügeln geformt war. Zum ersten Mal, seit er und Rety im Nest der Mulch-Spinne beinahe von einem Flugroboter getötet worden waren, bekam er einen solchen Aufklärer zu sehen.

Der Himmelswagen sollte nicht hier draußen im Ödland sein.

Denn er drohte, alle ihre Pläne zunichte zu machen.

Und da war es doch wirklich ungehörig von dem Apparat, auch noch so schön zu sein.

Dwer war stolz auf sich, diesen Ausguck hoch oben an der Felswand entdeckt zu haben. Von hier aus konnte man das ganze Tal überblicken, vorbei an den dampfenden Löchern bis zu der Flugmaschine, die auf einem Nest zusammengepreßter Vegetation hockte.

»Ich wünschte, diese Trottel würden aufhören, ständig hin und her zu laufen«, beschwerte sich Lena. »Wie soll ich sie denn da in Ruhe zählen können. Na ja, wenigstens hat das Mädchen gesagt, die Rabauken und Haudraufs in diesem Stamm ließen es nicht zu, daß die Frauen Waffen tragen. Also brauchen wir uns nicht auf wirklich gefährliche Gegner gefaßt zu machen.«

Sie schnaubte verächtlich über eine solche Verschwendung von Ressourcen.

Dwer unterließ es, ihr zu widersprechen. Er glaubte nicht, daß es ein Kinderspiel werden würde, gegen diese Wilden zu kämpfen, selbst wenn sie sich mit den Invasoren verbündet hatten. Lenas Bemerkung war wohl wieder einmal nichts weiter als eine Stichelei gewesen.

Aber wie dem auch sei, ihre einzige Chance bestand in der vollständigen Überraschung des Gegners.

Die beiden lagen auf dem schmalen Felsvorsprung, und Lenas Brust preßte gegen seinen Arm. Doch die Berührung erregte ihn heute nicht. Vermutlich hatten ihre Körper begriffen, daß die Zeit und die Gelegenheit für eine Vereinigung im Moment nicht gegeben waren – daß sich vermutlich alles geändert hatte. Es würde wohl keine Episoden der Leidenschaft mehr geben. Sex und Geschlechtlichkeit waren für Kolonisten wichtig, die Familien gründen wollten, aber nicht für einen Trupp Krieger, der einen tödlichen Überraschungsangriff führen wollte. Von nun an kam es nur noch darauf an, die entsprechenden Fähigkeiten einzusetzen und sich hundertprozentig auf die anderen verlassen zu können.

»Sieht ganz nach einem Standard-Atmosphären-Aufklärer aus«, bemerkte der Oberförster. »Ohne Zweifel verfügt er über Bordwaffen. Ich wünschte, wir hätten wenigstens ein Werk über die galaktische Technologie mit nach Jijo gebracht. Jetzt gib mir doch endlich das Glas, ja?«

Sie hatten ihre Gesichter mit Holzkohlestrichen bemalt, um die optischen Erfassungsgeräte der fremden Maschinen zu täuschen. Dwer bezeichnete die Muster lieber als Kriegsbemalung.

»Ich will verdammt sein ...«, murmelte Ozawa. »Hier, seht selbst. Ich glaube, ich weiß jetzt, wie die Sternenmenschen diesen Ort finden konnten.«

Als Dwer das Teleskop ansetzte, bemerkte er als erster, daß die Luke des Fliegers offenstand und man einiges von seinem Innenleben, darunter ein paar Bänke mit Kontrollgeräten, erkennen konnte. *Wenn wir doch nur etwas näher heran könnten. Jetzt, wo die Tür auf ist und sich nirgendwo eine Wache blicken läßt.*

»Guck nach rechts, auf den Weg zum Dorf«, drängte der Weise.

Der Jäger richtete das Glas dorthin, bis er eine kleine Gestalt erfaßte, die eines der einteiligen Kleidungsstücke der Piraten trug und sich auf die Siedlung der Sooner zubewegte.

»Beim heiligen Ei von Jafalls!« entfuhr es ihm dann.

»Was ist denn?« wollte Lena gleich wissen und riß ihm das Fernglas aus der Hand. Dwer ließ sich auf den Rücken rollen und starrte durch die Äste in den dunstigen Himmel.

»Sieh an, sieh an«, murmelte Lena. »Da hat die Kleine ja doch zu uns aufgeholt.«

»Ich hätte sie gleich damals erwürgen sollen, als sie meinen Bogen gestohlen hatte. Oder sie später der verdammten Spinne vorwerfen.«

»Das willst du doch nicht wirklich, mein Junge«, tadelte der Oberförster ihn.

Dwer wußte, daß sein Vorgesetzter recht hatte. Trotzdem grummelte er: »Will ich nicht? Das Mädchen war von Anfang an eine Plage. Und jetzt hat sie uns auch noch unseren schönen Plan kaputtgemacht.«

»Vielleicht hat man sie ja mit irgendwas dazu verleitet«, entgegnete Ozawa wenig überzeugend. Sie nahmen abwechselnd das Fernrohr, bis jeder die ehemalige Soonerin in ihrer neuen Kleidung und mit dem frisch frisierten Haar gesehen hatte, wie sie stolz und frech durch das Lager spazierte, als sei sie hier die Großfürstin.

»Sie begibt sich zu den Gefangenen«, meldete Lena, die gerade das Glas hielt. »Jetzt spricht sie zu einer ... Diese Urs sehen wirklich mitgenommen aus, die Ärmsten.« Lena machte ein übertrieben mitfühlendes Gesicht, aber auch so war den anderen längst klargeworden, wie ironisch sie das meinte. »Ich wünschte, ich könnte verstehen, was die zwei ...«

Sie hielt inne, als Dwer sie plötzlich am Arm faßte. Ein schwaches, hochtönendes Geräusch war zu vernehmen, das sich anfühlte, als würde etwas an der Innenseite der Schädelwand kratzen. Der Noor fing an zu zittern, schüttelte den Kopf hin und her und nieste. Bald wurde das Geräusch so laut, daß auch alle anderen in der Gruppe es hören konnten – sogar Jenin, die weiter oben Wache stand, gestikulierte fragend zu ihren Gefährten herüber.

Der Lärm kam von dem Aufklärer und war inzwischen so laut, daß Dwer das Gefühl hatte, seine Zähne würden aus den Kiefern gerüttelt.

»Da kommt etwas heraus!« rief Lena und spähte über das Glas hinweg. »Der Roboter!«

Dwer verfolgte mit bloßem Auge, wie ein schwarzes Gebilde mit herabhängenden Tentakeln aus dem Flieger schwebte und hinter ihm die Luke geschlossen wurde. Die Luft flimmerte von fortgewehtem Staub, als die summenden Triebwerke den Aufklärer vom Boden hoben. Der silbergraue Pfeil war größer als das Haus, in dem der Jäger aufgewachsen war. Doch er trieb leicht wie eine Feder nach oben und kippte dann elegant, bis seine Spitze nach Süden zeigte. Im nächsten Moment schien der Himmel zu bersten, als das Gefährt mit donnerndem Knall davonsauste und sich schneller als alles bewegte, was Dwer je zu sehen bekommen hatte.

»Verdammt«, murmelte Ozawa. »Damit hätten wir die günstigste Gelegenheit verpaßt.«

Lena schien sich nicht mehr für den davoneilenden Aufklärer zu interessieren, sondern verfolgte mit dem Glas den Weg des schwarzen Roboters, der auf das Stammesdorf zuschwebte.

»Keine Angst«, versicherte sie dem Weisen. »Ich wette, wir bekommen schon bald eine neue Chance.«

Die Glaver kamen wieder. Die dummen Biester hätten sich keinen schlechteren Moment für ihr Auftauchen aussuchen können.

Wahrscheinlich waren sie der Gruppe in ihrem gemächlichen Tempo gefolgt, den ganzen weiten Weg vom gestrigen Nachtlager. Sie muhten unglücklich über den Gestank, der aus dem Tal drang, doch weder die Geruchsschwaden noch der Anblick des Dorfes konnten sie daran hindern, Dwer zu folgen, als dieser den Schutz des Waldes verließ, um auf die Ansammlung primitiver Hütten zuzurennen.

Der Jäger drehte sich zu Lena um, die am Waldrand stand und ihn mit hochgezogenen Augenbrauen zu fragen schien, ob sie die verdammten Biester abschießen solle. Er verneinte das mit einem heftigen Kopfschütteln. Glaver waren nur für jemanden gefährlich, der sich verborgen halten wollte. Aber Dwer wollte ja auffallen, denn sein weithin sichtbares Erscheinen war Bestandteil des Plans, den sie gefaßt hatten.

Doch als er an einem umgestürzten faulenden Stamm vorbeikam, versetzte er ihm dennoch ein paar harte Tritte, bis Teile abplatzten und das reiche Innenleben an Insekten preisgaben. Die Glaver ließen sich gleich von einer so reich gedeckten Tafel ablenken, rannten herbei und schnalzten mit ihren langen Zungen.

Damit blieb Dwer nur noch ein Ärgernis: Schmutzfuß, der durch das Gras schoß, Anschleichen spielte und ihm immer wieder zwischen den Beinen herumlief.

Dwer hatte sich den Bogen umgehängt, versuchte tapfer, den Noor zu übersehen, und spazierte mit aufgesetzter Unbekümmertheit an einigen zerfetzten Baumstümpfen vorbei auf das Lager zu. Die Gefangenen waren einen Viertelbogenschuß weiter links untergebracht, während die Hütten zur Rechten standen. Direkt vor ihm brannte das Lagerfeuer.

Was ist denn los, Leute? fragte er sich, als er bereits die Hälfte der Wiese überquert und noch immer niemand von ihm Notiz genommen hatte. *Stellt ihr hier denn keine Wachen oder so was auf?*

So spitzte er schließlich die Lippen und pfiff das erste Liedchen, das ihm in den Sinn kam – »Yankee Doodle«.

Schließlich sah einer der Jungen, die sich am Urs-Gehege herumdrückten, zufällig in seine Richtung. Er wäre fast hintenüber gekippt und bekam den Mund nicht mehr zu. Wenigstens für einen langen Moment. Dann fing er an zu schreien und zeigte auf den Fremden.

Nun gut, es hat funktioniert.

Vor einer Woche noch hätten sie vermutlich anders auf Dwer reagiert. Schließlich hatten diese Sooner seit Generationen keinen sogenannten Zivilisierten mehr zu Gesicht bekommen. Doch mittlerweile hatten sie eine Urs-Herde gefangengenommen, waren mit fliegenden Sternenmenschen in Kontakt getreten und hatten eine Verlorene zurückerhalten, die sich inzwischen zur Gottheit hochgearbeitet hatte. Jedenfalls nahmen sie das Auftauchen eines weiteren Fremden ziemlich gut auf - von den Jungs rannten immerhin ein Viertel nicht gleich schreiend davon. Die Zurückgebliebenen glotzten ihn aus großen Augen an, und nachdem er keine Anzeichen von Gewaltbereitschaft von sich gab, wagten sie es schließlich, in einem dichtgedrängten Haufen auf ihn zuzugehen.

Dwer zeigte auf einen Jungen und winkte ihn zu sich heran.

»Ja, du. Genau. Dich meine ich. Komm her. Keine Angst, ich beiße nicht.«

Er ging vor dem Knaben in die Hocke, um noch weniger bedrohlich zu erscheinen. Der Junge, ein völlig verdreckter Bursche, dem man den Lausbub ansah, schien zu der Sorte Heranwachsender zu gehören, für die das eigene Überleben erst an zweiter Stelle kam. Viel wichtiger war es, vor den anderen zu glänzen und sich als Held hervorzutun. Dwer kannte diesen Typ. Solange seine Kameraden zusahen, würde der Bengel eher sterben, als auch nur das kleinste Anzeichen von Furcht zu zeigen.

Der Junge blies sich auf, trat ein paar Schritte auf den Fremden zu und drehte sich um, um festzustellen, ob auch jeder sein Bravourstück mitbekommen hatte.

»Was für ein hervorragender junger Mann«, lobte Dwer. »Du hast doch sicher einen Namen, oder?«

Nun geriet der Schelm doch etwas in Verlegenheit. Anscheinend war er das noch nie gefragt worden. Wuchs denn nicht jeder auf der Welt mit der Kenntnis der Namen aller anderen auf?

»Na ja, macht nichts«, sagte der Jäger und bemerkte, daß die Menge langsam anwuchs. Anscheinend war die Neugier doch stärker als die Furcht. »Ich möchte, daß du einen Botendienst für mich erledigst. Wenn du das tust, bekommst du auch etwas Wertvolles dafür. Hast du mich verstanden? Gut. Also, lauf zu Rety und sag ihr, daß jemand, den sie kennt, hier …« Er richtete sich auf, drehte sich um und deutete dann auf den Waldrand. »Nein, dort drüben bei den Bäumen auf sie wartet. Kannst du dir das merken?«

Der Junge nickte. Im Verein mit der neuerwachten Habsucht besiegte die Neugier endgültig jegliche Angst. »Was kriege ich denn dafür?«

Dwer zog einen Pfeil aus dem Köcher. Er war von den besten Pfeilmachern in der Stadt Ovoom angefertigt worden, perfekt gerade und mit einer rasiermesserscharfen Spitze aus Buyur-Metall versehen, die in der Sonne glänzte. Der Knabe streckte sofort die Hand danach aus, aber Dwer zog den Pfeil zurück.

»Erst wenn du Rety dorthin geführt hast.«

Ihre Blicke trafen sich kurz, dann hatte der Junge begriffen, nach welchen Regeln hier gespielt wurde. Er zuckte die Achseln, als habe er so etwas schon tausendmal erledigt, drehte sich um, schob sich durch die Menge und schnauzte jeden an, der nicht rasch genug Platz machte.

Der Jäger erhob sich wieder, zwinkerte den versammelten Soonern zu, schlenderte gemächlich zum Waldrand zurück und pfiff ein Lied vor sich hin. Als er sich einmal umdrehte, bemerkte er, daß ein großer Teil der Sippe ihm in sicherer Entfernung folgte. Bis jetzt hatte alles geklappt.

Zur Hölle noch mal! fluchte er dann, als er die Glaver sah. *Haut doch endlich ab! Bitte, ja?*

Sie hatten sich an den Insekten im Baum gütlich getan und trabten nun langsam auf ihn zu. Dwer machte sich Sorgen. Wenn die Tiere die Dörfler bemerkten, würden sie dann in Panik geraten und auf den Pferch zurasen? Das weibliche Wesen richtete eines der großen runden Augen auf die Sooner. Und dann das andere auch, ein sicheres Anzeichen dafür, daß ihr etwas nicht geheuer war. Sie schnaubte, und ihr männlicher Begleiter fuhr erschrocken zurück. Dann wendeten die beiden und flohen genau in die Richtung, die der Jäger befürchtet hatte.

Mit dem Instinkt des Fährtensuchers für Licht und Schatten bemerkte Dwer Jenin dort in einem der Bäume, wo die Ausläufer des Waldes bis fast an die Koppel reichten. Dabei gehörte es zu seiner Aufgabe, die allgemeine Aufmerksamkeit von ebendieser Stelle abzulenken!

Seufzend nahm er den Bogen von der Schulter und legte einen

Pfeil auf die Sehne. Doch plötzlich sauste Schmutzfuß durch das Gras auf die Glaver zu, machte ihnen Männchen und zischte sie böse an. Die Tiere kamen abrupt zum Stehen, machten dann mit erstaunlicher Behendigkeit kehrt und flohen in die entgegengesetzte Richtung davon, dicht gefolgt von dem laut kläffenden Noor.

Aus irgendeinem Grund fanden die Wilden das alles unglaublich komisch. Dabei schien ihnen gar nicht zu Bewußtsein zu kommen, daß sie auch einen Noor noch nie zu Gesicht bekommen hatten. Sie stießen sich in die Seiten, zeigten auf die Tiere und bogen sich vor Lachen über die Not der Glaver. Schließlich klatschten einige von ihnen auch noch, als hätte Dwer diese Show zu ihrer Erheiterung inszeniert.

Er drehte sich zu ihnen um, grinste, verbeugte sich und steckte den Pfeil in den Köcher zurück. Dwer hätte alles getan, um sie von Jenin abzulenken.

Doch plötzlich erstarrten die Sooner, und ein Schatten senkte sich über den Jäger. Ein leises, auf unliebsame Weise vertrautes Summen ließ es ihm heiß und kalt über den Rücken laufen. Er schirmte die Augen mit einer Hand gegen die Sonne ab und sah nach oben. Der schwarze Roboter schwebte über ihm. Mit einer Vielzahl von herabhängenden Tentakeln und herausragenden Spitzen ähnelte er verteufelt dem Dämon, der ihn immer noch in seinen Träumen heimsuchte – dem feuerspeienden Monster, das oben in den Bergen die Mulch-Spinne vernichtet hatte. Trotz des Halbschattens, der ihn wie ein höllischer Heiligenschein umgab, erkannte Dwer die achteckige Grundform wieder. Doch dieser Roboter trug eine runde Silhouette auf einer Schulter.

»Also hast du es tatsächlich bis hierher geschafft«, bemerkte das Wesen. »Nicht schlecht für einen vom Hang. Schätze, du bist doch kein Weichei, obwohl die lange Reise einen ziemlich zerlumpten Kerl aus dir gemacht hat. Ich habe dich schon mal in besserem Zustand gesehen, Dwer.«

»Danke, Rety«, entgegnete er und trat einen Schritt zur Seite, damit die Sonne ihn nicht mehr so blendete. Außerdem wollte er näher an den Waldrand heran. »Was hingegen dich betrifft, so hast du nie besser ausgesehen. Hast es dir in der letzten Zeit wohl gutgehen lassen, was?«

Sie antwortete darauf mit einem heiseren Kichern, das sich anhörte, als habe sie seit längerem nicht mehr gelacht. »Nun ja, ich habe das Angebot abgelehnt, das deine Weisen mir gemacht haben. Sie wollten, daß ich den ganzen Weg hierher zu Fuß zurücklege und dabei auch noch eine Bande von Trotteln führe. Warum laufen, habe ich mich gefragt, wenn du genausogut durch die Luft fliegen kannst?«

Jetzt konnte er sie besser erkennen. Abgesehen von der alten Narbe sah sie wie neu aus – oder generalüberholt, wie es gewisse Handwerker in der Stadt Tarek vermögen. Aber die alte lauernde Wachsamkeit stand noch in ihren Augen zu lesen.

Der Jäger erhielt jetzt auch die Gelegenheit, sich den Roboter genauer anzusehen. Acht gleichförmige Vierecke bildeten seine Seiten. Die Flächen waren vollkommen schwarz und völlig dunkel, als würde nicht einmal das Sonnenlicht von ihnen reflektiert. An der Unterseite hingen zwei bedrohliche Tentakelarme links und rechts von einer Kugel herab, die mit Glasplättchen und Metallröhren gespickt war. Danel hatte ihn ermahnt, sich vor dieser Kugel in acht zu nehmen. An der Oberseite wirkte die Maschine flach, wenn man einmal von dem Sattel absah, den Rety dort befestigt hatte. Nur aus dem Zentrum ragte eine spitze Stange, die Ozawa als »Antenne« bezeichnet hatte.

Dwer nickte in Richtung des Roboters. »Sieht so aus, Rety, als hättest du ein paar neue Freunde gewonnen.«

Das Mädchen lachte, und wieder klang es, als leide sie an einer Erkältung. »Freunde, die mich an Orte führen werden, wie du sie dir nicht vorstellen kannst.«

Er zuckte die Achseln. »Ich habe nicht die Sternengötter gemeint,

Rety, sondern den Burschen hier, der dich auf sich reiten läßt. Als ich das letzte Mal so ein Ding gesehen habe, wollte es töten. Aber das weißt du sicher noch, du warst ja schließlich dabei –«

»Seitdem hat sich eine Menge verändert«, fiel sie ihm rasch ins Wort.

»Ach ja, jetzt fällt mir alles wieder ein. Der Roboter hat auch den Vogel beschossen, der dir so ans Herz gewachsen war. Na ja, was soll's. Vermutlich ist es manchmal besser, sich mit denen zusammenzutun, die einen vorher –«

»Halt endlich den Mund!«

Die Maschine reagierte sofort auf Retys Zorn und senkte sich bedrohlich zu Dwer herab. Während er zurückwich, bemerkte er, wie die Linsen und Röhren an der Kugel sich auf ihn richteten. Der Oberförster hatte vermutet, daß dort auch die Waffen des Roboters untergebracht waren, und Dwers ständig wacher Jägerinstinkt konnte das jetzt nur bestätigen.

Die Menge hatte sich mittlerweile hinter dem Mädchen aufgebaut. Fast der ganze Stamm hatte sich eingefunden, um sich nichts von der Konfrontation zwischen diesem abgerissenen Fremden und einer der ihren, die inzwischen einen der fliegenden Teufel befehligte, entgehen zu lassen. Die Konfrontation kam ihnen sicher ziemlich unausgewogen vor.

Und bei manchen Situationen verhält es sich genau so, wie es auf den ersten Blick den Anschein hat.

Dwer bemerkte aus dem Augenwinkel eine Bewegung an der Koppel. Jenin.

»Und?« schnarrte Rety und starrte ihn mit funkelnden Augen an.

»Und was?«

»Du hast nach mir geschickt, Blödmann. Bist du etwa um die halbe Welt gelaufen, bloß um mir haufenweise Vorwürfe zu machen und zu versuchen, mir ein schlechtes Gewissen einzujagen? Warum hast du dich nicht aus allem herausgehalten, nachdem dir klargeworden war, was hier vor sich geht?«

»Ich könnte dir die gleiche Frage stellen, Rety. Was treibst du hier eigentlich, außer daß du vor deinen ehemaligen Sippengenossen angibst? Bist du bloß hier, um ihnen alles heimzuzahlen? Oder hatten die Sternengötter etwa einen besonderen Grund, sich einen Führer zu suchen, der sie zu dieser Senkgrube von Jijo brachte?«

Widerstrebende Gefühle huschten über ihre Miene. Schließlich entschied sie sich für ein kurzes, höhnisches Lachen.

»Senkgrube? Das paßt zu dir.« Sie kicherte gezwungen und beugte sich dann zu ihm herab. »Und was Kunn hier sucht, kann ich dir nicht sagen. Das ist nämlich ein Geheimnis.«

Rety war schon immer schlecht im Bluffen gewesen. *Du hast nicht die leiseste Ahnung, nicht wahr, Mädchen, und das wurmt dich sehr.*

»Wo steckt den überhaupt dieser Trupp von Hang-Pennern, den du anführen solltest?« versuchte sie, vom Thema abzulenken.

»Sie halten sich versteckt. Ich bin alleine gekommen, um festzustellen, ob es hier sicher genug für sie ist.«

»Warum sollte es hier nicht sicher für sie sein? An diesem Ort lauern keine Gefahren, es sei denn, der Anblick meiner widerlichen Vettern bereitet einem Übelkeit oder man hat ein schwaches Näschen und kann den Gestank von ein paar Mähren nicht –«

Sie hatte den Satz noch nicht beendet, als ein helles Pfeifen aus der Tasche an ihrem Gürtel ertönte, das so klang, als spiele man die höchsten Töne einer kleinen Flöte.

»Und wie steht es mit den Killern aus dem Weltall?« fragte Dwer. »Ich spreche von denen, die vorhaben, jedes denkende Wesen auf diesem Planeten auszulöschen.«

Rety verzog böse das Gesicht. »Eine verdammte Lüge! So etwas haben sie nie und nimmer vor. Das haben sie mir versprochen!«

»Und wenn ich dir das Gegenteil beweisen könnte, Rety?«

Ihre Augen zuckten nervös hin und her. »Sicher nur noch mehr Lügen. Die Sternenmenschen werden das nämlich nicht tun, basta!«

»Genausowenig, wie sie auf einen armen, ahnungslosen Vogel schießen oder wie sie eine Gruppe Urs ohne Warnung angreifen würden, was?«

Rety lief purpurrot an, und der Jäger setzte gleich nach.

»Komm mit, dann zeige ich dir, wovon ich rede.«

Bevor sie sich weigern konnte, drehte er sich schon um und marschierte auf den Waldrand zu. »Ich habe es da hinten zurückgelassen. An dem umgestürzten Baum dort.«

Das Mädchen schmollte, folgte ihm aber trotzdem auf ihrer Reitmaschine. Der Jäger fürchtete, daß der Roboter vielleicht doch höherentwickelt sein könnte, als der Oberförster vermutet hatte. Die Nachschlagewerke, die die Weisen zu Rate gezogen hatten, waren schließlich über dreihundert Jahre alt und konnten nur mit wenigen Details aufwarten. Und wenn die Maschine sich nun mit der Sprache gut auskannte und längst registriert hatte, daß Dwer log? Oder wenn dieses Ding gar Gedanken lesen konnte?

Der liegende Stamm war dicker als die anderen, die hier noch standen. Die Sooner mußten sich ganz schön abgerackert haben, um ihn mit ihren primitiven Werkzeugen zu fällen, als sie hier eine Lichtung hatten schaffen wollen.

Auf der anderen Seite bückte der Jäger sich, um die zwei Gegenstände aufzuheben, die er dort deponiert hatte. Das eine, eine schmale Röhre, ließ er gleich im Ärmel verschwinden. Das andere, ein in Leder gebundenes Buch, hielt er deutlich sichtbar in der Hand.

»Was ist das?« wollte Rety wissen und drängte den Roboter, tiefer zu sinken. Kürzere Tentakel ragten aus der Oberseite, an deren Enden sich glänzende Gebilde befanden. Drei davon drehten sich in Drews Richtung, während das vierte sich nach hinten richtete, um die Rückfront unter Beobachtung zu halten. In diesem Punkt schien Ozawa recht gehabt zu haben. Wenn es sich bei den mechanischen Organen wirklich um »Augen« handelte, dann mußte das lange spitze Ding …

»Zeig es her!« verlangte Rety. Sie brachte den Roboter dazu, sich noch ein Stück tiefer zu senken, und starrte auf den schmalen Band, der etwa hundert Papierblätter enthielt und aus Danels mitgeführtem Vermächtnis stammte.

»Och, ein Buch«, moserte sie enttäuscht. »Und du glaubst, du könntest damit irgend etwas beweisen? Die Rothen verfügen über laufende Bilder, die auch sprechen können und einem alles sagen, was man wissen will.«

Ganz genau, dachte Dwer. *Sie können Bilder erzeugen, die einem genau das zeigen, was man sehen will.*

Aber er nickte und entgegnete dann überfreundlich: »Oh, das tut mir jetzt aber leid, Rety. Ich habe ganz vergessen, daß du ja gar nicht lesen kannst. Na ja, schlag das Buch auf, dann wirst du feststellen, daß dieser Band auch Bilder enthält. Wenn du möchtest, erkläre ich sie dir.«

Diesen Teil des Plans hatte Ozawa beigesteuert. Auf dem Versammlungsplatz hatte der Oberförster bemerkt, daß das Mädchen sich mit offenkundiger Begeisterung Bilderbücher anschaute – natürlich nur, wenn sie glaubte, daß niemand zusah. Dwer bemühte sich nun, sie mit einer Mischung aus Herabsetzung und Ermutigung in eine Stimmung zwischen Scham und Neugier zu versetzen, bis sie nicht anders konnte, als sich das Bändchen zu nehmen.

Rety verzog unglücklich das Gesicht, streckte den Arm aus und ließ sich das Buch geben. Sofort richtete sie sich dann wieder auf, blätterte rasch in dem Werk und legte die Stirn in immer tiefere Falten. »Was soll das? Welche Seite muß ich mir ansehen?«

Die Luftkissen des Roboters berührten Dwers Bein, und er spürte, daß sich dort sofort alle Haare aufrichteten. Sein Herz schlug viel zu schnell, und sein Mund trocknete aus. Er mußte alle Willensstärke aufbieten, um einen Schwächeanfall niederzuringen.

»Oh, habe ich es nicht an der richtigen Stelle aufgeschlagen? Warte, ich suche sie dir.«

Als Rety ihm das Buch zurückgab, mußte der Roboter noch tiefer gehen. Der Jäger streckte die Arme aus, er schien nach dem Buch greifen zu wollen, bis er scheinbar aus dem Gleichgewicht geriet und gegen das Maschinenwesen prallte.

Wenn das schwarze Ungetüm nun zu der Auffassung gelangen sollte, angegriffen worden zu sein, würden Tod und Vernichtung über den Waldrand kommen. Konnte der Roboter so etwas wie menschliche Unbeholfenheit überhaupt erkennen und einen solchen Vorfall auf sich beruhen lassen?

Nichts geschah. Der Metallklotz fühlte sich offensichtlich nicht attackiert.

»He, paß auf«, beschwerte sich Dwer. »Sag deinem Freund, er soll ruhig bleiben, ja?«

»Wie? Ich habe nichts damit zu tun«, entgegnete Rety rasch. »Du läßt ihn in Ruhe, hörst du, du blöde Maschine.« Sie trat ihrem Reitautomaten in die Seite.

Der Jäger nickte. »Ist ja schon gut. Versuchen wir es noch einmal.«

Wieder riß er die Arme hoch und ging mit den Beinen leicht in die Hocke, um mehr Sprungkraft einsetzen zu können. Sein Leben schien plötzlich an ihm vorbeizuziehen wie ein Laut, der vom Wind davongetragen wird.

Dann stieß er sich vom Boden ab.

Die anfängliche Reaktionslosigkeit des Roboters ging in ein lautes Heulen über, dem augenblicklich einige laute Detonationen folgten, die aus dem Wald kamen. Hitze flammte zwischen den Beinen des Jägers auf, als er zwei Sensoren zu fassen bekam und sie als Griffe benutzte, um sich hochzuziehen und an der Flanke des achteckigen Kastens hinaufzuklettern und aus der Reichweite der tödlichen Kugel zu kommen. Schmerz explodierte in seinem Oberschenkel, kurz bevor er seinen Oberkörper auf die obere Seite der sich drehenden Maschine schieben konnte. Er hielt sich mit der Linken an der Antenne fest, während er mit der Rechten die Röhre griff, die er im Ärmel verborgen hatte.

Schneller und schneller drehte sich der Roboter, bis dem Jäger die Welt nur noch als Folge durcheinanderwirbelnder Bäume und Wolken erschien. Neue Detonationen erfolgten und wurden von furchtbaren prasselnden und pfeifenden Geräuschen begleitet. Mit der Kraft der Verzweiflung schob Dwer die Röhre an die Zentralachse der Maschine und preßte, als hielte er eine Zahnpastatube in der Hand.

Traeki-Enzyme vermischten sich und flossen als zischende Säure heraus, um in alle Öffnungen, Ritzen und Löcher einzusickern. Dwer spritzte die Masse trotz der wilden Pirouetten des Automaten weiter ins Innere des Kastens, bis Rety sich dazwischenwarf und seinen Arm wegschlug. Erst jetzt bekam er inmitten des Getöses ihre Schreie mit. Und als sie ihre Zähne in sein Handgelenk vergrub, fiel er mit seinen eigenen Schreien in das Lärmen ein. Die halbleere Tube entglitt seinen Fingern und flog irgendwo hin.

Lilafarbener Rauch entstieg dem Roboter, und die Zentralachse drehte sich langsamer und unregelmäßig. Der Jäger schüttelte das Mädchen von sich ab, zog sich ganz auf die Oberseite und zerrte dann mit beiden Händen an der Antenne. Endlich löste sie sich aus ihrer Verankerung, und er stieß ein Triumphgeheul aus, auch wenn er jetzt keinen Halt mehr hatte und über die glatte Fläche rollte.

Er ruderte mit Armen und Beinen durch die Luft, als er unvermittelt über die Kante rollte und auf den Wiesenboden niederstürzte.

Der Jäger machte sich in diesem kurzen Moment des Falls keine Gedanken darüber, auf einem Felsen oder Baumstumpf aufzuschlagen – bevor er den Grund erreichte, würde der Roboter ihn schon in Scheiben geschnitten haben.

Aber kein Hitzestrahl zerteilte seinen Körper, und er krachte auch nicht schwer auf. Statt dessen landete er zu seiner grenzenlosen Überraschung auf zwei Armen, die ihn auffingen.

Seine Erleichterung legte sich augenblicklich, als er feststellte, daß diese Arme dem Maschinenwesen gehörten.

Verdammt, aus dem Regen in die Traufe …

Eine weitere Detonationsserie folgte, und plötzlich schwankte der Automat, als habe etwas seine Seite getroffen. Wie er da so an dem achteckigen Körper hing, konnte Dwer erkennen, daß die Kugel sich in einem Regen von Glas- und Metallsplittern auflöste. Dort, wo sich vorher die Waffenrohre befunden hatten, zeigte sich nur noch schwarzer Rauch. Nicht eine intakte Linse oder Röhre war zu sehen.

Gute Arbeit, Lena, lobte er die Kameradin in Gedanken und freute sich, daß sie sich gut auf den Umgang mit den schrecklichen Geräten verstand, für die nur wenige am Hang ausgebildet worden waren. Es handelte sich dabei um Feuerwaffen, für deren Konstruktion nicht ein Stück Metall verwendet worden war. Er drehte den Kopf und sah, wie Danel und Lena vom Waldrand aus weiterfeuerten. Der Roboter wankte, als er einen neuen Treffer erhielt. Einer der Tentakel, die den Jäger hielten, zitterte und sank dann schlaff herab.

Das war eindeutig Lenas Schuß gewesen. *Was für ein geschicktes Mädchen,* dachte er, und sein Verstand hatte wegen der immer stärker werdenden Rückenschmerzen Mühe, noch halbwegs normal zu arbeiten. *Die Weisen haben eine gute Wahl getroffen. Ich hätte mich glücklich preisen können, wenn alles so gekommen wäre, wie im ursprünglichen Plan …*

Er kam nicht dazu, den Gedanken zu Ende zu bringen, denn der Automat drehte sich jetzt herum, floh im Zickzackkurs über die Wiese und hielt den Jäger wie einen Schild zwischen sich und den Schützen im Wald. Dwer sah, wie Lena mit dem Gewehrfeuer zielte und die Waffe dann wieder absetzte und den Kopf schüttelte.

»Nein!« schrie der Reiter. »Kümmere dich nicht um mich! Feuer!«

Aber der Wind riß seine Worte fort. Lena ließ den Werfer fallen und lief zu einer Gestalt, die mit einer zweiten Feuerwaffe reglos am Boden lag. Als sie sie umdrehte, erkannte der Jäger Danel, und auf dessen Brust einen breiten roten Streifen.

Doch schon sauste der Roboter wieder in eine andere Richtung, und die entsetzliche Szene entschwand aus Dwers Blickfeld. Dafür bekam er nun die von Furcht befallenen Sooner zu sehen, die sich unweit der Koppel hinter einem Abfallhaufen zusammengekauert hatten und so entsetzt auf das Schlachtfeld starrten, daß ihnen die andere Gruppe völlig entging, die sich gerade von hinten an sie heranschlich: Jenin und die inzwischen befreiten Urs. Die ehemaligen Gefangenen waren nun mit Seilen und Armbrüsten ausgerüstet. Der Jäger konnte nur darum beten, daß dieser Teil vom Plan des Weisen auch funktionierte.

»Alles oder nichts«, hatte Ozawa gesagt. *»Entweder leben wir als zivilisierte Wesen zusammen, oder wir gehen zusammen mit ihnen unter. Wenn es zum Schlimmsten kommt, fügen wir unseren Feinden soviel Schaden wie nur irgend möglich zu.«*

Dwer hatte noch Zeit für einen wohlmeinenden Gedanken an Retys Sippe, die sich gerade bewußt zu werden schien, was sich hinter ihrem Rücken getan hatte.

Lerne, weise zu sein …

Dann verschwand das Dorf, weil die Maschine schon wieder eine neue Richtung einschlug. Diesmal ging es über einen Waldpfad und weiter einen Hang hinab, wobei der Automat seine Geschwindigkeit immer mehr erhöhte.

Erst jetzt bemerkte der Jäger, daß Rety immer noch bei ihm war. Sie hielt sich kreischend fest und schrie den Roboter immer wieder an, sofort stehenzubleiben. An Dwer, der mit dem Kopf nach unten vom Arm des Wesens hing, flog der Boden in einem schwirrenden Flimmern vorüber. Er kämpfte gegen den peitschenden Wind an, bekam beide Arme hoch und endlich den Ansatz des Tentakelarms am Rumpf zu fassen. Nun befand er sich wenigstens in einer horizontalen Lage. Wenn er auch noch diese Extremität losreißen könnte, würde er sich anschließend vermutlich zu Tode stürzen, aber das erschien ihm immer noch besser als die gegenwärtige Folter.

Er zog daran, so gut es ging, doch der Arm lockerte sich nicht einmal. Das mechanische Glied bewegte sich nur hin und wieder, um seine menschliche Last zu heben, damit sie nicht gegen ein Hindernis krachte.

Bald glitten sie am Zentralfluß des Canyons entlang, ein wahres Hindernisrennen mit ständigen Ausweichmanövern und bitterer, beißender Gischt, die einem ins Gesicht spritzte.

Der Jäger fühlte sich immer schwächer, und die Ohnmacht kam ständig näher.

Reiß dich zusammen, beschimpfte er sich. *Das ist jetzt nun wirklich nicht der richtige Moment, um sich gehenzulassen. Wenn du schon nicht von dem Ding wegkannst, dann sieh wenigstens nach deiner Wunde und ob du hier nicht langsam verblutest.*

Die Schmerzen halfen ihm, sich zu konzentrieren, und bald gelang es ihm, die Schwindelgefühle zu ignorieren. Sie kamen in einer bohrenden Vielfalt über ihn – angefangen von einem Pochen im linken Oberschenkel bis hin zum Stechen im rechten Handgelenk, wo Rety so fest zugebissen hatte, daß Blut floß. Darin mischten sich dann noch der harte Druck vom Roboterarm und eine ganze Serie von brennenden Kratzern, die sich von der Hüfte über den Unterleib und wieder hinauf bis zur Brust ausbreiteten, so als bearbeite jemand seinen geschundenen Körper systematisch mit einem ganzen Bündel spitzer Nadeln.

Endlich öffnete er die Augen und kreischte beim Anblick eines weit aufgerissenen Mauls, das mit gräßlichen, speicheltropfenden Fängen angefüllt war.

»O Jafalls …«, stöhnte er. »Ogottogottogott!«

Auch als ihm langsam dämmerte, worum es sich bei der Erscheinung handelte, die nur wenige Zentimeter vor seinem Gesicht aufgetaucht war, konnte er sich nicht dagegen wehren, ein endloses dünnes Wimmern auszustoßen.

Schmutzfuß gähnte ein zweites Mal und ließ sich dann in dem knappen Raum zwischen Dwers Brust und der harten Roboterhülle nieder. Dann betrachtete er den Jäger interessiert, der noch immer von dem letzten Schock zitterte, der einfach zuviel für ihn gewesen war. Mit einem Seufzer der Zuneigung und des Tadels fing der Noor nun an zu brummen, jedoch weniger, um Dwer zu beruhigen, als vielmehr aus reiner Lebenslust. Seine Laute klangen wie das Lied eines Hoon, der die Freuden der Seefahrt genießt.

Asx

Wenn die Gemeinschaften dieses Ringen überleben – wenn es für unsere Sechsheit eine Zukunft gibt –, dann wird dieser Kampf sicher als die Schlacht auf der Lichtung in die Geschichte eingehen.

Ein kurzes, blutiges und taktisch entscheidendes Treffen, nicht wahr, meine Ringe?

Und in strategischer Hinsicht vollkommen bedeutungslos. Ein Intervall von Flammen und Entsetzen, bei dem meine/unsere vielfarbigen Wülste einerseits froh und andererseits traurig darüber waren, daß wir ein Traeki sind.

Traurig, weil dieser Stapel so nutz- und hilflos erscheint, wenn es darum geht, mit der hektischen Geschwindigkeit der anderen Rassen mithalten zu wollen, deren uralter Kriegszorn sie in solchen Krisen ungeheuer antreibt. Sie beschleunigen so sehr, daß sich in unserem Kern keine wächsernen Abdrücke bilden können und wir Duras hinter den aktuellen Ereignissen zurückbleiben.

Traurig, weil wir den Mitbürgern keine Hilfe sein konnten, außer vielleicht als Chronist dieser Schlacht, um Zeugnis von dem abzulegen, was sich hier getan hat.

Aber wir sind auch froh, nicht wahr, meine Ringe? Weil das ganze Ausmaß der Gewalt unsere Zentralhöhle nie zur Gänze mit dem sengenden Dampf der Furcht füllen kann. Jedenfalls nicht bis zum Ende des Ringens, wenn die Toten wie rauchende Holzkohlestücke das Schlachtfeld bedecken. Das ist doch ein Segen für uns, nicht wahr, meine Ringe? Für uns ist Entsetzen nur selten eine Erfahrung, sondern meist nur eine Erinnerung.

Das war natürlich nicht immer so. Bei den Wesen, die wir einst gewesen sind, als unsere Rasse durch die Sterne streifte und als Schrecken der Fünf Galaxien galt, verhielt es sich anders. In jenen Tagen trugen wir Traeki hell scheinende Ringe. Nicht nur die, die unsere Patrone, die Pao, uns gegeben hatten, sondern auch Spezialkragen, die wir von den vorwitzigen Oailie erhielten.

Kragen der Macht. Ringe, die uns rasche Entscheidungsfähigkeit und ein monumentales Ego bescherten. Wenn wir eben solche Kragen besessen hätten, wären wir von ihnen angetrieben worden und hätten rechtzeitig zugunsten unserer Freunde in das Ringen eingreifen können.

Aber wenn die alten Geschichten stimmen, hätten gerade diese Kragen uns daran gehindert, überhaupt Freunde zu haben.

Streicht das Wachs glatt, seht die Bilder, die eingefroren sind in Fettropfen.

Abbildungen voller Abscheulichkeit und Grauen.

Dort drüben liegt Bloor, der Portraitist, als rauchende Ruine auf seiner über alles geliebten Kamera.

Nicht weit davon erfassen wir das schwankende Taumeln einer sterbenden Kreatur. Ist das Symbiont, der von Stirn und Gesicht der toten Rothen namens Ro-pol kroch? Hinter ihm offenbart sich uns ein schmales, kantiges Gesicht, das zwar noch humanoid erscheint, aber längst nicht mehr so übermenschlich wirkt wie vorher. Kaum noch Charisma steckt in diesen Zügen. Und auch von der einst so gewinnenden Schönheit ist nicht mehr viel geblieben.

Wenn Bloor sterben mußte, weil er das zu sehen bekommen hat, sind dann wir alle hier, die wir Zeugen wurden, zum Tode verdammt?

Da hinten tobt Ro-kenn und schreit seinem sternenmenschlichen Diener Befehle zu, den Himmelswagen von seiner fernen Mission zurückzurufen, auch wenn damit etwas aufgehoben werden sollte, das sich »Funkstille« nennt.

Und noch immer brüllt und wütet Ro-kenn und befiehlt seinen Dämonensklaven, seinen Robotern, aufzusteigen und alles hier »auszulöschen«.

Damit sind wohl wir gemeint. Alle Augenzeugen dieses Vorfalls, der nie hätte geschehen dürfen. Und auch alle die, die von Bloors Geheimnis erfahren haben.

Höher und höher steigen die furchtbaren Automaten und schwärmen aus, um vom Himmel auf uns niederzufahren. Aus ihren Bäuchen sausen Speere aus kaltem Licht, die die betäubte Menge durchschneiden und sie in einen wogenden, kreischenden Mob verwandelt. Urs springen mit allen vier Beinen gleichzeitig in die Luft und schreien ihre Panik hinaus. Qheuen ducken sich und fliehen auf halb eingezogenen Beinen vor den Strahlen, die Chitin genauso leicht durchschneiden wie Fleisch. Hoon wie Menschen werfen sich flach auf den Boden, während die armen g'Kek ihre Räder mal hierhin und mal dorthin schieben, um einen Ausweg aus dieser Verheerung zu finden.

Wir Traeki – die wenigen, die nach den Wochen der leisen Abreise noch am Versammlungsort geblieben sind – bleiben einfach dort stehen, wo wir uns gerade befinden, stoßen geruchsreiche Dämpfe des Kummers aus und verbreiten feuchten Furchtgestank, wenn die Strahlen durch unsere Wülste schneiden, sie zum Platzen bringen, so daß diverse Flüssigkeiten herausspritzen und uns als brennende Fackeln zurücklassen.

Aber seht nur! Streicht noch einmal über die Bildschichten, meine Ringe. Erkennt ihr die Dunkelgekleideten da hinten? Diejenigen, die nicht vor dem Schrecken fliehen, sondern im Gegenteil auf ihn zueilen. Wir können nichts Genaues erkennen, selbst jetzt im hellen Tageslicht nicht, weil ihre Kleidung und die Kapuzen ihre Gestalten auf unheimliche Weise verzerren. Dennoch glauben wir, klobige Qheuen auszumachen, die Menschen auf ihrem Rücken tragen. Und neben ihnen dahingaloppierende Urs. Und nun hören wir auch ein furchtbares Dröhnen, das nur selten zu vernehmende Geräusch, das anzeigt, daß bei einem Hoon der Zorn entfacht ist. Und alle diese Gestalten schwingen seltsame Röhren und richten sie furchtlos auf die fliegenden Dämonen, selbst als diese ihre Mordstrahlen auf die Neuankömmlinge richten und schreckliche Ernte unter ihnen halten.

Es gibt einen Ort …

Er liegt hier, in unserem Zentrum, wo das Wachs nur ein Tosen – einen Blitz – abbildet – so wie ein Übermaß an Nachbildern … und dann …

Was nun folgt, liegt vor uns.

Feuer – wo die Roboter aufgeprallt sind und Jijos Boden besudeln, wo sie in Trümmern daliegen und nur noch Schrott sind.

Drei Himmelsfürsten stehen erstarrt da und können es nicht fassen, daß man sie gefangengenommen und ihnen ihre gottgleichen Waffen entrissen hat.

Ein gräßliches Feld – übersät mit den bedauernswerten Toten. So viele Gefallene.

Ein provisorisch errichtetes Lazarett – wo noch mehr Verwundete sich mit verzerrten Gesichtern winden und in vielen verschiedenen Arten ihren Schmerz herausschreien.

Dies ist nun endlich etwas, das wir in der Jetztzeit tun können. Vielleicht sind die Verwundeten dankbar für den Beistand eines pensionierten alten Apothekers.

Stimmt ihr mir da nicht zu, meine Ringe?

Wunderbare Einstimmigkeit. Sie erleichtert uns die ungewohnte Hast, mit der ich/wir zum Lazarett eilen.

Sara

Der harte und anstrengende Marsch hatte die Spannung zwischen den beiden Rebellengruppen nicht vermindert. Ur-Kachus kriegsbemalte Freischärlerinnen und Dedingers dunkelgekleidete Wüstenläufer beäugten sich unentwegt, während sie getrennt voneinander ihre Mahlzeiten unter dem alten Tarnnetz aus zusammengenähten verwitterten Tüchern einnahmen. Und nie entfernte sich einer allzu weit von seiner Waffe. Mitglieder beider Gruppen hielten nach dem Essen schichtweise Wache. Immer nur sechs, während die anderen sich zur Ruhe legten. Sara konnte sich kaum vorstellen, daß diese Allianz nur eine Dura länger als der Zeitraum halten würde, der im Eigeninteresse der beiden Banden lag.

Und wenn es nun zwischen den Kriegerinnen und den Wüstenläufern zu Streit oder sogar zu offenen Gewalttätigkeiten kam? Auf diesem begrenzten Raum würde dabei kaum Kriegskunst und clevere Taktik zum Tragen kommen können, sondern nur ein Gemetzel und Handgemenge entstehen.

Das rief ihr die Umschlagillustration von Band Eins der *Die Ursischen Erdlingskriege* ins Gedächtnis, jenes Geschichtswerkes von Hauph-hatau, das zu einem der populärsten Bände des Großen Drucks geworden war. Das Bild zeigte eine Szene, die der Chronist in einem Kunstbuch entdeckt hatte, das von der *Tabernakel* auf diese Welt mitgebracht worden war. Auf einem Relief waren in einer langen Reihe Wesen dargestellt, die miteinander in tödlichem Kampf verstrickt waren: nackte Männer, die mit Sagengestalten, halb Mensch und halb Pferd, rangen. Letztere hatten sich auf die Hinterläufe erhoben, traten aus und schlugen mit den Fäusten zu, um ihre Gegner niederzuschmettern. Der Sage zufolge war der Kampf während eines Festmahls ausgebrochen und hatte mit dem Untergang des Zentaurenvolkes geendet.

Natürlich hatten die Urs mit Zentauren nur wenig gemein, abgesehen davon, daß beide Rassen vier Beine und zwei Arme besaßen. Doch der Symbolgehalt des abgebildeten Frieses war so unglaublich und packend, daß er zum Sinnbild der Ära der Kriege wurde und beide Seiten anspornte, auch das Letzte aus sich herauszuholen. Sara sagte sich, daß sie nur ungern hier und jetzt eine Wiederholung dieser Kampfszene erleben würde.

Von den anderen, die in Uryuttas Oase gefangengenommen worden waren, hatte sich der junge Jomah längst in seine Decke eingerollt und schlief den Schlaf der vollkommenen Erschöpfung. Der Fremde stocherte in seiner Mahlzeit aus Kornschrot herum und legte immer wieder einmal den Löffel beiseite, um ein paar Töne auf seinem Hackbrett anzuschlagen oder aber seinem Ritual nachzugehen, die Saiten zu zählen. Zahlen waren allem Anschein nach für ihn so etwas wie Musik – ein Fenster zu dem, was er einmal gewesen war, und offenbar verläßlicher und handfester als die verlorengegangene Fähigkeit, mit Worten Sätze zu bilden.

Kurt, der Sprengmeister, kritzelte auf seinem Block herum und nahm gelegentlich eines der kleinen Büchlein zur Hand, um die er ein großes Geheimnis machte und die er in seinem Gepäck oder in der Innentasche seines Umhangs aufbewahrte. Sobald ein Mensch oder eine Urs an ihm vorbeikam, schloß er sofort Block und Buch, aber es schien ihn nicht zu stören, daß Prity bei ihm blieb, nachdem er ihm sein Essen gebracht hatte. Der Schimpanse tat so, als sei er nur eine dumme Kreatur – ein Spiel, das er meisterlich beherrschte –, die sich damit beschäftigte, ein Bein nach Läusen abzusuchen. Aber Prity nutzte jede Gelegenheit, um dem Sprengmeister über die Schulter zu blicken und sich dabei über das Kinn zu streichen, die Lippen über das Zahnfleisch zurückzuziehen und auf diese Weise sein Grinsen des stillen, aber angeregten Interesses zu zeigen.

Sara mußte bei diesem Anblick sehr an sich halten, um nicht laut zu lachen. Doch das Amüsement hielt sich nicht lange, dafür plagten sie zu große Sorgen.

Die Urunthai und die Wüstenläufer sind höflich genug, Kurt in Ruhe zu lassen. Aber das gilt wohl nur für den Moment. Der große Respekt vor der Sprenger-Zunft sitzt tief und läßt sich nicht einfach ablegen. Doch die Banden haben auch angedroht, ihn zu »überreden«, sobald wir unser Ziel erreicht haben. Glaubt der Mann wirklich, dann noch seine Geheimnisse vor ihnen bewahren zu können?

Es wäre wirklich klüger von ihm, seinen Block und die Büchlein gleich ins Feuer zu werfen.

Sara hatte selbst Mühe, ihre Neugier im Zaum zu halten. Die Sprenger waren mit ihrer Geheimniskrämerei eine Zunft, die Außenstehenden schon Angst einjagen konnte. Und wenn sie es recht bedachte, waren die Kriegerinnen nicht gut beraten, wenn sie es mit einem wie Kurt aufnehmen wollten.

»Wir warten heute nissst bisss sssum Einbruch der Nacht«, teilte Ulgor ihr im Vorbeilaufen mit. »An deiner Ssstelle würde isss auf Vorrat ssslafen.«

Das unbemalte Fell, die wohlgepflegte Mähne und die intelligenten schwarzen Augen hoben die ursische Hausiererin deutlich von ihren wilden Basen ab. Von ihr ging keine Aura der Aggression, keine gegen Menschen gerichtete Feindseligkeit aus. Immerhin hatte sie früher mehrfach das Dorf Dolo aufgesucht und sich dabei stets freundlich gegeben.

Sara schüttelte den Kopf. »Ich verstehe ja, was die anderen zu ihrem Tun treibt. Religion kann zu einem starken Motiv werden, wenn alles darauf hindeutet, daß das Wohlergehen des eigenen Volkes in höchster Gefahr schwebt. Aber was hast du mit alledem zu tun, Ulgor? Ein möglicher Profit kann doch wohl kaum der Beweggrund sein.«

Die Urs blieb stehen und verzog den Mund zu einem dreieckigen Grinsen. Sara benötigte keinen Rewq, um den Hohn in ihrer Miene zu erkennen.

»Warum dasss Offensssissstlissse ausssen vor lasssen? Eben den Verdienssst und den perssönlisssn Vorteil?«

Sara zitierte aus den Schriftrollen: »›Welchen Nutzen bringen dir Reichtum und Güter, wenn du zwei Meilen auf dem Pfad der Erlösung vorangekommen bist?‹«

Ulgor schnaufte durch die Nüstern, bei den Urs der Ausdruck für Kichern. »Ssso gut wie keinen. Aber bedenke, dasss der Ssstatusss einer Heldin in einem Ssstamm von wilden Kriegerinnen nissst zu verachten issst. Vielleissst wird ausss mir ja eine der grosssen Häuptlinge der Ebenen, noch höher geachtet alsss Ur-Chown!«

Ulgors spöttischer Tonfall zeigte deutlich an, daß es ihr nicht wirklich darum ging, und ermutigte gleichzeitig Sara, weiter zu spekulieren.

Aber die Papiermachertochter ließ sich auf solche Spielchen nicht ein. »Du hast recht, Ulgor.«

»Dasss glaubssst du?«

»Aber sicher. Es ist wirklich das beste, wenn ich mich gleich schlafen lege, solange ich noch Gelegenheit dazu habe.«

Die Hausiererin starrte sie an und verdrehte den Hals zu einer halben Spirale. »Aber ich dachte, du wolltest erfahren ...«

Sara täuschte Gähnen vor. »Sei versichert, Ulgor, daß es mir sehr leid tut, überhaupt gefragt zu haben.«

Damit machte sie sich auf ihrem Lager lang und kehrte der Urs den Rücken zu. Prity eilte sofort herbei, deckte Sara richtig zu und schnatterte Ulgor an, bis diese sich zurückzog. Die Papiermachertochter hörte, wie das Hufgetrappel sich in nervösem Rhythmus entfernte – anscheinend hatte Saras Abfuhr die Hausiererin ins Grübeln gebracht.

Sie fühlte sich wirklich müde. In ihren Muskeln pochte es von mehreren Tagen ungewohnter Anstrengung. Und ihr Steißbein machte sich schon seit einiger Zeit schmerzlich bemerkbar. Der längere Kontakt mit dem harten Ledersattel war doch zuviel gewesen.

Hinzu kam die innere Anspannung.

Man hat mir eine Mission übertragen. Mehrere Aufgaben sollte ich erfüllen. Und jetzt sieht es ganz so aus, als könnte ich nicht eine davon erledigen.

Ein langsames, repetierendes Klimpern durchzog das Zelt und ähnelte dem synchronen und pulsschlagähnlichen Schnarchen der Kriegerinnen. Der Fremde erzeugte diese Töne auf der tiefsten Saite seines Hackbretts. Er spielte so leise, daß keine Urs, nicht einmal Ur-Kachu, darin einen Grund zur Beschwerde sehen konnte. Der Fremde erzeugte einen einschläfernden Rhythmus, der weniger dem Pulsschlag als vielmehr dem sich im Schlaf hebenden und senkenden Brustkorb der daliegenden Urs und Menschen angepaßt war.

Ariana hat die Vermutung geäußert, er würde neue Fähigkeiten entwickeln und so die verlorenen kompensieren. Offenbar gehört sein Vermögen, Musik zu machen, dazu.

Am Morgen hatte der Sternenreisende, während die beiden Freischärlergruppen das Lager aufbauten, für die männlichen Urs gespielt, die kurz aus den Beuteln ihrer Gattinnen entlassen worden waren, um in der frischen Luft herumzuspringen und sich auch sonst etwas Bewegung zu verschaffen. Ein paar der Hengste wachten über die heranreifenden Larven, die über sechs Beine, aber keine Arme verfügten und kurz davorstanden, in der Steppe ausgesetzt zu werden, um sich dort alleine durchzuschlagen.

Der Fremde hatte sich mit zwei gebogenen Klöppeln bewaffnet und begleitete sich selbst, während er eine Reihe von Kinderliedern sang, die ihm aus dem unbeschädigten Teil seines Gedächtnisses in den Sinn gekommen waren. Sara hatte sogar einige davon wiedererkannt. Und von den anderen war ihr eines besonders putzig vorgekommen:

> *Ich hatte einen kleinen Mann, kaum größer als zwei Bommeln,*
> *Ich setzt ihn in 'nen kleinen Krug und bat ihn, drin zu trommeln.*

Ich machte ihm ein weiches Bett, in einer runden Dose.
Ich kaufte ihm auch Träger fein, zu halten seine Hose.

Er sang den Vers wieder und wieder, bis seine Ermunterung Früchte trug und die Hengste mitsangen und mit den Hufen den Takt schlugen. Sara erinnerte sich jetzt daran, in jenem Moment gedacht zu haben, daß dieser Mann, der aufgrund seiner Behinderung kaum Berufschancen hatte, bestimmt als Unterhalter in einer der modernen Kinderkrippen in der Stadt Tarek unterkommen könnte.

Natürlich nur, wenn wir das alles hier heil überstehen und es dann solche Einrichtungen noch gibt.

Prity tauchte jetzt vor ihr auf. Er keckerte leise, strich ein Stück des Sandbodens glatt und fing dann an, mit einem Stock Figuren auf die Fläche zu zeichnen. Meist konvexe, parabolartige Gebilde, die aufstiegen, abfielen und wieder auf der Grundlinie endeten. Der Schimpanse deutete mehrmals darauf und schnaufte und kicherte, als habe er einen tollen Witz gemacht. Aber Sara konnte sich nicht darauf konzentrieren. Die Müdigkeit wurde stärker als alle Schmerzen in ihrem geschundenen Körper, und sie fiel in die Tiefe des Schlummers hinab.

Sara träumte von Urchachka – der Graswelt –, deren Ebenen endlos von heißen Winden aufgewühlt, von häufigen Feuern verbrannt oder von sengendem Regen aus funkelnder Vulkanasche überzogen wurden. Jedesmal waren die Steppen dann schwarz von Asche, und dennoch schafften die Grashalme es immer wieder, diese Schicht zu durchstoßen und so wuchernd und rasch dem Leben eine neue Chance zu geben, daß man ihrem Wachstum fast zusehen konnte.

Auf dieser Welt hielt sich Wasser nie lange auf der Oberfläche. Das Leben saugte es sofort auf und sammelte es in Knollen-Reservoirs, die sich über ganze Kontinente erstreckten, oder in dicken und vielschichtigen Sporenschoten oder in den fleischigen Grashalmen selbst. Diese wiederum wurden von den Herden grasender Tiere verspeist. Nervöse Kreaturen mit drei Hörnern auf dem Kopf, mit denen sie früher Gefahren abgewehrt hatten – bis Wesen, die klüger waren als jedes Raubtier, sie in großen Herden zusammengefaßt hatten.

Wie für diese Art von Träumen typisch ist, hielt sich Sara manchmal innerhalb und manchmal außerhalb dieser Szenen auf. Einmal spähte ihr Auge wach und furchtsam durch einen Wald aus Blattwedeln, und sie war bereit, sofort zur Seite zu springen, bevor eines der größeren Wesen sie zertrampeln oder, schlimmer noch, unachtsamerweise ins Maul nehmen und zwischen den breiten Zähnen zermahlen konnte.

Löcher im fruchtbaren Lehmboden führten in unterirdische Gehege – ein lichtloses Reich von süßen Wurzeln und häufigen gefährlichen Begegnungen; aber auch ein Land, das einem immer enger und begrenzter vorkam. Die Welt des Lichtes darüber erschien dagegen wie das Paradies. Und für diejenigen, die groß genug waren, um ihre langen Hälse über die Spitzen der Grashalme schieben zu können, war sie das auch.

Mit dem kleinen, abgelegenen Teil ihres Geists, der wußte, daß dies alles nur ein Traum war, erfreute sie sich der Macht ihrer Einbildungskraft. Eine besondere Gabe, die es ihr ermöglichte, viel mehr aus dem Wenigen zu machen, was man allgemein auf Jijo über Urchachka wußte – aus den sparsamen Eintragungen in einer Enzyklopädie, die noch aus der Zeit vor der Landung stammte, und natürlich aus den Sagen und Liedern der ursischen Geschichtenerzählerinnen. Geschichten aus den Tagen, bevor das Volk der Urs auf ihrer stürmischen Heimatwelt von einer Patronatsrasse entdeckt worden war. Sie fielen einfach vom Himmel und nahmen die Herden und die Hüter in ihren Klan auf, um sie auf den Weg nach oben zu bringen, auf die Straße des Schubs, die zu den Sternen führte.

Der wissende Teil von Saras Verstand konnte zwar alles beobachten, besaß aber weder Mittel noch Wege, diese Phantasien in irgendeiner Weise zu beeinflussen, denn der Traum war viel zu farbig, stark, allumfassend und emotional. Ein übersinnliches Märchen, das sein eigenes Tempo vorgab. Eine Vision, die sich empfindungslos wie Paranoia über alles andere legte.

Sara schoß zwischen den kräftigen Stengeln hin und her, wich den großen, plumpen Pflanzenfressern aus, folgte dem Geruch von abziehendem Rauch und erreichte ein plattgetrampeltes Rund, in dessen Zentrum sich eine im Boden eingelassene Feuerstelle befand, aus der dünner Qualm aufstieg. Eine Gruppe schlanker Vierbeiner hielt sich am Rand der Grube auf. Sara beäugte die Großen Wesen vorsichtig. Erst einige Zeit später entdeckte sie, daß sie vergrößerte Versionen ihrer selbst waren. Diese Wesen waren ihre älteren Cousinen und Tanten und nicht etwa die Schrecken der Ebenen, die mit ihren donnernden Hufen und ihrer leichten Reizbarkeit allerorten Angst verbreiteten. Sara beobachtete sie, schlich vorsichtig näher und kämpfte gegen die Versuchung an.

Gegen den Wunsch, einfach aus dem Gras auf sie zuzutreten und sich ihnen vorzustellen.

Sara hatte immer wieder einmal mitbekommen, wie andere das getan hatten. Andere Wesen, die ebenso klein gewesen waren wie sie. Sie hatten den Staub aus den Höhlen von sich geschüttelt, ihre langen Hälse gereckt und sich kühn in die Mitte bewegt, um ihren Anspruch zu erheben – das ihnen durch ihre Geburt zustehende Recht, einen Platz am Feuer zu erhalten.

Ungefähr ein Drittel dieser mutigen Kleinen wurde erst ignoriert, dann toleriert, schließlich akzeptiert und endlich in das enge Netz der gegenseitigen Treueschwüre aufgenommen. Den restlichen zwei Dritteln blühte hingegen kein freundliches Schicksal. Offenbar hatte alles damit zu tun, daß man zum richtigen Zeitpunkt auftrat und auf die rechte Weise den Hals demütig verdrehte und sich auch sonst unterwürfig zeigte – ein Ritual, das bei jedem Stamm anders abgehalten wurde.

Und dann spielte auch noch der Geruch eine Rolle. Am besten näherte man sich nur einem Stamm, der gut roch – also ein ähnliches Aroma wie man selbst besaß.

Sie schlich weiter auf die Lichtung zu. Einige der Erwachsenen trugen einen Hengst im Beutel, einen der wenigen Glücklichen, die einen sicheren Platz vor den mannigfaltigen Gefahren dieser Welt gefunden hatten. Dunkel erinnerte sich Sara daran, selbst einmal in einer solchen Hautfalte gelebt zu haben, bevor sie dafür zu groß geworden war.

Die Großen Wesen lagen unter hohen Halmen, die sie vor der brennenden Sonne schützten, und hatten den Hals verdreht, damit der lange, schmale Kopf auf dem Rücken zu liegen kam. Gelegentlich schnaubte eine der Stuten, wenn ihre Atmung kurz aus dem Rhythmus der anderen gefallen war. Bei allen hielt das dritte Auge – das keine Lider besaß – wachsam Ausschau.

Über der Lichtung summte ein Schwarm gieriger kleiner Insekten und wartete auf eine Chance, hinabzusausen und sich kurz an einer Lippe, einem Beutelsaum oder einem blutgefüllten Lid zu laben und zu entkommen, ehe eine rasche Hand zuschlug oder ein flinkes Maul zupackte. Sara beobachtete, wie ein unglückliches Insekt schon erwischt wurde, noch bevor es hatte landen können. Die Stute schnappte es einfach aus der Luft und zermahlte es knirschend zwischen den Zähnen, ohne dabei aus dem Schlummer zu erwachen.

Ich erinnere mich nicht daran, in den Texten über die Heimatwelt der Urs etwas über hinabsausende Insekten gelesen zu haben, dachte der wache Teil ihres Geistes. *Auch in den Geschichten über Urchachka war nie etwas davon zu hören.*

Ganz langsam wurde ihr bewußt, daß dieser Traum nicht aus ihrer Phantasie geboren wurde. Statt dessen schien sich ihr Unterbewußtsein an dem zu orientieren, was sich gerade um sie herum in der Wirklichkeit tat. Ihre Augen standen einen Spalt weit offen, und durch die traumartige Brechung ihrer Wimpern nahm sie wahr, was die Urs gerade taten. Nichts von alledem entstammte ihrer Imagination.

Die Hälfte der Urunthai lag zusammengerollt in den Sandgruben und atmete erstaunlich synchron unter dem zeltartigen Tarnnetz. Seit sie zum letzten Mal auf die Kriegerinnen geblickt hatte, schien sich kaum etwas verändert zu haben.

Doch dann geschah etwas, das auf unheimliche Weise dem Geschehen in ihrem Traum entsprach. Ein leiser summender Ton ließ sich vernehmen, dem ein Schwirren durch die Luft folgte: Ein winziges, insektengleiches Objekt flog von links nach rechts auf eine der schlafenden Urs zu. Ohne die Augen zu öffnen, fing die Stute das Ding sofort mit ihrem dreieckigen Mund aus der Luft und zerkaute es. Das dritte zentral angebrachte Auge zeigte immer noch den glasigen Schimmer des Schlafs, als die Kriegerin kurz darauf wieder im Takt schnarchte.

So etwas habe ich noch nie gesehen, sagte sich Sara. *Gibt es denn hier im Hügelland überhaupt Insekten, die Urs wie ihre Vettern auf der Heimatwelt überfallen?*

Der Schimpanse bewegte sich stocksteif und voller Anspannung rückwärts und traf Sara mit einem Ellenbogen in die Seite. Sie hob langsam den Kopf und ließ den Blick über die Urunthai wandern. Diejenigen, die wach waren, kümmerten sich um ihre Armbrüste. Ihre Schweife schlugen hin und her, als ahnten sie bereits, daß hier etwas nicht mit rechten Dingen zuging. Sie reckten die Hälse und bewegten sie gemeinsam zuerst nach links, wo sich Dedingers Männer aufhielten, und dann nach rechts.

Als sie sich schließlich wieder ihren Waffen zuwandten, erfolgte das nächste Schwirren. Ein so unauffälliger, vertrauter Laut, daß man ihn kaum wahrnahm. Und schon sauste erneut ein kleiner Gegenstand auf eine der schlafenden Urs zu. Wiederum fing die Kriegerin ihn aus der Luft und zerkaute ihn.

Sara verfolgte die Bewegung bis zu ihrem Ausgangspunkt zurück und blieb schließlich an dem Fremden hängen, der immer noch mit seinem Hackbrett dasaß und weiterhin nur die unterste Saite anschlug. Der Rhythmus hatte etwas Hypnotisches an sich, und das trug sicher dazu bei, daß man die Melodie kaum bewußt wahrnahm. Der Mann hatte sich seinen Rewq aufgesetzt. Der Symbiont konnte nur teilweise das rätselhafte Lächeln des Mannes verdecken.

Sie schaute sich weiter um und entdeckte, daß zwei Personen ihre ganze Aufmerksamkeit auf den Fremden richteten: Dedinger und Kurt.

Ur-Kachu schnüffelte die schwüle Luft und bedeutete Ulgor, ihr nach draußen zu folgen. Vier bemalte Kriegerinnen blieben zurück und beugten sich wieder über ihre Waffen.

Der Sternenmann wartete seine Zeit ab. Er schlug weiterhin den einschläfernden Rhythmus, bis auch die ursischen Wächterinnen keinen Verdacht mehr schöpften.

Als der geeignete Moment gekommen war, schob er seine Linke unter den Symbionten ... und griff in das Loch in seinem Kopf – wie Sara mit einem Anflug heftiger Übelkeit erkannte. Als die Finger wieder herauskamen, hielten sie einen runden Gegenstand, eine Art Tablette von der Größe der Nachrichtenkugeln in Biblos. Während er mit der Rechten konstant die Saite schlug, hielt er mit der anderen die Pille daran.

Er setzt das Hackbrett wie ein Miniatur-Katapult ein! schoß es Sara durch den Kopf, und sie sah ihm fasziniert zu.

Jetzt bemerkte sie wieder die leichte Abweichung von der Melodie, eine summende Dissonanz, als die kleine Tablette auf die nächste schlafende Urs abgefeuert wurde. Doch diesmal hatte der Fremde sich verschätzt, und sie landete etwa einen Meter vor der Kriegerin.

Dedinger war ganz Aktivität. Er wandte sich an alle seine Mitstreiter und teilte ihnen mit heimlichen Handzeichen mit, daß sie sich, ohne Aufsehen zu erregen, bereitmachen sollten.

Er weiß noch nicht, was hier gespielt wird, aber er will alle seine Kräfte zur Verfügung haben, wenn es rundgeht.

Die Zeltklappe flog auf, und Ur-Kachu kehrte zurück – allerdings ohne Uriel. Die Führerin trabte auf eine Kriegerin zu und stieß sie an. Normalerweise würde eine Urs daraufhin sofort aufspringen. Aber diese Urunthai zeigte keine solche Reaktion und schnarchte einfach weiter.

Besorgt stieß Ur-Kachu sie mehrere Male in die Seite, und als das immer noch nichts half, trat sie die schlafende Kriegerin. Andere Urs eilten herbei, um ihrer Führerin zu helfen. Nach einer Weile wurde ihnen klar, daß von den acht schlafenden Kameradinnen alle bis auf zwei in einem komaähnlichen Tiefschlaf lagen.

Das Hackbrett ließ sich wieder vernehmen, und nun taten sich mehrere Dinge gleichzeitig:

Ur-Kachu fuhr ärgerlich zu dem Fremden herum und rief auf Englik: »Hör sssofort mit diesssem infernalisssen Getössse auf.«

Noch während sie schimpfte, flog das nächste kleine Objekt über die glimmenden Kohlen auf die verwirrten Freischärlerinnen zu. Eine Stute schnappte instinktiv danach und fing die Pille auf. Noch während sie sie zermahlte, streckte sie plötzlich den Hals zur vollen Länge aus, schnaubte panikerfüllt, fing an, am ganzen Körper zu zittern, und stand nur noch wankend auf den Beinen.

Sara hätte nie geglaubt, daß sie sich so rasch bewegen könne. Sie krabbelte mit Prity fort von den Urs, packte den in eine Dekke eingewickelten Jomah und stieß ihn, ohne daß er erwachte, in den hinteren Teil des Zeltes.

Währenddessen rückten Dedingers Männer in Halbkreisformation an. Sie umzingelten die Urunthai und richteten die aufgelegten Pfeile auf sie.

»Was ist denn los?« fragte der Junge und rieb sich die Augen.

Die Kriegerin, die die Pille aufgefangen hatte, kippte erst zur einen und dann zur anderen Seite, prallte gegen eine Kameradin und brach dann endlich zusammen. Langsam hob und senkte sich ihr Brustkorb.

»Ganz ruhig«, warnte Dedinger. »Ich fordere euch auf, eure Waffen fallen zu lassen. Ihr hättet keine Chance, in einem Kampf gegen uns zu bestehen.«

Ur-Kachu starrte ihn mit weit geöffneten Augen an und konnte nicht fassen, daß das Blatt sich gewendet hatte. Eben noch waren die Kriegerinnen den Wüstenläufern zahlenmäßig überlegen gewesen – doch mit denen, die von ihrer Schar jetzt noch wach waren, war sie den Menschen, die sie umringten, auf Gedeih und Verderb ausgeliefert.

Die Führerin knurrte.

»So zeigt/offenbart sich in diesem feigen/perfiden Verrat die wahre Natur dessen, was die Menschen (als) Freundschaft nennen (verstehen).«

»Aber klar«, lachte der ehemalige Gelehrte etwas zu selbstgefällig. »Als wenn ihr es anders gemacht hättet, wenn sich euch die Chance geboten hätte. Doch geratet jetzt nicht in Panik, wir sind immer noch gewillt, unseren Teil der Abmachung einzuhalten. Nur geben wir jetzt hier den Ton an, und das bringt einige Änderungen mit sich. Zum Beispiel, was das Ziel unseres heutigen Nachtmarsches angeht. Sobald wir dort eingetroffen sind, dürft ihr gern eine Nachricht senden an –«

Eigentlich hatte er die Urunthai mit diesen Worten beruhigen wollen, aber Ur-Kachu geriet nur noch mehr in Rage. Sie stieß den schrillen Schlachtruf aus, riß ihr Messer heraus und stürzte sich auf Dedinger.

»Nein!« schrie der Fremde wie aus einem Reflex auf sein Entsetzen, als sich Pfeile überall in den Leib der Führerin der Freischärlerinnen bohrten. »Nein, verdammt noch mal! Verdammt, verdammt, verdammt!«

Die restlichen Kriegerinnen folgten dem Beispiel ihrer Anführerin und starben wie sie im Pfeilhagel. Die Hälfte von ihnen ging innerhalb einer halben Dura unter. Die übrigen erreichten ihre Feinde und richteten mit ihren Klingen einigen Schaden unter den Wüstenläufern an, ehe sie angesichts der Übermacht untergingen.

Als alle wachen Urunthai tot auf dem Boden lagen, fingen die keuchenden und blutberauschten Wüstenläufer an, sich mit ihren Messern über die Schlafenden herzumachen, die in ihrer drogeninduzierten Betäubung keine Gegenwehr leisten konnten.

Für den Fremden schien dies der Tropfen zu sein, der das Faß zum Überlaufen brachte. Er stieß wilde Flüche aus, sprang den ersten Briganten an und drückte ihm mit beiden Händen die Kehle zu. Der Mann zappelte für einem Moment und erschlaffte dann ächzend. Schon war der Sternenreisende auf dem Weg zum nächsten und bedachte auch ihn mit einer Schimpfkanonade.

Sara schob Jomah zum Hinterausgang und rief dem Schimpansen zu: »Prity, versteck dich mit ihm zwischen den Felsen!«

Alles drehte sich vor ihr wie ein zu schnell ablaufender Film. Sie bekam nur mit, wie drei von Dedingers Männern sich auf den Fremden stürzten. Der erste taumelte schon im nächsten Moment zurück und hielt sich mit schmerzverzerrendem Blick den Bauch. Sara hatte nur gesehen, wie der Sternenmann sich rasch drehte. Aber mit welchem Trick er diesen Gegner ausgeschaltet hatte, war ihr verborgen geblieben.

Der zweite Wüstenläufer fand sich unvermittelt mit einem anderen Problem konfrontiert. Sara hämmerte von hinten mit ihren Fäusten auf seinen Rücken ein.

Wenn ich doch nur besser aufgepaßt hätte, als Dwer mir Selbstverteidigung beibringen wollte!

Anfangs ging für sie alles gut. Der kurze, aber stämmige Mann drehte sich verärgert zu ihr herum und bekam ihr Knie in den Bauch, was ihn zwar nicht zu Boden stürzen, aber für einen Moment innehalten ließ. Sara landete in diesem kurzen Zeitraum zwei weitere Treffer. Inzwischen hatte der Fremde den dritten

Gegner kampfunfähig geschlagen und zur Seite geworfen. Er drehte sich um und wollte ihr zu Hilfe eilen –

– als die Lawine über sie kam. Die Flutwelle rachedurstiger Wüstenläufer riß sie beide von den Füßen. Sara krachte zu Boden, und alle Luft wich aus ihrer Lunge. Jemand drehte ihr hart die Arme auf den Rücken. Sie ächzte vor Schmerzen und wunderte sich, daß ihre Gliedmaßen überhaupt noch mit dem Körper verbunden waren.

»Laßt sie in Ruhe, Jungs!« befahl Dedinger. »Loslassen, habe ich gesagt!«

Der Schmerz stand wie ein Nebel vor Sara, und durch ihn hörte sie wie aus weiter Ferne dumpfe Hiebe und klatschende Schläge, während der Gelehrte seine Kameraden zurückriß und daran hinderte, ihre mörderische Rache zu beenden. Irgendwie gelang es Sara, den Kopf zu drehen und den Fremden zu entdecken. Er wurde von mehreren Männern am Boden festgehalten, und sein Gesicht war rot angelaufen, aber er fand immer noch genug Kraft und Atem, um seine Gegner mit einem ganzen Strom erfindungsreicher Beleidigungen einzudecken.

Seine Beschimpfungen kamen ihm eloquent über die Lippen, aber nicht ganz so flüssig wie sein Gesang. Sara befürchtete, daß unter dieser Anstrengung seine Wunden aufplatzen könnten.

Dann hörten die Wüstenläufer auf, auf ihn einzuschlagen. Dedinger kniete sich neben ihn hin und nahm sein Gesicht zwischen seine Hände.

»Zu dumm, daß du mich nicht verstehen kannst, Freundchen. Ich weiß nicht, was du den Urs angetan hast, aber ich bin dir in jedem Fall sehr dankbar dafür. Du hast uns geholfen, eine komplizierte Situation zu unseren Gunsten aufzulösen. Aus diesem Grund, und weil dein verbeulter Körper für uns immer noch einigen Wert besitzt, halte ich meine Männer zurück. Aber wenn du jetzt keine Ruhe gibst, werde ich mich wohl mit deiner Freundin befassen müssen.«

Er nickte eindeutig in Saras Richtung.

Der Fremde drehte ebenfalls den Kopf in ihre Richtung und schien langsam zu begreifen, was der Anführer mit seiner Drohung meinte. Der Strom von Beschimpfungen verebbte und er hörte damit auf, sich gegen die Männer zu wehren, die ihn am Boden hielten.

Sara war erleichtert, daß er sich nicht mehr so anstrengte. Und insgeheim erfreute es sie, daß sie der Grund dafür war.

»So ist es schon besser«, stellte Dedinger so ruhig und freundlich wie vorhin fest, als er Ur-Kachu vergeblich zu besänftigen versucht hatte. »Jetzt wollen wir mal sehen, was du in dem so praktischen kleinen Loch in deinem Kopf versteckt hast.«

Der ehemalige Weise fing an, den Rewq vom Fremden zu schälen und legte die Wunde frei, aus der er sich mit den Pillen versorgt hatte.

»Nein!« schrie Sara und verspürte gleich stechende Schmerzen, weil die zwei Männer, die sie festhielten, wieder an ihren Armen zogen. »Du wirst ihn noch infizieren!«

»Seine Sternengötter werden ihn sicher von allem heilen, falls das in ihrem Sinne ist, sobald wir ihn eingetauscht haben«, entgegnete der Gelehrte. »Bis dahin sollten wir uns dieses höchst interessante Zeug, mit dem er die Kriegerinnen ausgeschaltet hat, einmal näher ansehen. Könnte doch sein, daß es sich im Lauf der Zeit noch als ziemlich nützlich erweist.«

Dedinger hatte jetzt den Symbionten entfernt und wollte gerade in das Loch greifen, als sich eine Stimme zu Wort meldete und rasch die Triller und Pfiffe des Galaktik Zwei ausstieß.

»Sara ich bitte dich sehr/dringend, rasch/geschwind, die Augen zu schließen.«

Sie drehte kurz den Kopf und sah Kurt, den Sprengmeister, der eine braune Röhre in der Hand hielt. Eine brennende Schnur hing von einem Ende herab und verspritzte in rascher Folge Funken. Der Mann riß den Arm nach hinten, schleuderte die Stange an die

Decke des Zelts und brachte sich dann mit einem kühnen Sprung in Sicherheit.

Sara preßte die Augen zu, Dedinger warnte seine Kameraden, und –

Ein Blitz, heller als tausend Gewitter, löschte alle Realität aus und brannte durch ihre Lider. Einen winzigen Moment später wurde sie von einem gewaltigen Knall wie ein Vogel im Maul eines Liggers durchgeschüttelt. Die schweren und kräftigen Wüstenläufer wurden wie Blätter davongewirbelt, und Sara war plötzlich von ihren Peinigern befreit. Ihre Erleichterung wog die Schmerzen durch die Entladung auf.

Das Ganze war fast so schnell vorüber, wie es gekommen war. Nur der heulende Widerhall blieb, der von den Steinsäulen zurückgeworfen wurde, die nun zwischen den Resten des zerfetzten Zelts zu sehen waren ... vielleicht waren es aber auch nur Schockwellen, die an die Innenseiten ihrer Schädelwände prallten. Rasch rappelte Sara sich auf und floh aus der Reichweite der brüllenden Männer, die sich vergeblich die Hände vor die geblendeten Augen gerissen hatten. Durch den Regen von roten und blauen Punkten, die vor ihren Augen tanzten, nahm sie den einzigen Menschen wahr, der noch stehen und sehen konnte – Dedinger, der Kurts Warnung richtig interpretiert hatte. Der Prophet der Wüstenläufer hielt eine blitzende Klinge aus Buyurstahl in der Hand und schaute sich grimmig um.

Dann brüllte er so laut, daß es selbst das Toben in ihren Ohren übertönte, und warf sich auf den Sprengmeister. Kurt kippte unter dem Ansturm nach hinten, ehe er seine neue Waffe ziehen konnte. Sara identifizierte sie als Pistole. So etwas hatte sie schon einmal auf alten Illustrationen gesehen.

»So verhält es sich also mit der Neutralität deiner Zunft!« wütete der Gelehrte und verdrehte dem Mann die Hand, bis er ächzend die Waffe fallen lassen mußte. »Verwünschte Tradition! Wir hätten dich wie die anderen durchsuchen sollen!«

Trotz der Schmerzen richtete Sara sich auf und wollte ihren ehemaligen Kommilitonen angreifen. Doch der holte nur mit dem Handrücken aus und schlug sie zurück. Sie drehte sich inmitten tanzender Sterne um sich selbst und drohte, das Bewußtsein zu verlieren. Nur eiserne Entschlossenheit bewahrte sie davor. Sie rappelte sich auf, bis sie wenigstens knien konnte, und machte sich ein zweites Mal auf den Weg zu Dedinger.

Wieder donnerte und blitzte es, als der Mann abdrückte und die Kugel haarscharf an ihr vorbeipfiff. Doch dann verlor er wertvolle Zeit bei dem Versuch, den Hahn neu zu spannen. Plötzlich waren zwei behaarte Gestalten über ihm und bedrängten ihn von zwei Seiten. Sara gelang es irgendwie, sich ins Getümmel zu stürzen und Ulgor und Prity dabei zu helfen, den Gelehrten, dessen Körperkräfte für einen Mann in seinem Alter erstaunlich waren, zu überwältigen.

Fanatismus scheint auch seine Vorteile zu haben, dachte sie, als es ihnen endlich gelang, Arme und Beine des Mannes zu Boden zu pressen.

Kurt brachte sein Schießeisen wieder an sich, zog sich zurück und hockte sich auf einen Felsen, von dem aus er das Stöhnen und Taumeln der Wüstenbande und der überlebenden Urs im Auge behalten konnte. Besonders Ulgor ließ er nicht aus dem Blick. Die plötzliche Rückkehr der Hausiererin mochte Zufall gewesen sein, aber trotz ihres heroischen Angriffs auf Dedinger traute er ihr immer noch nicht über den Weg.

Sara spürte etwas Klebriges an den Händen und schaute sofort hin. Sie versuchte, die roten Flecken auf ihrer Haut von den gleichfarbigen Sternen vor ihren Augen zu unterscheiden. Das sah aus wie Blut, und es roch auch so.

Aber das kann nicht meins sein, und Ulgors Blut hat eine andere Farbe …

Prity! Rot floß es aus einer tiefen Schnittwunde an seiner Seite. Sara nahm den zitternden Schimpansen in die Arme und mußte mehrmals schlucken, um nicht in Schluchzen auszubrechen.

Das ruinierte Zelt bot mit seinen herumliegenden Toten, wie betäubt schlafenden Urunthai und taumelnden, geblendeten Männern ein Bild des Entsetzens. Der Fremde schien in besserer Verfassung zu sein als die anderen. Er konnte sich aufrichten und sich bewegen. Nach einem Moment gelang es ihm sogar, zu Ulgor zu stolpern und ihr zu helfen, Dedingers Männer zu binden. Jomah war schon dabei, den überlebenden Urs die Läufe zu fesseln.

Doch leider wurde nur zu rasch klar, daß der Mann von den Sternen absolut nichts mehr hören konnte.

Gegen alle Panik und den Instinkt, den wirklich Bedürftigen zu helfen, zwang Sara sich dazu, eine Kompresse auf Pritys Wunde anzubringen. Der Schnitt schien nicht lebensbedrohlich zu sein, und ein anderer würde vielleicht gerettet werden können, wenn sie sich als erstes ihm zugewendet hätte. Als der Schimpanse dann nickte, eilte sie gleich zu einem keuchenden Vierbeiner, einer jungen Urs, die um sich trat und aus deren Hals ein Pfeil ragte. Bei jedem rasselnden Atemzug bildeten sich an ihren Nüstern blutige Blasen –

– und sie starb bebend und verzweifelt stöhnend, noch ehe Sara sie erreicht hatte.

Asx

Schlachtenlärm hatte noch vor wenigen Duras das Land erfüllt.

Feuerblitze waren aus dem Himmel gefahren, hatten die Sechs gepeinigt und Fleisch, Chitin und auch Knochen durchtrennt.

Traekis ergossen geschmolzenes Wachs in das vergewaltigte Tal oder gingen in Flammen auf, wenn sie von einem der Feuerstrahlen angezündet wurden.

Ach, meine Ringe, welche Bilder sind in unserem bebenden Zentrum verwelkt?

Von den Toten.

Den Sterbenden.

Den Klugen, die die Flucht ergriffen haben.

Den tapferen Helden, die unvermittelt aufgetaucht sind.

Ihre Tarnumhänge sind nun voller Schmutz, Asche und Blut, dafür aber für das Auge deutlicher erkennbar. Junge Baumfarmer und Eselstreiber. Einfache Hüter von Krebsgehegen. Simple junge Fischer. Freiwillige, die sich nie hätten träumen lassen, daß ihre Feierabendübungen einmal für den Ernstfall eingesetzt werden würden.

Unser braver Bürgerselbstschutz hatte angegriffen und sich in den Mahlstrom gestürzt, sich in den Hexenkessel der schneidenden und brennenden Strahlen geworfen. Amateure waren sie, nicht kampferprobt nach Generationen des Friedens. Jetzt weinen sie leise vor sich hin und verziehen schmerzerfüllt ihre Gesichter, während man ihre schrecklichen Wunden versorgt oder ihnen in den letzten Momenten ihres Lebens Beistand gewährt. Sie tragen ihre Schmerzen mit der grimmigen Gelassenheit alter Veteranen, und ihr Leid wird von der besten Salbe gelindert, die helfen kann:

dem Bewußtsein, den Sieg errungen zu haben.

War es wirklich erst gestern, meine Ringe, daß wir um den Zusammenhalt der Gemeinschaften fürchteten? Daß wir uns sorgten, sie würden in dem eifersüchtigen Haß zerbrechen, den die Teufel von den Sternen unter uns schürten?

Dieses schreckliche Schicksal mag immer noch über uns kommen, zusammen mit tausend anderen Desastern. Aber nicht heute. In dieser Stunde stehen die arroganten Fremden als Gefangene vor uns, gucken überrascht aus der Wäsche und sind ihrer gottgleichen Werkzeuge beraubt, den Höllenkreaturen von Robotern, die unsere bewundernswerte Miliz mit ihren primitiven Feuerrohren vom Himmel geholt hat.

Der Tag der Abrechnung könnte jedoch schon bald über uns kommen. Jeden Augenblick kann er sich vom erbarmungslosen Firmament auf uns herabstürzen.

Doch wir sind heiter. Und erleichtert. Die Zeit des Versteckspiels ist vorüber. Keine subtilen Spielchen mehr, um die andere Seite zu täuschen und in die Irre zu führen. Kein vorgebliches Tun und keine Intrigen mehr. Jafalls' Würfel wurden geschüttelt und sind gefallen. Zur Zeit rollen sie noch über Jijos heiligem Boden. Wenn sie angehalten haben, werden wir mehr wissen.

Ja, mein zweiter Ring, du hast vollkommen recht, uns darauf hinzuweisen. Nicht alle hier haben sich der grimmigen Begeisterung angeschlossen. Einige sehen in den zurückliegenden Ereignissen den Anlaß, sich in Nihilismus zu ergehen. Um ein paar alte Rechnungen zu begleichen oder die Gesetzlosigkeit über das ganze Land zu verbreiten.

Eine lautstarke Minorität – die sogenannten »Freunde der Rothen« – verlangt ultimativ die sofortige Freilassung von Ro-kenn. Sie raten uns dringend, uns vor diesem Gott auf den Bauch zu werfen und seine Gnade zu erflehen.

Andere hingegen fordern, mit den Gefangenen auf der Stelle kurzen Prozeß zu machen und sie zu beseitigen.

»Das Sternenschiff besitzt bestimmt Maschinen«, führen sie aus, »mit denen sie ihre Kameraden hier aufspüren können. Vielleicht durch ihre Gehirnemissionen oder dank Körperimplantaten. Der einzige Weg, dies zu verhindern, besteht darin, sie einzuäschern, ihre Knochen zu zermahlen und allen Staub und alle Asche in einen Lavakrater zu werfen!«

Diese wie auch die anderen Parteien würden vielleicht anders darüber denken, wenn sie die ganze Wahrheit wüßten. Wenn wir Weisen sie in all die Pläne einweihen würden, die bereits in die Wirklichkeit umgesetzt werden. Aber Geheimnisse sind eben per definitionem unfair. Und so bemühen wir uns lediglich, den Frieden aufrechtzuerhalten.

Zum Volk der Sechs sprechen wir nun dies:

»Kehrt zurück in eure Häuser. Seht nach euren Tarnnetzen und den dazugehörigen Lattengerüsten. Bereitet euch auf weitere Kämpfe vor. Und darauf, euch notfalls zu verstecken.

Macht euch bewußt, daß ihr immer noch fallen könnt.

Doch vor allem anderen, vertraut euren Nachbarn, bewahrt den Glauben an die Schriftrollen und seid eins mit Jijo.

Und wartet …«

Nun machen sich die Überlebenden eilends daran, die Zelte abzubauen, alles zusammenzupacken und die Verwundeten auf Tragen zu legen. Kinder aller Rassen verbringen eine gesegnete Midura damit, die Lichtung nach allem Abfall abzusuchen, der sich aufspüren läßt. Tut mir leid, aber diese eine Midura ist alles, was wir für die Tradition erübrigen können. Das Fest wird nicht mit der schönen Mulch-Zeremonie enden. Keine fröhliche Karawane wird die geschmückten Kisten zum Meer und auf die Schiffe bringen – für viele der freudenreichste Teil der Versammlung.

Was für ein Jammer.

Wie dem auch sei, es wird Generationen dauern, bis die Überreste der zerstörten Station der Invasoren vollständig auf Eselsrücken abtransportiert worden sind. Diese Aufgabe muß bis nach dem Ende der Krise warten. Falls dann überhaupt noch jemand von uns am Leben ist.

Die Gefangenen werden abgeführt. Karawanen brechen zu den Ebenen, den Wäldern und zum Meer auf. Wie Bahnen vergossenen Wachses kriechen sie in flüssiger Hast davon, als entflöhen sie einem Feuer.

Auch die Sonne zieht sich zurück. Bitterhelle Sterne bedecken nun die immense Ebene, die das Universum genannt wird. Ein Reich, zu dem der Sechsheit der Zugang verwehrt ist – doch wo unsere Feinde herumfahren, wie es ihnen beliebt.

Einige wenige von uns bleiben im heiligen Tal, um die Ankunft des Sternenschiffs zu erwarten.

Sind wir alle damit einverstanden, meine Ringe? Daß wir hier in der Nähe des heiligen Eies bleiben und unsere Basis auf hartem Stein ruhen lassen, während wir spüren, wie komplexe Muster auf der Oberfläche unseres fettigen Zentrums entstehen?

Ja, es ist eindeutig besser, hier zu rasten, als uns irgendeinen steilen Pfad hinaufzumühen und diesen alten Wulststapel einer Illusion von Sicherheit entgegenzubewegen.

Wir wollen bleiben und im Namen der Gemeinschaften sprechen, wenn das große Schiff gelandet ist.

Schon kommt es herangedonnert aus Richtung Westen, wohin die Sonne geflohen ist.

Als durchaus angemessener Ersatz schwebt das Schiff zornig durch die Luft und leuchtet so hell, daß das Tageslicht sich schmählich zurückziehen muß. Seine Strahlen tasten den Talboden mit brennenden und kritisch forschenden Strahlen ab. Zuerst erfassen sie die zerstörte Station, dann das umliegende Land –

– und suchen nach denen, die sie zurückgelassen haben.

XI.

DAS BUCH VOM MEER

Tiere existieren in einer Welt des Kampfes, in der es nur auf ein Ergebnis ankommt – daß das Wesen selbst und seine Art überleben.
Sapiente Wesen leben in einem System von Verpflichtungen – gegenüber ihren Kollegen, Patronen, Klienten und Idealen. Sie mögen sich einer Sache verschreiben, einer Gottheit oder einer Philosophie – oder der Zivilisation, die sie dazu befähigt hat, ein anderes als ein tierisches Leben zu führen.
Ein Netzwerk von Treueverpflichtungen bindet uns alle – selbst dann noch, wenn wir den Pfad der Erlösung schon beschritten haben.
Dennoch, ihr Kinder des Exils, vergeßt nie:
Auf lange Sicht schuldet euch das Universum in seiner Gesamtheit gar nichts!

Die Schriftrolle der Hoffnung

Alvins Geschichte

Vielleicht empfinden mich die Spinnenwesen ja als genauso unheimlich wie ich sie. Möglicherweise versuchen sie nur, auf ihre Weise zu helfen. Da ich so gut wie gar nichts über sie weiß, scheint es mir am vernünftigsten zu sein, einfach abzuwarten und die Dinge auf mich zukommen zu lassen.

Darin sind wir Hoon sowieso ziemlich gut. Aber ich kann mir auch vorstellen, was die arme Huck gerade durchmachen muß – vor allem, wenn sie sie in eine Zelle wie diese hier gesperrt haben. Ein enger Raum mit Stahlwänden, in dem sie kaum Platz findet und mit ihren Rädern ständig irgendwo gegendonnert. Dann ist da auch noch dieses ständige Summen im Hintergrund, das von irgendeiner Maschine stammen muß. Unsere g'Kek-Freundin besitzt überhaupt keine Geduld, und mittlerweile dürfte sie am Rand eines Nervenzusammenbruchs stehen.

Das heißt, wenn sie überhaupt noch lebt.

Als ich sie zuletzt gesehen habe, wirkte sie noch ziemlich lebendig. Das war, als unser Sturz in die eisigen Tiefen des Mittens abrupt vom weit aufgerissenen Maul eines Seemonsters aufgehalten wurde. Huck landete auf einer Metallfläche und kam auf dem Rücken auf. Während ihre Räder sich um sich selbst drehten, versuchte sie, sich mit den kleinen Standbeinen wieder aufzurichten. Und das war nicht gerade einfach, denn die ganze Zeit erbebten Wände und Boden unter einem tosenden Wind, der in meinen Ohren einen kreischenden Druck auslöste.

Doch gerade dieser Druck war es, der uns das Leben rettete, fegte er uns doch aus der erdrückenden Wassermasse, ehe wir in ihr untergehen konnten. Aber ich konnte die ganze Zeit nichts anderes tun, als die Arme über meinen Kopf zu legen und zu brüllen, während mein Rücken von dem derben Schlag pochte, den er bei der Flucht aus der zertrümmerten *Wuphons Traum* erhalten hatte.

Irgendwann später nahm ich ganz am Rande wahr, daß sich noch jemand die Seele aus dem Leib schrie. Ur-ronn hockte elend in der gegenüberliegenden Ecke, war am ganzen Körper von den Splittern ihres kostbaren Bullauges zerschnitten und war angesichts der allgegenwärtigen Nässe in Panik.

Wenn man es recht bedachte, war es schon ein kleines Wunder, daß sie überhaupt noch unter den Lebenden weilte, nachdem unser Tauchboot auseinandergebrochen und von allen Seiten Wasser hereingeschossen war. Ich war dabei gegen die Hülle aus Hartholz geschleudert worden, während die Flut meine Freunde kopfüber davongespült hatte.

Nie zuvor habe ich eine Urs schwimmen sehen. Es ist wahrhaftig kein erfreulicher Anblick.

Ich erinnere mich daran, in jenem Moment gedacht zu haben, daß es nun mit mir aus und vorbei sei. Aber dann tauchte diese Riesenmenge von Luftblasen auf, die aus Hunderten von Schlitzen in den Wänden kamen und das Wasser in eine schaumige Masse verwandelten. Die Blasen wuchsen zusammen und schufen diesen kreischenden Wind. Wir Überlebenden plumpsten auf die Wrackteile unseres wunderschönen Tauchboots, rangen nach Luft und würgten dunkle, ölige Lachen aus.

Von uns vieren schien lediglich Schere keine Mühen zu haben. Ich erinnere mich vage, ihn erblickt zu haben, als er auf seine unbeholfene Art versuchte, Ur-ronns Wunden zu versorgen. Er hielt sie mit seinem Rückenschild, der voller Kratzer und Schrammen war, an der Wand fest, und zog mit zwei seiner Scheren Glassplitter aus ihrem Fell. Unsere ursische Freundin verhielt sich nicht gerade kooperativ. Aber daraus kann man ihr kaum einen Vorwurf machen, stand sie doch so sehr unter Schock, daß sie nichts mehr von dem mitzubekommen schien, was sich um sie herum tat.

Dann öffnete sich eine Art Tür, und zwar genau gegenüber dem

Maul, das unsere *Traum* von Schlauch und Kabel befreit und dann zertrümmert hatte. Nur eine kleine Öffnung, und die beiden Dämonen, die nun zu uns kamen, konnten nur hintereinander hindurch.

Sie sahen wirklich gräßlich aus: sechsbeinige Ungeheuer mit flachen, horizontalen Körpern, die länger waren, als ein Hoon hoch ist. Zum Ende hin bauschten die Leiber sich auf, und vorne richteten sie sich nach oben und liefen in riesigen und glasigen Glubschaugen aus, die schwarz und geheimnisvoll dreinblickten. Die beiden stampften in unseren Raum, zertrampelten in ihrer klobigen Art Uriels Tiefenlot und Ur-ronns Kompaß. Sie sahen entfernt wie Wasserspinnen aus. Die spindeldürren Beine gingen von einem zigarrenförmigen Körper aus, dessen glänzende Biegsamkeit eher an Fleisch als an Chitin denken ließ. Kleinere Gliedmaßen, die vorne herabhingen, erinnerten an mechanische Werkzeuge.

Gut, einverstanden, ich gebe es ja zu. Vieles von dem, was ich hier beschreibe, konnte ich natürlich in dem Halbdunkel gar nicht richtig erkennen. Denn es war in der Stahlkammer wirklich finster, bis die Spinnen hereinkamen. Lediglich zwei Strahler, die einander gegenüber an den Wänden angebracht waren, verbreiteten Lichtkegel. Außerdem war ich noch reichlich benommen und stand wohl auch unter Schock. Also kann nichts von dem, was ich hier darstelle, als besonders verläßlich angesehen werden.

Erst recht gilt das für meine Eindrücke von dem, was sich nun tat.

Die Dämonen hatten eigene Laternen mitgebracht, die sie vor sich hielten, als sie damit begannen, ihren Fang zu begutachten. Zuerst blieben sie vor Schere stehen und leuchteten ihn ab. Als nächstes war Ur-ronn an der Reihe, dann die arme Huck, die immer noch nicht wieder fest auf ihren Rädern stand, und schließlich ich. Natürlich versuchte ich mich zu bewegen, aber dabei wurde mir schwarz vor Augen. Dann wollte ich wenigstens etwas sagen, aber mein mitgenommener Kehlsack wollte sich nicht mit Luft füllen.

Seltsamerweise schienen die Spinnen sich miteinander zu unterhalten, während sie uns inspizierten – ja, ich würde sogar darauf wetten; denn heute tun sie das nicht mehr, wenn sie in Zweiergruppen in meine Zelle kommen, um mich zu versorgen. Die Laute, die sie von sich gaben, waren eigenartig: Trillern, Klappern und Kreischen wie von Metall. Jedenfalls war das nicht Galaktik Zwei und auch keine andere der bekannten Sprachen. Trotzdem wirkten ihre Töne nicht vollkommen fremd. Und ich schwöre, jedesmal, wenn ihr Laternenschein auf einen von uns fiel, klangen sie tatsächlich überrascht.

Als sie sich dann mir näherten, legte sich meine Panik durch das unerwartete Auftauchen Huphus. Trotz aller Verwirrung, die sich in meinem Kopf breitgemacht hatte, hatte ich mich doch auch um unser Maskottchen gesorgt. Und dann war er ganz plötzlich neben mir und verbellte mutig die näher tretenden Ungeheuer.

Die beiden Kreaturen fuhren zurück, und ihre Verblüffung war so offenkundig, als hätte ich sie durch einen Rewq betrachtet. Eine der Spinnen senkte den Körper und klapperte und krackelte aufgeregt etwas. Entweder teilte sie ihrem Kollegen etwas *über* den kleinen Noor mit, oder sie sprach ihn *direkt* an – so genau konnte ich das nicht erkennen.

Aber kann man einem Eindruck trauen, der einem im Zustand der traumartigen Benommenheit kommt? Zu jenem Zeitpunkt driftete ich schon, wie man es oft in Abenteuergeschichten von der Erde liest, ins Nirwana ab. Und rückblickend gesehen kommen mir diese Momente heute tatsächlich wie eine Illusion vor.

Bei einer Sache bin ich mir ganz sicher, daß ich sie phantasiert haben muß. Sie kehrt heute auch eher als Ahnung denn als reale Erinnerung in mein Bewußtsein zurück. Doch ich werde dieses Bild nicht los, und es flackert, wie es der Geist tut, kurz bevor er in Ohnmacht fällt.

Ohne sich vorher anzukündigen, kroch jemand unter einem Wrackteil unserer *Traum* hervor. Ziemlich platt und auch etwas deformiert kam Ziz in Sicht, machte sich aber gleich daran, wenigstens seine konische Form wiederherzustellen.

Kaum hatten die Spinnen ihn erblickt, wichen sie gleich zurück, als hätten sie etwas gesehen, das noch tödlicher war als ein Gift-Skenk. Eine von ihnen hielt plötzlich eine glänzende Röhre in der Hand, richtete sie auf die mitgenommen aussehenden Halb-Traeki und drückte ab. Ein Feuerstrahl bohrte ein Loch in den mittleren Ring des armen Kleinen und schleuderte ihn neben Huck an die Wand.

Mein überanstrengtes Gehirn schaltete sich genau in diesem Moment endgültig aus (oder hatte es das schon vorher getan?). Doch damit war noch nicht völlig Schluß, denn es folgte ja noch dieser vage Eindruck, von dem ich nicht weiß, wieviel Wert ich ihm beimessen darf. Und doch ist er mir in diesem Augenblick wieder eingefallen – kaum mehr als der Schatten eines Phantoms von einem Geist des betäubten Erstaunens.

Jemand hat gesprochen, während der Zwerg-Traeki Säfte auf den nassen Boden vergoß. Das Merkwürdige daran ist, daß dieser Jemand nicht die kreischenden und klappernden Laute der Spinnen von sich gab und auch nicht in einer der Galaktischen Hochsprachen redete – sondern in Englik:

»Großer Gott«, rief der Betreffende ungläubig, und es kam mir so vor, als ließe sich da eine weibliche menschliche Stimme vernehmen, allerdings mit einem Akzent, wie ich ihn noch nie gehört hatte.

»Grundgütiger, nicht nur die alle, sondern auch noch ein Jophur!«

XII.

DAS BUCH VOM HANG

Legenden

Es heißt, daß wir alle von glücklosen Rassen abstammen. Gemäß vieler Geschichten, die von den Sechsen erzählt werden, herrschen in den Fünf Galaxien endlose Kriege, Verfolgung, Leiden und Fanatismus vor. Doch sollte das wirklich typisch sein, hätte die Zivilisation sich doch nicht einmal eine Million Jahre halten können, geschweige denn über eine Milliarde Jahre.
Wenn das wirklich die Regel wäre, hätten Welten wie Jijo doch unzählige Sooner-Belästigungen beherbergen müssen und nicht nur die Sechs, die hier hausen.
Wenn so etwas wirklich unabdingbar wäre, würden Welten wie Jijo längst ausgelaugt und verbraucht sein.

Andere Geschichten erzählen, daß die überwiegende Mehrheit der sternenreisenden Rassen von relativ friedlicher und ruhiger Natur sei. Man sagt, sie kommen miteinander aus, erziehen ihre Klienten und verleihen ihre Leasing-Welten ernsthaft und gewissenhaft gemäß den guten Manieren und den alten Vorschriften. Gleichzeitig schreiten sie auf dem Weg nach oben voran, der Transzendenz zu, die sie an seinem Ende erwartet. Und die schlechten Manieren der fundamentalistischen und fanatischen Allianzen sehen sie als geschmacklos und unreif an. Aber warum sich einmischen, wenn es doch so viel einfacher und auch sicherer ist, den Kopf (oder je nach Rasse die Köpfe) in den Sand zu stecken und sich nur um eigene Angelegenheiten zu scheren?
Klienten, die das Glück haben, von solchen moderaten Klans

adoptiert zu werden, wachsen in Frieden und Sicherheit heran – abgesehen natürlich von Intervallen, jenen legendären Zeiten der Wandlung –, wenn allgemeiner Aufruhr selbst die überkommt, die in Vorsicht und Diskretion leben.
Danach sind es nur die Harten, die weiter gedeihen. Diejenigen, die sich in den Scharmützeln auf den abgelegenen Sternenstraßen bewährt haben.
Doch auch diese Straßen fordern ihre Opfer. So sagt man, daß wir Sechs zu den angeschlagenen Flüchtlingen gehören, die sich von den verlorenen Idealen und zerschmetterten Träumen davongeschlichen und sich einen Platz gesucht haben, an dem sie sich vor allem verstecken können. Um hier zu genesen. Und einen anderen Platz zu finden.
Um auf die Suche nach der letzten großen Chance zu gehen.

Die Schriftrolle der Hoffnung

Sara

Ganz gleich, wie man es betrachtete, es sah im wahrsten Sinne des Wortes so aus, als hätte eine Bombe eingeschlagen.

Kurts Dynamitstange hatte die Packtiere in eine hysterische Flucht gejagt. Sie hatten sich von ihren Leinen losgerissen und ritten mittlerweile durch das Labyrinth der Felsnadeln. Jemand würde wohl hinter ihnen herlaufen und sie wieder einfangen müssen, aber erst dann, wenn alle Verwundeten versorgt waren. Sara, die zu den Wenigen gehörte, die noch einsatzfähig waren, gab ihr Bestes.

Die Menschen, die geblendet worden waren – Sara hoffte, daß sie irgendwann ihr Augenlicht zurückerhalten würden –, mußten getröstet und dann gefüttert werden. Später galt es, die Toten zu einer flachen Stelle zu schaffen, wo man ein Feuer entfachen und ihre Körper zu den unvermeidlichen Abfallresten herabbrennen würde – zu einem leicht transportierbaren Häuflein, das man aufkehren und zum Meer befördern konnte.

Eine weitere Schwierigkeit kam hinzu: Einige der getöteten Kriegerinnen hatten in ihren Beuteln Gatten oder Larven getragen. Sara trieb die Kräftigsten aus dem Nachwuchs – diejenigen, die überhaupt eine Überlebenschance hatten – in einer rasch errichteten Koppel zusammen, wo die winzigen Hengste sich um sie kümmern sollten. Vor allem zerkleinerten sie Fleischstücke, kauten sie vor und gaben sie dann den an Tausendfüßler erinnernden präinfanten Urs zu fressen.

In den ruhmreichen Geschichten von Schlachten und Siegen findet sich nie auch nur ein Satz über all die Arbeit, die einen nach dem Kampf erwartet. Vielleicht würde es nicht mehr so viele bewaffnete Auseinandersetzungen geben, wenn alle wüßten, wieviel es danach aufzuräumen gibt.

Kurt und Jomah brachten sie gegen Sonnenuntergang mit sanfter Gewalt dazu, sich hinzusetzen, etwas zu essen und sich für eine Weile auszuruhen. Der Tag verging, und der Schein des Lagerfeuers beleuchtete die zwei so verschiedenen Gruppen von Gefangenen – hier die Menschen, da die Urs – die einander, wenn auch halb blind, mißtrauisch und gereizt anstarrten. Unter ihnen fand sich jedoch keiner, der niedergeschlagener war als der ehemalige Gelehrte und Wüstenprophet Dedinger, der gestern noch so intensiv mit Sara debattiert hatte. Hin und wieder betrachtete er Kurt kritisch, und dieser sorgte dafür, nie ohne Pistole herumzulaufen und die Gefangenen keinen Moment aus den Augen zu lassen.

Bevor Sara sich eine Pause gönnte, schaute sie erst nach Pritys Wunden. Sie näßten immer noch, und das bereitete ihr Sorgen. Es war nicht leicht gewesen, die Schnitte zu nähen. Der Schimpanse zuckte – verständlicherweise – immer wieder zusammen, und Saras Augen hatten sich noch nicht von dem Explosionsblitz erholt. Nachdem sie alles für ihren kleinen Assistenten getan hatte, was in ihren Kräften stand, machte sie sich auf die Suche nach dem Fremden. Er war ihr den ganzen Nachmittag hindurch eine große Hilfe gewesen, aber seit mindestens einer Stunde hatte sie nichts mehr von ihm gesehen, und es wurde Zeit, daß er seine Medizin einnahm.

Kurt sagte: »Er ist da runter gelaufen« und zeigte nach Süden zu den Felsen, »weil er ein paar von den Eseln einfangen wollte. Mach dir mal keine Sorgen. Der Bursche scheint ziemlich gut auf sich selbst aufpassen zu können.«

Sara mußte die Zähne zusammenbeißen, um nicht gleich zu explodieren und den Sprengmeister dafür auszuschimpfen, daß er den Sternenmann allein in die ihm fremde Wildnis hatte ziehen lassen. Der Fremde war immer noch behindert und konnte sich da draußen verletzen oder verlaufen.

Dann sagte sie sich, daß der Sternenmensch sich für einen Krüppel wirklich gut selbst zu helfen wußte. Wenn es nicht um Sprache oder Worte ging, fand er sich pfiffig mit allem zurecht. Und für einen Mann von so friedlichem Wesen verstand er es recht gut, sich zu verteidigen.

So zuckte sie die Achseln, fügte sich ins Unvermeidliche und ließ sich nieder, um etwas von dem ungesäuerten Brot der Wüstenläufer und ihrem nach Leber schmeckenden Wasser zu sich zu nehmen.

»Morgen früh müssen wir Holz für einen Scheiterhaufen suchen, da wir ja leider keine Aasfresserwülste zur richtigen Vermulchung mitführen«, erklärte sie zwischen zwei Bissen und sprach lauter als sonst, weil noch immer alle ein Klingeln in den Ohren hatten. Und sie mußte selbst schreien, um ihre eigene Stimme vernehmen zu können. »Und wir sollten jemanden losschicken, der Hilfe holt.«

»Ich gehe«, meldete sich Jomah freiwillig. »Schließlich bin ich der einzige, der im Kampf nichts abbekommen hat. Ich bin auch gut bei Kräften und habe einen Kompaß. Onkel Kurt weiß, daß ich nicht so leicht verlorengehe. Und ich kann ziemlich schnell laufen.«

Der alte Sprengmeister blickte unglücklich drein. Sein Neffe war doch noch ziemlich jung. Nach einem Moment des Nachdenkens nickte er schließlich. »Ja, das scheint das Vernünftigste zu sein. Er soll in Richtung –«

»Natürlich bin ich diejenige, die loszieht«, unterbrach Ulgor ihn, die sich gerade um das Lagerfeuer kümmerte. »Ich kann schneller und weiter laufen als dieses Kind, und ich kenne mich in diesen Hügeln hier gut aus.«

Sara hätte sich fast verschluckt. »Das kommt überhaupt nicht in Frage! Ich weiß gar nicht, warum wir dich nicht wie die anderen gefesselt haben! Du willst losziehen? Wozu? Um noch ein paar von deinen fanatisierten Freundinnen zusammenzutrommeln?«

Ulgor drehte den schmalen Kopf in Saras Richtung. »Alsss wenn diessse Kameradinnen nissst längssst auf dem Weg hierher wären, teure Papiermacherssstochter. Oder hassst du ssshon vergesssen, dasss Ur-Kachu ein paar Boten vorausssgesssandt hat? Einmal angenommen, Kurtsss Neffe würde keinem Ligger und keinem Rudel Kooprahsss begegnen, wem würde er dann auf dem Weg nach Norden alsss erssstessss in die Arme rennen? Natürlisss Ur-Kachusss Verbündeten, die auf dem Weg hierher sssind.«

Nun wurde sie jedoch von Kurt unterbrochen, der ein kurzes, hartes Lachen von sich gab.

»Wer sagt denn, daß der Junge nach Norden laufen soll?«

Ulgor und Sara starrten ihn gleichermaßen verblüfft an. »Was meinst du damit? Es liegt doch wohl auf der Hand, daß wir …«

Aber Sara sprach den Satz nicht zu Ende, als sie das Lächeln des Sprengmeisters bemerkte. *Wenn ich jetzt so darüber nachdenke … Kurt hat nie etwas davon gesagt, daß wir zur Lichtung unterwegs seien.* Sie war natürlich davon ausgegangen, daß seine Verpflichtungen ihn dorthin führen würden. *Aber vermutlich hatte er vor, uns bei Crossroads zu verlassen, und wir anderen wären dann ohne ihn zum heiligen Ei gezogen.*

»Andere Mitglieder meiner Zunft sind bereits unterwegs, um den hohen Weisen zu helfen. Aber der Junge und ich haben anders gelagerte Interessen. Und wo wir schon gerade beim Thema sind, Sara, würde ich dir dringend raten, dir zu überlegen, ob du dich uns nicht anschließen willst. Immerhin ist es vermutlich die Richtung, in der die Urunthai zuletzt nach uns suchen werden.«

Eine so lange Ansprache hatte noch nie jemand von dem Sprengmeister gehört. Sara gingen allerlei Gedanken durch den Kopf. Vor allem dieser: Warum sagt er das alles vor Ulgor?

Weil entschlossene Urs jede Spur von Menschen und Eseln finden und diese einholen können. Also muß Ulgor mit uns kommen oder hier sterben.

Aber gemäß dieser Logik müßten auch alle anderen Kriegerinnen getötet werden, nicht wahr? Kurt war sich sicher darüber im klaren, daß Sara so etwas nie zulassen würde. – Aber wie auch immer, das Problem löste sich nicht einfach in Luft auf, bloß weil sie ein paar Tage Vorsprung besitzen würden. Ein guter Fährtensucher wie zum Beispiel ihr Bruder Dwer konnte sie immer noch aufspüren.

Sara formulierte bereits entsprechende Fragen, stellte sie dann aber doch nicht, als ihr klar wurde, daß Kurt ihr so lange keine ausreichende Antwort darauf geben würde, wie ringsumher die Freischärler zuhörten.

»Du weißt, daß ich nicht einfach mitkommen kann«, erklärte Sara ihm daher. »Diese Wüstenläufer hier und die Urs werden sterben, wenn ich mich nicht um sie kümmere. Und wir können sie nicht einfach freilassen.«

Wenn sie in dieser Hinsicht noch Zweifel gehabt hätte, so belehrten sie Dedingers racheerfüllte Blicke eines Besseren. Die kalte Wut in ihm stellte ein Problem dar, das sich nur über einen großen Zeitraum und mit noch mehr Erfahrung lösen ließ. Je weiter sie von ihm entfernt war, desto besser. »Ich bleibe und versorge sie, bis ihre Kameraden eintreffen«, erklärte Sara weiter. »Die Urunthai werden mich sicher beschützen, weil ich mein Bestes gegeben habe, einige von ihnen zu retten. Aber vermutlich werden sie mich gefangennehmen. Nun ja, das muß ich in Kauf nehmen. Hoffentlich kann ich sie davon abhalten, Dedingers Bande abzuschlachten.

Aber du und Jomah, ihr könnt ruhig losziehen. Vorausgesetzt, wir können einige von den Eseln wieder einfangen, solltet ihr auch Prity und den Fremden mitnehmen. Mit sehr viel Glück könnt ihr beide an einen Ort schaffen, an dem es einen Apotheker und eine starke Miliz-Garnison gibt. Ich folge euch ein paar Bogenschüsse weit und verwische eure Spur. Danach führe ich ein paar Esel herum, damit es so aussieht, als wären wir in eine ganz andere Richtung aufgebrochen.«

Ulgor gab einen Pfiff widerwilligen Respekts von sich. »Du bissst wahrlisss die Ssschwessster deinesss Brudersss.«

Sie drehte sich zu der Hausiererin um. »Selbstredend bedeutet das für dich, daß deine Sonderbehandlung abgelaufen ist, die du dir mit deiner Hilfe nach der Schlacht erworben hast.« Sie bückte sich und hob ein Seil auf. »Höchste Zeit für dich, Frau Nachbarin, dich zu deinen Kameradinnen auf der anderen Seite des Feuers zu gesellen.«

Ulgor wich vor ihr zurück. »Du und wer noch (zusätzlich) will mich dazu zwingen/bewegen?« fragte sie in trotzigem Galaktik Sechs.

Kurt zog seine Pistole. »Ich und mein Zauberstab hier, Ulgor. Und jetzt bleibst du hübsch stehen.«

Die Urs senkte zum Zeichen ihrer Aufgabe den langen Hals. »Issst ja ssson gut«, murmelte sie resigniert. »Wenn ihr ssso sssehr darauf bessteht. Vermutlisss musss isss misss in mein Ssschicksssal fügen.«

Sara ließ sich von diesen Worten so sehr einlullen, daß sie ein oder zwei Duras brauchte, bis ihr auffiel, *daß Ulgor sich immer noch von ihr entfernte!*

Kurt schien es ähnlich zu ergehen, bis Dedinger brüllte: »Sie hält euch zum Narren, ihr Tölpel!«

Und schon fuhr Ulgor herum und sauste in die Dämmerung hinein. Kurt schoß einmal, verfehlte sie aber. Und dann verschwand ihr Körper zwischen den Felsen. Das letzte, was sie von ihr zu sehen bekamen, war der frech erhobene, sorgfältig geflochtene Doppelschweif. Die gefangenen Kriegerinnen hoben die vom Schlafmittel verkaterten Köpfe und grinsten und feixten amüsiert. Und auch die gefangenen Menschen lachten, aber eher über die Ungeschicktheit des Sprengmeisters.

»Du brauchst eindeutig mehr Übung mit dem Ding, Opa«, höhnte der Prophet. »Am besten gibst du es gleich weiter an jemandem, der damit auch treffen kann, wenn es sein muß.«

Prity fletschte die Zähne und knurrte Dedinger an, der so tat, als würde er furchtbar davor erschrecken, und dann laut lachte.

Während seiner Zeit in Biblos hatte er doch mit Schimpansen zu tun, sagte sich Sara, und sie legte Prity eine Hand aufs Knie, um ihn zu beruhigen. *Da sollte er doch wissen, daß man sie nicht reizen darf.*

Doch wie heißt es so schön im Volksmund: Kein Narr ist so groß wie der, der Verstand besitzt.

»Tja, das mußte wohl so kommen«, murmelte Kurt zerknirscht. »Alles ist meine Schuld. Ich hätte auf dich hören und sie ebenfalls binden sollen, auch wenn sie mir das Leben gerettet hat. Nun kann sie sich überall verstecken und uns beobachten. Oder gleich davongaloppieren und ihre Freundinnen herholen, bevor wir weit genug fortgekommen sind.«

Sara aber schüttelte den Kopf. *Kann man überhaupt weit genug fortkommen?* Auf jeden Fall zwang Ulgors Flucht sie zur Eile.

Der Sprengmeister gab ihr mit einem Handzeichen zu verstehen, zu ihm zu kommen. Als sie sich neben ihn hockte, preßte er erst die Lippen zusammen, entschied sich dann aber doch, zu ihr zu sprechen, allerdings so leise, daß ihre angegriffenen Ohren ihm nur mit Mühe folgen konnten.

»Ich habe in der letzten Zeit viel nachgedacht, Sara ... und ich glaube jetzt, es war ein Segen des Eies, daß unsere Wege sich gekreuzt haben. Meinetwegen auch eine Laune von Jafalls. Deine Talente und Fähigkeiten könnten sich als überaus nützlich erweisen ... für ein Projekt, mit dem ich zu tun habe. Ursprünglich wollte ich in Crossroads mit dir darüber reden ...«

»Worüber?«

»Daß du dich uns anschließt und mit in den Süden kommst.« Seine Stimme wurde noch leiser. »Zum Berg Guenn.«

»Zum Berg ...«, platzte es aus hier heraus, und sie sprang auf.

Als sie Kurts erschrockenen Blick bemerkte, setzte sie sich wieder neben ihn. »Du nimmst mich wohl auf den Arm, oder? Hast du etwa vergessen, daß ich etwas Wichtiges auf der Lichtung zu erledigen habe? Wenn die Radikalen den Fremden für so wichtig halten, daß sie auch vor Mord und Totschlag nicht zurückschrecken, sollten dann nicht die Weisen wenigstens die Chance erhalten, ihn sich einmal genauer anzusehen und dann eine Entscheidung zu fällen? Davon abgesehen sind die Invasoren doch seine Freunde, und da ist es unsere Pflicht und Schuldigkeit, dafür zu sorgen, daß er moderne medizinische Versorgung –«

Kurt winkte ab. »Das ist ja alles richtig. Doch da wir davon ausgehen müssen, daß der Weg zur Lichtung blockiert ist und ein anderes Projekt wartet, das mindestens ebenso wichtig sein dürfte …«

Sara starrte ihn fassungslos an. Hatte der Sprengmeister am Ende wie Dedinger den Verstand verloren? Was konnte denn wichtiger sein, als den Fremden zu den Weisen zu führen?

»Es handelt sich dabei um eine Sache, an der einer deiner Kollegen schon eine Weile arbeitet. Seit einigen Wochen beschäftigt er sich damit schon an dem Ort, den ich gerade genannt habe –«

Einer meiner Kollegen? Sara blinzelte verständnislos. Wer mochte das sein? Bonner und Taine hatte sie noch vor ein paar Tagen in Biblos gesehen. Plovov hielt sich bei der Versammlung auf. Wer blieb denn noch übrig …

Und schon tauchte ein Name in ihrem Bewußtsein auf.

Purofsky, der Astronom? Der ist am Berg Guenn? Was treibt er denn da, zum Ei noch mal!

»– und wirkt mit bei einem Projekt, das geradezu nach deinen Fähigkeiten und Kenntnissen schreit, wenn ich das einfach mal so sagen darf.«

Sie schüttelte den Kopf. »Aber der – dieser Ort – liegt noch hinter dem Großen Sumpf und jenseits der Wüste und dem Spektralleuchten! Außer natürlich, man entscheidet sich für die lange Strecke, fährt den Fluß hinunter und dann übers Meer bis …«

»Wir kennen eine Abkürzung«, warf Kurt ganz ruhig ein.

»… und vor kurzem noch haben wir Pläne geschmiedet, von hier zu fliehen und zur nächsten bewohnten Ortschaft zu laufen. Und das kam uns schon so hoffnungslos vor wie eine Reise zum Mond.«

»Ich habe nie gesagt, daß die Reise zu jenem Ort einfach sein wird«, seufzte der Sprengmeister. »Hör zu, alles, was ich jetzt von dir wissen will, ist dies: Wenn ich dich davon überzeugen kann, daß es möglich ist, dorthin zu gelangen, würdest du dann mitkommen?«

Sara verkniff sich, was ihr nicht gerade leichtfiel, die Antwort, die ihr automatisch in den Sinn kam. Kurt hatte bereits diverse Wunderpulver und Gottmaschinen aus seiner Satteltasche hervorgezaubert. Bewahrte er in ihr auch so etwas wie einen Fliegenden Teppich auf? Oder einen von den sagenhaften Antigrav-Schlitten? Oder einen von diesen Gleitern mit den ultraleichten Flügeln, an dem man sich von einer kräftigen Meeresbrise bis zu den fernen Feuerbergen durch die Lüfte tragen lassen konnte?

»Ich kann meine Zeit nicht mit irgendeinem Unsinn verschwenden«, erklärte Sara und erhob sich. Sie machte sich Sorgen um den Fremden. Mittlerweile war es stockfinster. Ulgor war zwar nach Nordwesten geflohen, aber das besagte natürlich gar nichts. Die Hausiererin konnte das Lager umrunden und dem Sternenmann irgendwo einen Hinterhalt legen. »Ich will nach ...«

Ein Schrei unterbrach sie diesmal, und sie fuhr heftig zusammen. Ein schrilles Wiehern der Überraschung, dann der Wut, sich melodisch vermischend, und dieses verrückte Lied wurde so oft von den Felsen zurückgeworfen, daß Sara und Kurt mit ihren lädierten Trommelfellen nicht entscheiden konnten, aus welcher Richtung es kam. Das Geräusch barg aber so viel Entsetzen in sich, daß Sara eine Gänsehaut bekam.

Prity nahm sich eines der langen ursischen Messer und näherte sich den nervösen Gefangenen. Jomah hielt längst den kleinsten Bogen der Wüstenläufer in der Hand und legte einen Pfeil auf die Sehne. Sara spannte die Hände und wußte, daß eigentlich eine Waffe zwischen ihren Fingern sein sollte, aber schon der bloße Gedanke daran kam ihr obszön vor. Nein, sie würde sich niemals dazu überwinden können, jemanden mit einer Waffe anzugreifen.

Sicher ein Charaktermangel, gab sie durchaus zu. *Eine Schwäche, die ich nicht an meine Kinder vererben darf. Erst recht nicht dann, wenn uns ein Zeitalter der Gewalt und der Helden bevorsteht.*

Das Schreien ging in ein langgezogenes Heulen über, und die Anspannung unter den Personen am Feuer wuchs. Bestimmte Emotionen schwangen in dem Geräusch mit: Schmerz, Verzweiflung und Demütigung, als zöge derjenige, der es ausstieß, den sofortigen Tod vor, um das, was er gerade durchmachte, nicht länger erleiden zu müssen. Mit jeder Dura, die verging, wurden die Laute schriller. Die Gefangenen drängten sich aneinander und spähten ängstlich in das Dunkel.

Nun ertönte ein neues Geräusch, ein Baß-Kontrapunkt – ein rasches, unrhythmisches Donnern, das den Boden wie beim Anmarsch eines der Roboter erbeben ließ.

Kurt spannte den Hahn seiner Pistole.

Dann tauchte am westlichen Rand des Feuerscheins ein Schatten auf. Ein monströses Gebilde, massiv und schwer, das schräg vor ihnen aufstieg und mit einem Fortsatz versehen war, der wie ein Bündel von Armen und Beinen um sich schlug und durch die Luft ruderte.

»Huch!« machte Sara und fuhr zurück.

Einen Moment später faßte sie sich wieder und seufzte erleichtert auf, als sie in dem Auswuchs Ulgor wiedererkannte, die jammernd und stöhnend ihrer Schande und Schmach Ausdruck verlieh.

Zwei chitinbewehrte Arme mit Scheren an den Enden hielten die Urs in festem Griff.

Die Arme eines Qheuen! Er trat mit den drei freien Beinen umständlich ins Licht und hatte Mühe, sein Gleichgewicht zu halten, während die Hausiererin sich hin und her warf, um freizukommen.

»Widerstand ist zwecklos«, pfiff eine kratzige, aber durchaus vertraute Stimme aus zwei Beinmündern. So sehr waren sie mit Staub belegt, daß Sara einen Moment überlegen mußte … ganz abgesehen von dem grauen Staub, der sich auf den Rückenschild gelegt hatte. Erst nahe am Feuer konnte man seine ursprüngliche blaue Farbe erkennen.

»Hallo, Leute-te«, krächzte Klinge, der Sohn von Stammbeißer aus dem Dorf Dolo. »Hat vielleicht jemand einen Schluck Wasser für mich-ich?«

Die Nacht war windig, klar und für diese Jahreszeit entschieden zu kalt. Sie warfen alles, was nicht mehr gebraucht wurde, ins Feuer und bedeckten die Gefangenen mit den Resten des Tarnzelts, damit denen wenigstens ihre Körperwärme blieb. In der Finsternis fielen die Urs rasch in Schlaf, unter ihnen auch die fest gebundene Ulgor. Aber die menschlichen Freischärler hatten die ganze Zeit unter ihren Decken miteinander zu tuscheln und zu schwatzen, so daß Sara sich schon mit düsterer Vorahnung fragte, was die Wüstenläufer wieder aushecken mochten. Natürlich sehnte sie sich nicht wie die Urunthai nach ursischer Verstärkung, die morgen oder spätestens übermorgen auf den Hügeln auftauchen mußte. Wenn es den Briganten gelang, sich im Lauf der Nacht ihre Fesseln gegenseitig aufzubeißen oder aufzuscheuern, was konnte Kurt dann mit seiner Pistole groß gegen sie ausrichten, wenn sie von allen Seiten zugleich angriffen?

Nun gut, die meisten von ihnen litten immer noch unter den Nachwirkungen der Blendung. Und mit jemandem wie Klinge konnten auch mehrere Männer nicht leicht fertigwerden. Selbst wenn er viel Staub geschluckt hatte und als blauer Qheuen den weichsten Rückenpanzer besaß, so konnte er einem doch einen gehörigen Schrecken einjagen. Solange der Qheuen Wache hielt, durften Sara und die anderen es wagen, sich ebenfalls hinzulegen.

Wenn wir doch nur wüßten, was aus dem Sternenmenschen geworden ist, sorgte sie sich.

Er war nun schon seit einigen Midura fort. Auch wenn mittlerweile Loocen aufgegangen war und das Land in sein bleiches Licht tauchte, so konnte man sich doch nur zu leicht vorstellen, wie der arme Kerl da draußen in die Irre ging.

»Der Schuß hat mir sehr geholfen, zu eurem Lager zu finden«, erklärte Klinge, nachdem Sara und Jomah ihm die Münder, die Ventile und den Augenring mit nassen Schwämmen abgewischt hatten, wobei sie ziemlich viel von ihrem kostbaren Wasservorrat verbrauchten. »Ich stand schon am Rand der Verzweiflung, weil ich eure Spur im vergehenden Licht nicht mehr ausmachen konnte. Aber dann krachte der Schuß, und etwas später entdeckte ich auch schon die Reflexion eures Feuers an dem großen Felsen da hinten.«

Sara schaute dorthin. Da tanzte tatsächlich ein Flackern über den hohen Stein. Wenn es dem Qheuen schon geholfen hatte, hierher zu finden, könnte sich vielleicht auch der Fremde daran orientieren.

»Aber stellt euch meine Überraschung vor, als mir jemand entgegengelaufen kam, als wolle er mich begrüßen.« Klinge kicherte aus drei seiner Beinöffnungen. »Natürlich war meine Verwunderung nicht so groß wie die von Ulgor, als sie mich unvermittelt gewahrte. Ich möchte sogar sagen, sie bekam einen Schock.«

Der Qheuen hatte eine einfache, aber heldenhafte Geschichte zu erzählen. Er hatte in Uryuttas Oase auf dem Grund des Wassers gewartet, bis Ur-Kachus Gruppe aufgebrochen war, der dann die langsamere Truppe mit den Gefangenen und der Beute folgen sollte. Klinge hatte lange und gründlich überlegt, welche Möglichkeiten ihm offenstanden. Sollte er nach Crossroads ziehen? Oder zu einer anderen Siedlung? Oder aber den Urunthai folgen und zu Hilfe eilen, wenn Beistand erforderlich wurde? Ganz gleich, wie er sich entschied, beides bedeutete für ihn Austrocknung und Schmerzen – von den möglichen Gefahren gar nicht erst zu reden.

Sara fiel auf, daß der Qheuen eine Möglichkeit nicht in Betracht gezogen zu haben schien – nämlich in der Oase abzuwarten, bis jemand kam. Vermutlich wäre ihm so etwas nie im Traum eingefallen.

»Mit einem habe ich allerdings nicht gerechnet – daß ich euch nämlich hier als Herren der Lage vorfinden würde. Daß ihr aus eigener Kraft beide feindlichen Gruppen überwältigen konntet. Es sieht ja ganz so aus, als hättet ihr meine Hilfe gar nicht nötig gehabt.«

Jomah lachte vom Rücken des Qheuen, wo er hockte und ihm die Sehschlitze mit einem Schwamm wässerte. Der Junge umarmte Klinges Kopfaufsatz. »Du hast uns doch den Tag gerettet!«

Sara nickte. »Du bist der größte Held von uns allen, lieber, treuer Freund.«

Danach waren Worte überflüssig – was vielleicht auch daran lag, daß sich alle viel zu müde fühlten, um noch lange Gespräche zu führen. Schweigend betrachteten sie für eine Weile die Flammen. Einmal wanderte Saras Blick hinauf zum Loocen und bestaunte das reflektierte Sonnenlicht, das die alten und verlassenen Buyur-Städte glitzern ließ – jene dauerhaften Überreste der Macht und der Glorie einer Rasse, die einst dieses Sonnensystem bevölkert hatte – und das vielleicht eines fernen Tages wieder tun würde.

Wir Sooner sind wie die Träume Jijos, dachte sie. *Geisterhafte Schatten, die keine Spuren zurücklassen, sobald sie einmal vergangen sind. Flüchtigen Phantasien gleich sind wir, die vorbeihuschen, während dieser Punkt der Schöpfung sich ausruht und sich auf die nächste Phase vorbereitet, in dem die Errungenschaften einer neuen gottgleichen Rasse auf ihm ausgebreitet werden.*

Solche Gedanken waren nicht angetan, sie zu beruhigen. Sara wollte nicht nur ein Traum sein, sondern wünschte sich, daß ihre Taten und Gedanken wenigstens ein Beitrag zu etwas sein würden, aus dem im Laufe der Zeit etwas Gutes erwachsen würde. Ihre Arbeit, ihre Kinder und ihre Zivilisation mußten doch zu etwas nutze sein. Vielleicht war dieses Trachten Folge der unkonventionellen

Erziehung durch ihre Mutter. Immerhin hatte sie einen berühmten Häretiker, einen legendären Jäger und jemanden hervorgebracht, der an verrückte Theorien über eine andere Art der Erlösung für alle in der Sechsheit zusammengeschlossenen Rassen glaubte.

Sara mußte an ihre Diskussion mit Dedinger zurückdenken.

Wir werden wahrscheinlich nie erfahren, wer von uns beiden richtiggelegen hat, denn die Gemeinschaften konnten sich ja nicht in Ruhe entwickeln und auf den Weg machen. Zu dumm. Wir beide glauben, jeder auf seine Weise, an etwas Schönes … na ja, jedenfalls etwas viel Besseres, als ausgelöscht zu werden.

Das Schweigen machte es möglich, daß einige der natürlichen Geräusche dieser Welt wieder von ihren Sinnen wahrgenommen wurden – und das Klingeln in ihren Ohren ließ immer mehr nach.

Ich sollte mich wirklich glücklich schätzen, nicht völlig taub oder blind aus diesem Abenteuer herausgekommen zu sein – oder es überhaupt überlebt zu haben. Wenn trotzdem ein Schaden zurückbleiben sollte, werde ich mich schon mit ihm abfinden.

Der Fremde gab ihnen allen ein leuchtendes Beispiel. Obwohl er vieles von dem verloren hatte, was ihn einmal zu einer eigenständigen Persönlichkeit gemacht hatte, war er doch immer fröhlich und gut gelaunt. Sara entschied, daß in Zeiten wie diesen nur grimmiger Stoizismus – und sonst gar nichts – überhaupt einen Sinn ergab.

Von den Geräuschen der Nacht erkannte sie einige rasch wieder. Die schwebende Kadenz leiser Seufzer stammte vom Wind, der über die nahe Prairie strich und sich seinen Weg durch die Reihen der Steinsäulen bahnte. Das ferne und leise Stöhnen verriet eine Herde von Gallaitern. Jetzt ertönte auch das grummelnde Rasseln eines Liggers, mit dem er alle warnte, sich von seinem Revier fernzuhalten. Und auch ein fremder Vogel sang sein leises Lied.

Während Sara lauschte, veränderte sich der Vogelgesang ständig und wurde lauter, bis ihr klar wurde, daß dieses Geräusch nicht von einem gefiederten Tier stammen konnte.

Und immer noch wurde das Lied lauter und wuchs auch an Volumen, bis es die ganze Nacht in Besitz nahm und alle anderen Laute verdrängte. Sara stand auf. Überall kam Bewegung in den See der Zeltreste, während auch die Gefangenen auf den Lärm reagierten. Das Heulen schwoll zu einem Tosen an, und Sara mußte sich die Hände auf die Ohren pressen. Klinge senkte den Rückenschild, und die gefangenen Urs wieherten ängstlich und schlugen mit den langen Hälsen nach allen Seiten aus. Steinchen fielen von den Felsnadeln, und Sara befürchtete schon, sie könnten durch das brüllende Heulen in der Luft einstürzen.

Diesen Lärm habe ich doch schon einmal gehört …

Plötzlich breitete sich grelles Licht am Himmel aus, und etwas Helles tauchte über ihnen auf. Es bremste ab und löste dabei mehrmals einen donnernden Knall aus. Eine glühende Röhre mit einigen Auswüchsen, deren Hitze selbst noch aus solcher Entfernung zu spüren war …

Wie weit war es weg? Sara hatte erst einmal ein Sternenschiff zu sehen bekommen – als fernes Funkeln, das sie vom Fenster ihres Baumhauses aus beobachtet hatte. Darüber hinaus hatte sie Bilder, Zeichnungen und abstrakte Berechnungen studiert – die ihr jetzt wenig nutzten, um die Entfernung zu ermessen. Ihr Verstand wurde taub.

Das Schiff muß sich hoch oben in der Atmosphäre befinden, erkannte sie. Aber es kam ihr so ungeheuer groß vor …

Die Gotteskutsche überquerte sie von Südwesten nach Nordosten, war eindeutig im Abstieg begriffen und schien in Kürze landen zu wollen. Und es bedurfte keiner besonderen Ausbildung, um festzustellen, wo es niedergehen wollte.

Trotz aller ehrfurchtgebietenden Schönheit löste der Anblick bei Sara nichts anderes als von Magenkrämpfen begleitete Furcht aus.

Lark

Aus der Ferne ließ sich nichts Genaues ausmachen. Das Licht, das sich der Lichtung näherte, war unfaßbar intensiv und warf lange Schatten, sogar von den Waldstreifen an den Berghängen, und die lagen doch viele Meilen entfernt.

»Jetzt kannst du mit eigenen Augen sehen, mit wem ihr euch da eingelassen habt«, erklärte ihm Ling. Sie stand ganz in der Nähe und wurde von einem halben Dutzend wachsamer Milizionäre umringt. »Das könnt ihr nicht so leicht vom Himmel schießen wie eine Handvoll kleiner Bodyguard-Roboter.«

»Daran habe ich nicht einen Moment gezweifelt«, entgegnete Lark, schützte die Augen mit einer Hand und versuchte, etwas in dem Glühen zu erkennen. Scheinwerferfinger fuhren über den Krater, in dem sich die Überreste der Station befanden. Nach zwei Tagen ohne Schlaf erschien ihm das Dröhnen der fremden Triebwerke wie das Knurren einer Liggerin, die gerade von der Jagd zurückkehrte, ihr Junges übel zugerichtet vorfand und sich in furchtbare Rage steigerte.

»Noch ist es nicht zu spät, weißt du«, fuhr Ling fort. »Wenn ihr uns die fundamentalistischen Rebellen aushändigt und auch eure Hohen Weisen, könnten sich die Rothen geneigt zeigen, das Ganze als individuelles statt kollektives Versagen anzusehen. Die Bestrafung, die dann folgt, müßte sich dann nicht auf alles Leben hier ausdehnen.«

Lark wußte, daß er eigentlich wütend auf ihr Angebot hätte reagieren sollen. Er hätte zu ihr herumfahren und sie ob der Heuchelei ihres Angebots niedermachen müssen – und sie an die Beweise erinnern sollen, die jedermann gesehen und erlebt hatte, die Belege dafür, daß Lings Herren tatsächlich Völkermord im Sinn gehabt hatten!

Aber zwei Dinge hielten ihn zurück.

Obwohl mittlerweile alle wußten, daß die Rothen geplant hatten, einen blutigen Bürgerkrieg unter den Sechs anzuzetteln, bei dem zuerst die Menschen auf Jijo vernichtet werden sollten, waren die Details dieser Maßnahme doch noch weitgehend unbekannt.

Und wie jeder weiß, steckt der Teufel im Detail. Außerdem war Lark viel zu erschöpft, um sich auf einen weiteren geistigen Ringkampf mit der jungen Biologin einzulassen. So verdrehte er in Nachahmung eines ursischen Achselzuckens nur den Hals und klickte und zischte in Galaktik Zwei:

»Haben wir nichts Besseres/Vernünftigeres zu tun, als jetzt über sinnlose/absurde Dinge zu diskutieren?«

Das wurde von den Wachen mit Kopfschütteln oder Grinsen bestätigt. Die Männer führten die Gefangene zu einem Versteck. Andere Trupps begleiteten Rann und Ro-kenn zu weiteren geheimen Orten. Die Geiseln wurden so weit wie möglich voneinander entfernt untergebracht.

Eine vernünftige Maßnahme, aber warum hat man mich zum Aufpasser für Ling bestimmt?

Vielleicht haben die Weisen sich gesagt, daß die Biologin so lange mit mir diskutieren und streiten wird, daß ihr gar keine Zeit bleibt, an Flucht zu denken.

Wie dem auch sei, ihm war klar, daß er eine ganze Weile mit ihr zusammenbleiben würde.

Doch im Moment schwiegen sie und verfolgten gebannt, wie das mächtige Sternenschiff hin und her flog und mit seinen Scheinwerfern jeden Punkt auf der Lichtung bestrahlte. Sie fanden die Stelle, an der vorhin noch die Zelte gestanden hatten, und natürlich immer wieder den Krater. Vom fernen Berghang aus konnte man den Blick kaum von diesem hypnotischen Strahlen wenden.

»Weiser, wir müssen weiter. Wir sind noch lange nicht in Sicherheit.«

Die Miliz-Sergeantin, die einzige Frau in der Truppe, hatte gesprochen. Sie hieß Shen, hatte glänzendes schwarzes Haar und feine

Gesichtszüge, und an ihrer Schulter hing ein tödlicher Bogen. Lark blinzelte und wußte im ersten Moment nicht, an wen sie ihre Worte gerichtet hatte.

Ach ja, natürlich, er war ja der Weise.

Er würde einige Zeit brauchen, bis er sich an den Titel gewöhnt hatte. Lark war immer davon ausgegangen, daß seine Häresie ihn dafür, trotz seiner Ausbildung und all seiner wissenschaftlichen Verdienste, disqualifizieren würde.

Aber nur ein Weiser kann Entscheidungen fällen, wenn es um Leben und Tod geht.

Während der Trupp weiterzog, konnte er nicht anders, als einen Seitenblick auf Ling zu werfen. Auch wenn er die Frau die halbe Zeit über am liebsten erwürgt hätte, war ihm doch bewußt, daß es sich dabei nur um eine Redensart handelte. Lark bezweifelte, daß er je zu so etwas fähig sein könnte, selbst dann nicht, wenn die Pflicht es von ihm verlangen sollte. Dafür war Lings Gesicht selbst jetzt noch, beschmutzt und von Erschöpfung gekennzeichnet, viel zu schön.

Etwa eine Midura später erfüllte ein donnernder Schrei des Schrekkens die Berge, echote von den schneebedeckten Gipfeln wider, stürzte von allen Seiten ins Tal und brachte die Bäume zum Beben. Ein Milizionär deutete den Weg zurück auf die Stelle, wo das künstliche Licht des Sternenschiffes unfaßbar hell geworden war. Die ganze Gruppe rannte zur nächsten freien Stelle, von wo aus man einen guten Ausblick nach Südwesten hatte. Sie mußten die Augen mit den Händen abschirmen, um nicht geblendet zu werden.

»Bei Jafalls!« keuchte Lark, während die Soldaten ihre Waffen grimmiger packten, sich an ihren Kameraden festhielten oder Handzeichen zur Abwehr alles Bösen in die Luft malten. Jedes Gesicht glühte vom reflektierten Strahlen weiß.

»Das … kann … doch … nicht … sein …«, ächzte Lark, als bereite ihm jedes einzelne Wort Mühe.

Das gewaltige Rothen-Schiff schwebte immer noch über der Lichtung. Und weiterhin leuchteten die Scheinwerfer an seinem Bauch.

Doch nun wurde es auch von oben in Licht gebadet, und dieses Licht stammte von einem neuen Gebilde.

Von einem neuen Schiff.

Einem riesigen Sternenkreuzer, gegen das der Rothen-Raumer sich ausnahm wie eine Urs-Larve neben ihrer Mutter.

Äh … machten Larks Gedanken, und zu mehr waren sie nicht fähig, während er auf die Szene starrte und versuchte, den Größenunterschied zu verarbeiten. Doch alles, was ihm dazu einfiel, war ein blasphemischer Gedanke.

Das neue Schiff war groß genug, um das heilige Ei gelegt haben zu können. Und in seinem Bauch noch Platz für weitere zu haben.

Das Rothen-Schiff saß unter dem Giganten gefangen, gab mahlende Geräusche von sich und wackelte, als versuche es, von hier zu entkommen … oder sich auch nur vom Fleck zu bewegen. Doch das Licht, das von oben auf den kleineren Kreuzer niederströmte, schien physische Substanz zu besitzen und es wie ein solider Strahl immer weiter nach unten zu drücken. Goldfarbenes Glühen umgab das Rothen-Schiff, als es aufsetzte und hart über Jijos Boden mahlte.

Das dichte Funkeln umgab es ganz, breitete sich wie ein Umhang darüber aus, kühlte ab und verhärtete sich zu einem leuchtenden Kegel.

Wie Wachs, dachte Lark, immer noch benommen. Dann drehte er sich mit den anderen um, und sie rannten durch den nächtlichen Wald, was ihre Lungen und ihre Muskeln hergaben.

Asx

Was ist das, meine Ringe? Dieses Vibrieren, das durch unseren Stapel fährt?

Es fühlt sich schrecklich vertraut an.

Oder vertraut schrecklich.

Inmitten eines furchtbaren Glühens stehen wir wie angewurzelt auf der Festival-Lichtung und verfolgen, wie das Rothen-Schiff zu Boden gezwungen, wie es von einer Hülle gefrorener Zeit umschlossen wird und wie die Blätter und Zweige in seiner Nähe, die eben noch von heftigen Luftströmen aufgepeitscht wurden, nun ebenso erstarren.

Und über dem Ganzen schwebt die neue Macht, dieser neue Titan.

Das gleißende Licht wird gedämpft. Das monströse Schiff senkt sich mit einem überwältigenden gesummten Lied herab, zermahlt unter sich jeden noch verbliebenen Baum auf der Südseite des Tals, gräbt dem Fluß ein neues Bett und erfüllt dann den Himmel wie ein neuer Riesenberg.

Spürt ihr es, meine Ringe?

Hat sie euch schon erreicht, die dunkle Vorahnung, die mit säurehaltigen Dämpfen durch unseren Kern vibriert?

An der endlos langen Flanke des Schiffes öffnet sich eine Luke, die groß genug ist, um ein ganzes Dorf zu verschlucken.

Vor dem Licht, das aus dem Innern dringt, tauchen Silhouetten auf.

Konische Wesen, die sich nach oben verjüngen. Stapel aus Wülsten.

Die entsetzlichen Verwandten, von denen wir hofften, sie nie wiedersehen zu müssen.

Sara

Der Fremde kam ins Lager gestürmt, kaum daß das zweite Schiff darüber weggezogen war. Zu diesem Zeitpunkt war Sara schon wieder so weit aus ihrer Erstarrung erwacht, daß sie sich auch mit anderen Dingen befassen konnte.

Angelegenheiten, um die sie sich kümmern konnte.

Der Sternenmann kam von Süden und trieb ein halbes Dutzend erschöpfter Esel vor sich her. Er wirkte sehr aufgeregt, als müsse er dringend etwas loswerden. Sein Mund öffnete sich, und er stammelte sinnlose, unzusammenhängende Laute, als wolle er die richtigen Worte durch schiere Willenskraft über seine Lippen bringen.

Sara tastete seine Stirn ab und überprüfte seine Augen.

»Ich weiß es schon«, erklärte sie, um ihn zu beruhigen. »Wir haben das Schiff auch gesehen. Ein gewaltiger Kasten, größer noch als der Dolo-See. Ich wünschte, du könntest uns sagen, ob das ein Kreuzer von deinen Leuten war, oder von jemandem, den du lieber nicht hier sehen möchtest.«

Im Grunde genommen war sie sich überhaupt nicht sicher, ob er sie überhaupt hören konnte, gar nicht erst zu reden davon, ob ihre Worte für ihn irgendeine Bedeutung hatten. Der Ärmste hatte ziemlich nah an der Explosion gestanden, und er war überhaupt nicht darauf vorbereitet gewesen.

Trotzdem war etwas an seiner Erregung, das sie zum Nachdenken brachte. Er zeigte nicht in den Himmel, wie sie es eigentlich erwartet hätte, und er schaute auch nicht nach Norden, wo die beiden Schiffe in einigem zeitlichen Abstand voneinander gelandet waren. Statt dessen deutete er immer wieder nach Süden, der Richtung, aus der er gerade gekommen war.

Dann sah er ihr hilflos ins Gesicht, zuckte und runzelte die Stirn. Konzentriert atmete er mehrmals tief ein. Plötzlich entstand ein Leuchten in seinen Augen, und er fing an zu singen:

Rappe und Fuchs, Apfel und Grauer
Sechs Schimmel ziehen einen Wagen
Stille jetzt, hör auf zu klagen
Schlaf schön ein, kleiner Schatz.

Seine Stimme klang heiser, und er hatte Tränen in den Augen. Doch er hielt durch und sang die Strophen, die tief in sein Gedächtnis eingeprägt waren und auch nach vielen Jahrzehnten noch in den unbeschädigten Windungen seines Gehirns bereitlagen.

Wenn dann kommt der neue Tag
Kriegst du einen Kuchen
Und es kommen dich besuchen
All die hübschen kleinen Pferdchen.

Sara nickte langsam und versuchte, hinter den Sinn dieses Kinderliedes zu kommen.

»All die hübschen kleinen – Oh, bei Jafalls!«

Sie drehte sich zu dem Sprengmeister und seinem Neffen um.

»Er hat Urs gesehen! Sie müssen ganz in der Nähe sein. Offenbar ziehen sie nach Süden, um uns von hinten anzugreifen.«

Kurt blinzelte mehrmals und öffnete endlich den Mund, wurde aber vom Jubelgepfeife der gefangenen Kriegerinnen übertönt.

Ulgor drehte den langen Hals zu ihnen herum. »Isss habe eusss doch gesssagt, dasss unsssere Verbündeten nissst lange auf sssisss warten lasssen. Nun sssneidet meine Fessseln dursss, damit isss für eusss Fürsssprache einlegen kann. Ssson möglisss, dasss isss die Urunthai dasssu bewegen kann, eusss nissst allsssu hart sssu behandeln.«

»Sara«, begann Kurt und legte ihr eine Hand auf den Arm. Aber sie schüttelte sie ab. Im Moment gab es Wichtigeres zu erledigen.

»Kurt, du verziehst dich mit Jomah, Prity und dem Fremden in die Felsen. Die Urs können dir auf solchem Terrain nicht folgen.

Vielleicht gelangt ihr bis ganz nach oben, wenn Klinge und ich sie lange genug aufhalten. Sucht eine Höhle oder etwas in der Art. Nun mach schon!«

Sara wandte sich an den blauen Qheuen: »Bist du bereit, Klinge?«

»Das bin ich, Sara!« rief er, schlug zwei Scheren gegeneinander und ging in Kampfposition, als wolle er die Schlacht an der Znunir-Handelsstation noch einmal ausfechten.

Ein neuer Heiterkeitsausbruch ließ Sara herumfahren. Diesmal war es Dedinger, der sich amüsiert gab.

»Achte nicht auf mich, Schwester«, lächelte er. »Dein Plan klingt ausgezeichnet. Auf diese Weise bleiben auch ich und meine Kameraden am Leben. Los, Kurt, tu endlich, was sie gesagt hat! Kletter in die Felsen. Worauf wartest du denn noch?«

Sara begriff sofort, was der abtrünnige Weise meinte. Wenn die urunthaische Verstärkung feststellte, daß sie den Flüchtigen nicht den Felshang hinauf folgen und sie erst recht nicht in einer Höhle oder auf einem hohen Baum erreichen konnte, würden die Kriegerinnen sich gezwungen sehen, ihr gebrochenes Bündnis mit den Wüstenläufern zu erneuern und die Rache auf einen späteren Zeitpunkt zu verschieben – wenigstens so lange, wie es dauerte, bis Dedingers Bande Kurt und die anderen gefangengenommen hatte.

Sie ließ die Schultern hängen, als ihr bewußt wurde, wie vergeblich alles war.

Da haben wir soviel durchgemacht und erreicht, bloß um jetzt wieder ganz am Anfang zu stehen.

»Sara ...«, begann Kurt wieder. Doch erneut kam er nicht dazu, seinen Satz zu sprechen, denn Geräusche ertönten, und er hielt den Kopf schief. »Lausche.«

Alle im Lager hielten den Atem an, und einen Moment später hörte Sara es auch. Hufgeklapper, das auf sie zukam. Sehr viele Hufe. Sara spürte die Vibrationen unter ihren Fußsohlen.

Jetzt ist es zu spät, mir einen neuen Plan auszudenken. Eigent-

lich ist es für alles zu spät, außer, es in Würde über sich ergehen zu lassen.

Sie legte dem Fremden eine Hand auf den Arm. »Tut mir leid, daß ich nicht gleich begriffen habe, wovor du uns warnen wolltest«, sagte sie, wischte ihm Staub von der Kleidung und richtete seinen Kragen. Wenn er schon der Preis war, den sie bezahlen mußten, dann sollte er wenigstens als wertvolle Geisel erscheinen und nicht wie ein Lumpenkerl. Er schenkte ihr sein freundlichstes Lächeln. Dann drehten sie sich gemeinsam nach Süden, um die herannahende Streitmacht zu empfangen.

Die Neuankömmlinge schwärmten in der Dunkelheit aus, und die ersten trabten zwischen zwei Felsnadeln hindurch. *Ja, das sind Urs,* erkannte sie. Kräftig, zahlreich und gut bewaffnet marschierten sie auf der Lichtung ein, besetzten sofort alle wichtigen Positionen, hielten nach möglichen Gefahren Ausschau und richteten ihre gespannten Armbrüste nach allen Seiten.

Sara erschrak vor dieser Macht, war aber auch ein wenig enttäuscht, als die Vorhut sich überhaupt nicht um Klinge und ihre Gefährten scherte und anscheinend keinerlei Bedrohung in ihnen sah.

Als sei das noch nicht genug, mußte sie zu ihrer großen Überraschung auch noch feststellen, daß die Kriegerinnen sich genausowenig um die gefesselten Urunthai kümmerten und sie einfach liegenließen.

Jetzt fiel Sara auch auf, daß die Soldaten eine ganz andere Kriegsbemalung trugen als Ur-Kachus Bande. Die Streifen waren nicht so grellbunt, und sie gingen ineinander über. War das am Ende gar nicht die Hauptmacht der Urunthai?

Sara sah zu Ulgor und erkannte an ihrer enttäuschten Miene, daß es sich bei dieser Truppe nicht um die erhoffte Verstärkung handelte. Ein Strahl der Hoffnung leuchtete vor ihrem geistigen Auge auf. Sollten diese Kriegerinnen etwa zum Bürgerselbstschutz gehören? Allerorten trugen sie nicht die Litzen, Tressen oder Uniformen einer typischen ursischen Miliz-Einheit. Und sie agierten auch anders als die örtlichen Hirten, die einmal in der Woche (allerdings nur bei gutem Wetter) in ihrer Freizeit übten und trainierten.

Wer aber waren sie dann?

Die Späher der Vorhut pfiffen den anderen zu, daß alles klar sei. Nun trat die Obermatrone, deren Maul in Ehren ergraut war, auf die Lichtung. Sie schritt auf die Dörfler aus Dolo zu und verbeugte sich respektvoll vor ihnen.

»Isss musss misss für unssser Zussspätkommen entsssuldigen, Freunde. Wie sssade, dasss ihr sssolssse Unannehmlisssskeiten hattet. Wir freuen unsss jedoch, dasss ihr alle Ssswierigkeiten ausss eigener Kraft und ohne fremde Hilfe beheben konntet.«

Sara konnte nur starren, als Kurt und die Matrone die Nasen aneinander rieben. »Du kommst nicht zu spät, Ulashtu, wenn du im entscheidenden Moment erscheinst. Ich wußte, daß du unser Leid riechen und uns zu Hilfe eilen würdest.«

Von diesem Moment an konnte Sara dem Gespräch nicht mehr folgen, denn der Fremde zog sie am Arm herum. Er zitterte am ganzen Leib vor Nervosität.

Weitere Gestalten tauchten aus der Dunkelheit auf.

Personen, mit denen sie nie gerechnet hatte.

Zuerst glaubte sie, eine weitere zum Krieg gerüstete Abteilung Urs trabe da heran. Aber es waren sonderbare Urs, viel zu groß und mit zu kurzen und zu steifen Hälsen versehen. Und wie eigenartig sie sich bewegten. Für einen Moment kam ihr die Abbildung von dem antiken Fries am Parthenon wieder in den Sinn, auf dem die wilden und mythischen Zentauren zu sehen gewesen waren.

Doch schon im nächsten Moment seufzte sie erleichtert.

Ich doofe Nuß! Das sind doch nur Männer, die auf Eseln reiten. Bei Jafalls. In dieser Finsternis kommt einem alles Normale geheimnisvoll vor, erst recht nach all dem, was wir durchgemacht ha –

Nein, auch das war nicht richtig. Sie starrte in die Nacht.

Für Esel waren diese Tiere überaus groß. Die Füße der Reiter schleiften nicht über den Boden, denn sie saßen auf mächtigen, vor Kraft strotzenden Rücken.

»Sie sind es!« rief Jomah. »Sie sind es wirklich. Also hat man die doch nicht alle getötet!«

Sara kam es vor, als seien Drachen, Dinosaurier und Greifen einem Märchenbuch entsprungen und zögen hier heran. Ein Traum schien wahr geworden zu sein, auch wenn er einigen hier als Alptraum erscheinen mußte. Die gefangenen Urunthai heulten vor Wut und Verzweiflung, als sie erkannten, was da auf die Lichtung kam. Sie zu sehen, bedeutete für die Kriegerinnen, daß ihr einziger großer Triumph – die einzige Berechtigung ihres Geheimbundes auf unsterblichen Ruhm – nie wirklich errungen worden war, daß sie in ihrem früheren Bemühen gescheitert waren.

Die Reiter stiegen ab, und Sara erkannte, daß es sich bei ihnen samt und sonders um Frauen handelte. Sie entdeckte auch, daß weitere Tiere folgten, die keine Reiter, sondern Sattel auf den Rükken hatten.

Nein! schwor sie sich. *Sie können nicht ernsthaft von mir verlangen, auf so ein Monstrum zu steigen!*

Das erste Tier schnaubte, als der Fremde eine Hand ausstreckte und ihm über den riesigen Schädel strich. Das Wesen konnte es an Masse leicht mit vier oder fünf Urs aufnehmen. Und sein Maul war so groß, daß es damit einem Mann einen ganzen Arm auf einmal abbeißen konnte. Doch der Sternenmensch schien nicht die geringste Angst zu haben, als er seine Wangen an den breiten Hals des Tieres drückte.

Und mit Tränen in den Augen sang er wieder:

Wenn dann kommt der neue Tag
Kriegst du einen Kuchen
Und es kommen dich besuchen
All die hübschen, kleinen Pferdchen.

Epilog

Es ist ein sonderbares Universum.

Er denkt darüber nach, ohne es in Worte zu fassen. So fällt es ihm nämlich leichter.

In der letzten Zeit hat er eine ganze Reihe von Wegen gefunden, seinen Gedanken und Vorstellungen Ausdruck zu verleihen, ohne auf den Schwall von Klick-, Summ- und Schmatzlauten zurückgreifen zu müssen, der früher all seine Gedanken bestimmt hatte.

Musik und Gesang. Zahlen. Bleistiftzeichnungen. Gefühle. Und die eigenartigen Farben, die diese komischen lebendigen Breibrillen erzeugen, die die Leute auf dieser Welt manchmal tragen.

Die Rewq.

Der Name dieser Symbionten fällt ihm ein, und er ist stolz auf diese Errungenschaft.

Seine Genesung schreitet langsam, aber stetig voran, und je gesünder er wird, desto besser gelingt es ihm, sich auch andere, kompliziertere Namen zu merken und sich unter ihnen etwas vorstellen zu können.

Sara, zum Beispiel, oder Jomah, Prity …

Und dazu einige Begriffe, manchmal sogar zwei oder drei zur selben Zeit.

Auch sein Erinnerungsvermögen wird klarer. Er kann sich unter anderem an den Aufklärer erinnern, vor allem daran, wie er zerplatzte, als er das vergebliche Ausweichmanöver flog, um einen Jäger von seiner Beute fortzulocken.

Es gelang ihm nicht, und er mußte eine Serie von Schlägen einstecken. Danach folgte eine Periode, von der ihm bis heute noch nichts wieder bewußt geworden ist. Ein Flirren, ein vager Eindruck von rascher Fortbewegung und Veränderungen – mehr nicht.

Danach war er abgestürzt und in einem Feuer gelandet –

Nein, nein, du mußt an etwas anderes denken.

Reiten. Ja, das war ein viel angenehmeres Thema zum Nachdenken. Auf einem gesattelten Tier zu reiten. Auf einem feurigen Pferd. Die Freude, die einem zu Kopf stieg, wenn der kalte Wind einem ins Gesicht wehte und tausend wunderbare Gerüche mit sich brachte.

Eigenartig, daß er auf dieser neuen Welt so viele angenehme Dinge kennengelernt hatte. Und das als Wesen, dem man das geraubt hatte, was die meisten Menschen erst menschlich machte. Das Vermögen, über Worte zu gebieten.

Und nun fällt es ihm ein. Etwas, das dieser Verletzung sehr ähnlich ist, ist früher schon einmal jemandem zugestoßen. Einem Freund.

Seinem Captain.

Ein Bild wirbelt durch sein Bewußtsein. Eine anmutige, glatte und graue Gestalt. Flossen schlagen durch Wasser und erzeugen kleine Bläschen. Ein schmaler, wie ein Flaschenhals geformter Mund, der mit spitzen Zahnreihen gefüllt ist. Ein Gehirn, verletzt, aber immer noch voll tiefer Weisheit.

Leise bildet er drei Silben: *Crei ... dei ... ki ...*

Und das bringt eine ganze Lawine von Erinnerungen ins Rollen. Weitere Freunde. Ein Schiff. Eine Mission. Ein Notfall.

Das Bild von tiefem Wasser. So tief und schwarz, daß kein Lichtstrahl je bis ganz nach unten gelangt. Ein Versteck, aber kein Zufluchtsort. Im ganzen weiten Universum findet sich nirgendwo ein Zufluchtsort.

Aber jetzt treibt etwas Neues in sein Gehirn, als sei es endlich aus dem Gefängnis seiner Verwundung entlassen worden. Verblüfft und verwundert erkennt er es wieder.

Ein Name.

Mein … Name.

Schlüpfrig noch von aufgestauter Frustration schießt er aus der Tiefe hervor, wo er so verdammt lange festgehalten worden war. Er saust hierhin und dorthin und wird endlich so langsam, daß er sich greifen läßt.

Der Name hätte ihn nie verlassen dürfen. Denn dieses Wort ist das Vertrauteste im Leben eines jeden Menschen. Doch erst jetzt kehrt er in sein Bewußtsein zurück, als wolle er sagen »Hi, hier bin ich wieder«.

Er reitet durch die in exotisches Mondlicht gebadete Nacht, sieht sich umringt von merkwürdigen Geschöpfen und einer Kultur, wie er sie noch nie kennengelernt hat, und muß nun furchtbar lachen – gerät geradezu in Ekstase darüber, diesen einen simplen Satz bilden zu können. Diesen einen wunderbaren Akt.

Mein … Name … ist … Emerson.

Schlußbemerkung

Denjenigen, die mit meinem Werk vertraut sind, muß dieses Buch als Abkehr von meiner sonstigen Gepflogenheit erscheinen, nur in sich abgeschlossene Romane zu schreiben. Das hatte ich eigentlich auch diesmal vor, aber die Geschichte wuchs immer weiter und überstieg schließlich auch noch das Volumen anderer dicker Wälzer aus meiner Feder wie *Earth* oder *Glory Season* – und so blieb mir keine andere Wahl, als den Trilogie-Weg zu beschreiten. Ich schäme mich nicht dafür, denn auch mehrbändige Werke haben ihre reiche Breitwand-Technicolor-Attraktion. Doch in Zukunft will ich wirklich etwas besser planen.

Ich hoffe, es gelingt mir, die folgenden Bände prompt zu liefern.

Danksagung

Ich möchte folgenden Personen meinen Dank aussprechen, die mir mit ihren Kommentaren und ihrer Kritik dabei geholfen haben, diese komplizierte Geschichte zum Funktionieren zu bringen. Unter diesen sind vor allem zu nennen: Gregory Benford, Anita Everson, Joy Crisp, Mark James, Dr. Bruce Miller, Jim Richards, Professor Jim Moore und Dr. Steinn Sigurdsson.

Mein Dank geht außerdem an die Mitglieder von SPECTRE, dem Science-fiction-Club an der CalTech: Aaron Petty, Teresa Moore, Dustin Laurence, Damien Sullivan, Micah Altman, John Langford, Eric Schell, Robin Hanson, Grant Swenson, Ruben Krasnopolsky und Anita Gould.

Ein ganz besonderes Dankeschön schulde ich Stefan Jones und Kevin Lanagh dafür, meine bescheidenen Bemühungen verschönt und mit Magie versehen zu haben.

Meine tiefempfundene Anerkennung richtet sich schließlich an Jennifer Hershey, Ralph Vicinanza und Cheryl Brigham, die mich mit ihrer Weisheit nie im Stich gelassen haben.

David Brin
im März 1995

Im Angedenken an
Dr. James Neale
Kiwi-Dritter-Baseman
Heiler und Freund.

Glossar

➢ **Berg Guenn** – Vulkan und Ort der geheimen Schmieden und Werkstätten von Uriel, der Schmiedin.

➢ **Biblos** – Festung, die das Archiv oder die Halle der Bücher enthält; kombinierte Einrichtung aus Universität und Zentralleihbibliothek mit bedeutendem Einfluß auf die Kultur Jijos.

➢ **Brache** – Nachdem eine Rasse für eine festgelegte Dauer eine Welt geleast und bewohnt hat, muß sie dort ausziehen, und der betreffende Planet gilt dann für einen längeren Zeitraum als unbewohnbar, um sich von den Siedlern, deren Technologie usw. zu erholen. Wird nach Ablauf dieser Frist wieder für besiedelbar erklärt.

➢ **Buyur** – frühere legale Bewohner Jijos, froschartige Wesen, deren Besonderheit darin bestand, durch Gensteuerung diverse tierische Werkzeuge geschaffen zu haben. Sie zogen vor knapp einer halben Million Jahren von Jijo weg, als die Welt zur Brache erklärt wurde.

➢ **Dura** – Zeiteinheit, entspricht etwa dem dritten Teil einer Minute.

➢ **Englik** – Erdsprache, entstanden im einundzwanzigsten Jahrhundert, die auf dem alten Englischen basiert, aber von anderen Sprachen aus der Zeit vor dem Kontakt beeinflußt wurde und gemäß den neuesten Erkenntnissen der linguistischen Theorie modifiziert worden ist.

➢ **Fundamentalisten** – Bewegung, deren Anhänger sich einer strengen und buchstabengetreuen Auslegung der Schriftrollen verschrieben haben. Sie lehnen alles ab, was der Erlösung der Rassen im Wege steht oder sie davon ablenken könnte. Viele Fundamentalisten sind auch bereit, mit Gewalt gegen solche Störungen vorzugehen.

➢ **g'Kek** – Erste der Sieben Rassen, die nach Jijo gekommen sind (vor zweitausend Jahren). Sie bewegen sich auf Rädern fort, die biomagnetisch mit dem Körper verbunden sind. g'Kek leben heute nur noch auf Jijo, in den Fünf Galaxien sind sie ausgestorben.

➢ **Galaktisch/Galaktiker** – Person, Rasse, Konzept oder Technologie, die sich auf die äonenalte Zivilisation der Fünf Galaxien berufen kann, respektive von ihr abstammt.

➢ **Galaktische Institute** – riesige und mächtige Akademien, die nach ihrem Selbstverständnis neutral sind und über der Tagespolitik der Klane stehen. Sie regulieren oder verwalten diverse Aspekte der galaktischen Zivilisation.

➢ **Galaktische Bibliothek** – ein phantastisch umfangreicher Hort des Wissens, das im Lauf von mehreren hundert Millionen Jahren zusammengetragen worden ist. Quasi-sapiente »Bibliotheksglieder« lassen sich auf den meisten galaktischen Sternenschiffen und in fast allen zivilisierten Ortschaften finden.

➢ **Gemeinschaften** – Orte auf Jijo, in denen Mitglieder mehrerer Rassen friedlich zusammenleben; Sinnbild des Großen Friedens.

➢ **Glaver** – Dritte der Sieben Rassen, die nach Jijo gekommen sind. Diese kuhähnlichen Wesen, die sich auch auf zwei Beinen fortbewegen können, sind am weitesten auf dem Pfad der Erlösung vorangekommen und in das Stadium der Präsapienten zurückgefallen. Vielen, vor allem den Fundamentalisten, gelten sie als leuchtendes Beispiel.

➢ **Großer Druck** – die unerwartete Einführung von Massen von Büchern aus Papier durch die Menschen kurz nach ihrer Ankunft auf Jijo.

➢ **Häretiker** – Sammelbezeichnung für die Gruppen, die mit den Lehren und Meinungen der Hohen Weisen nicht einverstanden sind. Ihre Hauptrichtung vertritt die Auffassung, daß das Galaktische Gesetz gerecht sei und Jijo ohne die »Seuche« der Sooner besser gedeihen würde. Eine Splittergruppe unterscheidet sich kaum von den Fundamentalisten, meint aber, daß jede Rasse ihren individuellen Weg zur Erlösung finden müsse.

➢ **Heilige Schriftrollen** – Texte unbekannter Herkunft, die den Soonern auf Jijo auftragen, sich und alles, was ihnen gehört, zu verstecken, den Planeten pfleglich zu behandeln und den Pfad der Erlösung zu beschreiten.

➢ **Heiliges Ei** – geheimnisvoller PSI-aktiver Stein, der vor hundert Jahren aus der Erde auftauchte und viele Visionen und Träume über die Bürger der Gemeinschaften brachte.

➢ **Hoon** – Fünfte der Sieben Rassen, die nach Jijo gekommen sind. Diese Zweibeiner besitzen eine Schuppenhaut und fellbesetzte Beine. Sie kommunizieren durch ihre Kehlsäcke, die ursprünglich wichtiger Bestandteil bei ihren Balzritualen waren.

➢ **Jadura** – Zeiteinheit, entspricht etwa dreiundvierzig Stunden.

➢ **Jafalls** – (aus der Raumfahrersprache abgeleiteter) Name der Göttin des Glücks. Sie gilt als Personifikation von Murphys Gesetz, und ihr Wankelmut drückt sich schon in ihrem Namen aus, der soviel bedeutet wie »Ja, falls nichts anderes dazwischenkommt«.

➢ **Kidura** – Zeiteinheit, entspricht etwa einer halben Sekunde.

➢ **Klienten** – eine Rasse, die den Schub bereits erhalten hat, sich aber noch auf der untersten Stufe befindet und sich durch Dienstbarkeit gegenüber ihren Patronen hocharbeiten muß.

➢ **Loocen** – der größte der drei Monde Jijos.

➢ **Lorniks** – von den Qheuen domestizierte Tierspezies von radikal symmetrischem Äußeren. Sie besitzen vier Beine und dreifingrige Hände.

➢ **Menschen** – Siebte der Sieben Rassen, die nach Jijo gekommen sind (vor dreihundert Jahren). Sie stammen von der Erde.

➢ **Midura** – Zeiteinheit, entspricht etwa einundsiebzig Minuten.

➢ **Mulch-Spinnen** – Generzeugte Lebensform, die eingesetzt wird, um Bauwerke und Technologien zu vernichten, die von vormaligen Mietern auf Brachwelten zurückgelassen worden sind.

➢ **Noor** – intelligente, aber zu Schabernack neigende otterähnliche Wesen mit Hundegebaren. Noor lassen sich in der Regel nicht zähmen. Lediglich die Hoon kommen mit ihnen gut aus, während die anderen Rassen sie als Nervensägen und Störenfriede ansehen.

➢ **Passen** – Jijos kleinster Mond.

➢ **Pfad (oder Weg) der Erlösung** – Bestreben aller orthodoxen und gläubigen Bürger auf Jijo, diesen zu beschreiten, mit anderen Worten, sich zur Unwissenheit zurückzuentwickeln und so der Bestrafung am Tag des Gerichts zu entgehen.

➢ **Pidura** – Zeiteinheit, entspricht etwa vier Tagen.

➢ **Progenitoren** – sagenhafte erste raumfahrende Rasse, die angeblich den Zyklus des Schubs vor zwei Milliarden Jahren ins Leben gerufen hat.

➢ **Qheuen** – Vierte der Sieben Rassen, die nach Jijo gekommen sind. Sie ähneln Schalentieren, besitzen fünf Beine und Scheren anstelle von Händen. Unter ihnen findet sich eine Partei, die das alte Kastensystem auf Jijo wiedereinführen will, nach dem die Grauen (Farbe des Rückenpanzers) die Adelsschicht stellten, während die Blauen und die Roten dienen und arbeiten mußten. Das Kastensystem bestand schon einmal auf Jijo, wurde aber infolge der Ankunft der Menschen und der damit verbundenen Kriege gestürzt.

➢ **Rewq** – Symbiontenwesen, die den Mitgliedern der sechs Sooner-Völker dabei helfen, das Mienenspiel und die Körpersprache anderer Rassen zu deuten.

➢ **Sapient** – Bezeichnung für die Rassen, die den Schub erhalten haben und in die Gemeinschaft der Galaktischen Völker aufgenommen worden sind; im Gegensatz dazu Präsapiente, das sind die Rassen, die noch in Vor-Schub-Kulturen leben.

➢ **Schimpansen** – Spezies, die von den Menschen einen Teilschub erhalten hat. Diese Affenwesen können nicht sprechen, aber man kann mittels Zeichensprache mit ihnen kommunizieren.

➢ **Schub** – Prozeß, der präsapiente Spezies sapient macht und damit der Galaktischen Völkerfamilie eingliedert. Patrone oder Patronats-Klans führen den Vorgang durch.

➢ **Sooner** – Gesetzeslose, die sich auf Brachwelten niederlassen. Auf Jijo selbst bezeichnet man mit Soonern hingegen Gruppen, die sich jenseits des Hangs angesiedelt haben.

➢ **Tag des Gerichts (auch des Jüngsten Gerichts)** – eine Prophezeiung, nach der die Rassen auf Jijo sich dereinst für ihre Verbrechen (illegale Besiedlung der Brachwelt) verantworten müssen. Wenn es diesen Völkern jedoch gelingt, dem Beispiel der Glaver auf dem Weg zur Erlösung zu folgen, und sie unwissend und unschuldig geworden sind, entgehen sie einer Bestrafung.

➢ **Torgen** – der mittlere Mond Jijos.

➢ **Traeki** – Zweite der Sieben Rassen, die nach Jijo gekommen sind. Traeki sind eine Nebenlinie der mysteriösen Jophur und unterscheiden sich von ihnen hauptsächlich durch die Aufgabe des Master-Wulstes.

➢ **Urs** – Sechste der Sieben Rassen, die nach Jijo gekommen sind. Sie besitzen die Größe von Rotwild (die weiblichen Wesen), während die Hengste (die männlichen) kaum die Höhe einer Katze erreichen. Urs haben eine unerklärliche Aversion gegen Wasser.

➢ **Versammlungs-Festival** – alljährliches Fest, bei dem der Große Friede gefeiert und gefestigt wird. Höhepunkt der mehrtägigen Veranstaltung ist der Pilgerzug zum heiligen Ei.

➢ **Zookir** – dienstbare Tierspezies der g'Kek, die sich darauf versteht, Nachrichten zu memorieren und später wiederzugeben.

Dieses kleine Glossar wurde nach der späteren Vorlage des Autors schon vorab ausgewählt, zusammengetragen, ergänzt und bearbeitet vom Übersetzer, der hofft, auf diese Weise ein Stück auf seinem eigenen Weg zur Erlösung hinter sich gebracht zu haben und in einen Zustand präsapienter Gnade gelangt zu sein.